Sandra Sabanero

Mexikanische Hochzeit

Sandra Sabanero

Mexikanische Hochzeit

Roman

Aus dem mexikanischen Spanisch
von Petra Strien

Wolfgang Krüger Verlag

Gesamtherstellung: Clausen & Bosse, Leck
Printed in Germany 1999
ISBN 3-8105-1260-5

Für meine Familie
hier und dort

Hier ende ich, Mexico,
hier hinterlasse ich diese Handschrift dir
auf deinen Schläfen, auf daß die Zeit
auslösche diese neue Rede
des, der dich liebte deiner Freiheit und Tiefe wegen.
Ich sage dir Lebewohl, aber ich geh nicht fort.
Ich gehe, aber ich kann dir nicht
Lebewohl sagen.

Pablo Neruda

Maria Fernández
(Witwe de Campos)

2. ⚭ Simona — Heliodoro Campos Fernández — 1. ⚭ Loreto

(9 Kinder)

Aurora ⚭ Tomás

(17 Kinder)

Maria Dolores

Consuelo

Esperanza ⚭ Max

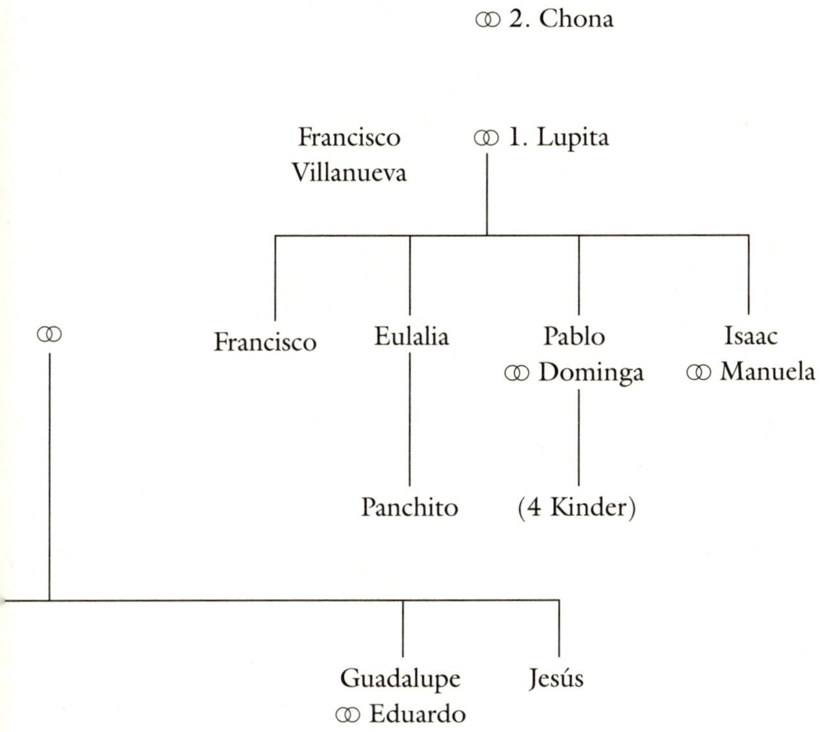
⚭ 2. Chona
Francisco Villanueva
⚭ 1. Lupita
⚭
Francisco
Eulalia
Pablo ⚭ Dominga
Isaac ⚭ Manuela
Panchito
(4 Kinder)
Guadalupe ⚭ Eduardo
Jesús

Als das Konzert der Uhr aus dem Salon erklang, schreckte ich aus einem tiefen Schlaf hoch. Es war vier Uhr nachmittags, doch die dichten Kattunvorhänge ließen kaum Licht eindringen. Im Raum herrschte ein düsteres Dämmerlicht. Mein Blick glitt über die kahlen Wände. Nur eine war mit einem Christus aus Gips geschmückt, dem Blut über das leidende Gesicht rann. Auf einer Holzkommode stand eine brennende Altarkerze, die ihren flackernden Schein auf die Figur warf. Auf dem Nachttisch lag ein weißer Blütenkranz, daneben ein Meßbuch mit Perlmuttdeckeln, und auf dem Boden standen Schuhe aus weißem Atlasstoff. Ich sprang auf und lief zum Fenster. Ein matter Sonnenstrahl huschte über einen Stuhl, und ein paar Lichtpfeile ließen das Brautkleid und den hauchzarten Tüllschleier aufflimmern, als ich den Vorhang etwas beiseite schob und mir den ruhigen, klaren Himmel betrachtete, der dem sich neigenden Tag eine Stimmung vollkommenen Friedens verlieh. In meinem Kopf hingegen herrschte ein heilloses Durcheinander, ein Strudel wehmütiger Erinnerungen. Ich schloß den Vorhang.

»Morgen ist es soweit. Das ist meine letzte Nacht in diesem Haus«, murmelte ich mit einem tiefen Seufzer.

Ich öffnete den Koffer mit Blechbeschlägen, der in einer Zimmerecke stand, und kramte aus seinem dunklen Inneren eine Samtschachtel voller alter, vergilbter Familienfotos hervor. Eingehend betrachtete ich das Porträt meiner Großeltern mütterlicherseits. Loreto und Heliodoro. Meine Großmutter Loreto trug ein Paillettenkleid mit Fransen; ein edelsteinbesetztes Diadem krönte ihre Stirn. Auf ihren Lippen lag ein offenherziges Lächeln, und aus ihren Augen sprühte die Kraft ihrer Jugend. An ihrer Seite wirkte Großvater, eingezwängt in seinen grauen Anzug, wie ein blasser Schatten, mit einem Ausdruck leichter Unentschlossenheit. Zwischen ihnen saß auf einem Stuhl Urgroßmutter Maria in einem langen, strengen Kleid, und ihr schlohweißes Haar bildete einen seltsamen Kontrast zu der perlmutternen Frische ihres Gesichts und dem Lächeln ihrer Augen. Auf ihrem Schoß saß Maria Dolores, meine Mutter, schwanengleich in ihrem weißen Kleidchen, mit einer Rassel in der Hand. Sie lächelte zaghaft und ihre Augen blickten schüchtern. Bei genauem Hinsehen bemerkte ich die Ähnlichkeiten, die mich mit jenen im Laufe der Zeit verblaßten Wesen verbanden.

Großvater Heliodoro wurde zu Beginn des Jahrhunderts in Los Remedios geboren. Auf Wunsch seiner Mutter war dieser Sohn nach einer schweren Geburt mit ernsten Komplikationen zum Priester bestimmt. Die Hebamme hatte ihr gesagt, das Baby schwebe in Lebensgefahr, als sich zeigte, daß es in Steißlage mit der Nabelschnur um den Hals auf die Welt kommen würde. Das war der Grund, warum Urgroßmutter Maria gelobte, wenn das kleine Geschöpf am Leben bliebe, sollte es sein Leben Gott weihen und je nachdem Priester oder Nonne werden.

So kam es, daß Heliodoro, noch bevor er auf der Welt war, das Opfer außergewöhnlicher Verfügungen wurde. Was die Fortführung des Familiennamens betraf, so würde es keine Probleme geben, dachte Maria bei sich. Die Erfahrung hatte sie gelehrt, daß alle Frauen der Familie im Handumdrehen einen Stall von Kindern um sich herum hatten. Daher war zu erwarten, daß es ihr genauso ergehen würde.

Doch zu ihrem Leidwesen war es bei ihr anders. Die Jahre verstrichen, ohne daß sich weiterer Nachwuchs ankündigte. Verzweifelt fragte sie sich immer wieder, warum Gott sie so hart strafte und warum er, der Allmächtige Vater, ihr, nachdem sie ihm bereits einen Sohn geschenkt hatte, nicht noch einen bescherte? Was nur hatte sie falsch gemacht? Sie flüchtete sich in flehentliche Gebete, die ihren Schmerz linderten und sie von ihrem innig geliebten Sohn, der ihr ja nicht gehörte, immer weiter entfernten. Wie ihr Mann wollte sie ihr Herz nicht an Heliodoro hängen, da sie ihn über kurz oder lang doch verlieren würde.

Großvater Heliodoros Kindheit war begleitet vom zähen Schweigen seines Vaters, von den Bittgebeten seiner Mutter und dem Duft nach Weihrauch und den wächsernen Tränen der Altarkerzen zu Füßen des sterbenden Christus. Ein wohlbehütetes, gut genährtes und doch ohne Herzenswärme aufgezogenes Kind, das sich nach Zuwendung verzehrte. Ein ängstliches, außergewöhnlich liebes Kind, das ohne Zärtlichkeit nicht existieren konnte. In den ersten Lebensjahren war Heliodoro fröhlich, lebhaft und verspielt. Doch allmählich wurde er schüchtern und scheu. Er brauchte viele Jahre, um sich an die mangelnde Beachtung zu gewöhnen. Da er freilich kein anderes Dasein kannte, kam irgendwann der Tag, an dem er sich damit abfand, so zu leben, eingetaucht in diese Welt, die nach Pfarrei roch und in der er die Rolle eines Priesters spielen sollte.

Als er sein sechzehntes Lebensjahr erreicht hatte, starb sein Vater bei einem Sturz vom Pferd. Nach diesem Unglücksfall verriegelte Urgroßmutter Maria alle Fenster und Türen des Hauses und zog sich in die vier Wände ihres Zimmers zurück. Sie trug nur noch strenge Trauerkleidung und betete und weinte Tag und Nacht. Überall sah man Fotos des Verstorbenen, brennende Kerzen und Gladiolensträuße. Über Nacht verlor Maria die Freude daran, ihre Pflanzen zu pflegen, das Haus zu putzen und die Lust, Sauermilchcreme und Gebäck zu bereiten. Sie vergaß ihren Sohn vollständig und verlor ihren gesunden Nachtschlaf, den sie früher genossen hatte. Haus und Hof fielen dem Chaos anheim, ohne daß sie auch nur einen Finger gerührt hätte.

Erst als Zenaida, die Magd, ihr mitteilte, daß kein einziges Maiskorn mehr im Silo, Heliodoro schwer krank und der letzte Tagelöhner gegangen sei, erwachte sie aus ihrer Lethargie. Erst dann stellte sie sich wieder der Realität, trocknete ihre Tränen, nahm einen

Schluck Wasser und stand vom Tisch auf. Sie löschte die Kerzen, warf die Blumen auf den Abfall, packte die Fotos des Verstorbenen zusammen und verstaute sie tief unten in dem Koffer mit den Blechbeschlägen, wo die Erinnerung an den Toten sich verlor wie der Duft von zerstäubtem Parfum. Dann öffnete sie die Fenster und lüftete gründlich das Haus, vertauschte ihr schwarzes Kleid gegen ein graues, band sich eine weiße Spitzenschürze um und murmelte: »Da hilft alles Weinen nichts. Jetzt geht's an die Arbeit!«

Sie beschloß, sich ab sofort selbst um die Leitung des Hofs zu kümmern, während sie ihren Sohn ins Priesterseminar schickte. »Ich will, daß du ein Mann im Dienste Gottes wirst. Abgesehen davon, daß die Arbeit auf dem Feld viel zu hart für dich ist und etwas Pech schnell zum Ruin führen kann.«

So ging Heliodoro also im Alter von siebzehn Jahren fort aufs Priesterseminar von Comanja. Er hatte tatsächlich vor, Priester zu werden. Doch drei Jahre später, als weder kalte Bäder noch inbrünstige Gebete seine erotischen Phantasien hatten vertreiben können, die ihn ständig peinigten, erkannte er, daß er nicht zur Keuschheit berufen war. Aber er hatte Angst, sich seiner Mutter zu offenbaren, denn er fürchtete, daß sie mit allen Mitteln versuchen würde, ihn umzustimmen, bis er sich ihrem Willen beugen würde. Bereits mit zwanzig zeigte sein Gesicht diesen Ausdruck von Unentschlossenheit, der ihn für den Rest seines Lebens begleiten sollte.

Vielleicht verliebte er sich deshalb in Loreto, ein Mädchen von unbändigem Temperament und festem Charakter, Tochter eines Militärs, der während der Revolution auf dem Schlachtfeld gefallen war.

An einem zwölften Dezember, während der Feierlichkeiten zu Ehren der Virgen de Guadalupe, ertönten überall im Umkreis der Pfarrei die Stimmen der Gläubigen. An der Seite seiner Kameraden betete Heliodoro inbrünstig, als er plötzlich einen Blick auf sich haften spürte. Er versuchte weiterzubeten und dieses frische Antlitz mit den leuchtenden Augen und dem selbstsicheren Ausdruck nicht zu beachten. Vergeblich. Loreto fühlte sich ihrerseits vom ersten Moment an von seinem Gesicht mit den zarten Linien und den unendlich sanften Augen angezogen. Beim Verlassen der Kirche nach der Messe, als Loretos Mutter einen Moment lang nicht aufpaßte, nutzten die beiden die Gelegenheit, ein paar Sätze zu wechseln. Sie schlug ihm vor, sich am Nachmittag auf dem Kirchhof zu treffen.

Dort wartete Heliodoro nach dem Rosenkranz, schweißgebadet in seiner zu engen Jacke, nervös einen Strauß Margeriten an die Brust gepreßt. Als er sie in Begleitung einer alten Magd nahen sah, bekam er weiche Knie. Linkisch lüpfte er den Hut und reichte ihr schüchtern die Blumen. Während sie sich bedankte, musterte sie ihn von Kopf bis Fuß: vom brillantineglänzenden Schopf bis zu den Spitzen seiner makellos geputzten Schuhe. Dann ließ ein belustigtes Lächeln ihr Gesicht aufleuchten; vor lauter Nervosität war ihr Bewerber drauf und dran, wie eine Stoffpuppe in die Knie zu gehen. Ihre erste Begegnung verhieß, wie ihrer beider Zukunft aussehen würde: Loretos ununterbrochener Monolog und Heliodoros flüchtige Blicke mit wenigen gestammelten Worten.

Es folgten weitere Rendezvous. Beim dritten Mal fragte Loreto ihn rundheraus, ob er nicht vielleicht beabsichtige, sich mit ihr zu verloben, denn sie sei bereits zwanzig und wolle ihre Zeit nicht mit dem Austausch romantischer Liebeserklärungen und feuchtem Händchenhalten vergeuden. Heliodoro blieben die Worte im Halse stecken, er rang nach Luft und antwortete endlich, nach einer langen Pause, mit einem erstickten »Ja«.

Als Urgroßmutter Maria ihre zukünftige Schwiegertochter kennenlernte, wußte sie sofort, daß sie diesmal nicht das letzte Wort behalten würde. Und im Grunde ihres Herzens freute sie sich sogar über die Aussicht, irgendwann doch einmal eine Schar von Kindern um sich herum zu haben. Aber sie stimmte nur zögernd zu, daß ihr Sohn aus dem Priesterseminar austrat und eine Stelle bei der Post in Comanja annahm.

»Hoffentlich bereust du diesen Schritt später nicht! All die Hoffnungen, die ich in dich gesetzt habe, nur damit du am Ende als kleiner Angestellter bei einer Behörde landest!« sagte sie. »Da bleibt mir wohl nichts anderes übrig, als dir vorzeitig deine Erbschaft auszuzahlen, damit ihr euch wenigstens ein Häuschen kaufen könnt und nicht als arme Schlucker euer Dasein fristen müßt.«

Ein Jahr später wurde die Hochzeit gefeiert. Selbstsicher und voller Tatendrang entschied Loreto, die Stadt Comanja sei der bessere Ort zum Leben, Los Remedios dagegen nur ein altes, unwirtliches Dorf. Geschickt nahm sie die Zügel ihrer beider Leben in die Hand, ohne daß Heliodoro den Mut gehabt hätte zu widersprechen.

Eines Tages entdeckte sie bei einem Spaziergang in einem blühenden Park ein Anwesen im alten Stil, das von uralten Bäumen umgeben war und Balkons mit schmiedeeisernen Gittern hatte. An einem hing ein Schild, auf dem das Haus für einen Spottpreis zum Verkauf angeboten wurde. Der Hausverwalter schlug ihr eine unverbindliche Besichtigung vor. Bei ihrem Rundgang durch das Innere des Hauses war Loreto schier überwältigt von der Küche mit dem Kachelherd und den geräumigen, altmodischen Holzregalen, von den Oberlichtern, durch die golden die Sonne hereinflutete und die Räume mit Fröhlichkeit erfüllte. Ganz spontan entschloß sie sich zum Kauf, trotz des Geredes der Nachbarn, hier seien gerade erst zwei Frauen an Tuberkulose gestorben. Sie fühlte sich seltsam betört von dem Haus: »Dummes Geschwätz, das ist doch halb so schlimm! Eine gründliche Reinigung, und schon ist alles wie neu! Ich werde überall im Garten Rosen, Geranien und Malven pflanzen, die Vorhänge selbst nähen und alles nach meinem Geschmack herrichten.«

Großvater Heliodoro lauschte ihr, wollte lauthals protestieren und Einwände erheben, doch Loreto ließ ihn gar nicht erst zu Wort kommen.

»Gefällt dir das Haus?« fragte sie.

»Wenn es dir gefällt«, erwiderte er kleinlaut, und obwohl seine Lippen sich zu einem Lächeln verzogen, gab er nur widerwillig nach.

Loreto scheuerte eigenhändig mit Bürste, heißem Wasser und Seife die Reste eingetrockneten Auswurfs von den Böden und desinfizierte gewissenhaft die Bäder. Sie reinigte Wände und Wandschränke, kratzte mit Topfwolle und Händen voll Erde den Dreck vom Herd. Schließlich häufte sie alle Wäsche, Matratzen und Kissen, die sie fand, im Patio auf und verbrannte alles. Sie ruhte nicht, ehe nicht das ganze Haus blitzblank und aufgeräumt war.

Fortan spielte sich ihr Leben zwischen dem Mann, der sie vergötterte, der Nähmaschine, der Küche und der Verschönerung ihres Hauses ab. Heliodoro seinerseits floß das Herz über vor lauter Glück. Er liebte, und seine Liebe wurde erwidert. Während der Arbeitszeit hatte er nur den Feierabend im Kopf, wenn er endlich wieder zu seiner Frau heimkehren durfte. Er wirkte ständig zerstreut, als schwebte er in den Wolken, in einer anderen Welt, in der nur er und seine Frau existierten und die unersättliche Leidenschaft, die beide einte. Nur sie allein, inmitten des Geruchs nach neuem Stoff, frischer Bettwäsche, Loretos Duft nach Rosenwasser und dem nach Johanniskraut, der an seiner Haut haftete.

Ihre Bereitschaft, sich ihm zu jeder erdenklichen Stunde hinzugeben, und auch die Begeisterung und Bewunderung, die sie ihm entgegenbrachte, raubten ihm den Verstand. An ihrer Seite wuchs er über sich hinaus, fühlte sich wichtig, begehrt, geliebt und umhegt. Abend für Abend reihte sich das junge Paar unter die Schar derer ein, die auf der Plaza flanierten. Dort saßen sie dann eine Weile auf der Bank und naschten einen kandierten Apfel oder Zuckerwatte. Dabei redete Loreto ununterbrochen, denn sie hatte immer etwas zu erzählen. Er lauschte ihr schweigend und bewunderte ihren forschen Blick, ihre rot kandierten Mundwinkel, die perfekten Rundungen ihres Körpers oder selbst die goldenen Schnallen, die ihre Schuhe zierten. Von Zeit zu Zeit schnitt sie auf dem Heimweg eine Geranie im öffentlichen Park ab, um damit die Vase auf ihrem Nachttisch zu schmücken.

Bei ihr fand Heliodoro alles, wovon er seit jeher geträumt hatte. Obendrein war sie eine wunderbare, fleißige Hausfrau, die ihm jeden Wunsch von den Augen abzulesen schien. Früh am Morgen übernahm sie es, Feuer anzuzünden und das Frühstück zu machen. Wenn er dann ins Bad ging, war schon alles für seine Morgentoilette vorbereitet: Waschschüssel, Handtuch und Waschkrug mit frischem Wasser. Zum Frühstück empfing Loreto ihn dann mit einem herzhaften Kuß und einem zärtlichen Klaps auf den Po. In der Küche herrschte eine angenehme Wärme. Auf dem Tisch erwarteten ihn frisch gebackene Tortillas und Kaffee mit Zimt. Außerdem gab es Tomatensoße mit Zwiebeln und Koriander, die Loreto zu den schwarzen Bohnen und dem gegrillten Steak mit Salz und Zitrone servierte. Heliodoro kaute langsam, um so lange wie möglich diese Behaglichkeit zu genießen. Es gab nichts, was ihm fehlte, nichts, was das traute Zusammensein störte.

Daher war er an dem Tag, als er erfuhr, daß er Vater wurde, keineswegs froh. Im Gegenteil, es überkam ihn ein Gefühl der Enttäuschung und des Verlusts. Man hätte erwartet, daß er glücklich sein müßte, stolz, aller Welt zu zeigen, daß seine Liebe Früchte trug, daß er ein ganzer Mann war. Aber so war es nicht. Im Gegenteil, er empfand Wut und Eifersucht. Dieses neue Wesen würde ihm einen Teil der Liebe und der Zuwendung rauben, die seine Frau ihm jetzt schenkte. Dieses bald zu erwartende Kind war ein Eindringling, der immer zwischen ihnen stehen würde. Und zu allem Überfluß mußte er diese Gedanken auch noch für sich behalten. Wie sollte ihn jemand verstehen können, der nicht dasselbe wie er durchgemacht hatte? Zu sehr hatte er sich schon vor allen Bekannten blamiert, als er Hals über Kopf das Priesterseminar verlassen hatte, um sich jetzt auch noch als Rabenvater zu erweisen.

Loreto, die nichts von seinen Gefühlen ahnte, hatte nichts Eiligeres zu tun, als Urgroßmutter Maria die gute Nachricht zu überbringen, woraufhin diese sich sogleich an die Arbeit machte und Strampelanzüge, Schühchen, Babydecken und alles, was sonst für die Geburt eines Enkelkindes nötig war, anfertigte. Jedes Wochenende schickte sie ihrer Schwiegertochter einen Lohnarbeiter von ihrem Hof mit frischen Eiern, Käse, Lebertran, Kartoffeln und Wassermelonen mit der Empfehlung, sich ordentlich zu ernähren, damit sie die kleine Kreatur gesund zur Welt bringe und sich genug Milch zum Stillen bilde.

Heliodoro seinerseits mußte sich schwer bezähmen, um seine Gedanken zu verschweigen, und als ihm die Hebamme voller Stolz das Neugeborene in die Arme legte, heuchelte er eine Freude, die er nicht im mindesten verspürte. Im Gegenteil, er empfand nichts für dieses zerknautschte Bündel, das rosig war wie rohes Fleisch, die Augen geschlossen hatte und jeden Moment loszuplärren drohte. Daß es ein Mädchen war, interessierte ihn herzlich wenig. Es hätte genauso gut ein Junge sein können. Unter dem Vorwand, nicht zu wissen, wie man die Kleine halten mußte, legte er sie Loreto schleunigst wieder in die Arme. »Sie ist so zart, daß ich Angst habe, sie zu zerbrechen.«

Mit der Geburt von Maria Dolores begann sich Loretos Gesundheit stetig zu verschlechtern. Dennoch verrichtete sie weiterhin ihre Hausarbeiten mit dem Schwung eines Wirbelwindes; einzig der Husten und der pfeifende Atem verrieten ihre fortschreitende Krankheit.

»Ich finde, dein Aussehen hat sich auffallend verschlechtert«, sagte der Großvater eines Nachmittags, als sie bei einem Hustenanfall Blut spuckte.

Ohne beim Nähen innezuhalten, schaute sie auf und antwortete ihm: »Krankheiten sind etwas für Schwächlinge, die sie nur vorschieben, um zu verschnaufen. Am besten schenkt man ihnen keine Beachtung, dann verschwinden sie wie von selbst.«

»Wie tapfer!« sagte Heliodoro spöttisch. »Aber diesmal möchte ich dich doch bitten, einmal auf mich zu hören und den Arzt aufzusuchen.«

»Nein, dafür habe ich keine Zeit.«

Maria Dolores nahm sie zum Waschen und Stillen nur so lange auf die Arme, wie sie es für nötig hielt; denn sie war überzeugt, wenn sie die Kleine zu sehr verhätschelte, würde aus ihr ein kränkliches, weinerliches Kind werden. Loreto wollte aber, daß aus ihrer Tochter eine gesunde, starke und selbstbewußte Frau wurde.

»Wir müssen sie weinen lassen, damit sich ihre Lungen kräftig entfalten«, versicherte sie.

Trotz ihrer hartnäckigen Weigerung, ihren schlechten Gesundheitszustand zur Kenntnis zu nehmen, wurde Loreto schwer krank. Das Fieber, die Kopfschmerzen und der Druck, der ihr die Brust wie mit Eisenzangen zusammenpreßte, schwächten sie zusehends, bis sie schließlich keine Kraft mehr hatte, weiter die Hausarbeit zu verrichten, und keine Lust, auch nur das Bett zu verlassen.

»Ich glaube, du hattest recht«, sagte sie Wochen später, »allmählich denke ich, daß ich unsere Tochter nicht mehr mit eigenen Augen aufwachsen sehe und auch nicht hundert Jahre alt werde, wie ich immer dachte.«

Als Urgroßmutter Maria erfuhr, wie es um ihre Schwiegertochter stand, verließ sie mit der Magd Zenaida den Hof in Los Remedios und zog zu den beiden nach Comanja.

»Mach dir keine Sorgen, Loreto, solange du dich auskurierst, kümmere ich mich um dein Haus.«

Als Loreto eines Nachmittags in der Lungenklinik aufrecht im Bett saß, von ununterbrochenen Hustenanfällen geplagt, warf sie einen Blick auf die Uhr. Dann bat sie die Krankenschwester mit fester Stimme um Kamm und Spiegel. Die fiebrigen Augen starr auf das Fenster gerichtet, erwartete sie die Ankunft ihres Mannes. Als dieser eintraf, schien wieder Leben in sie zu kommen. Sie lächelte, hob den Kopf und ließ ihn dann wieder auf das Kissen zurückfallen. Obwohl ihre ehemals imposante Gestalt bis auf Haut und Knochen abgemagert war, nahm sie alle Kraft zusammen und bat Heliodoro, auf die Bibel zu schwören, daß er für Maria Dolores sorgen werde und das Kind, falls er sich wieder verheiraten sollte, bei der Urgroßmutter bleiben würde.

»Schwör es mir!« drängte sie, richtete sich mit letzter Anstrengung auf und packte ihn mit ungeahnter Kraft am Hemd.

»Ja, ich schwöre es dir«, sagte er mit bebender Stimme, während ihm unwillkürlich Tränen über die Wangen rannen.

Im selben Augenblick bekam Loreto einen schrecklichen Hustenanfall, der ihre Brust schüttelte und ihre Adern hervorquellen ließ. Ihr Gesicht verzerrte sich wie im Krampf. Dann blieb sie völlig ermattet, reglos und schweigend liegen. Er nahm sie in die Arme und versuchte verzweifelt, ihren letzten Atemzug einzufangen, der sich im Geruch nach Medizin und Krankheit verlor. Als er Stunden später in die Wirklichkeit zurückkehrte, legte er sie sanft zurück, schloß ihr die Augen, kämmte ihr Haar mit unendlicher Zärtlichkeit und verließ dann schleppenden Schrittes den Raum, als trüge er die Last der ganzen Welt auf seinen Schultern.

Für die Totenwache räumte Urgroßmutter alle Möbel aus dem Salon, stellte rundum Stühle auf und unter den Sarg eine Schale mit Essig gegen den Leichengeruch. Dann kochte sie Kaffee und kaufte Schokoladenkringel für die Trauergäste. Zum Zeichen der Trauer hängte sie einen schwarzen Flor an die Eingangstür. Doch niemand erschien. Die Menschen hatten Angst, sich mit der bösartigen Krankheit anzustecken. Die Stühle blieben leer, die Kringel wurden hart, der Kaffee verkochte und trocknete ein. Die Totenstille im Raum wurde nur durch Urgroßmutters Gebete, das durchdringende Jammern von Loretos Mutter, das Geschrei von Maria Dolores und das unterdrückte Schluchzen des Witwers unterbrochen.

Am Tag der Beerdigung zog Heliodoro sich nach der Rückkehr vom Friedhof in sein Zimmer zurück. Auf der Schwelle hielt er inne: Die Zeit schien hier stehengeblieben zu sein. Im halb offenstehenden Schrank hingen Loretos Kleider, auf dem Nachttisch befanden sich das Gebetbuch, eine Vase mit einer verwelkten Geranie und ihr Foto. Mit müder Geste nahm er es hoch und betrachtete es lange. Nun war Loreto von ihm gegangen und mit ihr das einzige Glück, das ihm im Leben vergönnt gewesen war.

Als Kind war er Nacht für Nacht aus dem Schlaf hochgeschreckt, schweißgebadet, in panischer Angst vor Dunkelheit und Einsamkeit. Später auf dem Priesterseminar irrte er, unzusammenhängende Dinge vor sich hin murmelnd, ständig in seinem Zimmer umher, verzehrt vom Feuer der Begierde, vom unstillbaren Verlangen zu lieben und vom Schuldgefühl ob solcher Anwandlungen. Er war zum Priester bestimmt, dazu, Gott zu lieben und dem Ruf des Fleisches zu widerstehen. Aber wie sollte er seinem jugendlichen Körper erklären, daß er nicht empfinden durfte, was er empfand, daß er nicht einmal an das denken durfte, was ihm verwehrt war? Wie sollte er dieses ungestümen Drangs Herr werden? Und wie sollte er diesen inneren Aufruhr für den Rest seiner Tage ertragen?

In solchen Nächten hatte er das Bett verlassen, sich in der Dunkelheit bis zum Bad vorgetastet und dort Kopf und Gesicht mit eiskaltem Wasser übergossen, in der vergeblichen Hoffnung, seine Qualen zu lindern. Von seinen Gedanken geplagt, hatte er sich die Haare gerauft, das nasse Handtuch ausgewrungen und sich den Leib abgerieben, bis er schmerzte und sein Atem wieder ruhiger wurde. Doch bald wieder übermannte ihn die hitzige Begierde, begann er sich erneut zu betasten, um sich im nächsten Moment schmutzig zu fühlen. Dann befiel ihn solcher Ekel, daß er Gott auf den Knien um Vergebung bat und gelobte, nie wieder rückfällig zu werden. Was ihm jedoch nicht gelang, denn es geschah immer wieder. Es half nichts, er würde einen schlechten Priester abgeben, jemand, der etwas predigte, von dem er nicht einmal selbst überzeugt war.

In diesem Zustand befand sich Heliodoro, als er Loreto kennenlernte. Seither war sein Wille, sich ganz dem Herrn zu widmen, endgültig zerstoben. An ihrer Seite erfuhr er zum erstenmal, was es bedeutete, den großzügigen Traum der erfüllten Liebe und des guten Gewissens zu träumen. Ihr gelang es sogar, daß er trotz der Einwände der Urgroßmutter seinen Glauben wechselte. Loreto war es, die ihn überzeugt hatte, daß seine Liebe und seine Gefühle im Sinne Gottes seien, der uns nämlich nach seinem Ebenbild geschaffen habe. Wenn Gott unserer Natur aber selbst die Liebeslust mitgegeben hatte, warum sollte dann etwas Böses daran sein, diese auch voll und ganz auszuleben? Der Pastor der anderen Konfession hatte ihm gesagt, die priesterliche Enthaltsamkeit sei eine Erfindung der Katholiken, und ihn gewarnt, darüber in Gewissenskonflikte zu geraten. Liebe sei keine Sünde wie Mord oder Raub. Außerdem sollte er sich nicht schlecht fühlen, nur weil er das Priesterdasein aufgab, denn immerhin sei nicht er, sondern seine Mutter diese Verpflichtung eingegangen.

Mit Loreto lernte er die Wärme ihres Körpers kennen, das Gewicht ihres Beines auf seinen Beinen, ihren warmen Atem und die weichen Lippen, die ihn mit Küssen verschlangen und ihm zärtliche Worte ins Ohr flüsterten. Und als er schon glaubte, das vollkommene Glück auf Erden gefunden zu haben, erlosch Loretos Leben beim leisesten Windhauch wie die Flamme einer Kerze. Der Gedanke, ohne sie weiterleben zu müssen, raubte ihm den Verstand. Denn jetzt war es schlimmer als zuvor, ehe er sie gekannt und noch nicht erfahren hatte, daß es so viel Glückseligkeit geben konnte. Für Heliodoro blieb die Welt stehen. Er erblickte keinen Sinn mehr darin, weiterzuleben ohne seine geliebte Loreto, ohne ihren Atem, ohne ihre Wärme. Am liebsten wäre er gestorben, um Loreto nachzufolgen.

In tiefster Trübsal schloß er die Tür hinter sich und setzte sich auf den Bettrand, die Hände in die Haare vergraben und mit feuchten Augen, ganz in seinen glühenden Schmerz versunken. So fand ihn Urgroßmutter Maria am nächsten Tag vor: geistesabwesend, wie leblos, auf den Lippen die flehentliche Bitte an Gott, ihn ebenfalls zu sich zu nehmen. Und so sah sie ihn auch alle folgenden Tage, ohne einen Happen Bohnen zu kosten oder auch nur einen Schluck Wasser zu sich zu nehmen. Da wurde Urgroßmutter klar, wenn Heliodoro weiter dort blieb, vergraben in seinen Erinnerungen, würde sie ihn bald verlieren. Ohne lange zu überlegen oder ihn auch nur zu fragen, packte sie das Nötigste für die Reise, legte ihm Maria Dolores in die Arme und brachte ihn heim nach Los Remedios.

Der Maultierkarren holperte und hüpfte über den steinigen Weg, der sich an den von der Sonne ausgedörrten Hängen entlangschlängelte, vorbei an den kraftlosen, windgepeitschten Bäumen und den Schreien der aufgeschreckten Krähen, die sie umkreisten. Vor dem Tor eines Anwesens hielt er an. Großvater erwachte aus seiner Selbstvergessenheit und sprang mit Maria Dolores im Arm vom Wagen. Kaum war er unten, ergriff ihn das atemberaubende landschaftliche Panorama: Die Sonne war soeben untergegangen, und am noch flammenden Horizont zeichnete sich die Silhouette der Bergkette ab, die von einer Christusfigur mit gen Himmel gestreckten Armen gekrönt war. In der Ferne erkannte man die Umrisse eines Glockenturms.

Heliodoro ließ den Blick umherschweifen, bis er auf Urgroßmutters Hof fiel: Reglos und verschlafen lag er da, und im Schutz eines Felsmassivs erstreckten sich stoppelige Felder, eine Handvoll dürrer Mezquitebäume und verwilderte Brombeersträucher. Man sah auch ein paar Zugtiere, die ergeben ihr Joch trugen. Mitten darin, in einem von Gestrüpp überwucherten Garten, stand das Herrenhaus. Über dem Eingang besagte eine in Holz geschnitzte Inschrift: »La Montaña«.

Gelbbraune Rauchschwaden hüllten den Hof ein, und es roch nach versengtem Heu. Als er die Augen zusammenkniff, glaubte er, Loretos lächelndes Gesicht zu sehen und einen Hauch ihrer Stimme zu vernehmen.

Als ihm ein Seufzer entfuhr, hörte er gleichzeitig eine Stimme nach ihm rufen. Von weitem entdeckte er einen Landarbeiter, der gemächlichen Schrittes näherkam. Es war ein Mann mit sonnengegerbter Haut, dem die Haare in wirren, widerspenstigen Strähnen über die Augen fielen. Ihm folgte ein ausgezehrter, wild kläffender Hund.

»Einen schönen guten Tag, der Herrgott sei mit Euch, Patrón!« sagte er, als er ihn erreicht hatte.

»Guten Abend, Pedro! Wie geht's? Wie stehen die Dinge hier?«

Auf diese Frage machte der Landarbeiter eine weit ausholende Geste und rief mit einem Blick ringsum aus: »Schlecht, Patrón, sehr schlecht. Ich bin in solcher Bedrängnis, daß ich glaube, jetzt hilft uns nur noch Beten. Stellen Sie sich vor, der Schöpfbrunnen ist außer Betrieb, und es hat noch nicht geregnet. Schon vor vielen Tagen hätte der erste Regen einsetzen müssen, aber nicht ein einziger Tropfen ist gefallen ... Und als Donã Maria nicht zurückgekehrt ist, haben sich die Leute davongemacht. Nur ich bin geblieben. Es wird Zeit, daß Ihr Euch um alles kümmert.«

Nach einer Weile raffte Urgroßmutter Maria sich auf und trat auf den grauen Hof hinaus. Es bekümmerte sie nicht, all die Verwahrlosung zu sehen. Im Gegenteil, fast war sie froh darüber, denn mit der neuen Aufgabe hoffte sie, Heliodoro von seinem Kummer abzulenken.

Nach ihrer Heimkehr entwickelte sich eine fieberhafte Aktivität auf dem verschlafenen Hof. Pedro begann, Wasser vom Brunnen des Nachbarn herbeizukarren, Heliodoro machte sich auf den Weg ins Dorf, um Lebensmittel einzukaufen. Maria und Zenaida befreiten das Haus, bewaffnet mit Besen und Staubwedel, im Handumdrehen von allem Unrat, Staub und alten Spinnweben. Mit ihren Besen machten sie den Mäusen, den Skorpionen und was sich sonst noch an Ungeziefer in sämtlichen Ecken des Hauses eingenistet hatte, den Garaus. Die Kleidung hängten sie zum Auslüften auf die Leine. Die fleckigen Bettücher weichten sie in Wasser mit Zitronensaft ein. Sobald das Haus sauber und aufgeräumt war, machte Zenaida Feuer im Herd, kochte Bohnen und Mais für die Tortillas und Chilischoten für die rote Sauce. Dann bereitete sie eine Suppe aus Lammfleisch, Rüben, Erbsen, Kohl mit Koriander und anderen Gewürzen. Dieses Gericht erweckte Heliodoros Lebensgeister, Maria Dolores allerdings machte es halb benommen.

An den folgenden Tagen ließ Urgroßmutter das Wasserrad und die Ställe für das Geflügel, die Schweine und die übrigen Tiere reparieren und die Umzäunung des Hofs wieder aufrichten. Sie kaufte Hühner, Ziegen, Rinder, Viehfutter und Saatgut. Unterdessen begab Heliodoro sich in den umliegenden Dörfern auf die Suche nach Tagelöhnern und bereitete den Boden für die Aussaat vor. Beide, Mutter und Sohn, überwachten sorgsam jeden Winkel des Hofs: die Ställe, die Schweinegrube, das Vorankommen der Tagelöhner bei ihrer Arbeit, das Wachstum des Futterklees und die Mast der Tiere. Das ständige Hin und Her von einem Ende zum anderen half Heliodoro bei der Bewältigung seiner Anfälle von Trübsal, an denen er sonst zugrunde gegangen wäre.

Los Remedios war ein staubiges Dorf, in dem die Zeit stehengeblieben war. Es lag wie ein vergessener Ballen Stroh mitten in der Ebene, und die Hauptstraße teilte es genau in der Mitte in zwei Hälften. Zu beiden Seiten erstreckten sich verstreute Anhäufungen aschgrauer Häuser aus luftgetrocknetem Lehm mit Ziegeldächern, die zum Park und zur Plaza hin zusammenliefen.

Auf einer Seite der Hauptstraße wurde das Dorf durch einen Fluß begrenzt, der als Müllhalde diente; trocken im Winter, füllte er sich im Sommer mit trübem Brackwasser. Die Ufer waren von einer Reihe von Mesquitebäumen gesäumt. Von dort aus zeichneten sich in der Ferne schroffe, übereinandergetürmte Berge ab. Am Fuße dieses Gebirges lag der Hof, auf dem Maria Dolores, meine Mutter, ihre Kindheit verbrachte. Das Landhaus aus behauenen Steinquadern hatte hohe, vergitterte Fenster. Die Straßenkinder liebten es, mit Stöcken auf die Gitterstäbe zu schlagen, um Musik zu machen. Das Portal aus Mesquiteholz hatte schwere Riegel, Eisenbeschläge und riesige gußeiserne Schlösser. In der Mitte des Hauses lag ein Patio mit einem Brunnenbecken, das Urgroßmutter Maria mit einem Meer von Blumen bepflanzte. Sie sagte, sie liebe den Blumenduft mehr als das Plätschern des Wassers. An den Frühlingsabenden, wenn sie stickte und ihrer Enkelin Geschichten erzählte, die sie jedesmal wieder neu erfand, freute sie sich an dem Duft nach Veilchen, Lilien und Narden und sog ihn tief in sich ein.

Der Frühling mit seinen ersehnten Regenfällen und Urgroßmutters entschlossene und umsichtige Lenkung besiegten die Folgen des Vergessens und der Dürre, und so erwachte der Hof wieder zu buntem Leben voller Düfte nach überall verstreut wachsenden Limonen- und Guajavebäumen, nach Saatfeldern in allen Grüntönen, nach langstieligen Blumen, die mit ihren goldenen und roten Farben die gesamte Umgebung in einen mexikanischen Teppich verwandelten. All das war Balsam für Heliodoro, der sich am Anfang durch nichts hatte trösten lassen, den ganzen Tag über in tiefste Trübsal versunken war und Niedergeschlagenheit immer wieder unverhofft hinter jeder Wegbiegung lauerte. Selbst seine Tochter bemerkte er kaum und begnügte sich damit, von Urgroßmutter zu erfahren, daß sie gesund war und ordentlich aß. Und doch, wie der Volksmund sagt: Die Zeit heilt alle Wunden, und es gibt kein Leid, das ewig währt. So ließ seine Trauer ganz allmählich nach, bis sie schließlich erträglich wurde. Es kam der Moment, als er mit Loretos Tod gelassener umgehen konnte.

Eines Tages sah man ihn endlich wieder lächeln, und bald machte er sich wie ein brünstiger Stier auf die Suche, seine hitzige Rastlosigkeit, die ihm so sehr zusetzte, zu lindern. Er wurde ein regelmäßiger Kunde in der Sternengasse, wo er für wenige Pesos die

Liebkosungen irgendwelcher grell geschminkter Lippen bekam. Heliodoro frönte der grenzenlosen Lust mit ebensolcher Leidenschaft, wie er zuvor um Loreto geweint hatte. Er begann diskret, nachts auszubleiben. Und bevor der Hahn krähte, schlich er sich rasch wieder ins Haus. Urgroßmutter Maria tat so, als ob sie schliefe, als ob sie nichts bemerke, um ihn nicht zu beschämen: »So sind die Männer eben«, sagte sie sich.

Mit dem Hof und seinen zahlreichen Liebesabenteuern war Heliodoro vollauf beschäftigt und hatte kaum Interesse, sich um Maria Dolores zu kümmern. Als seine Tochter acht Jahre alt war, lernte Heliodoro Simona kennen, eine dürre, spröde Frau mit fast anmaßend hochmütigem Blick. Ihre Familie konnte nur schwer ihre Genugtuung über die Aussicht auf eine Verbindung mit der Familie von Urgroßmutter Maria verhehlen, die im Dorf als sehr vermögend und fromm katholisch galt und daher ein hohes Ansehen genoß.

»Wie schön wäre es doch, wenn Heliodoro unser Schwiegersohn würde, dann hätten wir für alle Zeiten ausgesorgt«, seufzte Simonas Mutter andauernd.

Wenn Heliodoro sie besuchte, überhäufte ihn sein zukünftiger Schwiegervater mit Aufmerksamkeiten. Die Mutter der Braut hob, sooft sie konnte, die Vorzüge ihrer Tochter hervor; sie ginge täglich zur Messe, jeden Donnerstag zum Rosenkranz und jeden ersten Freitag zur Beichte.

»Obwohl sie schon erwachsen ist, besucht sie niemals ein Fest und ist nicht flatterhaft, sondern sehr häuslich. Sie ist ein wahres Kleinod!« sagte sie mit zuckersüßer Stimme.

Simona reagierte darauf mit geheuchelter Scham, doch Heliodoro zeigte sich sichtlich erfreut. Im festen Glauben, die ideale Ehefrau gefunden zu haben, beschloß er, Nägel mit Köpfen zu machen und wieder zu heiraten. Im Einverständnis mit Urgroßmutter holte er seine zweite Frau zu sich auf den Hof.

»Nur vorübergehend«, erwiderte Simona, »ich habe nicht geheiratet, um mich in anderer Leute Haus zu fügen.«

Dort kamen die ersten vier der insgesamt neun Kinder des Paares zur Welt. Maria Dolores und Urgroßmutter sorgten aufopferungsvoll für sie, während Simona die ganze Zeit ihr Los verfluchte, kein eigenes Heim zu besitzen. Sie war häufig krank und mußte tagelang ruhen. Nach jeder Schwangerschaft wurde sie einsilbiger und zog sich ungewöhnlich lange zurück: Vierzig Tage lang hütete sie das Bett in einem abgedunkelten Raum mit geschlossenen Vorhängen, geschützt gegen Zug und grelles Tageslicht. Ohne Rücksicht auf die sommerliche Hitze hüllte sie ihre knochige Magerkeit in Pullover und Wollstrümpfe, band sich Seidentücher um den Kopf und bedeckte ihren Leib von oben bis unten mit Salben und Kompressen. Im ganzen Haus roch es durchdringend nach einem Gemisch aus Eukalyptus, Königskerze und Talg, was den Rest der Familie zu doppelter Sorgfalt bei der eigenen Körperpflege zwang, in dem nutzlosen Bestreben, den penetranten Gestank loszuwerden. Maria Dolores war es ein Rätsel, wie ihr Vater neben dieser verschwitzten und überall beschmierten Frau schlafen konnte.

Mit der Zeit wurde die Atmosphäre des Familienlebens im Landhaus immer gespannter. Als Simona Maria Dolores einmal dabei erwischte, wie sie den Wandschrank öffnete, der gefüllt war mit Konserven, die nach Guajaveäpfeln, Quitten und Schokolade dufteten, schrie sie los: »Vorsicht! Stopf dich nicht so voll, nur Waisenkinder sind andauernd hungrig. Reiß dich zusammen!« Und sie holte Luft, um dann fortzufahren: »Übrigens, in letzter Zeit bist du sehr blaß. Du wirst doch wohl nicht etwa lungenkrank werden wie deine Mutter?«

Der Hohn, der aus ihren Augen blitzte wie feurige Pfeile, verdarb Maria Dolores gründlich ihr flüchtiges Glücksgefühl. Die Worte blieben ihr im Hals stecken, und ihre Augen füllten sich mit Tränen, während sie auf ihren Vater wartete, um ihm alles zu erzählen.

Als dieser von Simonas Verhalten erfuhr, sagte er jedoch nur: »Hör nicht auf das alte Weib, sie hat es mit den Nerven. Der Arzt meint, wir müssen Geduld mit ihr haben.«

Urgroßmutter Maria schwieg zu allem, obwohl sie mächtig an sich halten mußte, um die ganze Salve von Beschimpfungen, die ihr auf der Zunge lagen, herunterzuschlucken. In ihren Augen war Simona ein hintertriebenes Weib, dreist, frech und vor allem faul. Aber was konnte sie schon machen? Zu ihrem Pech war dies die Frau ihres Sohnes und die Mutter ihrer Enkel. Wenn sie hörte, wie Simona auf Maria Dolores herumhackte, lenkte sie ihre Schwiegertochter unauffällig ab. War sie allein, murmelte sie Trostsprüche und Gebete vor sich hin: »Da hilft alles Weinen nichts! Zum Glück heilt die Zeit alle Wunden, und es gibt kein Leid, das ewig währt. Kommt Zeit, kommt Rat! Gott wird schon wissen, was er tut, und uns eines Tages von diesem Joch befreien.«

Augenscheinlich erhörte Gott ihre Gebete. Eines schönen Tages eröffnete Heliodoro ihnen aus heiterem Himmel, sozusagen über Nacht, er habe ein Haus und die Dorfapotheke gekauft.

»Wir ziehen bald um. Den Hof werde ich mit Hilfe eines Verwalters weiterführen.«

Simona genas wie durch ein Wunder von ihren ständigen Depressionen und Gebrechen und lächelte zum erstenmal seit langem wieder. Ihrer Schwiegermutter versicherte sie, die Apotheke sei genau das angemessene Geschäft für das Ansehen und die Fähigkeiten ihres Mannes.

»Auf dem Hof zwischen Stallmist und den abgelaufenen Hacken der Landarbeiter wirkt Heliodoro wie eine verlorene Porzellanpuppe.«

Als Urgroßmutter das hörte, atmete sie erleichtert auf.

»Ich wünsche euch viel Glück. Ein Ehepaar braucht ein eigenes Heim, ihr habt meinen Segen. Gott beschütze euch!«

Maria Dolores hingegen war verzweifelt.

»Papa, bitte geh nicht fort, die einzige Freude, die ich habe, ist das Zusammensein mit dir, wenn du abends heimkommst, und die Sorge für meine Geschwister. Nur mit Großmutter allein werde ich mich schrecklich einsam fühlen.«

»Gräme dich nicht, mein Mädchen, ich werde dich immer besuchen kommen. Wisch die Tränen ab. Wenn deine Mutter, Gott habe sie selig, dich sehen könnte, wäre sie sehr böse.«

Alles Weinen und Flehen konnte Heliodoro nicht umstimmen.

Maria Dolores blieb also wieder allein. Sie wußte nichts mit sich anzufangen in dem Haus, in den der Alltagslärm des Dorfes nicht hineindrang. Die Tage vergingen in absoluter Stille, und Maria Dolores verlor sich in den riesigen, weißen Räumen mit den hohen Dekken, den gebohnerten Fliesen und den gekalkten Wänden, die aussahen wie große Leichentücher, obwohl sie mit Heiligenbildern und alten Gemälden in schweren goldenen Rahmen behängt waren. Zwar kehrten die Düfte nach Guajavegelee, Schokolade, Minze, feuchter Erde und der sanfte Geruch nach Erde ins Haus zurück, aber es war traurig und leer ohne das Lachen ihrer Stiefgeschwister.

Ihr Leben verlief nach strengen Regeln. Urgroßmutter erlaubte ihr nicht mehr, sich ans Tor zu setzen, um die Leute vorbeigehen zu sehen. »Das ziemt sich nicht für ein sittsames Mädchen mit guter Erziehung wie dich.«

Hinzu kam ihr Austritt aus der Schule: »Die alte Finita sagt, die öffentliche Schule ist eine Brutstätte des Lasters und Verderbens. Hier im Haus gibt es ausreichend Dinge, mit denen du dich beschäftigen kannst. In Los Remedios zerreißen sie sich schon genügend das Maul über uns, da ist es besser, den Klatsch nicht noch zu schüren. Von nun an gehst du nicht mehr dorthin«, entschied Urgroßmutter.

Zwei Ereignisse brachten ein wenig Glanz in den eintönigen Alltag des Landhauses: Urgroßmutters Geburtstag und Allerseelen. Letzteres wurde zuerst gefeiert; schon Tage vorher wurden mitten im Patio Feuer angezündet, auf denen in riesigen Tonkübeln besonderes Zuckerwerk als Opfergabe für die Seelen der Verstorbenen bereitet wurde. Urgroßmutter und Zenaida wickelten sich weiße Lappen um die Arme und verhüllten das Gesicht, um sich nicht zu verbrennen, wenn beim Sieden der Zuckermasse riesige Blasen hochkochten und es nach allen Seiten spritzte. Umgeben von der eigenartigen Mischung all der Gerüche, blickte Maria Dolores den Tagelöhnern nach, wie sie geschäftig Körbe mit Guajavefrüchten und Süßkartoffeln herbeischleppten. Es wurde Atole, ein Getränk aus Maismehl, Wasser und braunem Zucker, bereitet, man backte das Brot für die Toten und das unterschiedliche süße Gebäck in Form von Tieren, das vor die Fotos der als Kinder Verstorbenen gestellt wurde, damit diese während ihres Besuchs auf der Erde damit spielen konnten.

Am ersten November errichtete Maria den Totenaltar: mehrere mit buntfarbenem Kreppapier geschmückte, stufenförmig aufgestellte Tischchen, die zuoberst die Jungfrau von Guadalupe trugen, ebenso wie die Fotos der Verwandten und Freunde, die im Laufe der letzten fünfzig Jahre verstorben waren. Eine Stufe tiefer kamen Blumenvasen mit Gladiolen und Gestecken, daneben Weihwasser, Altarkerzen, Totenköpfe und Tiere aus Zucker sowie Räucherwerk aus Harz, das die Luft von bösen Geistern reinigen sollte. Auf die unterste Stufe stellte sie Brötchen, Tonteller mit Nougat und Krüge mit frischem Wasser. Zum Schluß streute sie Nelken von der untersten Stufe bis zur Haustür, um den Toten den Weg zu den für sie aufgetischten Speisen zu zeigen. Die Gäste traten langsam ein, knieten vor dem Altar nieder und beteten leise. Nach einer Weile bekreuzigten sie sich, verneigten sich vor der Jungfrau und zogen sich zurück. Dann gingen sie hinaus auf den Patio und überreichten ein Geschenk für Maria Dolores, dem Kind im Hause: geröstete Maistaschen, ein Huhn, einen Korb mit Weizenbrötchen. Anschließend probierten sie frisches Brot mit Guajavegelee und tranken süßen Atole zum Aufwärmen.

Nach diesem Tag wurden die Türen im Haus verriegelt und erst am achtundzwanzigsten Dezember, Urgroßmutters Geburtstag, wieder geöffnet. Einen Tag vor der Geburtstagsfeier betätigte sich eine Handvoll Tagelöhner unter ihrer Anleitung als Schlächter, wobei mehrere Zicklein, Truthähne und ein Kalb geopfert wurden. Im Patio wurde das Geflügel gerupft, die Tiere gehäutet und ihre Gedärme saubergespült. Derweil bereiteten die Frauen in der Küche die Geflügelbrühe für das Frühstück, schälten Erdnüsse, grillten Chilis und rösteten Sesam.

Tags darauf standen alle Bewohner des Hofs mit der Sonne auf, stellten sich unter Marias Balkon und stimmten ein Geburtstagsständchen an. Dann begaben sich die Frauen der Tagelöhner in die Küche an die Arbeit. Sorgfältig bereiteten sie den Mole und die Soße für das Ziegenfleisch mit duftenden, schon fertig zerstoßenen Gewürzen, rösteten den Reis, backten die Tortillas, brieten die Bohnen und rührten köstliche, scharfe Soßen an. Es duftete nach Kümmel, Nelken, Sesam, Lorbeerblättern und Chilis, und ein Wirrwarr von Liedern und Stimmen lag in der Luft. Das ganze Haus war erfüllt von Fröhlichkeit und Festtagsstimmung. Eine andere Gruppe von Frauen bohnerte die Fußböden und trug Stühle und Gläser aus den Vitrinen hinaus auf den Patio. Sie schmückten die Tische mit gestärkten, kreuzstichgesäumten Decken und stellten darauf die Kristallgläser, Blumenvasen und Obstschalen voller Orangen, Quitten und Guajaven. Während die Kinder ihres Alters zwischen den Tischen umhertollten, blieb Maria Dolores ernst und feierlich an der Eingangstür stehen. Hier begrüßte sie Urgroßmutters Gäste, die mit allen möglichen Geschenken eintrafen, vom Kalb bis zu gereimten Sprüchen und einer getrockneten Feldblume, und geleitete sie zum Ehrentisch im Patio, wo Maria saß und sie mit einem knappen Lächeln und kurzen Dankesworten willkommen hieß. Rundum, wo Stühle und Bänke das Haus in seiner ganzen Länge und Breite säumten, nahmen die Gäste Platz. Urgroßmutters engste Freunde, zu denen der Herr Pastor und die Honoratioren der Stadt gehörten, bekamen einen Platz an den Tischen des Hauptpatios zugewiesen. Vor der Küche stellte man im Schatten der Mesquitebäume Bänke für die Arbeiter und ihre Familien auf. Eine Gruppe von Frauen schwirrte wie Bienen zwischen den Tischen hin und her. Sie räumten leere Teller ab und brachten große Schüsseln mit Mole, scharfem Ziegenfleisch, Schalen mit scharfen Soßen, Körbe mit Tortillas und Krüge mit Zitronen- und Tamarindenlimonade. Bis zum Überdruß wurden Speisen aufgetischt und die Krüge ständig mit frischer Limonade aufgefüllt. Dem Ehrentisch gegenüber spielte eine Musikkapelle Walzer und Rancheras.

Gegen Abend wurden Fleischtamales mit Chili und gewickelte Zigarren gereicht, und ganz zum Schluß gab es heiße Schokolade mit Kuchen. Das Fest endete, als die Lichter der kleinen weißen Glühbirnen, die zwischen den Bäumen an einer Schnur hingen, gelöscht wurden.

Die übrigen Tage verliefen für Maria Dolores immer gleich: eintönig, aber ohne einen freien Moment. Hausarbeit am Morgen, nachmittags dann Sticken im Patio und abends Bibellektüre im Salon. Gedankenverloren wiederholte sie Verse aus der Bibel, die ihr vor den Augen tanzten im flackernden, von den kalten Wänden zurückgeworfenen Kerzenschein.

Die Mahlzeiten wurden von Urgroßmutters Wünschen und Ängsten bestimmt, die, immer ein Vaterunser auf den Lippen, in ständiger Furcht lebte, ihre Enkeltochter könnte Loretos Tuberkulose geerbt haben. Sie erlaubte ihr nur zu festen Zeiten zu essen und nur das, was ihrer Meinung nach gut für ihre Gesundheit war. Sie stopfte sie voll mit Lebertran und verbot ihr das Naschen von Süßigkeiten. Doch mit wenig Erfolg, denn Maria Dolores blieb weiterhin blaß und dünn wie eine Bohnenstange.

Ihre einzige Abwechslung waren die Sonntagsmessen, der Rosenkranz am Donnerstag, die Nähkurse, die zweimal in der Woche bei der alten Fina stattfanden, und die immer selteneren Besuche von Heliodoro, die vor allem den Zweck hatten, Urgroßmutter um Geld zu bitten. Bis diese die Situation satt hatte und sich rundheraus weigerte: »Heliodoro«, sagte sie, sich auf dem Sofa zurücklehnend, »dir würde ich leihen, was immer du willst, du bist mein Sohn. Aber deine Frau ist wie ein Faß ohne Boden, sie bekommt nie genug. Du willst mir wohl kaum weismachen, daß du nicht ihretwegen dein früheres Haus in Comanja verkaufen mußtest, und daß die Apotheke jemals gut laufen wird.«

Nachdem Urgroßmutter das losgeworden war, hielt sie einen Moment inne, um ihren Zorn zu zügeln und weniger verletzende, dafür aber wirksame Worte zu finden, die Heliodoro die Augen öffnen sollten. Es wurde Zeit, daß ihm endlich einmal jemand klarmachte, was Simona mit dem Geld anfing. Sie holte einmal tief Luft und fuhr fort: »Ich habe ihre Familie gekannt. Alle waren stets bestens gekleidet, aber überall verschuldet. Simonas Vater war mehrmals in Haft, denn er konnte wunderbar um Geld betteln, aber vergaß regelmäßig, das Geborgte zurückzuzahlen. Sie haben es nie zu einem eigenen Häuschen gebracht und immer in irgendwelchen schmutzigen Hütten zur Miete gewohnt. Keiner, der sie so piekfein auf der Straße sah, hätte geglaubt, daß sie aus solchen Löchern kamen. Doch jetzt ist ihnen nichts mehr gut genug, selbst ein eigenes Haus haben sie und können ihr Glück gar nicht fassen.«

Während Urgroßmutter redete, begann Heliodoro, die Hände in den Taschen, mit unwillig gerunzelter Stirn im Zimmer auf und ab zu gehen. Schließlich machte er einen kläglichen Versuch, Simona in Schutz zu nehmen: »Ich hatte mit dem Hauskauf meines Schwiegervaters nichts zu tun. Simona sagt, in letzter Zeit habe ihr Vater gute Geschäfte gemacht.«

»Hat er denn ein Geschäft? So weit ich weiß, ist die einzige Anstellung, die dein Schwiegervater je hatte, die als Buchhalter bei der Stadt gewesen, wo er nicht mehr als zwanzig Centavos verdient hat.«

»Meine Schwiegermutter hat einen kleinen Krämerladen im Haus eingerichtet, und damit kommen sie über die Runden«, erwiderte Heliodoro.

»Das einzige, wozu dieser sogenannte Laden dient, ist zu vertuschen, was sie dir alles aus der Tasche ziehen. Dazu kommt noch, daß ich nicht mal einen Centavo von den Ernten oder vom Verkauf der Tiere meines Hofes erhalte, den du verwaltest. Das Geld, was ich habe, verdiene ich mit den Hühnern und dem Gemüse, das ich selbst zu den Marktständen schicke.«

»Mutter, die Ernten waren schlecht, und den geringen Ertrag brauche ich für die laufenden Kosten.«

»Diese Leute arbeiten nicht, sie leben von der Arbeit anderer, das ist nicht das gleiche. Sie scharwenzeln um dich herum, nicht weil sie dich lieben, sondern weil sie hinter dem Geld her sind, hinter dem Besitz ihrer Mitmenschen. Und damit nicht genug: Deine Frau kommandiert auch noch Maria Dolores ununterbrochen herum. Nie hat sie ihr auch nur einen Schluck Wasser gereicht oder eine Tortilla mit Chili ... Wenn sie sich jetzt schon so benimmt, wo ich noch lebe, wie wird sie erst sein, wenn ich nicht mehr da bin. Ich sollte nicht so von meiner Schwiegertochter sprechen, aber leider ist es die reine Wahrheit.«

Nach diesem Gespräch lieh Maria Heliodoro nie mehr etwas, trotz dessen beharrlicher Bitten. Als er merkte, daß all sein Drängen vergeblich war, stellte er die Besuche bei ihr ganz ein.

Bei Tagesanbruch herrschte noch eine kühle Frische im Landhaus. In der drückenden Mittagshitze verfiel alles in eine lähmende Regungslosigkeit. Maria Dolores saß im Patio und strickte oder stickte, umnebelt von dumpfer Schläfrigkeit. Sie stellte sich vor, daß eines Tages der Mann käme, der sie aus dieser bleiernen Langeweile erretten würde. Vor ihren Augen lockte ein neues Leben voller Wärme und Liebe. Im Geiste entwarf sie sich ein Bild von ihrer Zukunft, ein Haus voller Kinder, Lachen und Lärm. Sie fühlte sich einsam und kam sich vor wie ein verlorener Mesquitebaum inmitten einer öden Landschaft. Sie kannte nur Urgroßmutters spröde, zurückhaltende Liebe. Eine Liebe, die sich auf die Sorge um Essen, Gesundheit und Schlaf beschränkte. Maria fühlte ein tiefes schwarzes Loch in sich, das sie sich nicht erklären konnte. Allein in ihrem Zimmer, streichelte sie sich das Gesicht, zeichnete mit den Fingern die Umrisse ihrer Lippen nach, strich sich zärtlich über die Schultern und umarmte ihr Kopfkissen. Eine unerklärliche Rastlosigkeit nagte in ihrem Innern, und sie verzehrte sich in einem seltsam heftigen Verlangen, das sie sich nicht erklären konnte. In solchen Momenten arbeitete sie besonders eifrig und gönnte sich nicht einen Moment Ruhe; denn sonst, das wußte sie, würde sie wieder diese quälende Sehnsucht plagen.

An dem Tag, als Maria Dolores einundzwanzig Jahre alt wurde, ließ Urgroßmutter ihr zu Ehren eine Messe in der Pfarrei lesen und richtete ein Fest auf »La Montaña« aus. Mehrere Zicklein und Ferkel wurden geopfert, um Eintopf und Gegrilltes zu bereiten. Es gab reichlich Wein und Fruchtsäfte. Mittags füllten alle Freunde von Urgroßmutter das Haus. Die Frauen der Tagelöhner konnten gar nicht genug Tortillas backen und kamen gar nicht nach mit den Speisen, so schnell waren die Teller leergegessen und die Schüsseln ausgekratzt. Maria Dolores nahm dankbar die bombastisch in Kreppapier und bunte Schleifen verpackten Geschenke in Empfang. Ihr Vater nahm nicht an der Messe teil und kam erst spät zum Fest. Er wirkte gleichgültig, ja abweisend. Sein Geschenk war ein uneingepackter Cremetiegel, den er in aller Eile aus der Apotheke mitgenommen hatte.

»Du weißt ja, Maria Dolores, bei so vielen Kindern ist man ständig in Hetze. Ach, ich schulde dir noch Geschenkpapier.«

»Keine Sorge, Papa. Hauptsache, du bist gekommen.«

Als es dunkel wurde, blies das Geburtstagskind mitten im allgemeinen Trubel die Kerzen auf der Torte aus und verteilte die Stücke. Heliodoro ging zum Plattenspieler und suchte die Walzerplatte von Juventino Rosas heraus. Er wollte mit seiner Tochter tanzen. Doch Urgroßmutter hielt ihn zurück: »So wartet doch mal. Seht ihr nicht, daß mein Geschenk noch fehlt?«

Die Gäste und Heliodoro klatschten begeistert.

»Kind, hol mir mal die Papiere, die ich im Koffer aufbewahre, ich möchte, daß du sie liest.«

»Ist gut, Großmutter.«

Maria Dolores begann vorzulesen:

»In der Stadt Remedios sind am 25. des Monats Juni 1934 vor den genannten Zeugen einerseits Señora Simona de Campos als Bevollmächtigte von Maria Fernández, Witwe de Campos, andererseits Señor Heliodoro Campos Fernández persönlich erschienen, beide volljährig und wohnhaft in diesem Ort, rechtsfähig und geschäftsfähig. Señora Simona de Campos erklärt, kraft einer ihr in dieser Stadt erteilten Vollmacht vor dem Notar Ignacio Rocha, folgendes: daß sie Señor Heliodoro Campos Fernández den von ihm gepachteten Hof namens ›La Montaña‹, im Eigentum der Vollmachtgeberin, verkaufe. Die Bevollmächtigte versichert des weiteren, daß die Parzelle frei von Rechten ist, und veräußert sie zum Preis von 3000 Pesos, die ihr nach eigener Bestätigung in voller Höhe ausgezahlt wurden. Sie erklärt, daß sie den Hof mit allen oben erklärten Rechten dem Käufer überträgt. Die Vertragsparteien erklären, daß dieser Vertrag weder wegen vorsätzlicher Schädigung noch aus irgendwelchen anderen Gründen angefochten werden kann.

Diese Niederschrift wurde den Erschienenen von dem Notar vorgelesen, von ihnen genehmigt und eigenhändig, wie folgt, unterschrieben.«

Während ihre Enkelin vorlas, wurde Marias Gesicht totenbleich, und die Augen schienen ihr aus den Höhlen zu treten. Sie wollte etwas sagen und machte Anstalten, sich zu erheben, doch zur allgemeinen Verwirrung und zu Heliodoros und Simonas Schande fiel sie statt dessen zu Boden. Simona verließ unverzüglich das Haus. Ihr Mann blieb mit der Walzerplatte in der Hand wie angewurzelt stehen, bevor sie ihm aus den Händen glitt. Die Gäste drängten sich um die Ohnmächtige. Unter ihnen befand sich

Doktor Alejandro Dávila, der sich um die Kranke kümmerte. Mit Hilfe der Männer trug er Maria in ihr Schlafgemach, wo ihre Enkelin ihr das Kleid öffnete und einen alkoholgetränkten Wattebausch unter die Nase hielt, was allerdings keine Wirkung zeigte. Jeder hatte gute Ratschläge parat, während Heliodoro immer wieder vorwurfsvolle Blicke trafen. Der wußte vor Scham nicht, wohin er den Kopf wenden sollte, und folgte schließlich seiner Frau nach draußen.

Niemand wollte das Haus verlassen, ohne Gewißheit über Marias Gesundheitszustand zu haben. Sie wurden enttäuscht, denn Maria Dolores wich der Kranken nicht von der Seite, und Zenaida erlaubte niemandem, den Raum zu betreten.

»Sie werden wohl entschuldigen, aber die Patrona braucht strenge Ruhe.«

Unverzüglich begann sie, die Tische abzuräumen und die Lichter im Patio zu löschen. Durch die Dunkelheit stolpernd verließen die Gäste nach und nach den Hof.

Währenddessen hatte Heliodoro erschöpft nahe beim Fluß einen Halt eingelegt. Der meistgefürchtete Tag war also da. Von Anfang an hatte er gewußt, daß der Betrug nicht ewig geheim bleiben konnte und seine Mutter früher oder später davon erfahren mußte. Nur hatte er sich nie gedacht, daß sie es so erfahren würde: vor all den Leuten. In diesem Augenblick war die Sache wohl der Gesprächsstoff im gesamten Dorf, und sicher machten alle ihre bösen Bemerkungen darüber, was für ein schlechter Sohn und Vater er war.

An einen Eukalyptusbaum gelehnt, rechtfertigte er vor sich sein Handeln. Er erinnerte sich, wie er in der Absicht, sein zerrüttetes Eheleben zu verbessern, den Umstand ausgenutzt hatte, daß Maria Analphabetin war. Er hatte sie ihren Fingerabdruck unter die Urkunde setzen lassen, die Simona bevollmächtigte, den Hof an ihn zu verkaufen. Anschließend hatte er bei der Bank eine Hypothek auf den Besitz aufgenommen, um damit sein Haus und die Apotheke zu erwerben. Dabei hatte er nicht an die Folgen seines dreisten Vorgehens gedacht. Und da er sich der Situation nicht gestellt hatte, mußte er jetzt die Ungewißheit ertragen, nicht zu wissen, wie es seiner Mutter ging. Wie gern hätte er Doktor Dávila doch nach ihrem Gesundheitszustand gefragt.

Zur gleichen Zeit stellte diesem Maria Dolores eben jene Frage: »Es steht wohl schlecht um sie?«

»Sie sagen es. Ich will ganz offen zu Ihnen sein. Vorläufig wird sie gelähmt bleiben und kaum sprechen können. Mit der Zeit kann sie durch viel Geduld und Übung vielleicht die Sprache wiedererlernen und sich teilweise wieder bewegen.«

Tage später wachte Maria auf, ohne sich rühren zu können. Sehnsüchtig schweifte ihr Blick umher. Sie wollte schreien, doch nur ein leichtes Zittern ließ ihre Lippen erbeben.

Ihre Unfähigkeit, sich mit der Umgebung zu verständigen, ließ ihr viel Zeit dazu, vor ihrem inneren Auge ihr Leben an sich vorbeiziehen zu lassen. Ein Leben, das sie ganz der Arbeit gewidmet hatte.

Arbeit und noch mehr Arbeit. Ihr Señor, wie sie ihren Mann genannt hatte, hatte ihr mit den Ersparnissen eines ganzen Lebens fruchtbares Land am Fuß des Gebirges gekauft, das sie »La Montaña« tauften. Mitten darauf hatten sie den Gutshof errichtet und den übrigen Besitz für den Ackerbau und die Viehzucht bestimmt. Man konnte sagen, daß sie mit ihrem Mann Glück gehabt hatte: Er war außerordentlich fleißig gewesen und hatte sie weder geschlagen noch ihr vorgeworfen, daß sie ihm nur einen männlichen Erben hatte schenken können. Ihr Eheleben war friedlich und ohne viele Worte verlaufen. Die Geräusche der Landarbeit waren die Laute ihrer Verständigung gewesen: das Dröhnen, wenn der warme Milchstrahl beim Kühemelken gegen die Wände der Melkeimer prallte, das dumpfe Surren beim Ziehen des Pflugs und das leise Rieseln des Saatguts in die Furche. Das Rascheln der Geldscheine, die ihnen der Verkauf eintrug. Für sie war kein Winter zu kalt, kein

Sommer zu heiß gewesen. Ihre kräftigen Körper waren nicht zum Müßiggang geschaffen.

Morgens erledigte Maria die Hausarbeit, nachmittags schuftete sie an der Seite ihres Mannes auf den Feldern und in den Ställen.

Wenn der Tag zur Neige ging, betete sie beim Stricken oder Ausbessern der Kleidung für die Familie. Abends backte sie dann Kuchen, bereitete Sauermilch, Käse und Karamelcreme. Sonntags verkaufte sie ihre Produkte vor der Haustür. Das war ihr Leben gewesen, und sie hatte sich dabei wohl gefühlt.

Mit den Ländereien hatten sie Glück gehabt, denn die waren sehr fruchtbar. Ihre Ersparnisse legten sie in Goldmünzen an. Das wunderbare Metall verlor nie an Wert. Geldscheine waren für sie nichts als bunte Papierbildchen, die bei jedem Regierungswechsel wertlos wurden. Die Goldmünzen vergruben sie im Haus. Den Banken, die sie für eine neumodische Erfindung von Betrügern hielten, trauten sie nicht über den Weg. Und falls sie sich irrten, dann wurden die Banken doch zumindest bei jeder Revolte ausgeraubt, und ihre Ersparnisse lösten sich in Luft auf.

All ihr Vermögen war für den geliebten Sohn bestimmt gewesen, so hatten sie es gemeinsam beschlossen. Doch als Heliodoro Simona heiratete, hatte Maria ihre Meinung geändert. Sie wußte, daß ihr Sohn ein Schwächling war, den seine Frau formen und kneten konnte wie Tortillateig. Bei einer solchen Faulenzerin, die nichts weiter im Kopf hatte als zu schlafen und Geld zu verschwenden, bezweifelte Maria, daß sie das vermehren oder auch nur zusammenhalten würde, was ihre Schwiegermutter im Schweiße ihres Angesichts angespart hatte. Daher beschloß sie, daß Maria Dolores den größten Teil des Erbes bekommen sollte, denn diese war darauf angewiesen. Außerdem war sie die einzige, die in gesunden und kranken Tagen in selbstloser Zuneigung und Hingabe an ihrer Seite geblieben war.

Heliodoros und Simonas Verrat bestätigte jetzt Urgroßmutters Verdacht und durchkreuzte ihre Pläne, Maria Dolores abzusichern.

Was würde bloß aus ihrer Enkeltochter werden, ohne Familie, nur mit einer raffgierigen Stiefmutter und einem Verräter als Vater! Und sie selbst mit diesem Körper und dieser Zunge wie ein schlaffer Lappen, unfähig, ihr zu Hilfe zu eilen. Plötzlich fiel ihr ein, wie die beiden sie damals besucht hatten. Sie waren übertrieben aufmerksam zu ihr gewesen und hatten sogar Kokosplätzchen und für Maria Dolores ein Stück Honigkuchen mitgebracht. Heliodoro hatte ihr erzählt, daß sie ein Radio auf Raten kaufen wollten und einen Bürgen brauchten. Er wollte wissen, ob sie dazu bereit sei. Ohne ihre Antwort abzuwarten, hatte Simona ihr ein Papier vor die Nase gehalten, unter das sie ihren Fingerabdruck setzen sollte. Alles war so plötzlich gekommen und schien eine solche Lappalie zu sein, daß sie nicht zögerte das zu tun, worum ihr Sohn sie bat, ohne auch nur zu ahnen, was diese Papiere besagten. Närrin, du unglaubliche Närrin! Obwohl sie sich andererseits keine Vorwürfe machen konnte. Sollte sie ihrem eigenen Sohn mißtrauen? Ihrem eigenen Fleisch und Blut, wo er doch von zu Hause nur Redlichkeit und ehrliche Arbeit gekannt hatte.

Sorgenbeschwert fiel sie in einen bleiernen Schlaf. Neben ihr schlief Maria Dolores tief und fest vor Erschöpfung nach all den durchwachten Nächten.

So fand Heliodoro die beiden einige Zeit später vor. Reumütig senkte er den Kopf und versuchte sich stotternd mit einigen Anspielungen auf Simonas Krankheit herauszureden.

»Verzeih, Mütterchen, wir brauchten das Geld einfach. Simona litt ständig unter Wechselfieber und schrecklichen Kopfschmerzen, und nachts irrte sie wie von Sinnen vor sich hin brabbelnd durchs Schlafzimmer. Der Arzt hat ihr alle mögliche Arznei für die Nerven verschrieben und geraten, sie solle sich ausruhen und sich nicht zu sehr aufregen. Trotzdem ging es ihr nicht besser. Da meinte Simona, die einzige, die ihr noch helfen könnte, sei die Heilerin Juana ›die Lahme‹. Als ich Simona so hinfällig sah, konnte ich es ihr doch nicht abschlagen. Sie ging davon aus, daß Juana, weil sie

Freundinnen waren, ihr mit dem Preis für die Behandlung und die Medizin, die sie zur Linderung brauchte, entgegenkommen würde. Aber weit gefehlt. Nach ihrem ersten Besuch begann sie bereits, Geld von uns zu verlangen und eine Menge Dinge aus der Apotheke: Rosenwasser, Salbendosen, teure Parfüms. Vor allem wollte sie Geld für Kerzen, Amulette, Heilwässerchen und eine Unmenge spezieller Medikamente. Da noch dazu die Behandlungen furchtbar teuer sein würden, wollte ich sie zuerst wieder wegschicken, doch ihre unheilvollen Andeutungen haben mir den Schlaf geraubt, und mir blieb nichts anderes übrig, als einzuwilligen.

Wir sind also zu ihr gegangen, und sie hat Simona in ein Bett gelegt. Sie stellte brennende Kerzen auf, rieb ihr die Brust mit Kräutern und Salben ein und versetzte sich dann mit verdrehten Augen und lauter Verrenkungen in Trance, um irgendwelche Geister um Hilfe anzurufen. Schweißgebadet und angeblich sehr erschöpft vom Kampf mit den bösen Seelen hängte sie Simona schließlich ein Amulett um den Hals, das sie vor den Geistern beschützen sollte. Zum Schluß hat sie uns noch gewarnt: ›Simonas Fall ist ernst. Ihr Körper steckt voller Stacheln, die ihr die Eingeweide zerfetzen. Im Haus von La Montaña gibt es böse Kräfte, die sie allmählich zerstören. Sie gehören jemandem, der ihr den Tod wünscht. Die einzige Rettung ist, Simona dort herauszuholen. Wenn nicht, werden Sie wieder Witwer.‹ Ehrlich gestanden habe ich ihr zu Anfang keinen Glauben geschenkt und hielt alles nur für Hirngespinste dieser alten Intrigantin. Doch in den folgenden Wochen mußte ich mit ansehen, wie Simona jammerte und wehklagte und von Tag zu Tag hinfälliger wurde, während ich mir den Kopf darüber zerbrach, wo ich das Geld herbekäme, um ihr das Haus zu kaufen. Da Ihr mir ja nicht mehr helfen wolltet, habe ich in meiner Verzweiflung die Urkunden an mich genommen, natürlich nur leihweise. Ihr werdet schon sehen, daß ich Euch alles zurückzahle.«

Urgroßmutter blieb reglos liegen, durch einen ohnmächtigen Schlaf vor der Realität abgeschirmt.

Kurz darauf verabschiedete er sich mit einem flüchtigen Kuß auf ihre Stirn. Dabei warf er Maria Dolores einen flehenden, Verständnis heischenden Blick zu.

»Leb wohl, Papa.«

Nach seiner Heimkehr schloß sich Heliodoro, heftige Kopfschmerzen vorschützend, im Schlafzimmer ein und setzte sich auf den Bettrand. Der Raum füllte sich mit Stimmen aus der Vergangenheit, mit dem Geruch nach Medizin, mit erbärmlichem Stöhnen und Wehklagen. Als er die Bilanz seines Lebens mit Simona zog, konnte er sich nicht mehr erinnern, was ihn dazu bewogen hatte, sie zu heiraten, und schob es auf einen Moment der Schwäche. Deutlich hatte er die Szene an jenem Nachmittag während ihres Besuchs bei Juana »der Lahmen« vor Augen. Und wieder spürte er den frostigen Hauch ihrer unheilvollen Worte und heuchlerischen Todeswarnungen: »Simona wird sterben, wenn Sie sie nicht von ›La Montaña‹ wegbringen.«

»... sie soll ja nicht beraubt werden, es ist nur eine Leihgabe. Wenn das Geschäft läuft und du anfängst zu verdienen, bezahlst du die Hypothek und keiner wird irgend etwas merken«, hatte ihn Simona beschworen.

Eines Tages, nach mehreren Monaten des Jammerns, Zeterns und Leidens, war er schließlich soweit, Simonas Rat zu befolgen.

Ganz versunken in seine Grübeleien, bemerkte er gar nicht, wie die Zeit verging. Allmählich senkte sich die Nacht über das Haus; Schatten tauchten die Zimmerwände in Schwarz. Als er Simonas dumpf schlurfende Pantoffeln auf dem Flur näherkommen hörte, hatte es für ihn etwas Unheilvolles. Und schon war auch Simonas schrille Stimme zu hören: »Das Essen ist fertig. Beeil dich, wir haben Hunger.«

Mit gerunzelter Stirn erhob sich Heliodoro, öffnete die Tür, ging in die Küche, nahm Platz und begann lustlos seine Tortillas zu kauen; sie waren kalt und der Kaffee wässerig.

Meine Loreto, die war eine wirkliche Hausfrau, die verstand es tatsächlich, eine anständige Mahlzeit zu bereiten, und sie kam dabei mit dem Geld aus, dachte er bei sich. Es war eine Freude gewesen, ihr das Geld anzuvertrauen, weil man wußte, daß sie damit haushielt.

Bei dieser Erinnerung verwandelte sich der Lärm um ihn herum, und er hörte das melodische Lachen und das Klappern der Absätze seiner verstorbenen Frau. Dieses Gefühl hüllte ihn wieder in den Duft nach Minze, wohligem Zuhause, Liebe und Leidenschaft. Bis in alle Ewigkeit hätte er diese Vision festhalten mögen, doch das war unmöglich. Vor ihm lag die rauhe Wirklichkeit. Als er aufschaute, fiel sein Blick auf das verkniffene, grobschlächtige Gesicht Simonas. Der Gegensatz zu Loreto wurde ihm unerträglich. Daher mied er nach dem Essen Simonas Nähe und blieb unter dem Vorwand, Zeitung zu lesen, sitzen.

Unter dem Schleier der Nacht schlug dumpf die Kirchturmuhr.

Das metallische Ticken der Standuhr erfüllte das ganze Haus. Vor meinen Augen sah ich das runde Zifferblatt, das in dem Gehäuse aus rötlichem Mahagoniholz eingefaßt war, die verschnörkelten Zeiger, die sich über die Ziffern bewegten, und das goldene Pendel hinter der Glastür, das das einzige Ziel hatte, mir das unerbittliche Vergehen der Sekunden ins Gedächtnis zu rufen. Draußen waren die Straßenlaternen immer noch nicht angegangen, es schien nur das fahle Licht des aufgehenden Mondes. Schrill und melancholisch hob das eintönige Zirpen der Grillen an und verschmolz mit dem Seufzen des Windes zu einem unheimlichen Laut, der sich in den Echos der Nacht verlor. Ich ließ die Samtschachtel auf dem Bett liegen.

Plötzlich waren Schritte auf der Treppe zu hören: »Warum bist du nicht heruntergekommen, um mit mir Kaffee zu trinken? Ich habe auf dich gewartet.«

Da war Maria Dolores, meine Mutter. Sie öffnete die Tür mit der Fußspitze und kam mit zwei Bechern Kaffee herein. Vorsichtig stellte sie sie auf dem Nachttisch ab, ging zum Fenster und drehte sich lächelnd zu mir um. Ihr langer Schatten zeichnete sich an der Decke ab.

»Ich bin glücklich über deine Hochzeit«, sagte sie.

Dann setzte sie sich auf die Bettkante, betrachtete die Samtschachtel und stieß einen tiefen Seufzer aus, der mit dem Zirpen der Grillen verschmolz.

»Wie oft haben wir schon so vor diesem Koffer gesessen. Und heute abend wieder, vielleicht zum letzten Mal.«

Urgroßmutter Maria brauchte lange, um sich zu erholen und ein Leben zu akzeptieren, das sie an den Rollstuhl fesselte, in Erwartung des Tages, da Heliodoro, von seinem Gewissen geplagt, ihr den Hof zurückgeben würde.

Nach und nach kehrte wieder Ruhe ein. Als Maria Dolores zweiundzwanzig Jahre wurde, gab es ein paar Veränderungen in ihrem geregelten Leben. Außer daß sie von Urgroßmutter die Erlaubnis bekam, in einem Institut für höhere Töchter Schreibmaschine zu lernen, erreichte sie auch, nach der Sonntagsmesse im Park spazierengehen zu dürfen.

Die alte Fina wurde ihre neue Begleiterin zum Rosenkranz und zur Messe. Sonntag nachmittags erschien Fina in einem dunkelvioletten Gewand, wie es die von ihr verehrte Jungfrau trug, und einem Heiligenbild um den Hals, um für die Gesundheit der Kranken zu beten. Bis es Zeit wurde, zur Messe zu gehen, hatte sie bereits – zwischen lauter Vaterunsern und Avemarias – eine Unmenge von Süßigkeiten und Kuchenstückchen verschlungen. Um sieben Uhr abends machte sie sich mit Maria Dolores auf den Weg in die Kirche. Wenn sie ihre fromme Pflicht getan hatten, trafen sie sich mit den anderen Frauen auf dem Kirchhof, um den neuesten Dorfklatsch auszutauschen.

Mitten auf dem Platz lag die Kirche mit ihren zwei Türmen. Der Glockenturm ragte spitz gen Himmel, und am anderen Turm prangte eine Uhr mit abgebrochenen Zeigern. Für die Frauen war der Platz vor der Kirche einer ihrer wichtigsten Treffpunkte. Nach der Messe bildeten sie kleine Grüppchen, um im Schutz der Dämmerung unter den Pinien über die Neuigkeiten im Dorf zu plaudern.

Die Frauen vertrieben sich die Zeit mit vertraulichem Klatsch und Tratsch, schürten alle möglichen Gerüchte, lachten fröhlich über die Witze, die jeden einmal aufs Korn nahmen, und kreischten und krakeelten wie Krähen im Sommer.

»Wie geht es Doña Maria?« wollten die Frauen von Maria Dolores wissen.

»Schon besser, danke.«

»Gott sei Dank! Es schleppt halt so jede ihr Bündel mit sich herum. Da ist zum Beispiel die arme Benita, meine Nachbarin. Noch heute morgen habe ich sie getroffen. Ihre Beine sind übersät mit blauen Flecken von den Fußtritten, die ihr Chente verpaßt.«

»Alles nur wegen La Ruñida, die hinter jedem her ist und mit allen Freunden und Feinden ihres Mannes schläft, ohne Rücksicht auf den Schaden, den sie anrichtet.«

Maria Dolores fragte: »Wer ist denn La Ruñida?«

»Die personifizierte Sünde«, erklärte rundheraus eine der Frauen.

Tatsächlich kannte niemand La Ruñidas wirkliche Herkunft. Trotz der Pockennarben im Gesicht war sie eine attraktive Frau. Hinter vorgehaltener Hand hieß es, sie sei die uneheliche Tochter von El Patallas und einer Prostituierten aus Comanja. Kurzum, keiner wußte Näheres über sie zu sagen. Der einzige, der genau Bescheid wußte, war ihr Vater, ein wortkarger Mann, der eines Tages ins Dorf gekommen war, mit dem Mädchen an der Hand, das wer weiß wo und von wem geboren war.

El Patallas war ein Einzelgänger. Er war zwar ein tüchtiger Zimmermann, aber vulgär und noch dazu Trinker, weshalb er nur wenig Kundschaft hatte. Manchmal, wenn er tagelang versackte, blieb die Tischlerei geschlossen. Mehr als einmal war er handgreiflich geworden, wenn jemand einen nicht erfüllten Auftrag anmahnte, und hatte seinen Widersacher zu Boden geschlagen. Neugierigen hatte er dann zugerufen: »Wer ist der Nächste?«

Da niemand der Nächste sein wollte, hatten sich die Zuschauer rasch verdrückt. In Los Remedios munkelte man, einige Zeit danach habe einer seiner zahlreichen Feinde sich an ihm gerächt, und daraufhin habe er vollends den Verstand verloren. Andere versicherten, der viele Schnaps, den er sich Abend für Abend in die Kehle schüttete, hätte ihn in den Wahnsinn getrieben.

Die einzige Person, die er liebte, war seine seit der Kindheit von Natur aus kokette und zügellose Tochter. Ihre Ungeniertheit hatte sie ins Gerede gebracht. Daher hatte der Vater, als sie knapp vierzehn war, beschlossen, sie mit einem angesehenen Mann zu verheiraten.

Allerdings gab es im Dorf keine große Auswahl; der einzige, der in Frage kam, war Don Manuelito, der damals dreißig Jahre alt und Direktor der Bank von Comanja war.

Trotz des zweifelhaften Rufs des Mädchens verfiel er ihren Reizen und bat El Patallas bei der erstbesten Gelegenheit um die Erlaubnis, ihr den Hof zu machen. Bei seinen Besuchen himmelte er sie unter den gelangweilten Blicken einer Dienstmagd an, während La Ruñida ständig gähnend auf die Uhr schaute, bis sie ihn endlich verabschieden konnte.

Monate später heirateten sie mit El Patallas' wohlwollendem Einverständnis und gegen den Willen der Eltern des Bräutigams.

In den ersten Wochen stillten sie das Verlangen ihrer begierigen Körper, waren ausgelassen und liebten sich mit einer Glut, die er für

Liebe hielt. Sie war dagegen bald der immer gleichen Liebkosungen, der gleichen Worte, desselben Körpers überdrüssig. In ihrer Unzufriedenheit beschloß sie, sich andere Männer zu suchen, um das Feuer zu löschen, das sie verzehrte. So flog sie aus den Armen eines Mannes in die des nächsten und genoß die Freuden unersättlicher Leidenschaft. In dieser Zeit bekam sie drei Kinder, deren Vaterschaft böse Zungen den unzähligen Liebhabern zusprachen, obwohl Manuelito sie als die seinen anerkannte. Er war ein sanfter, in sich gekehrter Mann. Schon von weitem erkannte man den kaum Vierzigjährigen an seinem müden Schritt und der gebeugten Haltung.

Seine Erscheinung stand in krassem Gegensatz zu derjenigen seiner Frau, die einen aufrechten Gang und stets ein Lächeln auf den Lippen hatte. Ihr Haar war rötlich und fiel ihr lockig ins kunstvoll geschminkte Gesicht. Man sah sie häufig in der Nähe des Casinos, der Cantina oder vor den Toren des Dorfes in angeregtem Plausch mit Männern. Wenn sie manchmal tagelang von zu Hause verschwand, sorgte Manuelito für die Kinder. Er erledigte die Einkäufe auf dem Markt, während hinter seinem Rücken getuschelt wurde.

La Ruñidas Feinde und Opfer waren zahllos. Zu ihnen gehörte Benita, Chentes Frau, eine aufopferungsvolle Mutter, die trotz ihres quälenden Ehelebens versicherte, daß sie selbst, wenn sie durch die Hölle gehen müßte, ihre Ehe vor Gott aufrechterhalten würde; und sie behauptete, Satan halte bereits einen Platz in der Hölle bereit für diese verlorene Seele, die ihrem Mann das Geld aus der Tasche zog und so ihren armen Jungen das Brot vom Munde stahl. Benita war zweifellos eine tüchtige Frau, die jeden Pfennig umdrehte, um den Krämerladen zu unterhalten und ihre zahlreichen Kinder zu ernähren.

»Warum sucht Benita nicht Hilfe bei Juana ›der Lahmen‹?« fragte eine der Frauen.

»Gott bewahre. Diese Frau ist eine Hexe. Sie muß mit dem Teufel im Bunde stehen«, entgegnete Fina.

»Wenn es Gottes Fügung ist, was soll man da machen?«

Die alte Fina stimmte zu: »Da haben Sie recht, meine Liebe. Man muß wohl alles dem da oben überlassen«, dabei zeigte sie gen Himmel.

»Ach, wissen Sie schon, wer ins Dorf zurückgekehrt ist?« unterbrach eine andere. »Don Francisco Villanuevas Tochter Eulalia. Sie hat einen Jungen bekommen, der Felipe Troncoso wie aus dem Gesicht geschnitten ist. Ich hatte sie schon vor ein paar Tagen getroffen, aber als sie mich sah, wurde sie puterrot und ist einfach weitergegangen, als hätte sie mich nicht bemerkt. Daher habe ich mich das nächste Mal direkt vor ihr aufgepflanzt, und ihr blieb nichts anderes übrig, als mich zu grüßen. Sie hat mir erzählt, daß sie inzwischen Lehrerin ist und hier in der Schule arbeiten wird.«

»Armes Mädchen! Wie muß sie gelitten haben, als ihre Familie erfuhr, daß sie ein Kind erwartete. Und dieses Ungeheuer von Don Francisco, der nicht zuließ, daß sie den Vater ihres Kindes heiratete. Mal ganz zu schweigen von den Brüdern, die sind genau wie der Vater.«

»Anderntags habe ich Dominga vor der Mühle gesehen. Das ist das Mädchen, das Pablo, Eulalias Bruder, geheiratet hat, sie hat schon vier Kinder. Sie war doch so hübsch mit ihrem rosigen Gesichtchen und immer so adrett gekleidet. Sie sollten sie jetzt mal sehen, ganz schlampig und verbraucht, und immer mit mindestens einem blauen Auge«, erzählte Fina.

»Aber wer zwingt die Mädchen denn, gleich aufs Ganze zu gehen. Sie sind noch nicht ganz trocken hinter den Ohren, und schon fangen sie mit dem ganzen Tamtam ums Heiraten an. Ich sage meinen Töchtern immer: Am besten geht's ihnen zu Hause, da gibt es immer genug zu essen.«

»Jedenfalls, meine Liebe, wenn sie irgendwann heiraten und an einen schlechten Mann geraten, kann sie nicht einmal der Herrgott mehr retten. Ob gut oder schlecht, die Ehe ist nun mal das Los der Frau.«

»Es heißt, Isaac, der älteste Sohn Don Franciscos, lebte im Norden. Francisco, der Jüngste, ist immer noch hier. Er steigt jedem Mädchen nach und schlägt ständig alles kurz und klein. Er arbeitet zwar viel, ist aber ein schlimmer Weiberheld. Wenn es nach ihm ginge, würde er sie allesamt mit Haut und Haaren vernaschen. Jeden Abend versackt er abwechselnd in der Cantina oder im Bordell.«

Vor dem Kirchplatz war der Taxistand, wo die Fahrer mit ihren frisch gewaschenen und polierten Wagen den Leuten von den Höfen, die in dem einzigen Bus in ihre Richtung keinen Platz gefunden hatten, ihre Dienste anboten.

Gegenüber der Kirche gab es einen von Pinien gesäumten Platz mit einem Pavillon, dem sonntäglichen Domizil einer lärmenden Musikkapelle. Dort drehten die Männer ihre Runden in der einen Richtung und die Frauen in der anderen. An den Ecken, mitten im lauten Getümmel, hatten sich Straßenverkäufer postiert, die die Passanten mit Eis, mit Chilis und Käse belegte Brötchen, Süßigkeiten, Luftballons und Blumen lockten.

Die Zukunft der Frauen im Dorf war ein reines Lotteriespiel: Sie hing jeweils vom guten oder schlechten Charakter des Ehemannes ab, an den sie gerieten. All das Gerede barg für Maria Dolores etwas Fremdes, Geheimnisvolles. Nichts von dem, was sie gehört hatte, erschien ihr wirklich. Zumindest nicht für sie. Sie träumte von einem sanften, zärtlichen Mann, einem aufrichtigen und fleißigen Vater für ihre Kinder, den sie voller Hingabe lieben würde, so daß ihm der Atem fehlen würde, um sich eine Ruñida zu suchen.

Mama sah sich schon seit einer Weile weitere Fotos aus der Schachtel an.

»Erinnerst du dich noch an den Bettler, der immer an der Ecke der Kirche stand, Esperanza?« fragte sie und nippte an ihrem Kaffee.

Wie könnte ich ihn vergessen haben! Es war ganz so, als ob dieser arme Bettler mit dem trüben Auge, den knochigen Händen und den langen, schwarzen Fingernägeln immer dort gestanden hätte, sozusagen als Teil des Kirchenschmucks ... Es war »El Patallas«, der Vater von La Ruñida, ein Kerl mit wirrem Haar und Pferdegebiß, der über den Platz streifte und die Liebe besang.

»Ja, natürlich.«

Meine Finger stießen auf das Foto von Großvater Francisco: ein sepiafarbenes Oval, darin ein stures, hochgerecktes Gesicht mit steifem Schnauzbart, zusammengekniffenen Lippen und tiefen Kerben um die Mundwinkel. Er hatte einen stolzen und herablassenden Blick, der einschüchternd wirkte. Bruchstückhaft kamen mir seine Erzählungen in den Sinn. Er war mitten im Kugelhagel geboren, und die Wirren der Revolution hatten seine Kindheit und Jugend geprägt. Ich versuchte, mir seine Trauer über den Tod seiner Eltern, seine unendliche Einsamkeit vorzustellen und die Schicksalsschläge, die ihn im Laufe seines Lebens zu einem so harten und herzlosen Mann gemacht hatten.

Während der mexikanischen Revolution waren meine Urgroßeltern väterlicherseits durch die Hand von Armeesoldaten, die sie eines Nachts mit vorgehaltenem Gewehr aus dem Haus geholt hatten, ums Leben gekommen. Am nächsten Tag fand man ihre Leichen, die an einem Baum vor der öffentlichen Schule baumelten. Die Erinnerung an dieses makabre Ereignis und ein schmiedeeiserner Ofen französischen Fabrikats waren die einzigen Andenken, die meinem Großvater an seine Eltern blieben. Er überlebte dank eines mildtätigen Nachbarn, von dem er den Familiennamen Villanueva und später dessen gesamten Besitz erbte.

Lupita, die Tochter seines Gönners, und er wuchsen gemeinsam wie Geschwister auf. Wenn es Abend wurde und die Sonne unterging, rannten sie über die Luzernefelder, umhüllt vom Geruch nach frischem Gras, und widmeten sich ihrem Lieblingsspiel: Verstecken. Das taten sie im Getreidespeicher zwischen den Maissäkken und den getrockneten Heuhaufen. An dem Tag, als Lupita vom Mesquitebaum abrutschte und ihm in die Arme fiel, begann zwischen beiden ein Gefühl zu wachsen, das mehr war als nur Freundschaft. Er spürte die Wärme ihres Körpers, und ihr pechschwarzes Haar streifte seine Lippen. Da hielt er unvermittelt inne, und sein Gesichtsausdruck versteinerte. Er war wie gelähmt. Nachdem er sie unsanft am Boden abgesetzt hatte, kehrten sie, ohne ein Wort zu sagen, heim.

Tage später hielt Großvater um ihre Hand an. Er war der Dorfschmied und erst fünfzehn, als er sie, eine junge Dame mit Neigung zur Musik und Melancholie, heiratete.

Die Großeltern liebten sich zwar mit der Unbeholfenheit ihrer mangelnden Erfahrung, aber mit dem Zartgefühl der Liebenden und dem Ungestüm der Jugend. Es war eine Liebe, die sich durch Taten äußerte, nicht durch Worte. Sie gab sich die größte Mühe beim Maismahlen für den Tortillateig, bei der Zubereitung der gebratenen Bohnen mit Schweineschmalz, die er so gerne aß, bügelte ihm mit äußerster Sorgfalt seine Hemden und polierte seine Schuhe auf Hochglanz. Er strengte sich an, ein paar Pesos mehr zu verdienen, um ihr die Creme, den Gesichtspuder oder das Kölnisch Wasser zu besorgen, das sie zu ihrer Körperpflege benutzte. Vor anderen tauschten sie niemals Zärtlichkeiten oder verliebte Worte aus. Das einzige, was ihre verborgenen Gefühle verriet, waren die Blicke, die sie wechselten, und Lupitas rosige Wangen. Noch rosiger wurden sie an dem Tag, als sie Großvater stotternd gestand, daß er bald Vater werden würde. Auch ihm stieg die Röte ins Gesicht vor Freude über die Neuigkeit. Doch er kratzte sich nur am Kopf und sagte:

»Wie schön.«

Am folgenden Tag stand er früh auf, tauchte das Gesicht in

Wasser, zog sich an, kippte einen Becher Kaffee herunter und machte sich auf den Weg zur Schmiede. Großmutter Lupita blieb traurig in der Küchentür stehen. Die große Neuigkeit schien Großvater keinen Deut zu interessieren. Den Tränen nahe griff sie zur Gitarre, begann traurig darauf herumzuzupfen und laut ihr Lieblingslied zu singen: »Von allen Monden ist der schönste der im Oktober, er spiegelt den Frieden der Seelen, die vom Glück träumten in der Blüte ihrer Jugend ...«

Es folgten etwas leiser ein paar Takte eines Volkslieds, das Großvater ihr auf eine ganz persönliche Art vorzusingen pflegte, bis ihr schließlich die Stimme versagte, weil ihr etwas die Kehle zuschnürte und das Lied in einem Schluchzen unterging. Die Gitarre umklammernd, versuchte sie gegen das Gefühl der Verlassenheit anzugehen, das sie bedrängte.

Als es dunkel wurde und Großvater heimkehrte, fand er sie mit vom Weinen verschwollenen Augen vor, die sie sich rasch mit einem Zipfel der Schürze trockenwischte, als sie ihn kommen sah. Er erschrak, als er sie in diesem Zustand sah.

»Was ist los mit dir?«

»Nichts, mir tun nur die Augen weh, das muß von dem Holz kommen, das ist noch zu frisch.«

»Das hab ich dir mitgebracht«, sagte er und reichte ihr ein in Papier eingewickeltes Päckchen.

Lupita nahm es entgegen; es enthielt ein neues Schultertuch, Stoff für ein neues Kleid und Flanell für Windeln. Als sie das sah, brach sie in Schluchzen aus.

»Was ist denn jetzt wieder passiert?«

»Ach, ich bin nur so glücklich, deshalb weine ich.«

»Verstehe einer die Frauen«, sagte er, rollte sich eine Tortilla, tunkte sie in die Soße und bat seine Frau, ihm einen Teller Suppe zu bringen.

»Ich hatte gedacht, du machst dir nichts daraus, Vater zu werden.«

Seine Freude über die Schwangerschaft seiner Frau vermochte Francisco nicht in Worte zu fassen. Er zeigte ihr sie nur durch verstohlene Aufmerksamkeiten, flüchtiges Händedrücken und feurige Blicke. Wenn er neben ihr saß, beobachtete er sie heimlich aus den Augenwinkeln. Was für eine Augenweide war es, wenn Lupita am Metate hockte und den Mais für den Tortillateig zermahlte, im Takt ihrer wippenden Brüste und der hin und her wirbelnden Arme. Das Geräusch des reibenden Steins auf dem Metate, das Klatschen ihrer Hände beim Formen der Tortillas und das rhythmische Rühren des Holzquirls beim Aufschlagen der Schokolade in der Milch klang ihm wie Musik in den Ohren. Je mehr er ihr zusah, desto heftiger wuchs seine Liebe. Wie sehr hatte sie sich verändert! Ihr Leib schwoll mit der Zeit an, ihr Gesicht war der Ausdruck reiner Fröhlichkeit, und ihre Augen strahlten wie die Mittagssonne im Sommer. Auch sie war außer sich vor Freude. Sie hatten alles, was man zum Glück brauchte: ein behagliches Dach über dem Kopf, ihre tägliche Tortilla, und auch das Feuer im Ofen fehlte nicht.

Auf Isaac, das erste Kind, folgten noch drei weitere, Pablo, Eulalia und Francisco, mein Vater. Das Haus füllte sich mit Lachen, Geschrei und Arbeit. Doch Lupita nahm sich immer noch die Zeit, ihre religiösen Pflichten zu erfüllen. Im Gegensatz zu Großvater war sie eine strenggläubige Katholikin, und er ließ sie zum Rosenkranz, zum Beichten und zum Empfang des Abendmahls in die Messe gehen, wenn er sie auch niemals begleitete. Er sagte, das sei nur vertane Zeit. Wichtiger sei es, sich ordentlich zu benehmen. Dann gebe es keinen Grund, zur Beichte zu gehen und einem Fremden seine Schwächen zu gestehen oder willkürliche Bußgebete zu sprechen.

Sonntags stand Lupita gewöhnlich früher auf als sonst, flocht ihr Haar zu einem dicken Zopf, dessen Ende mit einem bunten Band zusammengehalten wurde. Dann nahm sie allein an der Sechsuhrmesse teil und bereitete nach der Rückkehr das Frühstück, badete die Kinder und steckte sie in Sonntagskleidung. Zu dem gestreiften Schultertuch und den hochhackigen Schuhen trug sie auch einen Hauch Lippenstift auf. Großvater Francisco war in seinem Popelinehemd und der blauen Kaschmirhose nicht weniger fein. Nach dem Essen gingen sie zum Bahnhof. Die größeren Kinder liefen Hand in Hand vorneweg, die Großeltern folgten ihnen. Lupita trug den Kleinsten, eingewickelt ins Umschlagtuch, vor der Brust.

Während die Kinder den Bahnsteig entlangtobten, saßen Francisco und Lupita auf einer Bank und aßen Melonenscheiben. Ihr größtes Vergnügen war der Anblick der kohlschwarzen, dampfenden Lokomotive, die ihre Einfahrt mit einem anhaltenden Stoßseufzer verkündete. Mit unverhohlener Neugier beobachteten sie die Leute und ließen sich kein Detail entgehen. Zuerst stiegen die Passagiere aus: Bauern, beladen mit Säcken voller Kartoffeln und Mais, mit an den Füßen zusammengebundenen Hühnern und Truthähnen. Hastig aussteigende Frauen mit einem Kind im Tuch, einem anderen am Rockzipfel und Einkaufsbeuteln in jeder Hand. Zuletzt die Lokführer in ihren Arbeitsanzügen und den dunklen Mützen, ein buntes Tuch um den Hals geknotet.

Die Verkäufer von Maiskolben, Süßkartoffeln, Granatäpfeln, Wassermelonen und Zitroneneis boten ihre Ware feil. Angeregte Diskussionen, Getuschel, Lachen, Kindergeschrei, Gerüche nach parfümierten Salben und frischen Früchten erfüllten die Luft.

Eine Stunde später fuhr der Zug wieder weiter, und wenn der Dampf sich in der Ferne verlor, löste sich auch das Getümmel auf. Der Bahnsteig leerte sich. Dann kaufte Francisco für die ganze Familie Maiskolben, mit Butter bestrichen und geriebenem Käse überbacken, und ließ sich zum Abendessen gekochte Süßkartoffeln mit braunem Zucker einpacken. Lupita war immer vollkommen erschöpft, wenn sie heimkamen. Sobald sie die Tür öffnete, schleuderte sie die Schuhe fort und betrachtete sich die Blasen. Die hochhackigen Schuhe waren eine wahre Tortur, wenn man damit über das Kopfsteinpflaster lief, aber sie machte sich gerne hübsch, und die Blasen waren der Preis dafür.

Wenn sie die Füße eine Weile in Wasser mit Soda getaucht und ein wenig ausgeruht hatte, bereitete sie das Abendessen zu: Jedem tat sie ein Stück Süßkartoffeln mit einem Schuß Milch auf den Teller und rief dann alle zu Tisch.

Nach dem Essen hatte Großvater es eilig, die Kinder ins Bett zu schicken, während Großmutter rasch die Teller abwusch und zwei Becher Kaffee zubereitete. Damit setzten sie sich vor das Haus. Helles Mondlicht schien auf sie herab und verdoppelte sie als lange Schatten, die sich an der Wand abzeichneten. Lupita sang zur Gitarre, während Großvater Mais entkernte. Das war der Kreislauf ihres Lebens: die Familie, die Schmiede, die Familie. Ein Kreislauf, der höchstens einmal im Jahr durch die Geburt eines neuen Sprößlings unterbrochen wurde. Es endete, als Großmutter schwer krank wurde und, obwohl Francisco das wenige Geld ausgab, was er besaß, bis er schließlich völlig verarmt war, erholte sie sich nicht mehr.

Großmutter Lupita starb, als Großvater sich in der Schmiede aufhielt. Als er die Nachricht von Isaac erfuhr, begannen seine Augen vor Haß und Schmerz zu funkeln. Man hätte meinen können, jemand habe sie eigenhändig ermordet. Er fühlte sich vom Schicksal und von ihrem Gott betrogen. Diesem gab er die Schuld. Er hatte Lupita trotz ihrer vielen Gebete im Stich gelassen.

Er schwieg lange Zeit; wie versteinert saß er vor dem Amboß, den Schmiedehammer in der Hand, so wie Isaac ihn angetroffen hatte. Sein Blick verlor sich am Boden der Schmiede. Sein Sohn wagte es nicht, ihn anzusprechen. Schließlich seufzte Francisco tief, bemüht, die Fassung zu wahren und den Schmerz, der ihn aufwühlte, zu überspielen. Dann wechselte er das Hemd, wusch sich die Hände im Wasserbecken und trocknete sie am schmutzigen Hemd ab. Er nahm einen Schluck Wasser, spülte sich den Mund und spuckte es wieder aus.

»Gehen wir«, sagte er zu Isaac.

Sie gingen hinaus, schlossen das Tor hinter sich und machten sich auf den Weg.

Mit Großmutters Tod starb auch ein Teil von Großvater: sein Lachen, die Liebe zu den Kindern und die Lebensfreude. Dennoch hielt er sich während der Totenwache würdevoll aufrecht, als wäre es eine unverzeihliche Sünde, Schmerz zu zeigen. Selbst als auf dem Friedhof der Sarg in die Erde gelassen wurde und das Schluchzen seiner Kinder ihn in hilflose Verzweiflung stürzte, sah man ihn nicht eine Träne vergießen. Schleppenden Schritts verließ er den Ort. Ein Schwarm Krähen kreuzte den Himmel und verlor sich zwischen den Bäumen der Plaza. Dort entdeckte Francisco an einer Ecke die Cantina. Er machte halt, unfähig, der Leere seines Hauses zu begegnen, bestellte einen halben Liter Schnaps und schüttete ihn in einem Zug hinunter. Etwas ruhiger setzte er dann seinen Weg nach Hause fort.

Von einem Tag zum anderen wurde er zu einem verbitterten Menschen, innerlich hart und vertrocknet wie unfruchtbare Erde, auf der nicht einmal mehr Unkraut gedeiht. Seinen ganzen Kummer behielt er für sich, fraß ihn in sich hinein, so wie ein Mann es seiner Meinung nach tun mußte. Schmerz und Trauer hielt er für eine Angelegenheit, die ein richtiger Kerl ertragen mußte, anstatt sich weinend in die Ecke zu verkriechen wie ein Weichling. Und wenn jemand ihn fragte, wie er mit Lupitas Verlust fertig wurde, sagte er nur, so sei eben das Leben, da nütze alles Weinen nichts. Aber auch wenn es genützt hätte, er konnte nicht weinen und hätte es sich auch niemals zugestanden. Irgendwann würde schon noch der Tag kommen, der ihn vergessen ließe. So lange mußte er den Kummer eben ertragen, und wenn er es nicht mehr aushielt, ertränkte er ihn in ein paar Gläsern Schnaps.

Seither entfernte er sich noch mehr als zuvor von der Kirche, denn er fand, Gott habe ihm einen bösen Streich gespielt. Aus Gleichgültigkeit wurde allmählich Groll. Lupita war so fromm gewesen, und er hatte ihr, obwohl er nicht fromm war, nie untersagt, zum Rosenkranz, zur Messe oder am ersten Freitag zur Beichte zu gehen. Wenn sein Unglaube an dem schuld war, was geschehen war, warum hatte Gott dann nicht ihn bestraft und sie in Ruhe gelassen, wo sie doch unschuldig war und die Kinder sie brauchten.

Großvater Francisco hatte ein Haus und ein Gehege für Ziegen und Schweine besessen. Doch als Großmutter krank wurde, hatten die Ärzte, das Krankenhaus und schließlich die Beerdigung ihn den letzten Centavo gekostet. Am Tag, als sie starb, verließ die Familie das Haus, das bereits verkauft war. Onkel Isaac brach noch am selben Tag in den Norden des Landes auf, und Pablo ging mit unbekanntem Ziel fort. Mit Großvater landeten nur die sechsjährige Eulalia und der fünfjährige Francisco auf der Straße. Dort begann ihre Wanderung von einem gemieteten Loch zum anderen, kreuz und quer durch die verwinkelten, finsteren Gassen von Comanja. Ihre einzigen Habseligkeiten hatten sie geschultert: eine Handvoll alter Lumpen, Großmutters Gitarre und ihr Eisenöfchen.

Monate später vermietete ein Freund von Großvater ihnen für ein paar Pesos eine winzige Hütte in Los Remedios. Sie lebten in einem einzigen Durcheinander: Unter den Betten häufte sich der Dreck, die schmutzige und die saubere Wäsche lagen durcheinander auf dem Boden, und wenn Großvater sich umziehen wollte, wühlte Eulalia vergeblich in diesem unordentlichen Haufen, ohne je ein gleichfarbiges Paar Socken zu finden. Das war der Grund, warum Großvater irgendwann beschloß, eine Frau ins Haus zu holen. Die Wahl fiel auf Chona, ein riesiges Weibsbild mit kräftigem Knochenbau und unbändigem, zu einem festen Haarknoten zusammengebundenem Haar. Ihr einziger Schmuck bestand aus einer Brille mit grünen Gläsern und der Spitzenbordüre ihrer karierten Schürze. Sie konnte keine Kinder bekommen und zeigte nicht das geringste Interesse, die ihres neuen Mannes zu betreuen. Ihre Vorlieben beschränkten sich auf das Stricken von Pullovern und Wollhandschuhen, das Ausspionieren fremder Leben und das Kochen deftiger Gerichte aus einfachen Zutaten.

Mit Chona kehrte etwas Ordnung ins Haus ein, doch die Strafen wurden härter. Für die geringsten Vergehen bezogen die Kinder, ehe sie sich versahen, Prügel und eine Salve von Beschimpfungen. Vor allem Eulalia war davon betroffen: »Du dummes Stück, besser du wachst endlich auf und arbeitest, denn so mickrig und kurzsichtig wie du bist, würde dich nicht mal ›El Patallas‹ heiraten wollen!« fuhr Chona sie mit ihrer heiseren, trockenen Stimme an.

Wenn Francisco, mein Großvater, das hörte, setzte er sich mit abwesendem Blick ans Feuer. Vor seinen Augen schwang Lupitas Rock im Rhythmus des Windes, während sie mit ihm über die Futterkleefelder ging. Um ihre schlanke Taille schmiegten sich die Bänder ihrer weißen Schürze, im Kontrast zu ihrem schwarz schimmernden Haar. An ihrer Hand fühlte Francisco sich immer sicher. Die wohlklingenden Akkorde des Liedes »Oktobermond« und ihre sanfte Stimme, die ihn Tag und Nacht begleitet hatte, erfüllte seine Gedanken. Doch dann wurde er unwirsch in die Gegenwart zurückgeholt von Chona, die ihn wachrüttelte und zurück in die Schmiede schickte.

Francisco, mein Vater, mußte von seinem sechsten Lebensjahr an in der Schmiedewerkstatt arbeiten und den Pferden die Hufe festhalten, während Großvater ihnen die Eisen anbrachte. Als der Junge eines Tages einen Huf nicht mehr halten konnte und losließ, wurde Großvater furchtbar zornig und schlug ihn mit solcher Wucht ins Gesicht, daß er das Bewußtsein verlor. Daraufhin goß ihm Großvater sofort einen Eimer kalten Wassers über den Kopf und verbot ihm das Abendessen.

»So wirst du lernen, das nächste Mal nicht mehr so dämlich zu sein. Du bist auch zu nichts zu gebrauchen!«

Blutend und noch benommen von der Wucht des Schlags stand Francisco auf. Tränen standen ihm in den Augen, mehr wegen Großvaters verletzender Worte als wegen des Schmerzes.

Wenn es an Arbeit mangelte, fehlte es auch am Essen. Manchmal hatten sie tagelang nicht ein Maiskorn im Haus. Großvater war immer sehr stolz, und wenn man ihm nicht die verlangte Summe zahlte, führte er die Arbeit nicht aus. Er weigerte sich zu feilschen. Jeden, der kam und für seine Dienste einen niedrigeren Preis bot, wies er ohne die geringste Erklärung ab. Nicht einmal der Hunger, den seine Familie litt, konnte ihn erweichen.

»Ich schreibe niemandem Preise für seine Arbeit vor und lasse sie mir auch von niemandem diktieren.«

Jeden Morgen schickte Chona Francisco in die Schmiede, um Großvater um Geld zu bitten, der ihn jedoch mit funkelndem Blick wieder hinauswarf. Deshalb blieb Francisco lieber irgendwo in der Nähe versteckt und wartete darauf, daß sich ein Kunde einstellte. Sobald er diesen dann weggehen sah, betrat er die Werkstatt und bat den Vater erneut um ein paar Münzen. Wenn er die dann endlich in der Hand hielt, kaufte er Mais und Feuerholz. Eulalia und Francisco hatten solchen Hunger, daß sie nicht warteten, bis Chonas Tortillas fertig waren. Mit einem Holzlöffel fischten sie die noch harten Maiskörner aus dem kochenden Wasser und schlangen sie herunter, ohne auf die Verbrennungen an der Zunge oder das Knirschen zwischen den Zähnen zu achten.

Die Uhr im Salon schlug dröhnend die Stunden an, insgesamt sechsmal. Der Gesang der Grillen war plötzlich verstummt, die Luft abgekühlt, und es wurde von Minute zu Minute ungemütlicher. Der heulende Wind schüttelte die Bäume, und das Rascheln der Blätter erzeugte heisere Klagelaute, so wie das leise Seufzen meiner Mutter, wenn sie sich an früher erinnerte.

»Ich weiß nicht, wer von uns beiden eine traurigere Kindheit hatte, dein Vater oder ich. Sicher ist nur, daß jetzt, wo wir verheiratet sind, ich das schlimmere Los gezogen habe«, sagte sie, während sie ein Kupferhämmerchen aus dem Koffer zog, das mein Vater ihr in der Verlobungszeit geschenkt hatte.

Immer noch auf das Hämmerchen blickend, murmelte Mama: »Wie gut kann ich mich noch an Chonas verächtlichen Blick erinnern, an ihr höhnisches Lachen und ihre gehässige Art. Sie haßte alle Welt. Sieh nur, wie deine Tante Dominga mit dem seligen Pablo gelitten hat. Sie war die erste Schwiegertochter, die in die Familie kam, und Chona hat ihr das Leben zur Hölle gemacht. Das einzig Gute war, daß Dominga immer die passende Antwort bereithielt. Ich dagegen war ihr hilflos ausgeliefert. Da ich nicht den Mut hatte, ihr zu widersprechen, hat sie mich wie den letzten Dreck behandelt. Was es auch war, immer hatte sie etwas an mir auszusetzen.

Als ich einmal krank war, bat ich Chona, für mich Mais und Bohnen auf dem Markt zu kaufen, und sagte ihr, wie peinlich es mir sei, sie damit zu behelligen. Daraufhin sagte sie: ›Sparen Sie sich die falsche Scham, wozu soll das gut sein? Ich muß Ihnen ja wohl oder übel den Gefallen tun.‹

Selbst wenn ich Strümpfe trug, um aus dem Haus zu gehen, schikanierte sie mich: ›So elegant, nur um zum Müller zu gehen, wollen Sie etwa jemandem gefallen?‹ Und prompt war mir dein Vater böse, weil sie ihn aufstachelte.«

Dann schwieg Mutter, betrachtete erneut den kleinen Gegenstand, warf ihn schließlich wieder in den Koffer und fuhr fort: »Wenn man sieht, wie schlecht sie schon ihre eigenen Stiefkinder behandelt hat. Wie sehr hat doch deine Tante Eulalia unter ihr und Großvater gelitten.«

In ihrer Jugend hatte Tante Eulalia sich in einen Mann verliebt, der jünger war als sie. Sie hatte ihn eines Nachmittags bei einem Kinobesuch mit Chona kennengelernt; sie waren sich beim Kauf von Popcorn begegnet und kurz ins Gespräch gekommen. Unter dem gleichen Vorwand hatten sie sich mehrere Male getroffen. Felipes Liebenswürdigkeit und seine Komplimente genügten, daß Eulalia, die nie eine solche Zuwendung erfahren hatte, sich unsterblich in ihn verliebte und bei der erstbesten Gelegenheit gleich mit ihm ausriß. Als sie am Wochenende einen Moment von der Familie unbeaufsichtigt war, nutzte sie die Gelegenheit und verließ das Haus, um ihren Freund am Kircheneingang zu treffen. Eilig machten sie sich auf den Weg zu Felipes Eltern. Auf diese Weise pflegten die jungen Männer ihre »Verlobte« zu entführen und die langwierigen Verhandlungen zu umgehen, die sich bis zu einem Jahr hinziehen konnten und damals vor jeder Eheschließung Pflicht waren. Der einzige Nachteil für die Braut bestand darin, daß sie zu ihrer Hochzeit nicht das traditionelle weiße Brautkleid tragen durfte, sondern nur eines in Rosa oder Hellblau, da sie nicht »unberührt« in die Ehe ging.

Noch am gleichen Abend erschienen Felipes Eltern in Großvaters Haus. Chona öffnete ihnen die Tür und verkündete, ohne sie hereinzubitten: »Mein Alter schläft schon. Was führt Sie zu uns?«

»Eulalia ist mit unserem Sohn bei uns im Haus. Wir sind bereit, sie zu verheiraten, sobald uns Don Francisco seine Einwilligung dazu gibt«, verkündeten sie.

»Wir wollen nichts von verruchten Frauenzimmern wissen, schlagen Sie sich also die Idee aus dem Kopf, Hochzeit zu halten, wann es Ihnen paßt«, sagte Chona und beendete das Gespräch, indem sie ihnen die Tür vor der Nase zuschlug.

Vergeblich warteten Felipe und seine Familie auf Großvaters Einwilligung und rieten Eulalia nach drei Tagen, wieder heimzukehren. Sie hatte kaum das Haus betreten, da schlug Großvater bereits blindwütig auf sie ein, bis ihm die Hand wehtat.

»Wie konntest du es wagen, meinen Namen derart in den Schmutz zu ziehen? Wer war dein Komplize bei dieser Kuppelei, du warst doch immer mit Chona oder deinem Bruder zusammen?«

»Ich habe ihn vor ein paar Monaten kennengelernt, als ich mit Chona im Kino war. Sie hat mich losgeschickt, um Popcorn zu kaufen«, stotterte Eulalia.

Bei Felipe zu Hause war alles ganz anders gewesen. Dort war es ordentlich und sauber, und man ging nett und freundlich miteinander um, ganz anders als bei ihr. Während der Tage dort hatte Eulalia sich wie im siebenten Himmel gefühlt. Alle hatten sie respektvoll und höflich behandelt. Ihre Schwägerinnen und die Schwiegermutter schliefen in Nachthemden, und in den Betten gab es weiche Matratzen und Daunenkissen.

Noch am selben Nachmittag schickte Großvater Eulalia zu seinen Verwandten nach Comanja. In ihrer grenzenlosen Verliebtheit versuchte sie noch, sich mit Felipe zu treffen. Sie schickte ihm so bald wie möglich ein Telegramm, in dem sie ihm ihren neuen Aufenthaltsort mitteilte und ihn bat, sie zu holen. Wenige Tage später kam Felipe, um sie erneut zu seinen Eltern zu bringen. Geduldig warteten sie ab und hofften, Großvater würde seine Entscheidung revidieren. Doch sie erhielten nicht einmal eine Antwort. Schließlich fand die Aussprache in Benitas Krämerladen vor dem Tresen statt. Es war an einem Nachmittag, als Felipes Mutter auf Chona stieß und, sich die Hände an ihrer blaugeblümten Kittelschürze reibend, unschlüssig dastand. Zu bang, sie anzusprechen, beobachtete sie Chona und suchte einen Weg, mit ihr ins Gespräch zu kommen; endlich faßte sie sich ein Herz und grüßte sie mit fester Stimme: »Guten Tag wünsch ich Ihnen.«

»Was soll daran gut sein bei dieser Hitze und Dürre!«

»Das sagt man doch so. Eigentlich wollte ich ja mit Ihnen und Don Francisco einmal über die Kinder sprechen.«

Chona pflanzte sich, die Hände in die Hüften gestützt, vor ihr auf, stützte die Hände in die Hüften und funkelte sie mit ihren kleinen Rattenäuglein an wie mit zwei blitzenden Speerspitzen, während sie sie dort mitten im Laden beim Geruch nach Schmierseife, braunem Zucker und Scheuerlappen anfuhr: »Francisco ist nicht im Dorf. Es ist auch besser so. Jetzt, wo Ihr Sohn Eulalia entehrt hat, kommen Sie mir auf einmal mit solch dummem Geschwätz. Haben Sie nur ja acht, daß Ihr Sohn uns nicht in die Quere kommt! Mein

Alter, mal ganz zu schweigen von Pablo, wären fähig, Ihren Jungen zu durchlöchern wie ein Sieb.«

»Wir haben keine Angst, mein Sohn ist ja kein Feigling und kann sich wehren. Wenn Sie was von ihm wollen, wissen Sie, wo Sie ihn finden.«

»Vielleicht ist er kein Feigling, aber ob er Manns genug ist, sich mit meinem Alten anzulegen, ist noch die Frage. Dem kann er doch nicht das Wasser reichen.«

»Aber warum regen Sie sich gleich so auf, meine Liebe? Was können wir denn ändern, sie haben die Sache nun mal angerichtet. Uns bleibt doch keine Wahl, als sie so bald wie möglich zu verheiraten. Außerdem ist sie weder die erste noch die letzte geraubte Braut.«

Felipes Mutter stockte, strich ihre Schürze glatt und bat dann Benita, ihr ein Kilo Zucker abzuwiegen. Während sie schon ihr Portemonnaie öffnete, sagte sie noch: »Wir haben doch alle unsere Fehler gemacht, als wir jung waren.«

»Reizen Sie ihn bloß nicht. Mein Alter ist wie Kuhmist, außen kühl, innen kochend, und wenn Sie sich nicht in acht nehmen, wird er Ihnen mächtig die Hölle …«

Noch bevor Chona den Satz beenden konnte, unterbrach sie Felipes Mutter: »Ich bin zu wohlerzogen, um Ihnen die passende Antwort zu geben. Sie wissen es anscheinend nicht besser.« Nach diesen Worten verließ sie den Laden.

Benita, die unfreiwillig Zeugin der Unterhaltung geworden war, gab vor, im hinteren Ladenraum zu tun zu haben, und verschwand ohne ein Wort.

Wieder daheim, unterrichteten Felipes Eltern ihren Sohn vom Ausgang des Gesprächs: »Gib endlich auf, Junge, nicht daß Don Francisco dich noch umbringt. Mit solchen Leuten sollte man sich nicht anlegen. Du siehst ja, wie wir dafür gekämpft haben, daß du deine Pflicht als Mann tust, aber sie haben es vereitelt«, sagte Felipes Vater, und seine Mutter nickte zustimmend.

Bei ihrem letzten Zusammensein hatte Felipe Eulalia fest zugesagt, sobald sie heirateten, würde sein Vater ihnen ein Grundstück schenken, auf dem sie ihr eigenes Häuschen bauen könnten, damit die Kinder genug Land hatten, um sich dort auszutoben; außerdem habe seine Mutter, wie er sagte, schon Stoff für Bettlaken und Tischtücher gekauft. Er hatte versprochen, mit Großvater Francisco Frieden zu schließen und sich bei ihm zu entschuldigen, weil er sie entführt hatte.

Doch nach der Unterredung, die seine Mutter mit Chona gehabt hatte, ging er in die Vereinigten Staaten und kehrte nie mehr zurück. Da blieb Eulalia nichts anderes übrig, als wieder heimzufahren, wo sie gleich eine gehörige Tracht Prügel von Großvater und von Pablo bezog.

Dennoch bezweifelte sie weiterhin, daß Großvater aus eigenem Willen geschwiegen und ihre Hochzeit vereitelt hatte, und hegte den Verdacht, daß sie es Chonas Intrigen zu verdanken hatte, wenn sie für den Rest ihres Lebens allein bleiben mußte.

Monate später, als ihr angeschwollener Leib und ihre ständige Übelkeit verrieten, daß sie in anderen Umständen war, blieb ihr keine andere Wahl mehr, als Großvater in Kenntnis zu setzen: »Papa, ich erwarte ein Kind«, gestand Eulalia ihm eines Tages unvermittelt.

Am nächsten Morgen stand sie, grün und blau im Gesicht, die Tränen herunterschluckend, vor dem Feuer und rührte die Bohnen, die schon begannen, weich zu werden, als Pablo blindwütig mit einer alten Flinte in der Hand hereinstürmte und schrie: »Mit dieser Flinte werde ich die Ehre der Familie wieder reinwaschen, du Flittchen hast unseren guten Namen in den Schmutz gezogen.«

Eulalia wollte etwas sagen, doch die Worte blieben ihr im Halse stecken, so daß sie nur ein groteskes Krächzen hervorbrachte und die Hände schützend auf den Leib legte.

In dem Moment stürzte Großvater herein und versuchte, ihm die Waffe zu entreißen. Sie rangen so heftig miteinander, daß der Korb mit den Tortillas durch die Luft flog und der Topf mit den kochenden Bohnen sich über das Feuer ergoß. Ein Rauchschwaden stieg bis zur Küchendecke hoch, während ein dumpfer Knall den winzigen Raum erfüllte. Die für Eulalia bestimmte Kugel traf auf der Backplatte auf. Als es Großvater schließlich gelang, die Schußwaffe an sich zu reißen, schlug er wie von Sinnen auf seinen Sohn ein, immer mit dem Gewehrkolben auf Kopf und Rücken. Pablo taumelte und lief schließlich mit schmerzverzerrtem, blutüberströmtem Gesicht davon. Außer sich vor Wut, drohte er damit, es bei der nächsten Gelegenheit wieder zu versuchen.

Nach diesem Zwischenfall wußte Großvater, daß er rasch handeln mußte, denn seinem Sohn war es bitterernst. Als Pablo zur Tür hinaus war, wandte sich Großvater zu Eulalia um und herrschte sie an: »Steh nicht so blöd da, du Rindvieh! Pack deine sieben Sachen und halte dich heute nacht bereit. Du wirst das Dorf verlassen.«

Eulalia zog sich mühsam am Herd hoch. Ihre Mundwinkel zitterten, und aus den Augen strömten die Tränen.

»Es reicht! Hör auf zu heulen! Du bist doch selbst an allem schuld, und jetzt spielst du noch das Opfer.«

Sie zitterte und verließ stolpernd die Küche.

In der gleichen Nacht machten sich Vater und Tochter wie zwei Diebe heimlich auf den Weg zum Bahnhof. Sie liefen über verlassene Straßen, wo nur umherstreunende Hunde die Abfälle durchstöberten.

Voller Furcht vor ihrem ungewissen Schicksal fragte Eulalia: »Wohin gehen wir, Papa?«

»In die Hölle«, erwiderte er. Das war das letzte Wort, das er an sie richtete.

Um Mitternacht pfiff die Lok und ließ eine rußschwarze Rauchwolke aufsteigen, als der Zug sich auf seine weite Reise machte. Die Kette dunkler Waggons glitt auf den Schienen durch das flache Land dahin, bis sie von der Nacht verschluckt wurden. Bald war Großvaters Schnarchen zu hören, während Eulalia wach blieb und ihren Gedanken nachhing. Warum hatte Felipe sie diesen Bestien ausgeliefert? Ein Wort hätte genügt, und sie wäre ihm bis ans Ende der Welt gefolgt. Eher wäre sie gestorben, als ihn zu verlassen. Nach anfänglichen Vorwürfen überwog in ihr schließlich die Neigung, Verständnis für sein Verhalten aufzubringen. Er konnte ja nicht wissen, daß er Vater wurde. Vielleicht hatte Großvater ihm mit dem Tode gedroht, oder ihre Brüder hatten ihn bereits getötet, oder Chona hatte ihn durch Juana, die Lahme, verhexen lassen, damit er sie vergaß. An Felipes Familie zweifelte sie nicht einen Augenblick. Sie waren so gottesfürchtig und hatten ihr so viel Liebe und Mitgefühl entgegengebracht, wie sie selbst es bisher nicht gekannt hatte.

Bei Tagesanbruch wachten sie vom Rütteln des Zuges auf. Eulalia betrachtete den grauen Himmel und die ausgedörrte Landschaft, die vor dem Fenster vorbeizog. Ihr Blick war leer wie ihr Herz. Ihre Zukunft würde so erdrückend und düster sein wie die Nebelschicht, die das Morgenlicht verdeckte.

Mittags erreichten sie die Endstation. Dort stiegen sie aus. Nach all der Ungewißheit hatte Eulalia nun plötzlich ihr Schicksal klar vor Augen. Auf dem Bahnsteig erwartete sie Isaac. Er hatte gegerbte Haut, schwarze Augen und trug eine Latzhose und ein Drillichhemd.

Er begrüßte Großvater mit dem traditionellen Handkuß und respektvollen Worten: »Herzlich willkommen, Vater!«

Mit Eulalia sprach er kein Wort. Das letzte Stück ihrer Reise legten sie auf Maultieren zurück. Die Sonne ging bereits unter, als sie ein malerisches kleines Dorf erreichten, wo Eulalia fortan leben sollte.

Ihr Bruder begnügte sich mit der Bemerkung: »Das hast du davon, dem Erstbesten zu glauben, der dir Schmeicheleien ins Ohr raunt. Jeder Lügner verspricht dir den Himmel auf Erden, aber wenn er es einlösen soll, verschwindet er von der Bildfläche. Vater sagt, der, der dich geschwängert hat, sei auf und davon gegangen und habe sich seiner Verantwortung entzogen. Da hilft kein Jammern und Beten mehr, das hättest du dir vor deinem Fehltritt überlegen müssen. Jetzt mußt du selbst sehen, wie du aus dem Schlamassel wieder herauskommst!«

Isaac war nicht bereit, seine Schwester durchzufüttern, weshalb er alles in Bewegung setzte und erreichte, daß Eulalia sofort beginnen konnte, als Dorfschullehrerin zu arbeiten.

Für den Weg von zu Hause zur Schule brauchte sie zwei Stunden. Jeden Tag stand sie früh am Morgen auf und ritt auf einem Esel zwischen Abhängen und Bergen zur Schule. Weit und breit herrschte Frieden. Der Wind trug das Geklapper der Hufe dahin und brachte es wieder, die Windstöße bliesen die Einsamkeit und den quälenden Schmerz fort. Warum hatte nur alles so enden müssen?

Mit unendlicher Zärtlichkeit dachte sie an den Tag zurück, an dem sie Felipe am Popcornstand kennengelernt hatte, an seinen scheuen Blick und die Berührung seiner warmen, feuchten Hand. Und an die sechs glücklichsten Tage ihres Lebens, als sie an seiner Seite gelebt, mit ihm die Bettdecke geteilt, den Duft seiner Haut nach Tabak und Seife und die Liebkosungen seiner Hände auf ihrem bis dahin unberührten Körper genossen hatte. Das Feuer, das er in ihr entfacht hatte, hatte sie in ungeahnte Sphären getragen. Warum war ein Prozeß, der für jeden anderen ein ganz normales Ereignis ist, für sie zum Alptraum geworden? War es eine so schwere Sünde, was sie getan hatte?

Sie sah Chona mit ihrem flinken Mundwerk wie eine schwarze Witwe ihr tödliches Netz von Gerüchten und Verleumdungen um ihren Vater legen. Er hatte sich in diesem Spinnennetz verfangen, und die Leidtragenden waren sie und Felipe gewesen. Alle ihre Hoffnungen hatten sich in nichts aufgelöst wie ein Zuckerstück im Wasser. Nun blieb ihr nur noch die Einsamkeit und die Verbitterung. Zu wissen, daß sie schwanger war, gab ihr keinen Trost. Warum hatte Felipe nicht um sie gekämpft, statt sich wie ein Feigling davonzustehlen und sie der Willkür dieser Horde von Bestien zu überlassen? Was sollte aus der hilflosen kleinen Kreatur nur werden, hartherzig, wie Isaac war? Würde sich doch bloß auch um ihren Körper ein Netz legen, ein Netz des Vergessens. Am liebsten würde sie sich verlieren wie das Echo, das in den Bergen kommt und geht und am Ende vom Wind fortgetragen wird.

Die Schule aus Lehmziegeln und Stroh mit zwei Klassenräumen und einer Glocke, die zum Unterricht rief, war für Eulalia wie eine Oase in all ihrem Elend. Dort, inmitten ihrer Schüler, erschien ihr der Himmel klarer und sauberer, obwohl in der Luft ein Geruch nach Schweiß, Dung, Kreide und Tinte hing. Rundum war alles erfüllt von Kindergeschrei, vermischt mit dem Gackern der Hühner und dem Blöken der Kälber. Hier vergaß sie ihren Kummer und ihre Einsamkeit. Hier wurde sie geachtet, geschätzt und war frei wie ein Vogel.

Knapp ein Monat war seit Eulalias Ankunft in den Bergen vergangen, als sie beschloß, für den Rückweg eine neue, ihr unbekannte Abkürzung zu nehmen. Doch zu ihrem Unglück scheute der Esel vor einer Schlange, warf sie ab und trabte auf und davon. Sie wußte, daß sie ohne ihn nicht heimfinden würde. Sie war so von Panik ergriffen, daß sie die Schmerzen vom Sturz und die Kratzer von den Kaktusstacheln gar nicht spürte. Auf der stundenlangen Suche nach dem Esel verirrte sie sich immer mehr. Sie weinte und betete in ihrer Verzweiflung, Gott möge ihr eine Erleuchtung schicken.

Als es zu dämmern begann, stand plötzlich der Esel wieder vor ihr. Mit ihm tastete sie sich durch die Dunkelheit auf den richtigen Weg zurück. Als sie endlich heimkam, aschfahl vor Angst, die Beine voller Kratzer und mit zerrissenem Kleid, erwartete Isaac sie bebend vor Zorn: »Wo warst du, du Weibsstück?«

Ohne auch nur eine Antwort abzuwarten, schlug er mit dem Riemen auf sie ein: »Bestimmt hast du dich mit dem erstbesten Indio herumgewälzt, der dir über den Weg gelaufen ist, deshalb kommst du so verdreckt nach Hause.«

»So laß mich doch erklären, ich habe mich ver...«

»Halt den Mund, Lügnerin! In meinem Haus sind Moral, Ehre und Sittsamkeit die wichtigsten Tugenden. Es reicht schon, daß ich eine wie dich bei mir wohnen lasse. Aber ich werde keine weiteren Fehltritte mehr dulden. Hier hast du dich vorbildlich zu benehmen.«

Er achtete streng auf ihren Lebenswandel, schickte sie aber ohne Bedenken, daß ihr etwas zustoßen könnte, allein auf diese unwegsame Bergstrecke, wo überall Gesindel herumlungerte. Mittags aß sie, was die Leute im Ort ihr anboten, und kehrte erst in der Dämmerung wieder zurück. Isaac kassierte jeden Monat ihren Lohn. Sie erhielt nie einen Centavo. Sobald die Frage des Geldes angesprochen wurde, nannte er sie Weibsstück, liederliches Frauenzimmer und schimpfte auf ihren Sohn, Panchito, den Bastard, der schließlich nur dank seiner Barmherzigkeit durchgekommen sei.

Eulalia merkte, daß ihre Schwägerin Manuela dem Gespräch mit ihr immer häufiger auswich. Eines Tages ertrug sie es nicht mehr und fragte sie nach dem Grund ihres Verhaltens.

»Entschuldige, Eulalia, aber Isaac hat mir verboten, mit dir zu reden, wenn er nicht dabei ist. Er sagt, du könntest einen schlechten Einfluß auf mich haben. Ich will ihn nicht verärgern oder mich in dein Leben einmischen ... bitte sei zufrieden damit, daß ich mich um Panchito kümmere, während du arbeitest.«

Als Eulalia das hörte, sträubten sich ihr die Haare, und sie spürte, wie ihr das Blut ins Gesicht schoß. Das war also die doppelte Moral ihres Bruders. Am Zahltag ging Isaac immer ins Dorf und kehrte erst im Morgengrauen behaftet mit dem Geruch nach Frau und billigem Parfum heim. Das führte zu heftigen Eifersuchtsszenen, deren Spuren am nächsten Tag in Manuelas Gesicht deutlich sichtbar waren, nur notdürftig kaschiert von einer dicken Schicht Schminke. Doch vor der übrigen Familie spielte er den Heiligen. Noch mehr entrüstete sie sich, wenn er im Brustton der Überzeugung verkündete: »Die Frau muß rein und unberührt in die Ehe gehen.« Das predigte er mit den Händen in den ausgebeulten Hosentaschen und einem Ausdruck würdevoller Feierlichkeit.

So lebte Eulalia fünf lange Jahre, in denen Isaac ihr jeden Kontakt mit der Familie oder der Außenwelt untersagte. Er kontrollierte, wann sie heimkehrte, und prügelte sie mit dem Riemen wie eines seiner Maultiere, wenn sie nur ein paar Minuten zu spät kam. In ihrer Verzweiflung gelang es ihr, ihrem Bruder Francisco über einen der Schüler einen Brief zu schicken, in dem sie ihm schilderte, wie sie behandelt wurde. Er überredete Großvater, sie wieder ins Dorf zu holen.

»Vergeben Sie ihr endlich, Papa, es ist doch schon so lange her, und bei ihm ergeht es ihr schlecht. Sie wissen ja, mein Bruder war schon immer unerbittlich«, sagte Francisco.

Eines Morgens tauchte Francisco wie aus heiterem Himmel auf und brachte Isaac in peinliche Verlegenheit, als er Eulalia heimholte.

Doch die Freude, die Eulalia erfüllte, endlich von Isaac befreit zu sein, konnte nicht darüber hinwegtäuschen, daß das Leben an der Seite von Großvater, Chona und Francisco auch kein Zuckerschlekken sein würde. Zu Eulalias Überraschung ging Chona mit dem kleinen Panchito fast zärtlich um; sie strich ihm übers Haar, bot ihm Zimtplätzchen an und rief ganz spontan aus: »Was für ein hübscher Junge!«

Großvater empfing sie reserviert, während er seinen Enkel verstohlen von der Seite musterte. Der näherte sich ihm sogleich, betrachtete ihn neugierig und fragte, warum er denn zittere wie ein Wackelpudding. Großvater erklärte ihm, das sei das Alter.

Eulalia fand, ihr Vater wirkte gebeugter und runzeliger als vor fünf Jahren. Das unaufhörliche Zittern seiner Hände erschien ihr fast unheimlich.

Panchito war ein Junge mit blauen Augen und durchscheinender Haut. Wie Großvater hatte er einen stolzen, hochmütigen Blick, der verletzend wirkte. Mit seiner Mimik und Gestik erweckte er den Eindruck, als gehörte er einer besseren Klasse an und ließe sich durch die Anwesenheit von Fremden nicht einschüchtern. In wenigen Tagen waren sie fast wie eine richtige Familie. Großvater und

Chona verwöhnten das Kind im Hause mit übertriebener Zuwendung. Das galt freilich nicht für Eulalia, der sie weiterhin äußerst kühl begegneten. Aber für die Aufmerksamkeit, die sie ihrem Sohn schenkten, war sie ihnen dankbar.

Eulalia liebte ihren Jungen über alles. Es gab kein Spielzeug, das sie ihm nicht schenkte, keinen Wunsch, den sie ihm nicht erfüllte. Wenn er in der Schule schlechte Noten bekam, war die Lehrerin daran schuld, wer ihn beschimpfte, war ein Prolet, und wenn ein anderes Kind sich beklagte, weil ihr Sohn es verprügelt hatte, fand sie, es übertreibe und habe keinen Schneid.

Großvater, Chona, ja selbst mein Vater verwöhnten und verhätschelten den Kleinen über die Maßen. Das einzige Mal, daß Großvater Francisco es wagte, ihn mit dem Riemen zu schlagen, weil er ihm die Brille zerbrochen hatte, veranstaltete Panchito ein Riesengeschrei, und Eulalia war so entsetzt über den Peitschenstriemen auf seinem Rücken, daß sie kurz davor war, loszurennen und einen Arzt zu holen. Währenddessen tupfte Chona die wunden Striemen mit Watte und heißem Wasser ab, und mein Vater rannte los, um eine Salbe gegen die Entzündung zu holen.

In den ersten Monaten, nachdem Eulalia mit Panchito heimgekehrt war, wurde im Frauenkreis in der Kirche das Ereignis bis in alle Einzelheiten erörtert, wobei jede von ihnen ein Detail beizutragen wußte. Doch im Laufe der Monate gewöhnten sie sich an ihre Gegenwart und fanden Eulalia als Lehrerin in der örtlichen Schule und ihren Sohn ohne Vater so natürlich wie das Wachstum der Schößlinge auf den Feldern.

Trotz allem begegneten ihr die Mütter der Schüler reserviert, und keine bot ihr ihre Freundschaft an. Nur La Ruñida kam eines Tages in die Schule, denn einer ihrer Söhne war Eulalias Schüler.

La Ruñida gab ihr zur Begrüßung die Hand, blickte ihr fest in die Augen und sagte: »Mein Gott, Sie haben tatsächlich beschlossen, zurückzukommen! Wissen Sie, es gibt nichts Besseres, als frei von jeder Verpflichtung gegenüber einem Mann zu sein. So ist man unabhängig und kann mit seinem Leben machen, wozu man Lust hat. Daß das bloß nicht Don Francisco zu Ohren kommt, der würde Ihnen glatt die Freundschaft mit mir verbieten, aber es stimmt nun mal.«

Rot wie eine Tomate lächelte Eulalia und akzeptierte seither La Ruñidas Freundschaft, ohne den schlechten Ruf zu beachten, der ihr anhing. Von dem Moment an bewunderte Eulalia ihre Gleichgültigkeit gegenüber dem Gerede der Leute und ihre umkomplizierte, fröhliche Ausstrahlung. La Ruñida besuchte sie fortan häufiger in der Schule und zu Hause bei den Großeltern. Auch Chona fühlte sich wohl in ihrer Gesellschaft, und so wurde das Trio mit der Zeit unzertrennlich.

So kam es, daß Eulalia, Panchito und die Großeltern dank der sparsamen Zielstrebigkeit der Tante, die abends fleißig weiterstudierte, in einem adretten, gemütlichen und ordentlich eingerichteten Häuschen lebten. Damals wurde Eulalia zur Direktorin der örtlichen Schule befördert. Doch sie brachte es immer noch nicht fertig, sich von der erdrückenden Bevormundung durch die Familie zu befreien. Großvater hielt sie unter strengster Aufsicht, um einen weiteren ›Ausrutscher‹ zu verhindern.

Mit der Zeit wurde der Tante auch dieses Zuhause unerträglich. Kaum war sie einem Gefängnis entkommen, war sie auch schon ins nächste geraten. Als sie der Familie zaghaft eröffnete, sie wolle auf ein Fest gehen, sagte Großvater sofort: »Du fängst ja schon wieder damit an. Erst willst du ausgehen, und dann willst du mehr. Nichts da. Die Wochenenden sind dazu da, zu Hause zu bleiben und die Arbeit zu erledigen und nicht, die Zeit mit Herumtreiben zu vertun wie all die reichen Pinkel. Nicht daß du dir wieder was anhängen läßt und uns damit beglückst. Kommt gar nicht in Frage!«

»Na, wenn du jetzt dein Gesicht für mich hinhalten mußt, ist es deine eigene Schuld. Felipe wollte mich ja heiraten, aber du hast mich nicht gelassen. Bestimmt hat Chona dir mächtig eingeheizt«, sagte Eulalia aufgebracht.

»Das fehlte gerade noch, daß wir diese Parasitin erst mit ihrem Wechselbalg aufnehmen, und dann beleidigt sie mich noch. Das mußt du ihr verbieten, Alter!« brauste Chona auf.

»Schlimmer ist doch, gar keine Kinder kriegen zu können, so wie du«, gab Eulalia zurück.

»Als ich deinen Vater kennenlernte, war Eulalia bereits nach Los Remedios zurückgekehrt, und Pablo auch. Der war mit Dominga verheiratet und hatte schon vier Kinder«, erzählte mir meine Mutter.

Endlich gingen die Straßenlaternen an, und durch die Fenster mit den geschlossenen Fensterläden drang ein schwacher Schimmer. Im Dorf hing ein Duft nach Orangenblüten und drohendem Gewitter. Ich schaute einem verirrten Insekt nach, das gegen die von innen beleuchteten Fensterscheiben prallte. In all den Jahren hatte sich nichts im Dorf verändert, und mich verfolgte in Gedanken eine Frage, die ich nicht auszusprechen wagte: Hatte ich mich denn verändert?

Der duftende Kaffee brachte mich für einen Moment auf andere Gedanken. Ich schlürfte ihn in kleinen Schlucken, und der wohltuende Geschmack im Mund befreite mich für kurze Zeit von meinem Unbehagen. Im Hause herrschte ungewohnte Stille. Die Nacht war angebrochen. Solange ich denken konnte, hatte ich in diesem Haus keine Dämmerung erlebt, die nicht von endlosem Bangen, von Geschrei und Streit geprägt waren. Würde meine Ehe anders verlaufen als die meiner Eltern?

Eines Sonntags im Spätherbst war der Himmel trüb und sternenlos, und ab und an erhellte ein Wetterleuchten die Plaza. Der Geruch nach einem aufziehenden Gewitter hing in der Luft, und plötzlich explodierte ein Donnerschlag und erschütterte den Himmel. Francisco stand an einem Laternenpfahl vor der Cantina, die eine Ecke der Plaza einnahm, und pfiff den Passantinnen nach. Da erblickte er Maria Dolores, die just in dem Moment aus der Kirche kam. Obwohl ihm immer Frauen mit üppigen Rundungen gefallen hatten und sie weit entfernt von diesem Typ Frau war, beeindruckte ihr schönes Gesicht ihn zutiefst: Die roten Lippen und die unschuldig, wie abwesend blickenden Augen in ihrem Gesicht mit dem blassen Teint erinnerten ihn an die bunten Blumen auf dem glatten, kalten Granit des Altars in der Kirche. Ohne lange nachzudenken, ging er auf sie zu: »Darf ich Ihnen diese Gardenie schenken, Señorita?« fragte er in feierlichem Ton.

Einen Augenblick blieb sie verwirrt stehen, würdigte ihn aber keiner Antwort, sondern rümpfte nur die Nase und warf ihm, während sie sich rasch entfernte, nur einen verächtlichen Blick über die Schulter zu. Ihre Begleiterin Fina bestärkte sie mit dem Rascheln ihres Taftrocks.

Von dem Tag an bezog Francisco Stellung vor ihrem Haus. Unverdrossen lief er dort ständig auf und ab und war Zenaida auf den Fersen, bis er diese schließlich überreden konnte, Maria Dolores seine Liebesbriefe zu überbringen.

»Über kurz oder lang wird das Täubchen fällig. Man muß nur wissen wie. Es braucht Zeit, wenn man eine Frau erweichen will«, versicherte Francisco seinen Freunden.

Er sollte recht behalten. In dem Provinzdorf, wo die Galanterie sich im Laufe der Jahre verschlissen hatte, genossen die Frauen nur selten derlei Aufmerksamkeiten. Da Maria Dolores ihr Leben bisher ohne große Abwechslung in Urgroßmutters Haus verbracht hatte und außer einer Handvoll Leute vom Lande niemanden kannte, riefen Franciscos Schmeicheleien in ihrem Herzen ein Gefühl drängender Begierde hervor, und ganz allmählich begann sie nachzugeben.

Nachmittags setzte sie sich mit einer Handarbeit auf die Veranda, und er tat so, als käme er zufällig vorbei. Sobald er sie sah, näherte er sich, lüftete den Hut und grüßte sie mit einer Verbeugung. Dann schob er rasch ein parfümiertes Blatt Papier mit einem vor lauter Eau de Cologne kaum noch leserlichen Vers unter dem Gitter durch. Mit Schamesröte im Gesicht hob sie den Zettel auf und ließ ihn rasch im Nähkorb verschwinden. Bis sie eines Tages, erschrokken über ihre eigene Forschheit, die Botschaft mit einem Foto erwiderte. Auf die Rückseite hatte sie geschrieben: »Francisco, ich liebe Sie auch. Mit diesem Foto schicke ich Ihnen mein Herz. Maria Dolores.«

Zu Anfang ihrer Beziehung verständigten sie sich mit Hilfe von Briefen voller Tintenklecksen, Liebesschwüren und Versen, die er aus einem alten, unter den Habseligkeiten seiner Mutter vergessenen Gedichtbuch abschrieb.

Sechs Monate später bat Francisco Maria Dolores um die Erlaubnis, bei Urgroßmutter Maria vorzusprechen.

Mit diesem Wissen konnte Maria Dolores sich am Abend nur schwer auf die Bibellektüre konzentrieren. In ihr eintöniges, bisher ohne Aufregungen verlaufenes Leben kam jetzt fieberhafte Bewegung, und ihr schlichtes Herz wurde von ganz neuen Gefühlen aufgewühlt.

»Großmutter, ich möchte Ihnen etwas sagen, aber ich weiß nicht, wie Sie es aufnehmen.«

»Nur heraus mit der Sprache, mein Mädchen, du weißt ja, wenn du irgend etwas auf dem Herzen hast, bin ich für dich da.«

»Es ist nicht direkt ein Problem, na ja, nur: Großmutter, wenn ein Junge ein Auge auf mich geworfen hätte, würden Sie ihn dann empfangen?«

»Gibt es denn jemanden, der dir den Hof machen will?« fragte Maria scheinbar besorgt, was Maria Dolores gleich einschüchterte.

Aber dann legte Großmutter die Bibel auf den Tisch und schenkte der Enkelin ein verschwörerisches Lächeln: »Wer ist es denn?«

»Er heißt Francisco Villanueva, ein einfacher Junge, aber ehrlich und fleißig. Er ist Schmied. Er will Sie um Erlaubnis bitten, daß er jeden Nachmittag kommen darf, um sich mit mir vor der Tür zu unterhalten.«

»Mein Gott, was ist denn dabei? Wann war es jemals ein Fehler, arm zu sein, oder ein Verbrechen, angesprochen zu werden? Wenn die Armut sein einziges Problem ist, gibt es für mich keines. Mein Kind, ich habe schon bemerkt, daß dieser junge Mann ums Haus schleicht und du dich für ihn interessierst. Du siehst ja, wie ich bin, laufen kann ich nicht, aber ich sehe und höre alles.« Sie lächelte spitzbübisch und fuhr dann fort: »Ich will die Leute nicht nach dem Gerede der alten Fina beurteilen, sondern mir lieber selbst ein Bild von ihnen machen. Wann möchte er denn kommen?«

»Morgen.«

Francisco kam pünktlich. Zenaida öffnete ihm die Tür und führte ihn in Großmutters Wohnraum. Zur Begrüßung überreichte er ihr einen Strauß Feldblumen. Dann blieb er vor ihr stehen und schenkte ihr sein sympathischstes Lächeln.

»Danke! Willkommen! Bitte, nehmen Sie Platz. Meine Enkelin hat mir gesagt, Sie wollten mit mir sprechen«, sagte sie, ihn aufmerksam musternd.

»So ist es, Señora. Ich möchte Sie um Erlaubnis bitten, Maria Dolores zu besuchen.«

Danach herrschte drückendes Schweigen, das Francisco endlos vorkam, bis Maria sagte: »Ich habe meine Enkelin zu strengster Moral und absoluter Aufrichtigkeit erzogen, deshalb möchte ich nicht, daß sie von einem Bräutigam zum nächsten wechselt. Wenn Sie sicher sind, daß Sie ernstere Absichten mit ihr haben, können wir darüber reden. Wenn nicht, dann gehen Sie!«

»Ich hege wirklich ernste Absichten ihr gegenüber …«

»Sind Sie sicher?« unterbrach ihn Urgroßmutter ungeduldig.

»Ja!«

»Na, mal sehen, was mein Mädchen sagt. Zenaida, bring mich zum Patio und rufe Maria Dolores. Warten Sie hier.«

Als Francisco allein im Raum zurückblieb und den Blick umherschweifen ließ, fühlte er sich schier erdrückt von so viel Luxus und Ordnung. An den Wänden hingen große Gemälde in goldenen Rahmen und vor den Fenstern schwere Samtvorhänge; an einer Wand stand eine Vitrine mit feinem Porzellangeschirr und Kristallgläsern. Die frisch gewachsten und gebohnerten Böden blitzten spiegelblank, und die Sessel waren mit feinsten Stoffen bezogen. Ein üppiger Nelkenstrauß und Fotos in Silberrahmen, ein ledergebundenes Buch und ein elfenbeinerner Rosenkranz auf dem Mahagonitisch fielen ihm ins Auge. Der ganze Raum duftete nach Veilchen und Nelken. Durch die halbgeöffnete Tür konnte er Steinbögen rings um den sonnigen, mit Blumentöpfen geschmückten Patio sehen und die üppigen Bougainvilleas, welche die Mauern überwucherten. O Gott, welch ein Luxus! Die Großmutter von Maria Dolores wird mich hochkant hinauswerfen, wenn sie erfährt, was für ein armer Schlucker ich bin, dachte er bei sich.

Als er Maria Dolores durch einen Steinbogen in den Patio treten sah, erschauderte er.

»Das ist der junge Mann, der dich zu Hause besuchen will. Bist du damit einverstanden?« fragte Urgroßmutter sie.

Maria Dolores nickte zustimmend, während ihr die Röte brennend ins Gesicht stieg.

Später an diesem Nachmittag saß Urgroßmutter im Sessel im Salon und hörte die Radionachrichten, während das junge Paar am Fenster lehnte und sich unterhielt. Francisco sah seiner Braut in die Augen. Sie fühlten sich wie im siebten Himmel. In einem Moment, als sie sich besonders nahe waren, fragte er sie: »Woran denkst du, meine Prinzessin? Du wirkst wie in einer anderen Welt.«

»Ich dachte daran, daß ... daß ich sehr glücklich bin.«

»Sag, daß du mich liebst! Und sei es nur ein ganz kleines bißchen.«

Ohne aufzublicken hauchte sie »Ja«, während sie fühlte, wie die Schamröte ihr wieder bis an die Haarwurzeln stieg.

Nachts, als alle schliefen, wurde Maria Dolores von den Klängen einer Gitarre geweckt. Es war Francisco, der unter ihrem Balkon sang.

Jeden Nachmittag, wenn Francisco sie besuchte, machte er ihr auf die altmodische Art mit Liebesgedichten, Gardenien und Gitarrenklängen den Hof. Sein ehrerbietiger Blick, leicht getrübt von etwas Melancholie, eroberten Urgroßmutters Herz nach und nach und ließen sie an den Gerüchten zweifeln, die im Dorf kursierten und die ihm zahlreiche Abenteuer und mehrere uneheliche Kinder zuschrieben. Urgroßmutter Maria zeigte ihm ihre Zuneigung und ihr Vertrauen, indem sie ihn freundlich behandelte und ihm bei jedem Besuch selbstgemachtes Gebäck oder irgendeine Süßigkeit anbot. Außerdem erzählte sie ihm Anekdoten aus ihrem Leben und dem ihres verstorbenen Mannes, Geschichten aus der Zeit der Revolution und Episoden aus der Bibel. Francisco seinerseits hörte ihr aufmerksam zu, half ihr vom Rollstuhl in den Sessel und umgekehrt. Immer fand er eine Gelegenheit, sich nützlich zu machen; indem er einen Wasserhahn reparierte, eine Dachtraufe im Patio abdeckte oder indem er ihr oder Maria Dolores eine selbst gebastelte Kuriosität mitbrachte; einen winzigen Hammer oder Amboß oder ein Miniaturbügeleisen. Er schloß Urgroßmutter so sehr ins Herz, daß er sie als Ersatz für die in frühester Kindheit verlorene Mutter empfand.

Sie kannten sich vier Jahre, als Francisco um Maria Dolores' Hand anhielt. Großmutter und Heliodoro befanden sich gerade im Patio, als Großvater Francisco dazukam. Heliodoro holte ihm einen Stuhl, lud ihn ein, Platz zu nehmen, und fragte ihn, ob er ein Glas Zitronensaft trinken wolle. Großvater Francisco blieb neben Urgroßmutters Rollstuhl stehen und sagte, sich umwendend: »Danke, ich möchte nicht stören. Ich komme im Auftrag meines Sohnes; er möchte Ihr Mädchen heiraten und ist bereit, alle Bedingungen zu erfüllen, die Sie stellen.«

»Don Francisco«, erwiderte Heliodoro, »nachdem ich Ihren

Sohn näher kennengelernt habe, halte ich es für angebracht, Ihnen zu versichern, was für einen guten Eindruck er auf uns gemacht hat. Ansonsten ...« Er hielt einen Moment inne und forderte Großvater Francisco auf, auf dem Stuhl neben Urgroßmutter Platz zu nehmen. »Ansonsten erwarten wir nur, daß Sie uns die übliche Sechsmonatsfrist gewähren, bevor wir Ihnen eine definitive Antwort geben, und daß Sie die Kirche für das Aufgebot und die kirchliche Trauung bestimmen.«

Großvater Francisco nickte brüsk mit dem Kopf und willigte wohl oder übel ein.

»Wollen Sie wirklich nichts trinken?« fragte Großmutter.

»Na gut, ich möchte nicht unhöflich sein.«

Zenaida brachte drei Gläser und einen Krug mit Zitronensaft. Großvater Francisco nippte daran und stellte sein Glas sofort wieder ab. Es folgten ein paar Bemerkungen über die Regenfälle und die Ernte. Schließlich verstummten alle, woraufhin Großvater Francisco sich verabschiedete und das Haus verließ. Auf dem Weg spie er Gift und Galle gegen die Pfaffen, die eine Heirat an so viele Bedingungen knüpften, und gegen Francisco, weil er es sich in den Kopf gesetzt hatte, in eine Familie derart gesitteter Lackaffen einzuheiraten.

Wieder daheim, sagte er: »Keine Chance, da kann man nichts machen. Die kirchliche Heirat ist nichts weiter als ein Geschäft für die Pfaffen, die auf Kosten all der Dummköpfe leben, die glauben, in den Himmel zu kommen, nur weil die sie segnen. Aber da deine neuen Anverwandten nun mal brave Kirchgänger sind, mußt du dich anpassen. Du mußt sogar noch die Beichte ablegen und dein Leben irgend so einem Ochsen anvertrauen, der nichts weiter ist als der Sohn eines schmutzigen Flittchens. Nicht einmal die Erstkommunion hast du. Sieh zu, wie du das regelst, das ist deine Sache. Und glaub ja nicht, ich würde dir helfen. Zu meiner Zeit gab es in unseren Kreisen nicht dieses ganze Affentheater. Wenn man eine Frau haben wollte, hat man sie einfach entführt und fertig.«

Francisco spielte nervös mit den Fingern, während er wortlos, mit zum Boden gesenktem Blick zuhörte. Erst als Großvater seine Predigt beendet hatte, brummte er: »Schon gut, Papa. Ich erledige gerade eine Arbeit für Pater Chonito und werde die Gelegenheit nutzen, um ihn auf die Sache anzusprechen. Keine Sorge, das werde ich schon hinbekommen.«

Und er bekam es tatsächlich hin. Am darauffolgenden Sonntag erschien Francisco nach der Messe in der Kirche. Verblüfft, ihn zu sehen, fragte der Priester, ob etwas passiert sei, denn er sah ihn zum ersten Mal dort.

Mit schweißüberströmten Gesicht erzählte er zwar verlegen, aber unbeirrt, er werde sich demnächst kirchlich trauen lassen und müsse die Beichte ablegen. Das Problem sei nur, daß er nicht einmal die Kommunion empfangen habe.

»Als meine Mutter nicht mehr da war, war ich noch ganz klein, wie sollte ich da über solche Dinge Bescheid wissen? Und später, na Sie wissen ja, dann war ich ständig so beschäftigt, daß keine Zeit dazu blieb.«

»Keine Zeit für Gottes Angelegenheiten, aber für deine Eskapaden in der Cantina durchaus, oder? Ich habe schon gehört, daß sie in deiner Familie nicht nur leichtlebig sind, sondern auch Atheisten. An Gottes Gegenwart fehlt es, an Tequila nicht.«

»Reine Märchen. Die Leute lieben den Klatsch und erfinden gern Geschichten. Ich glaube an Gott, aber ich ehre ihn auf meine Weise.«

»Schon gut, es ist nie zu spät, um auf den rechten Weg zu finden. Morgen vor dem Rosenkranz erwarte ich dich in der Sakristei.«

Dort traf ihn Pater Chonito am nächsten Nachmittag an. Ohne lange Vorrede forderte er ihn auf, hinzuknien und ihm seine schwersten Vergehen zu beichten. Als Buße erlegte er ihm auf, an den nächsten zehn Sonntagen zur Messe zu kommen. Dann machte er das Zeichen das Kreuzes und sagte: »Damit ist die Sache erledigt. Du bist bereit für die Heirat.«

Ohne etwas von den Aktivitäten ihres Bräutigams zu ahnen, dachte Maria Dolores die ganze Zeit über an nichts anderes als an ihre Hochzeit. Mit Finas Hilfe nähte sie ihr Kleid und den Tüllschleier und schmückte ihn mit Orangenblüten aus perlmuttfarbenem Wachs. Francisco gab den größten Teil seiner Ersparnisse für für seinen Anzug und für den Festschmuck in der Kirche aus, die er zum Hochzeitstag mit weißen Gladiolen und einem roten Teppich herrichten ließ. Für sich und für die Trauzeugen mietete er Betstühle.

Jetzt werden wir uns nie mehr trennen, dachte Maria Dolores. Ich werde eine Familie haben, um Freud und Leid mit ihr zu teilen. Vor allem kann ich jetzt mit Francisco ohne Getuschel und nur halb ausgesprochene Worte zusammensein.

Während der Verlobungszeit erlaubte Urgroßmutter den beiden nie, gemeinsam spazierenzugehen. Erst wenige Tage vor der Hochzeit durften sie in Begleitung von Pablo in einem Geschäft in Los Remedios Töpfe und Pfannen kaufen und was man sonst noch an Gerätschaften braucht, um eine gute Rindfleischsuppe oder Tacos so zuzubereiten, wie es sich gehörte.

Gut zehn Monate nach dem Heiratsantrag, als alle familiären und kirchlichen Voraussetzungen erfüllt waren, wurde Hochzeit gehalten. Sie heirateten bei strahlender Mittagssonne, und Großvater Heliodoro versicherte, daß seine Tochter eine ausgezeichnete Wahl getroffen habe.

In einem hellgrauen Anzug mit einer Gardenie am Jackett erwartete Francisco zu Füßen des Altars seine Braut, die wenige Minuten später in Heliodoros Begleitung erschien. Sie sah atemberaubend aus in ihrem schlichten weißen Seidenkleid und dem langen Tüllschleier, der von einem Orangenblütenkranz gehalten wurde. In der Hand trug sie einen Strauß frischer Gardenien. Hinter ihnen kamen die Brautjungfern und die Brautjungen, ihre Stiefgeschwister, die unbeholfen die Schleppe ihres Kleides trugen.

Als die Zeremonie begann, hielt Maria Dolores zwar bleich, aber strahlend vor Glück, ihre Augen unverwandt auf den Gardenienstrauß gesenkt bis zu dem Moment, da der Priester ihnen den Segen erteilte. Erst dann schenkte sie ihrem Mann einen Blick voller Unschuld und Liebe, der bei diesem die aufrichtigsten Gefühle erweckte.

Während der Messe hatte Großvater Francisco draußen vor der Kirche gewartet und leise vor sich hingeflucht. Nach Beendigung der Zeremonie ging er mit Chona am Arm auf Heliodoro zu und sagte: »Sie werden uns entschuldigen, wenn wir gehen, aber wir haben noch viele dringende Sachen zu erledigen und feiern auch nicht so gerne. Ich wünsche Ihnen noch einen guten Tag!«

»Guten Tag, Don Francisco. Danke, daß Sie gekommen sind, Doña Chona.«

Die übrigen Gäste machten sich auf den Weg zu Marias Haus, wo rund um den Patio weiß gedeckte, mit Gardenien und Orangenblüten geschmückte Tische aufgestellt waren. Zwischen Kristallgläsern, feinem Porzellangeschirr und Blumensträußen standen zahlreiche Flaschen mit schäumendem Apfelwein und mitten auf dem Haupttisch ein sechsstöckiger Kuchen, gekrönt von einem Hochzeitspärchen aus Zuckerwerk. Das ganze Haus war durchdrungen von Walzermelodien, die von einem Orchester gespielt wurden, das Urgroßmutter aus der nächsten Stadt hatte kommen lassen.

Simona machte während des Festes den Mund nicht auf, und als der Tanz begann, verabschiedete sie sich unter dem Vorwand, sich nicht wohl zu fühlen. Heliodoro umarmte die frisch Vermählten, erteilte ihnen mit einer hastigen Handbewegung den Segen, griff nach seinem Hut und folgte seiner Frau. Am Tor blieb er einen Moment stehen und winkte mit einem tiefen Seufzer zum Abschied.

Von ferne klang ihm der Walzer in den Ohren, in seiner Erinnerung noch weicher und sanfter durch Loretos Stimme, die ihm wie eine frische Brise das Gesicht streichelte. Er spürte ihre Arme fest um seinen Hals gelegt, während er ihre Taille umfaßt hielt und sich nach dem von ihr vorgegebenen Rhythmus drehte: Es war ihr Hochzeitstag. Die Wärme ihres Leibes durchströmte sehnsuchtsvoll seinen Körper, und er spürte die Berührung ihrer Lippen mit dem Duft nach Minze, die ihm etwas Unverständliches ins Ohr flüsterten. Als die Walzerklänge verstummten, lächelte er wehmütig, und Loretos Bild löste sich auf und verschwand.

Ein eiskalter Windstoß erfaßte ihn. Er drehte sich um und fand sich nur noch vom lauten Absatzklappern Simonas begleitet. Von ganzem Herzen wünschte er Maria Dolores das Glück zu erschaudern, diese Wärme auf der Haut zu spüren, diese fiebrige Begierde, die ihn von der Priesterlaufbahn abgebracht hatte. Dafür lohnte es sich zu leben. Er war sicher, daß Maria Dolores und Francisco sich auf diese Art liebten. Das erkannte er an den liebevollen Blicken, an den zitternden Lippen und den glühenden Stimmen der frisch Vermählten. Er seufzte resigniert und murmelte vor sich hin: »Wenigstens eine in der Familie soll glücklich sein.«

Auf »La Montaña« ging die Feier weiter. Gegen zehn Uhr abends überreichte Pablo, Franciscos einziger Verwandter auf dem Fest, diesem voller Stolz drei Flaschen Traubensaft zum Anstoßen und zwei für den Zug, der gegen Mitternacht in Richtung Comanja abfuhr.

»Hast du Geld, um eine Pension zu bezahlen und ein paar Tacos unterwegs zu essen?«

»Ich habe so an die fünfundvierzig Pesos dabei. Das reicht glaube ich für ein paar Tage.«

»Na dann mal los, beeilt euch, nicht daß ihr noch den Zug verpaßt. Nehmt einen Schluck Saft, und macht euch auf den Weg.«

Francisco, der es kaum abwarten konnte vor Begierde, mit Maria Dolores allein zu sein, überraschte seine Frau mit der Nachricht, daß sie auf Hochzeitsreise gehen würden und sie rasch etwas Kleidung einpacken solle. Kaum war der letzte Gast aufgebrochen, drängte er sie, von Urgroßmutter Abschied zu nehmen.

»Wir müssen uns beeilen, wenn wir den Nachtzug noch erreichen wollen, Senõra, aber sobald wir zurück sind, werden wir noch bei Ihnen vorbeikommen«, sagte er.

Urgroßmutter unterdrückte mühsam die Tränen, nickte zustimmend und nahm ohne ein Wort Maria Dolores' Hand, die sie eine Weile festhielt. Von ihrem Rollstuhl aus blickte sie ihnen nach, als sie gingen.

Lange Zeit herrschte Stille. Ich legte mich aufs Bett und vertiefte mich erneut in die Betrachtung der Fotos. Während ich mir diese alten Bilder ansah, dachte ich über die Gründe nach, warum die Ehe meiner Eltern gescheitert war.

»Wie war eure Hochzeitsreise, Mama?«

Meine Mutter wurde rot und wich meinem Blick aus, als fürchtete sie, daß ich ihre Gedanken erraten könnte. Dann erhob sie sich und begann, in ihrem Gebetbuch zu blättern. Eine getrocknete Gardenie fiel zwischen den Seiten heraus, indes der hauchzarte Duft der verflossenen Jahre den Raum erfüllte.

Mit dem umfangreichen Gepäck von Maria Dolores beladen, machten sich die beiden zu Fuß auf den Weg zum Bahnhof. Als sie um elf Uhr abends mit dem Zug nach Comanja abreisten, saßen sie eng aneinandergedrängt Hand in Hand; sie lachten wie Kinder. Sie stellte ihm ein paar belanglose Fragen, weil die Stille sie ängstigte. Doch gleich darauf schwiegen beide wieder. Verlegen tat Maria Dolores so, als suchte sie etwas in der Tasche. In einigen Stunden würden sie an ihrem Reiseziel ankommen. Sie fragte sich, was dort geschehen würde, wie sie sich wohl verhalten müßte. Dann blickte sie auf, betrachtete ihr Spiegelbild im Fensterglas und beobachtete aus den Augenwinkeln ihren frisch angetrauten Ehemann. Als sich ihre Blicke für einen Moment trafen, konnte sie nicht mehr widerstehen und suchte Zuflucht an seiner Brust.

Den Ehemann beschäftigten ähnliche Gedanken, seine Leidenschaft galt ganz Maria Dolores. Nach all den Jahren des Wartens, der Bezähmung seiner Begierde, des Sich-Begnügens mit flüchtigen Liebkosungen würde er nun endlich Tag für Tag jeden Augenblick diese unbändige und nur mit Mühe beherrschte Liebe genießen und das Gefühl haben, er sei zu jeder Großtat fähig.

In der ersten Nacht mußte Francisco mühsam das Lachen unterdrücken, als er sie in ihr großmütterliches, bodenlanges und bis zum Hals geschlossenes Nachthemd gehüllt sah. Bei seiner langen Erfahrung mit Frauen wußte er, daß es ihn reichlich Geduld kosten würde, die Scheu seiner Ehefrau zu überwinden, die sich zitternd unter die Bettdecke verkrochen hatte, so daß nur noch Kopf und Hände herausschauten. Behutsam legte er sich neben sie. Ihre großen, ängstlich blickenden Augen erregten ihn heftig. Mit den Fingern zog er die Umrisse ihrer vollen, jungfräulichen Lippen nach, küßte zärtlich ihr seidiges Haar, ihre Wangen, ihren Mund und glitt langsam herab bis zum Hals. Dann ergriff er ihre kalten, feuchten Hände und verschränkte seine Finger mit ihren, die allerdings steif und reglos blieben. Nach einer Weile glitt er mit den Händen unter das Laken und spürte durch den dicken Nachthemdstoff die kaum vorhandenen Rundungen ihres zarten Körpers. Dabei flüsterte er ihr verliebte Sätze ins Ohr, die er noch nie gesagt hatte. Doch trotz seiner erfahrenen Liebkosungen verharrte der verängstigte Körper seiner Frau in Passivität und reagierte nicht auf sein Drängen.

Bei dieser Kälte verging ihm auf der Stelle die Lust, doch er ließ sich nicht entmutigen und versuchte es in den nächsten Nächten immer wieder, mit unverändertem Resultat. Unfähig länger zu warten, riß er ihr am vierten Tag schließlich gewaltsam das Nachthemd herunter und konnte endlich ihre schneeweiße, seidenweiche Haut berühren.

Getrieben von seiner Leidenschaft, drang er wütend ein in diese harte und kalte Statue aus Porzellan. Er bezwang sie mit raschen, heftigen Bewegungen, die ihm keine Befriedigung verschafften und ihr Schmerzen und Scham bereiteten.

Sie hätte sich niemals erträumt, in ihrer Ehe solche Dinge tun zu müssen, die, wie sie jetzt erfuhr, Teil ihrer Pflichten als verheiratete Frau waren.

Sie fühlte sich gekränkt und gedemütigt, erwähnte aber ihrem Mann gegenüber nichts. Nur in ihren Träumen und in den Momenten der Einsamkeit wallte ihre Enttäuschung in einer heftigen Gemütsbewegung auf, die sie schier zu ersticken schien. Erschöpft kehrte sie dann in die Wirklichkeit zurück und verdoppelte ihren religiösen Eifer, um diese innere Unruhe aus ihren Gedanken zu verbannen.

Im Geiste schlug sie sich mit den schrecklichsten Vorstellungen und Visionen herum, die ihr keine Erleichterung verschafften. Die Nähe ihres Mannes weckte in ihr eine unerträgliche Begierde. Sie wünschte sich, seine Haut zu spüren, seinen Geruch nach Zitrone und Schweiß zu riechen, diesen stählernen Körper, der ihr zwar gehörte, sie aber auch unendlich bedrückte und beschämte, überall zu berühren. Derlei Phantasien widersprachen ihren moralischen Prinzipien, die ihr jedoch letztlich keinen Ausweg zeigten. Als sie Urgroßmutter gefragt hatte, was sie in ihrer Ehe tun müßte, und wie sie sich verhalten sollte, hatte diese gesagt: »Du mußt deinem Ehemann gehorchen und dienen. Keinen Klatsch mehr mit Freundinnen in fremden Häusern oder auf der Straße. Aber vor allem mußt du immer eine ehrbare Frau sein, fleißig, zurückhaltend und sittsam.«

Was bedeutete es, zurückhaltend und sittsam zu sein? Für Urgroßmutter war die Grenze zwischen Sittsamkeit und Schamlosigkeit sehr vage gewesen: »Auf der Welt gibt es zwei Arten von Frauen; solche, die für ihr Heim leben, ihrem Ehemann gehorchen, nach Gottes Willen Kinder bekommen und für sie sorgen, und die

Frauen von der Straße, die sich dreist zur Schau stellen, um die niedrigen Instinkte zu wecken und alle möglichen Schweinereien mit Männern zu treiben, nur aus Lust. Das sind Frauen ohne Gottesfurcht.«

In ihre Definition einer sittsamen Frau waren Worte wie »Begierde« oder »Lust« nicht mit eingeschlossen.

Deshalb empfand Maria Dolores ein furchtbares Gefühl der Schuld und der Scham.

All diese Überlegungen bedrückten und verunsicherten sie zutiefst, so daß sie immer wieder an Großmutter Maria denken mußte. Wie sehr fehlte sie ihr doch! Vielleicht konnte sie ihr jetzt, da sie eine verheiratete Frau war, helfen, ihre Zweifel auszuräumen, wo sie vor lauter Verwirrung keinen klaren Kopf bekam.

Als er sie zum zweitenmal besaß, spürte Maria Dolores einige Minuten lang, wie sie eine Gänsehaut bekam, ihre Brustwarzen hart wurden und ihr Blut in Wallung geriet. Eine nie geahnte Erregung durchströmte sie, die sie vor Wonne zerfließen ließ, doch dann, als sie Franciscos animalisches Keuchen hörte, empfand sie augenblicklich Ekel. »Das ist schmutzig! Eine Sünde!« dachte sie. Sie wollte sich befreien, aus dem Zimmer rennen, aber er erdrückte sie weiterhin mit seinem Leib und strich ihr keuchend mit den Lippen über ihre Brüste. Mit einer brüsken Handbewegung stieß sie sein Gesicht fort. Als er aufblickte, traf ihn ihr Blick wie ein Blitz und schreckte ihn aus dem Bett hoch. Maria Dolores nutzte dies aus, um ins Bad zu fliehen; sie füllte das Waschbecken mit kaltem Wasser und tauchte ihr Gesicht hinein, als wollte sie die Spuren des beschämenden Augenblicks abwaschen. Etwas später kehrte sie in einen Morgenmantel gehüllt zurück ins Bett, und legte sich wortlos hin, mit dem Gesicht zur Wand.

Am nächsten Morgen saß Francisco Maria Dolores beim Frühstück gegenüber. Zum ersten Mal sah er sie mit anderen Augen; sie besaß eine makellose Schönheit, distanziert und eiskalt.

»Es wird Zeit heimzukehren, dort wartet viel Arbeit auf mich.

Mein Vater muß schon völlig geschafft sein vor lauter Plackerei«, sagte er.

»Wie du willst! Ich werde packen.«

So machten sie sich auf den Heimweg.

Nach ihrer Rückkehr nach Los Remedios bezogen sie ein paar Zimmer, die hinter dem Patio von Großvater Franciscos Haus lagen. Francisco ging in die Schmiedewerkstatt, die außerhalb des Ortes neben dem Bahnhof lag.

An diesem Morgen war Chona gerade dabei, mit ihren kräftigen Händen Maismehl auf dem Metate zu mahlen. Als sie Maria Dolores sah, spülte sie sich die Hände ab, trocknete sie an der Schürze und strich sich mit dem Handrücken das Haar aus dem Gesicht. Dann begrüßte sie sie, die Hände in die Hüften gestützt, und musterte sie naserümpfend von Kopf bis Fuß. Maria Dolores erwiderte den Gruß mit schüchterner Zurückhaltung und sagte: »Ich bin ein wenig nervös und weiß nicht, wo ich beginnen soll.«

Chona räusperte sich ungehalten.

»Na dann sollten Sie mal damit anfangen, sich diese feinen Klamotten auszuziehen. Vergessen Sie nicht, Sie haben einen einfachen Schmiedelehrling geheiratet, und Sie müssen selbst das Haus sauberhalten. Hier gibt es nämlich keine Dienstmägde«, sagte sie schnippisch, während sie sich wieder daranmachte, den ausgehülsten Mais zu mahlen, zum Teig zu kneten, und diesen dann kräftig gegen den Stein des Metate zu schlagen, bevor sie die Tortillas formte.

Ihre Anwesenheit entlockte Großvater Francisco nur einen eisigen Blick. Ihre Schwägerin Eulalia musterte sie eingehend und sagte dann mit geheucheltem Erstaunen: »Du siehst so mager und bleich, fast durchscheinend aus. Du bist doch wohl nicht krank?«

»Nein.«

»Ich rate dir, koch dir eine Hammelsuppe, die ist gut gegen Blutarmut.«

Trotz ihrer Empfindlichkeit sah sie über den unfreundlichen Empfang bei dieser ungehobelten Familie ihres Mannes hinweg, in die das Schicksal sie verschlagen hatte. Sie schickte sich an, das Haus so gut wie möglich aufzuräumen, kochte etwas zum Abendessen und machte sich für die Rückkehr ihres Gatten zurecht.

Aber die Stunden verstrichen, ohne daß er heimkam. Voller Bangen, ihm könnte etwas zugestoßen sein, lief sie händeringend in der Küche hin und her und wandte sich mit ihren Bittgebeten an die gesamte himmlische Gefolgschaft. Trotz ihrer Qualen wagte sie es nicht, ihre Schwiegereltern zu fragen, ob diese vielleicht etwas von ihrem Mann gehört hatten.

Für Francisco schleppte sich der erste Arbeitstag nur so dahin. Gegen Abend verließ er die Werkstatt, überquerte entschlossenen Schrittes die Plaza, betrat durch die Schwingtüren die Cantina, wo sich in Alkoholschwaden und stickigem Tabaknebel zahlreiche Gäste drängten und Gitarrenklänge den Raum erfüllten. Mehrere seiner Zechbrüder kamen auf ihn zu, um ihn willkommen zu heißen und Witze über seine kürzliche Eheschließung zu reißen. La Ruñida begrüßte ihn mit einem flüchtigen Kuß auf den Mund, während sie provokativ ihren unzüchtigen Ausschnitt zurechtrückte, der einen beträchtlichen Teil ihres ausladenden Busens frei ließ. Franciscos Gesicht hellte sich auf, und seine Augen glänzten beim Anblick dieses aufreizenden Körpers, der sich ihm darbot. Ohne den Blick von ihr zu lassen, steckte er ein paar Münzen in die Musikbox und bestellte einen Tequila. Der Wirt stellte eine Flasche mit zwei Gläsern und einen Teller mit grobkörnigem Salz und mehreren Zitronenscheiben auf die Theke. La Ruñida nahm eine, bestreute sie mit Salz und führte sie zum Mund, um genüßlich daran zu lutschen. Dann leckte sie sich mit der Zungenspitze die feuchten Lippen. Francisco füllte sein Glas, leerte es mit einem Zug und füllte sich nach, während La Ruñida ihn musterte, als ahnte sie unter dem verschwitzten Hemd die Konturen seines kampfbereiten Körpers. Sein leicht gewelltes Haar schloß sich um das grobe Gesicht. Sein Blick, überschattet von dichten Wimpern, wurde forscher.

Nachdem er im Handumdrehen die Schnapsflasche geleert hatte, packte er La Ruñida um die Taille, und gemeinsam begaben sie sich ins Nebenzimmer. Dort fielen sie gierig übereinander her, streichelten und küßten sich, rissen sich hastig die Kleider vom Leib und schleuderten sie in die Ecke. Sie wälzten sich am Boden wie brünstige Tiere, fochten ineinandergeschlungen, den Geruch nach Alkohol und Wollust einsaugend, den Krieg der Leidenschaften. Sie liebten sich hemmungslos, besaßen sich ein ums andere Mal mit der all die vielen Stunden und Tage aufgestauten Lust, bis zur Erschöpfung ihrer Leiber. Ihr Keuchen und ihre Schreie drangen durch die Wände und kamen selbst den Kneipgängern zu Ohren.

Als gegen Morgen endlich ihre Schreie und das Gegröle der Betrunkenen in der Cantina verstummten und die letzten von ihnen heraustaumelten und mitten auf der Straße davontorkelten, machte sich Francisco trunken von Schnaps und vollkommen ausgelaugt vom exzessiven Liebesgenuß auf den Heimweg. Das Pochen an der Haustür weckte Maria Dolores, die in der Küche sitzend auf ihn gewartet hatte. Als sie sein Gepolter hörte, sprang sie auf und stürzte zur Tür, um zu öffnen. Vor ihr stand ein Francisco, den sie bisher nicht gekannt hatte. Er schwankte sichtlich, hatte das Hemd aufgeknöpft, einen gläsernen Blick, einen schweren Atem und eine Schnapsflasche in der Hand. Sobald sie begriff, was los war, schlug ihre Angst in Wut um, und sie fragte ihn mit Zorn in der Stimme: »Was ist das für eine Uhrzeit, um heimzukommen?«

Ohne zu antworten ließ er sich auf einen Küchenstuhl fallen.

»Du bist rücksichtslos, warum hast du nicht daran gedacht, was für eine Angst ich ausstehe. Die ganze Zeit habe ich gebetet und alle Naselang zur Tür rausgeschaut, immer mit der Vorstellung, jeden Moment würde jemand kommen und mir sagen, dir sei etwas Schlimmes zugestoßen. Und du schmeißt das wenige Geld, das du verdienst, heraus, um dich vollaufen zu lassen.«

Francisco kniff die Augen zusammen, die vor Wut zu funkeln begannen. Seine Lippen wurden schmal wie ein Strich, als er vom Stuhl aufstand und die Flasche gegen die Fensterscheibe schleuderte. Dann stürzte er sich auf sie, erhob die Hand und schlug ihr brutal ins Gesicht. Einen Moment lang drehte sich in ihrem Kopf alles, bevor sie zu Boden sank und der süßliche Geschmack nach Blut ihr den Mund füllte. Durch die in spitze Scherben zerborstene Fensterscheibe wehte eine frische Brise herein.

Franciscos Stimme explodierte wie ein Donnerschlag: »Ich schulde dir nicht die geringste Erklärung, weder wohin ich gehe, noch wann ich heimkomme. Wenn ich Geld ausgebe, dann ist das allein meine Sorge, und ich mache damit, was ich will. Bring mir was zu essen!«

Der Rest ihrer Strafpredigt blieb Maria Dolores im Halse stekken. Erschrocken stand sie auf und ging zitternd zum Herd. Sie wärmte das Essen auf und stellte es auf den Tisch, den tränenverschleierten Blick ungläubig auf die Lippenstiftspuren am Hemdkragen ihres Mannes gerichtet. Während des Essens rülpste er laut, spuckte aus und wischte sich den Mund am schneeweißen Tischtuch und an seinem Ärmel ab. Anschließend torkelte er wortlos ins Schlafzimmer, wo er sich angekleidet aufs Bett fallen ließ. Maria Dolores legte sich neben ihn. Dort, in der Geborgenheit zwischen den Laken, löste sie sich aus ihrer Erstarrung, und die Gedanken stürzten auf sie ein. Plötzlich sah sie die Wirklichkeit überdeutlich vor sich. Der Zauber ihrer Illusionen verflog und löste sich in Rauch auf. Der Liebesschwur, den sie vor dem Altar abgeleistet hatte, wurde damit zunichte, und es war ihr, als täte sich ein tiefer Abgrund vor ihr auf. Francisco war der einzige Mann in ihrem Leben gewesen. Die fünf Jahre ihrer Romanze hatten nicht ausgereicht, um seinen wahren Charakter zu erkennen, der sich hinter seinem gewinnenden Lächeln, den süßen Worten und den Gardeniensträußen verbarg.

Ihren Vater sah sie nur sporadisch und nie betrunken, und Szenen dieser Art, wie sie sie jetzt erlebte, waren ihr völlig fremd. Sie hatte keine Erfahrung mit Alkohol und seiner Wirkung und konnte daher diesen abrupten Wandel im Verhalten ihres Mannes nicht verstehen. Der galante, romantische Bräutigam war verschwunden und hatte einem gewalttätigen Ehemann Platz gemacht. Mit einem Mal waren ihre rosaroten Träume wie weggeblasen. Von nun an mußte sie sich der grausamen Realität stellen.

Die Ehe war sie ohne Wissen über ihre Bedeutung eingegangen. Urgroßmutter hatte sie wie unter einer Glasglocke gehalten, weit entfernt von der wirklichen Welt. Sie war eine ausgezeichnete Köchin, perfekt auf ihre häuslichen Pflichten vorbereitet, aber von sexuellen Beziehungen, Schwangerschaft und gewalttätigen Ehemännern hatte sie keine Ahnung. Es gab auch niemanden, der ihr einen Rat geben konnte. In ihrer Einfalt hatte sie geglaubt, die Ehe sei die Fortführung der romantischen Verlobungszeit.

Verwirrt und erschöpft fiel sie in einen unruhigen Schlaf, und im Traum sah sie Francisco immer wieder mit erhobener Hand auf sich zukommen, um sie zu schlagen. Seine funkensprühenden Augen setzten auf dem Weg das Tischtuch in Brand, bis die Flammen sie erfaßten, während er in schallendes Gelächter ausbrach. Ihr schriller Klageschrei zerriß die morgendliche Stille.

Als er am nächsten Tag erwachte, fühlte Francisco sich bester Laune und pfiff beim Baden laut vor sich hin. Genußvoll sog er den Duft nach frisch gepreßtem Orangensaft und scharfen Chilaguiles in sich ein. Lächelnd betrat er die Küche, voller Vorfreude auf das Frühstück. Doch als er sie küssen wollte, stieß sie ihn fort: »Was hast du nur?« fragte er und nahm Platz, um mit dem Frühstück zu beginnen. An den Vorfall der vergangenen Nacht schien er sich nicht zu erinnern.

Maria Dolores hingegen sah bleich und ernst aus, und kaum tat sie den Mund auf, sprudelten nichts als Vorwürfe heraus: »Du betrinkst dich, kommst erst im Morgengrauen heim, beleidigst mich, hast das Hemd mit Lippenstift beschmiert, schlägst mich und hast dann noch die Stirn, mich zu fragen, was ich hätte?« klagte sie. Dann brach sie vor Verzweiflung in Tränen aus.

»Was ist nur los mit dir? Ich habe vielleicht etwas zu tief ins Glas geguckt, jedenfalls kann ich mich an nichts mehr erinnern. Aber du bist doch meine Königin, wie kannst du nur glauben, daß ich dir so etwas antue ... hör schon auf zu weinen und komm frühstücken, vergiß es bitte ...«, sagte er, während er sie aufs Haar küßte.

Immer noch gekränkt wollte sie zunächst nicht nachgeben, doch nach einigen sanften Vorwürfen schlang sie sich ihm schließlich um den Hals, und die Versöhnung war rasch besiegelt.

Leider blieb es nicht bei dem einen Mal, die Zwistigkeiten wiederholten sich noch oft, bis Maria Dolores sich mit der Zeit stumm in ein Leben voll Kummer und Entsagung fügte.

Am Anfang schämte sie sich noch, vor den Schwiegereltern ihre Eheprobleme zuzugeben, doch die Spuren der Prügel in ihrem Gesicht verrieten sie. Schließlich gestand sie ihnen die Wahrheit.

Als er ihre Klagen hörte, blickte Großvater sie ungerührt an und rief aus: »Ach was!« Dann sagte er noch: »Was halten Sie davon, heimzukehren, wenn es Ihnen hier nicht paßt? Weiber gibt's wirklich genug auf der Welt ...«

Diese verächtlichen, noch dazu in eisigem Ton gesprochenen Worte ließen sie dermaßen erschauern, daß sie sich fortan nicht mehr beklagte.

Verzweifelt suchte sie Rat und Hilfe bei ihrem Vater. Dieser lauschte ihr aufmerksam und zuckte, als sie fertig war, nur mit den Achseln, kniff die Augen zusammen und sagte: »Mein Gott, die Dinge laufen nicht immer so, wie man sich das wünscht. Wer hätte das gedacht! Er schien so ein guter Junge zu sein, aber was war schon zu erwarten bei einem Sohn von Don Francisco. Der Apfel fällt nicht weit vom Stamm. Die alte Fina hatte recht, als sie sagte, diese Leute sind nicht gut. Aber wir haben halt an die Redlichkeiten deines Mannes geglaubt und ihn mit offenen Armen bei uns aufgenommen. Jetzt bleibt dir nichts anderes übrig, als dich zusammenzunehmen und ihn möglichst nicht zu reizen. Gib ihm nach, tu, was er verlangt. Und denk daran, die Ehe ist ein Kreuz, das man zu tragen hat«, schloß er.

Aus Rücksicht auf Urgroßmutters schlechten Gesundheitszustand verheimlichte Maria Dolores ihr ihre Probleme. Dennoch bemerkte diese, was los war, weil ihr Herz als Großmutter und der traurige Blick ihrer Enkelin es ihr verrieten. Aber sie hielt es für ratsam, so zu tun, als merke sie nichts, um ihrem geliebten Mädchen einen zusätzlichen Kummer zu ersparen. Sie behandelte Francisco weiterhin freundlich, ja sogar noch freundlicher als vorher, in der Hoffnung, so sein Herz zu erweichen, damit er wieder der nette Junge wurde, den sie kennengelernt hatte. Seinen Charakterwandel schrieb sie dem schädlichen Einfluß von Don Francisco und Chona zu. Freilich sagte sie nichts und vermied geschickt den Konflikt mit ihnen. Sie war überzeugt, daß sich niemand in die Probleme zwischen Mann und Frau einmischen durfte. Deshalb besuchte sie die frisch Vermählten trotz Franciscos inständigen Bittens niemals.

Hingegen empfing sie beide liebevoll mit einem reichgedeckten Tisch. Es gab Rindfleischeintopf mit Kohl und Koriander und Nudelsuppe, sein Lieblingsgericht. Selbstgemachte Zitronenlimonade und frisch gebackene Tortillas. Beim Abschied ließ Großmutter verstohlen ein paar Pesos in die Handtasche von Maria Dolores gleiten, erteilte ihnen ihren Segen und flüsterte Francisco, als wolle sie sich einer Sache entledigen, ins Ohr: »Ich vertraue Ihnen mein Mädchen an, Gott wird es Ihnen danken.«

Halb lächelnd sagte Francisco: »Man tut, was man kann, Doña Maria.«

Aber was er konnte, war sehr wenig, denn die guten Vorsätze hielten nie lange an. Sie waren noch kaum zur Tür heraus, da fing er schon wieder an zu meckern. Vorwände gab es genug; so hatte er zum Beispiel bemerkt, daß sie außer sich war vor Freude, sobald sie das Haus ihrer Großmutter betreten hatten: Wie offensichtlich liebte sie doch all die feinen Sachen, die sie sonst bestimmt vermißte! Oder sie hatte Doktor Dávila oder Fina zu freundlich begrüßt. Dann warf er ihr das gezwungene Lächeln vor, das sie aufsetzte, wenn es dagegen um Chona oder jemand anderen aus seiner Familie ging, so daß man ihr schon meilenweit ansah, daß sie sie nicht ausstehen konnte. Natürlich waren sie keine vornehmen Leute wie die feinen Pinkel, die sie kannte.

»Diese Leute mögen ja piekfein sein, aber für mich sind sie nichts weiter als nichtsnutzige Tunichtgute. Der einzige wertvolle Mensch dort ist Doña Maria«, sagte er.

Maria Dolores entgegnete nichts, in dem Glauben, solange sie ihm nicht widersprach, würde sein Zorn sich legen. Doch da irrte sie, denn ihr Schweigen machte ihn noch wütender. Zu Hause gab es dann unausweichlich Streit.

Urgroßmutters Bemühungen trugen also keine Früchte. Alles blieb beim alten. Aus Kummer wurde bei Maria Dolores schließlich traurige Resignation, ohne Hoffnung. Der Glanz in ihren Augen erlosch, als habe der Staub von Los Remedios sie ihr getrübt. Urgroßmutter fehlte ihr schrecklich, ebenso wie die alte Fina, ja selbst die gewohnten Eindrücke, die man im Alltag nicht beachtet und die erst dann eine Leere hinterlassen, wenn sie nicht mehr da sind: der Duft der Zitronen und der Guajaveäpfel, die Geräusche der Tiere auf dem Hof, das Pfeifen des Windes, der die Maisfelder durchschüttelt, der Futterklee und die stillen Gebetsstunden am Abend. Ihre ganze Ruhe war mit dem Schritt ins neue Leben dahin, und sie mußte sich an die Angst gewöhnen, daß sich die Szenen der Gewalt jeden Moment wiederholen konnten. Bei jeder Dämmerung fühlte sie etwas Bedrohliches, das sie erstickte, ihr einen bitteren Geschmack und ein hohles Gefühl im Magen verursachte.

Francisco hatte einen durchdringenden, energischen Blick, der Maria Dolores schrecklich einschüchterte und alle anderen Frauen, die ihn kannten, faszinierte. Wenn er sich betrank, posaunte er die Namen seiner zahlreichen Geliebten in alle Himmelsrichtungen hinaus: Unverheiratete, Witwen und Verheiratete. Während er mit seinen Liebschaften prahlte, schwieg seine Frau und litt still vor sich hin. Die Ergebenheit, mit der sie seine Abenteuer hinnahm, kränkte ihn, weil er sie für Gleichgültigkeit und mangelnde Liebe hielt. Beide verfingen sich hartnäckig in ihren eigenen Sehnsüchten.

Francisco fand nichts Schlimmes dabei, sich abends mit ein paar Freunden in der Cantina zu treffen und in Begleitung einiger »Freundinnen« zu trinken, eine Mariachigruppe anzuheuern und alles Geld bis auf den letzten Centavo auf den Kopf zu hauen. Wenn Maria Dolores bei seiner Heimkehr schon schlief, rüttelte er sie wach, damit sie ihm das Abendessen servierte, und beschimpfte sie unter jedem erdenklichen Vorwand: Das Essen sei kalt, es fehle Salz, oder sie habe etwas gekocht, was er nicht mochte. Dann schlug er mit der Faust auf den Tisch, schleuderte Geschirr und alles, was ihm in die Quere kam, zu Boden und richtete dann seinen ganzen Zorn gegen sie. Er warf ihr rücksichtslos Beschimpfungen und Beleidigungen an den Kopf, ohne Scheu vor vulgären Anspielungen. Dabei öffnete er die Tür zum Patio, damit die übrige Familie ihn hören konnte, wohl wissend, daß sie, die stets ihre Eheprobleme vor den anderen zu verbergen suchte, am meisten unter der Blamage litt.

»Du hältst dich wohl für was Besonderes! Wenn du geglaubt hast, mit deiner Eleganz könntest du mich erniedrigen, hast du dich getäuscht. Mich kannst du mit deinem Dünkel nicht provozieren. Du hast dir gesagt, endlich hab ich einen Trottel gefunden, wie Simona deinen Vater, der sich unter ihrem Rock verkriecht. Doch da bist du bei mir an den Falschen geraten, meine Liebe!«

»Sei endlich still, die Nachbarn können dich ja hören«, bat sie und faßte ihn beschwichtigend am Arm.

»Sollen sie's doch hören, damit sie wissen, was für eine du bist. Ein hochnäsiges, eingebildetes Weibsstück!«

Neun Monate später wurde Consuelo geboren, ein niedliches Baby, das die Leere im Herzen von Maria Dolores ganz und gar ausfüllte. Euphorisch betrachtete sie ihr Kind eine lange Weile. In diesem Moment legte sich all ihre Verbitterung; ihre Träume, ihre Lippen, ihre Sinne waren erfüllt von der seidigen Haut, dem Weinen, dem Geruch der kleinen Kreatur. Sie wiegte sie sanft. Sie versuchte sie zu stillen. Nachdem die alte Fina die Nabelschnur durchtrennt, das Neugeborene gesäubert, den Nabel verbunden und das Baby wie eine Tortilla eingewickelt hatte, betrat Francisco den Raum.

»Sie ist so hübsch und zart wie ein Porzellanpüppchen«, rief er stolz aus.

Mit Consuelos Geburt veränderte sich das Leben für Maria Dolores. In das stille, finstere Haus drangen nun Licht und Leben ein. Francisco war wieder so sanft und zärtlich wie zu der Zeit, als sie ihn kennengelernt hatte. Wenn er abends von seiner Arbeit heimkehrte, spielte er Gitarre, während er seinen Blick zwischen Maria Dolores und Consuelo hin und her schweifen ließ. Schließlich verlor er sich in der wehmütigen Erinnerung an seine Mutter, die er niemals richtig gekannt hat, was in ihm eine innere Leere hinterlassen hatte. Dann wurde seine Stimme sentimental, zupfte er die Saiten mit so viel Gefühl, daß seine Augen am Ende von den unterdrückten Tränen glänzten. Wenn Maria Dolores ihn in dieser Stimmung sah, hegte sie anfangs noch die Hoffnung, diese Leere mit ihrer Liebe ausfüllen zu können.

Großvater Heliodoro kümmerte sich auch wieder mehr um Maria Dolores, vielleicht aus Reue, weil er sie um ihr Erbe gebracht und nie sonderlich beachtet hatte. Jeden Morgen schickte er ihr ein frisch gebackenes Brot, einen Liter Milch und eine Handvoll Bohnen und Chilis. Es war eine sehr glückliche Zeit für die Familie Villanueva.

Doch schon bald stellte sich La Ruñida wieder zwischen sie. Darauf beharrend, ihr leidenschaftliches Verhältnis mit Francisco fortzuführen, begann sie unermüdlich ihr Netz zu spinnen. Andauernd erschien sie unter irgendeinem Vorwand in der Werkstatt. Dort, unter dem vom ständigen Regen vermodernden Dach, in dem heillosen Chaos von lauter rundum wie nach einem Wirbelsturm verstreuten Eisenteilen und Werkzeug, hantierte Francisco am Feuer, ganz vertieft in seine Schmiedearbeit. Er steckte das Metall in den Kohleofen, bis es glühte und rote Funken sprühte. Dann holte er das glühende Eisen mit einer riesigen Zange heraus, legte es auf den Amboß und begann, es in Form zu hämmern. Dicke Schweißperlen standen ihm auf der Stirn. In Franciscos Nähe saß La Ruñida mitten in dem ohrenbetäubenden Gehämmer und den deftigen Gerüchen der Schmiede, zog sich die Lippen nach, rauchte, warf den Kopf in den Nacken und umfaßte ihr Knie, um das Gleichgewicht zu halten. Lächelnd und mit halb geschlossenen Lidern forderte sie ihn allein durch ihre Anwesenheit auf, das Leben uneingeschränkt zu genießen. Schließlich verabschiedete sie sich mit einem vielsagenden Händedruck und entfernte sich hüftschwingend, wobei ihr seidiger Rock wie vom Wind aufgewirbelt hin und her flatterte.

Nach einigen Tagen halbherzigen Widerstands ergab er sich diesem Körper, der ihn an frühere Augenblicke ungehemmter Lust erinnerte, und bot sich ihr uneingeschränkt dar. Es folgten Tage der Leidenschaft, die beide in vollen Zügen genossen. Die Nächte erschienen ihnen zu kurz, um das unerschöpfliche, so lange unterdrückte Feuer zu löschen.

So begannen in Maria Dolores' Haus wieder die durchwachten Nächte und die täglichen Turbulenzen mit den Anfällen von Jähzorn und Trunkenheit ihres Mannes. Die Stunden voller Wollust, die Francisco mit seiner Geliebten verbrachte, konnten freilich seine Stimmung nicht aufheitern. Immer noch hatte er das Gefühl einer tiefen inneren Hohlheit, die er nicht in Worte zu fassen vermochte. Wenn er mit dem Geruch nach Frau am Körper heimkehrte, fühlte er sich angewidert, schmutzig, und die Haut brannte ihm wie eine offene Wunde. All das bereitete ihm peinigende Qualen, die er nicht abzuschütteln vermochte. Die Tränen und sanften Vorwürfe seiner Frau, nicht aus Eifersucht, sondern aus Furcht vor dem Gerede der Leute, schürten schließlich seinen Zorn und erstickten seinen Wunsch, ihr die tiefe, reine Liebe zu gestehen, die er für sie empfand.

Die Wucht seiner Fäuste und die Kraft seiner Liebe konnten allerdings nichts ausrichten angesichts dieser nicht greifbaren Barriere, dieses unsichtbaren Feindes, den er nicht von Angesicht zu Angesicht bekämpfen konnte, der aber so stark war, daß sich die Kluft zwischen ihnen von Mal zu Mal vertiefte. Er nahm seine Frau mit unnötiger Gewalt in Besitz, denn dieser zerbrechliche Körper fügte sich und ließ sich widerstandslos bezwingen, als sei es für Maria Dolores eine weitere häusliche Pflicht, sich lieben zu lassen. Francisco sehnte sich danach, einen Funken der Eifersucht, des Begehrens, der Liebe oder der Leidenschaft in diesen schönen dunklen Augen zu entdecken, doch diese blieben kalt wie der Grund einer tiefen Schlucht.

Weit davon entfernt, seine Eskapaden zu bereuen, brüstete er sich noch damit und gab sie offen zu. Die zynischen Geständnisse nahm Maria Dolores mit dumpfer Resignation und Gleichgültigkeit auf, was ihn nur noch lauter werden ließ in seinen Beschimpfungen, um sie an ihrem empfindlichsten Punkt zu treffen: die Furcht vor dem Gerede der Leute. Er genoß es sichtlich, sie zu verletzen. Bei diesem Kampf gab es keinen Sieger. Er zerschmiß alles Geschirr, das ihm in die Quere kam, trat gegen Türen und schlug mit seinen Fäusten gegen die Wand. Trotz allem hatte er unverändert das Gefühl eines tiefen, nie befriedigten Verlangens, das ihm wie ein Feuer in den Adern glühte und seinen Körper verzehrte. Schließlich ließ er sich vornüber auf den Tisch fallen, um die Tränen zu verbergen, die ihm im Gesicht brannten.

La Ruñida, die sich ihrerseits der Liebe Franciscos sicher wähnte, drängte ihn eines Abends, Maria Dolores zu verlassen.

»Sie hat nichts damit zu tun! Zieh sie da nicht mit hinein. Sie ist meine Frau«, fuhr Francisco sie unwirsch an.

Diese Worte trafen La Ruñida wie ein Peitschenhieb. Sie verstummte einige schreckliche Minuten lang, während sie ihn mit verächtlich funkelndem Blick fixierte. Sie wollte ihn beschimpfen, ihm damit drohen, die Beziehung zu lösen, doch das wagte sie nicht, aus Furcht, er würde sie gehen lassen, ohne einen Finger zu rühren. Sie wußte, daß es viele Frauen in seinem Leben gegeben hatte, die kaum mehr Spuren hinterlassen hatten als in der Sonne verdunstetes Wasser. Maria Dolores, die schweigsame, gefügige Ehefrau, blieb hingegen unanfechtbar. Von dem Moment an verspürte sie neben der nagenden Eifersucht, die ihr die Seele zerfraß, einen abgrundtiefen Haß. Doch unfähig, auf ihre sinnenbetörende Leidenschaft zu verzichten, lächelte sie nachsichtig.

Eines Morgens erschien die alte Fina, um sich nach Maria Dolores' Gesundheit zu erkundigen, und plauderte bei der Gelegenheit unaufgefordert alles aus.

»Raten Sie, wer es ist? Natürlich La Ruñida, wer sonst.«

Vor Maria Dolores tat sich ein dunkles Nichts auf. Nun wußte sie endlich, wem sie diese unerklärliche Wandlung, die Francisco in letzter Zeit durchgemacht hatte, zu verdanken hatte. Von wem der Lippenstift stammte, der seine Hemden befleckte. Wer die bis dahin gesichtslose Frau war, die die Nächte ihres Mannes beherrschte.

»Man munkelt, sie tauchen fast täglich am Bahnhof auf und turteln miteinander wie ein Liebespaar, und die Nächte verbringen sie in der Cantina. Ich bin sicher, daß Manuelito nichts entgeht, aber er gibt sich ahnungslos um seiner Kinder willen.«

La Ruñida. Immer wieder La Ruñida. Dieser Name verfolgte sie. Vor ihren Augen tat sich das Bild dieser Frau auf, La Ruñida, ihr hemmungsloses Gelächter, ihr rotes Haar.

Als Maria Dolores Francisco zur Rede stellte, stritt er erbost alles ab: »Du glaubst wohl dem Geschwätz dieser Betschwester. Die alte Frömmlerin ist doch zu nichts anderem nutze, als anderen Leuten solche Dinge zu unterstellen. Und selbst wenn es so wäre, warum regst du dich so auf?« fragte Francisco hoffnungsvoll.

»Merkst du nicht, daß ich zum Gespött des ganzen Dorfes werde?«

»Nur deshalb?«

»Findest du nicht, daß es reicht, wenn die Leute wissen, wie du mich behandelst und mit wem du dich herumtreibst?«

Daß sie sich bei ihrem Vorwurf seiner Untreue lediglich darum sorgte, was die Leute sagen würden, kränkte Francisco zutiefst. In all ihren Worten konnte er nicht einen Funken Eifersucht erkennen. Nie sprach sie von ihren Gefühlen, streichelte oder küßte ihn spontan, denn das fand sie unzüchtig, vulgär und einer Señora unwürdig. Francisco hätte sich so gewünscht, ihre Liebe zu spüren, in ihren Augen einen Funken der Wut oder Eifersucht zu entdecken. Das hätte genügt, und er hätte ihr gestanden, daß er sie mehr liebte und begehrte denn je. Es war ihm ein Rätsel, warum, sobald er den Mund aufmachte, Worte und Gefühle herauskamen, die er gar nicht beabsichtigte. Manchmal hatte er das Bedürfnis, ihr alles zu erklären, brachte jedoch nichts über die Lippen, weil er Angst hatte, schwach zu erscheinen. Und Maria Dolores' Verhalten bestärkte ihn auch nicht gerade in diesen Vorsätzen. Francisco erstickte seine Ohnmacht und seine Verzweiflung in einem tiefen, verzehrenden Groll, der ihn aggressiv werden ließ und ihm das Herz brach.

Maria Dolores fühlte sich ihrerseits von Francisco nicht verstanden. Zu alledem überwarf sie sich auch noch mit Eulalia, von deren seit einiger Zeit bestehenden Freundschaft mit La Ruñida sie wußte. Aber Eulalia stritt alles ab und gab vor, von diesen Dingen nichts zu wissen.

»Das ist nur Gerede böser Zungen, die Freude daran haben, anderer Leute Ruf in den Schmutz zu ziehen«, versicherte sie.

Der Sommer mit seiner bleiernen Hitze brachte Maria Dolores neue Probleme. La Ruñida festigte ihre Freundschaft mit Chona und Eulalia, indem sie sich zur Gewohnheit machte, sie jeden Nachmittag zu besuchen, um im Hauseingang an der frischen Luft zu sitzen und zu stricken. Neben Chona saß Großvater, las in seiner Zeitung und trank dabei Mezcal in großen Zügen. Und während Maria Dolores sich in den hinteren Räumen der Hausarbeit widmete und nicht wagte, die Nase aus der Tür zu stecken, spannen Chona und La Ruñida spöttisch und mit spitzen Zungen endlose Gespinste über das Leben und die Taten all derer, die ihnen über den Weg liefen. Eulalia ihrerseits genoß La Ruñidas Gesellschaft, ihr ungezwungenes Gelächter, ihre provozierende Kleidung und die unerschöpfliche Vitalität, die sie ausstrahlte. Maria Dolores wirkte dagegen wie ein farbloses Wesen, das wie ein stummer Schatten umherschlich und sich anderen gegenüber völlig verschloß.

Maria Dolores verängstigten diese Menschen, die sich Nachmittag für Nachmittag trafen, um ihr das Leben schwer zu machen. Für Chona gab es nur zwei Arten von Leuten: solche mit Tatendrang, die so waren wie sie, und solche, die anders waren. Maria Dolores gehörte zu letzteren. Ihre Schweigsamkeit und ihre Gleichgültigkeit gegenüber dem Klatsch, der im Dorf kursierte, brachte ihr in der Familie ihres Mannes den Ruf einer eingebildeten Tyrannin ein.

»Ich begreife nicht, wie Francisco sich mit einer verstehen kann, die so überkandidelt ist wie meine Schwägerin. Sie spricht nur im Flüsterton, schleicht herum wie eine Katze, und zu allem Überfluß ist sie auch noch vollkommen unscheinbar.«

»Man sollte diese stillen Wasser bloß nicht unterschätzen, das sind nämlich die schlimmsten; wenn du am wenigsten damit rechnest, schlagen sie zu. Wer weiß, ob sie nicht alles im Bett regelt«, bemerkte La Ruñida aufgebracht, während sie sich das Haar aus dem schweißnassen Gesicht strich.

Der Sommer neigte sich seinem Ende zu, und die Bäume trugen schon herbstliche Farben. Eines Morgens feierte Eulalia Panchitos Erstkommunion. Seine Freunde waren zu Mittag eingeladen, um den obligatorischen Truthahn mit Mole und nachmittags Vanilleeis mit Waffeln zu essen. Nur Maria Dolores erhielt keine Einladung.

Als sie La Ruñida eintreten sah, wurden Maria Dolores, die sich hinter der Gardine verbarg, die Knie weich wie Pudding, und blind vor Wut ließ sie sich auf den nächsten Stuhl fallen. Wie oft hatte sie Eulalia vom Verhältnis dieser Frau mit Francisco erzählt! Und nun lud sie sie auch noch zur Kommunion ihres Sohnes ein, ihre Schwägerin jedoch vergaß sie. Groll und Verzweiflung raubten ihr den Atem.

Als Francisco heimkam, faßte sie sich ein Herz und machte ihrem Ärger Luft: »Wie dreist von dieser Frau! Alle Welt hat sie schon eng umschlungen mit dir in den finsteren Gassen hinterm Bahnhof gesehen, und sie besitzt auch noch die Frechheit, mein Haus zu betreten.«

Francisco zuckte nur die Achseln und erwiderte: »Das mußt du Eulalia fragen, die hat sie als Patin für Panchito eingeladen.«

»Ach so! Dieses Weib ist ja ganz närrisch mit deiner Familie. Verständlich, daß deine Schwester nicht mehr hierherkommt. Na klar! Vor lauter Scham wagt sie es nicht, mir ins Gesicht zu sehen.«

»Warum? Sie hat das Recht, sich zu treffen, mit wem sie Lust hat.«

»Vor einiger Zeit warst du gar nicht einverstanden mit dieser Freundschaft.«

»Man kann doch seine Meinung ändern.«

Maria Dolores wußte nichts mehr zu sagen, bis sie ihn schließlich aufgebracht fragte: »Stimmt es nicht, daß du mit dieser Frau zusammen bist? Leugne es nur! Ich hab schon lange Lust, dieses Haus zu verlassen.«

»Na los. Je weniger hungrige Mäuler, desto besser.«

Sie schwiegen eine Weile. Die Straßenlaternen warfen Schatten und gelbes Licht durch die Fensterscheiben auf ihre Gesichter. Es ist noch gar nicht so lange her, da hätte er vielleicht versucht, mir eine Erklärung zu geben, hätte mir eine Gardenie mitgebracht oder mich geküßt, dachte sie.

Sie war so aufgebracht, daß sie ihr übliches Schweigen brach und, als sie später Eulalia sah, schimpfte: »Diese Frau, La Ruñida, ist schuld daran, daß Francisco mir das Leben so schwer macht und daß es in diesem Haus oft nicht mal wenigstens gesalzene Tortillas gibt.«

»Aber wer sagt denn so was?« fragte Eulalia ungläubig.

»Behaupte jetzt bloß nicht, du wüßtest nicht, daß sie die Geliebte deines Bruders ist.«

»Das ist nichts weiter als übles Geschwätz, dem wirst du doch wohl keinen Glauben schenken!«

»Für dich zählt nur das Wort deiner Freundin. Ich weiß genau, daß du mich ihretwegen nicht zu Panchitos Erstkommunion eingeladen hast.«

Für eine Minute herrschte peinliches Schweigen, wobei Eulalia nervös blinzelte und puterrot wurde. Doch schließlich erwiderte sie energisch: »Ich habe Panchito gesagt, er sollte dich einladen, aber bestimmt hat dieser vergeßliche Lümmel es verschwitzt.«

Maria Dolores musterte sie mit Argwohn, felsenfest davon überzeugt, daß sie log. Am Abend, als sie endlich allein war, ließ sie ihren Tränen freien Lauf, zündete eine Kerze vor dem Christus aus Gips an und begann stockend zu beten. Sie flehte ihn an, er möge ihr beistehen, um all diese Schmach und diesen Groll zu ertragen.

Vor lauter Verliebtheit in den einzigen Mann ihres Lebens hatte sie ihn immer als fleißig und aufrichtig verherrlicht. In ihrer Phantasie und auch inspiriert von der Bibel hatte sie sich eine Idealvorstellung von der Ehe gemacht und Francisco mit den Tugenden aus ihren Träumen geschmückt.

Als erstes hatte Francisco sie statt an den Ort der süßen Träume, statt in das versprochene Heim, in dieses Gefängnis gebracht, wo sie auf Schritt und Tritt mit ihren ungehobelten, böswilligen Schwiegereltern aneinandergeriet. Erschwert wurde das ohnehin schon problematische Zusammenleben, das mit der Zeit immer unerträglicher wurde, noch durch die quälende Eifersucht und den Kummer über La Ruñidas ständige Besuche. Krank vor Einsamkeit geriet sie derart in Verzweiflung, daß sie Angst hatte, den Verstand zu verlieren. Und Consuelo? Was würde aus ihrer Tochter, wenn sie nicht mehr da wäre? Ihr blieb keine andere Wahl, als alles zu schlukken und um ihretwillen weiterzuleben.

»Was habe ich nur getan, daß ich so teuer bezahlen mußte?« fragte mich meine Mutter.

Ich schwieg. Ich wußte keine Antwort. Ich beobachtete sie aufmerksam. Was sie auch tat und wohin sie auch ging, immer hafteten die Spuren eines leidvollen Lebens an ihr. Ihr Gesicht, eins wie aus Porzellan, wirkte verschlissen wie altes Elfenbein, ihre Augen hatten den Glanz verloren, und ihre Hände waren faltig und voller Äderchen. Ihre einst schlanke Taille war im Laufe der Jahre mit all den Schwangerschaften und Fehlgeburten in die Breite gegangen. Kaum ein Körperteil war von der Zeit verschont worden. Dennoch hatte sie sich, verborgen hinter der Maske des Alters, die Wirkung diskreter Eleganz bewahrt.

Ich war darauf bedacht zu vermeiden, daß ihre bitteren Erinnerungen mich ansteckten, aber als ich das Tuch meiner Mutter, in das der Rosenkranz und Großmutter Loretos Gebetbuch eingewickelt waren, in meinen Händen hielt, kam ich nicht dagegen an. Dieses Tuch, stummer Zeuge eines langen Daseins voller Tränen, Entbehrungen und unterdrückter Sehnsüchte, war getränkt von unserem Leben und mir von einer so überwältigenden Vertrautheit wie der Geruch meines eigenen Körpers. Wehmut strömte auf mich ein und versetzte mich in eine unbeschreibliche Traurigkeit, gegen die ich nicht ankam.

Als zu Franciscos Ausschweifungen und Großvater Heliodoros Fernbleiben – er hatte aufgehört, ihr täglich Lebensmittel zu schicken – noch die Erkrankung der kleinen Consuelo kam, begannen Maria Dolores' Kräfte zu schwinden. Consuelo hatte hohes Fieber und weinte Tag und Nacht. Der Arzt hatte ihr alle in der Apotheke erhältlichen Medikamente verschrieben, doch nichts schien ihr zu helfen. Maria Dolores wußte sich keinen Rat mehr, als eines Morgens die alte Fina erschien und ihr erzählte, was geschehen war.

»Na ja, meine Liebe, das war ja zu erwarten! Ich wollte es Ihnen eigentlich nicht sagen, aber jetzt, wo wir schon beim Thema sind, will ich Ihnen die Wahrheit gestehen: Vor ein paar Tagen habe ich gesehen, wie Eulalia Consuelo auf dem Arm hatte und sich mit La Ruñida unterhielt. Nach einer Weile hielt diese Frau das Kind fest umklammert. Und wenn man mich fragt, sie hat so stechende Augen, daß ich glaube, sie hat sie mit dem bösen Blick verhext«, versicherte Fina im Brustton der Überzeugung.

»Sagen Sie bloß, wer hätte das gedacht! Und ich bleibe hier, im Vertrauen, daß Eulalia mit dem Kind spazierengehen will, und stattdessen hat sie nur im Sinn, das Kind zu dieser Frau zu bringen. Aber Gott sieht alles, und eines Tages ... eines Tages ... werde ich meine Schwägerin daran erinnern. Wir werden sehen, ob sie das, was sie mir angetan hat, nicht irgendwann einmal büßen muß. Aber jetzt will ich nichts weiter, als daß mein Mädchen gesund wird.«

»Wenn Sie wollen, kann ich es von diesem Leiden heilen.«

»Bitte, machen Sie sie gesund, meine Liebe!«

»Lassen Sie mich nur machen. Morgen in aller Früh komme ich wieder.«

Am nächsten Tag erschien Fina mit einer Menge verschiedener Salben, und als die Pendeluhr zwölf Uhr mittags schlug, entzündete sie Räucherwerk in einem Becken mit Harz, um Consuelo, die sie in die Mitte des Betts gelegt hatte, damit einzuräuchern. Gleich anschließend bestrich sie ihren Körper mit einer grünlich schmierigen Salbenmixtur und rieb ihren Kopf mit einem frischen Hühnerei und einer Handvoll Kräuter ein. Dann betete sie lange. Zwischen Gebet und Gebet rief sie laut Consuelos Namen, damit ihr Geist wieder in den kleinen, kranken Körper fuhr, der inmitten der bläulichen Räucherspiralen zu schweben schien. Danach schlug sie ein halbgares Ei auf und ließ es in ein Glas gleiten, in das sie zuvor drei Strohkreuze und Weihwasser gefüllt hatte.

»Fertig, meine Liebe! Sie werden sehen, heute nachmittag wird das Mädchen kein Fieber mehr haben. Geben Sie ihr abends einen Königskerzensud, und legen Sie ihr ein paar Salatblätter unters Kopfkissen. Sie wird schlafen wie ein Engel«, erklärte sie voller Stolz. »Und jetzt wickeln Sie mir die Kräuter und das Glas, in dem ich das Ei geschlagen habe, in ein Stück Papier ein, ich will es auf den Friedhof werfen.«

»Danke, meine Liebe! Gott vergelt's!« sagte Maria Dolores.

»Meiner Meinung nach hat La Ruñida Ihren Mann verhext. Sie haben doch gesehen, was dieses schamlose Weib der armen Benita angetan hat: Ihr Mann war von einem Tag auf den anderen von unvorstellbarem Haß erfüllt. Sie glauben gar nicht, wie er jede Nacht zu Hause herumtobt. Wo sie sich doch so gut verstanden haben. Aber dann hat dieses Luder alle naselang Salz- und Friedhoferde vor Benitas Tür gestreut. Böse Zungen behaupten, sie treibe sich oft am Bahnhof herum, im Haus von Juana der Lahmen. Wer sich mit dieser Hexe einläßt, die Männer verwünscht und Feinden übel will, kann nichts Gutes im Schilde führen«, flüsterte Fina mit Grabesstimme.

»So ist's. Es gibt eben Leute ohne Gottesfurcht«, sagte Maria Dolores und bekreuzigte sich.

Juana die Lahme war in Los Remedios gefürchtet und geachtet. Ein Hauch von Mysterium erfüllte das Dorf, wenn der Schatten ihrer verwachsenen Gestalt mit der wirren Mähne durch die Dorfstraßen huschte. Das schlurfende Geräusch ihres nachschleifenden, schlaffen Beins war wie ein Ruf aus dem Jenseits. Wer sie kannte, grüßte sie wohl oder übel, und wer von der Macht ihrer Verwünschungen gehört hatte, mit denen sie, wenn sie wollte, jedermanns Leben und Schicksal zu wenden vermochte, musterte sie mit bangem Blick. Sobald die Leute sie auftauchen sahen, verloren sie sich hastig wie durch Zauberhand in den Dorfstraßen. Es hieß, in Mondnächten kämen seltsame Geräusche aus ihrem Haus, wie das Schleifen von Ketten und ersticktes Jammern, verhallten zwischen den Wolkenfetzen und ließen die Hunde von Los Remedios aufjaulen.

Der verwildert wirkende Hund, die finstere Hütte, der animalische Gestank, der in der Luft hing, die auf den Wänden tanzenden Rußflecken und der ständig brodelnde Kessel mit dampfendem, blubberndem Gebräu (aus Knochen von seltsamen Tieren und sogar aus den Gräbern von Christenmenschen) lehrten selbst die Unerschrockensten das Fürchten.

Wer freilich seine Wünsche durchsetzen wollte, brauchte sich nur ein Herz zu fassen und sich zur einsamen Hütte am Bahnhof vorzuwagen. Dort empfing ihn Juana mit zahnlosem Lächeln, hervorquellenden Augen, ausgestreckter Hand und der Aufforderung, das mitgebrachte Geld herauszurücken. Nichts war ihr unmöglich. Wie rasch sie die Sache erledigte, hing von der Art des Auftrags und der Größe des Geldbeutels des Kunden ab. Sie wurde in allen möglichen Dingen zu Rate gezogen. Einige wollten die Liebe einer bestimmten Person gewinnen. War das der Fall, erhielt der Ratsuchende eine Salbe, eine Lotion und einen Talisman, um das begehrte Wesen anzulocken. Und obendrein ein ganzes Bündel von Versprechungen. Andere wollten sich rachelüstern eines Feindes oder Rivalen in der Liebe entledigen. Auch für diese hatte sie eine

Lösung parat. Sie ging sogar soweit zu fragen, wie schnell man ihn vom Erdboden verschwinden sehen wollte. Dann ließ sie ein glitzerndes Pulver durch die Finger rinnen, das dem Opfer unter die Bohnen oder den Mole gemischt verabreicht werden mußte. Einige besondere Anspruchsvolle hofften, sie würde ihnen die Zahlen verraten, mit denen sie im Lotto gewinnen könnten. Doch in solchen Fällen weigerte sie sich, obwohl sie beteuerte, daß ihre Amulette, die Gebete zum Herrn des Schattenreichs, die schwarzen Kerzen, die sie ihm zu Ehren anzündete, und ihre besonderen Mittelchen selbst das Unmögliche möglich machten.

Am erstaunlichsten war ihre Fähigkeit, die Feinde anderer auszumachen und von ihnen verursachte Leiden zu heilen. Das erreichte sie durch »Reinigungen«, indem sie den Kranken von Kopf bis Fuß untersuchte und ihn dann in den schweren Dunst von Heilkräutern und extra vorbereiteten Kerzen einhüllte. Doch Urgroßmutter, die eine praktische, lebenserfahrene Frau war, versicherte, Juana führe zwar »Reinigungen« durch, aber nur solche des Geldbeutels. Denn wer immer in ihre Fänge geriet, den ließ sie nicht mehr los, bis sie ihm den letzten Centavo aus der Tasche gezogen hatte. So war es ihr fast gelungen, Großvater Heliodoro zu ruinieren, als sie diesem versprach, Simona für eine beachtliche Menge von Geldscheinen von ihrem »unheilbaren Leiden« zu kurieren. In dem Fall war sie allerdings gescheitert, denn Urgroßmutter hatte Heliodoro in Anwesenheit des Herrn Pfarrers auf die Bibel schwören lassen, sich der Hexe nicht mehr zu nähern.

Urgroßmutter Maria bestand darauf, es gebe keine Hexerei, weshalb man sich auch vor Juana nicht zu fürchten brauche. Ihre Macht basiere allein auf der Angst der Leute und den widerlichen Zutaten ihrer Heiltränke. Maria war sicher, daß all dieses Gebräu voller Unrat, das Juana einem einverleibte, schreckliche Darminfektionen verursachen und einem Christenmenschen den Verstand rauben oder ihn gar ins Grab befördern könne.

Das war Urgroßmutter Marias Überzeugung. Die anderen, einschließlich der alten Fina und selbst Maria Dolores, glaubten fest daran, daß Juana die Lahme mit dem Teufel persönlich im Bunde stand. Wie wäre sonst zu erklären gewesen, daß selbst reiche Leute, die studiert hatten und aus fernen Ländern kamen, die nicht einmal auf der Karte in der Stadtbibliothek zu finden waren, sie zu Rate zogen?

Was die Medikamente des Arztes nicht geschafft hatten, erreichte schließlich die alte Fina mit ihren Salben und Gebeten: Die kleine Consuelo genas wieder, und Maria Dolores konnte aufatmen.

Als sie eines Tages unerwartet Besuch von Heliodoro erhielt, war Maria Dolores hocherfreut. Er wirkte nervös. Schwitzend und stotternd fragte er: »Wie geht es dir, mein Kind?«

»Ach, irgendwie bringe ich meine Zeit herum, wie immer, Papa. Was für eine Überraschung! Ich traue meinen Augen nicht! Seit Monaten hast du dich nicht mehr blicken lassen. Nun, was ist, hast du etwas auf dem Herzen? Willst du ein Glas Limonade?«

»Ja, gerne. Ich bin gekommen, weil ich große Probleme mit Simona habe. Um ehrlich zu sein, ich weiß gar nicht, wo ich anfangen soll, um dir alles zu erzählen.«

Er wischte sich den Schweiß von der Stirn, nahm Platz und trank in einem Zug die Limonade aus.

Dann fuhr er fort:

»Nach Loretos Tod war ich viele Jahre lang allein. Damals habe ich eine Frau kennengelernt und mich mit ihr eingelassen ... Kurzum, wir haben eine Tochter bekommen. Heiraten konnten wir nicht, weil sie schon einen Mann hatte. Wir wollten zusammenleben, aber Großmutter Maria schrie Zeter und Mordio; sie sagte, mit einer verheirateten Frau zusammenzuleben sei eine Sünde, und sie würde sie niemals unter ihrem Dach dulden.

›Bring mir, wen du willst‹, sagte sie, ›egal ob sie arm oder alt oder einbeinig ist, aber ihr Lebenswandel sollte gottgefällig sein.‹

Die Zeit verging, ich verlor sie aus den Augen. Später habe ich erfahren, daß sie sich mit einem anderen Mann zusammengetan hatte. Also habe ich die Sache begraben und vergessen. Gestern sind Angehörige von ihr gekommen und haben mir gesagt, daß sie gestorben ist.

›Vor ihrem Tod hat sie uns gesagt, Sie seien der Vater des Mädchens, und jetzt sind wir gekommen, um sie Ihnen zu bringen, denn es gibt niemanden, der sich um sie kümmert‹, haben sie gesagt und sie bei mir gelassen.«

»Wo ist sie jetzt? Wie sieht sie aus, wie alt ist sie?« fragte Maria Dolores begierig.

»Sie ist vierzehn und heißt Aurora. Ich will dir alles erzählen, nicht so hastig. Ich habe sie zu Simona gebracht, aber die ist bei ihrem Anblick so wütend geworden, daß sie mich glatt mitsamt dem Mädchen rausgeworfen hat. Sie war sowieso schon böse auf mich, weil ich dich ständig besucht habe. ›Schlag dir das bloß aus dem Kopf‹, hat sie gesagt, ›als hättest du nicht hier schon für eine Schar Kinder zu sorgen. Maria Dolores ist jetzt verheiratet, und das ist was ganz anderes, sie ist nicht mehr darauf angewiesen, daß du ihr Brot und Milch bringst; bestimmt schüttet Francisco sowieso alles ins Klo.‹

Ich habe ihr gesagt, daß auch du meine Tochter bist, und ich weiß ja, wie schwer dein Leben mit diesem Mann ist. Aber sie hat nur gesagt, wenn es dir jetzt schlecht erginge, hättest du es selbst so gewollt, denn niemand hätte dich gezwungen, diesen mittellosen Frauenhelden zu heiraten.«

»Papa«, sagte Maria Dolores gekränkt, »ich habe nichts davon, wenn du dir meinetwegen Schwierigkeiten einhandelst. Bring mir nichts mehr vorbei. Es stimmt, daß Francisco ein Frauenheld ist und mich schlecht behandelt, aber er ist zumindest fleißig, und an Tortilla und Bohnen fehlt es uns nicht.«

»Hätte ich gewußt, daß es dich verletzt, hätte ich das von Simona nicht erzählt. Beachte sie nicht, du siehst doch, daß sie kranke Nerven hat, und jetzt, wo sie noch von Aurora erfahren hat, ist sie wie vom Teufel besessen. Man muß abwarten, bis etwas Gras über die

Sache gewachsen ist, und du wirst sehen, daß sie dich dann sogar selbst besucht.

Was mir jetzt mehr Kummer macht, ist Aurora. Ich habe keine andere Wahl, als sie bei deiner Großmutter auf dem Hof unterzubringen. Maria wird sie bestimmt nur ungern aufnehmen, aber anders geht es eben nicht, da kann man nichts machen. Deine Schwester ist übrigens hier draußen. Ich habe sie gebeten zu warten, denn ich wollte erst mit dir sprechen.«

»Bring sie schon herein!«

In dem Moment erschien ein Mädchen mit roten Wangen und goldbraunen Augen in einem Pfirsichgesicht.

»Donnerwetter! Du bist meine Schwester? Wie hübsch du bist!« sagte diese herzlich.

»Aurora! So begrüßt man niemanden, man sagt guten Tag«, wies Heliodoro sie zurecht.

Ganz auf Worte verzichtend, musterten sich die Schwestern nun neugierig und mit wachsender Sympathie, und damit war sogleich das Band geknüpft, das sie fortan verbinden sollte. Ohne den Blick voneinander abzuwenden, umarmten sie sich herzlich und unbefangen, als hätten sie sich seit jeher gekannt.

»Während du zum Markt gehst, laß sie doch hier bei mir, Papa.«

»Ist gut. Aurora, mach dich nützlich und hilf Maria Dolores dabei, Tortillas zu bereiten. Ich bin gleich wieder da«, sagte Heliodoro.

Sie achteten kaum auf seine Worte, so sehr waren sie damit beschäftigt, sich einander mit neugierigen Blicken zu mustern. Und während Aurora das Maismehl mahlte, erzählte sie Maria Dolores noch ganz verwirrt ein paar unzusammenhängende Episoden ihres Lebens aus der Zeit vor dem Tod ihrer Mutter. Maria Dolores hörte auf, das Feuer zu schüren und lauschte ihr aufmerksam.

Auroras Stiefvater hatte es nicht ertragen, sie in seiner Nähe zu sehen, weshalb sie entfernt von ihrer Mutter im Haus einer alten, aber äußerst liebevollen Tante aufgewachsen war. Ihre Mutter hatte sie heimlich einmal im Jahr an Weihnachten besucht. Sie kam immer ganz gehetzt und nervös an, sah sich dauernd um, als werde sie verfolgt, und fragte, ob sie etwas für Aurora tun könne und wie sie sich benommen habe. Dann gab sie ihr einen Kuß und eine Handvoll Süßigkeiten, bevor sie so rasch wieder davoneilte, wie sie hereingeschneit war. Manchmal hatte Aurora bei den Besuchen ihrer Mutter an die Erscheinung eines Engels gedacht. Schließlich gab es ein Jahr, in dem Weihnachten verging, ohne daß ihre Mutter sie besuchte. Sie erfuhr, daß ihre Mutter einige Monate zuvor gestorben war. Kurz darauf starb zu allem Unglück auch noch die alte Tante.

»Ich bin nicht verpflichtet, für Aurora zu sorgen. Sie ist nicht meine Tochter. Soll ihr leiblicher Vater sich doch mit ihr herumschlagen«, hatte ihr Stiefvater gesagt und sie zu Heliodoro geschickt.

Maria Dolores trat auf sie zu, strich ihr zärtlich übers Haar und sagte: »Dein Stiefvater hatte recht. Wir sind deine wirkliche Familie. Gott sei Dank, daß ich dich gefunden habe.«

Beim Abschied versprach der Großvater, sie zwei Tage später, am Wochenende, wieder vorbeizubringen. Doch so lange sollte es gar nicht dauern, bis sie sich wiedersahen. Es war im Morgengrauen und der Himmel noch nebelverhangen, als ein heftiges Pochen an der Haustür Maria Dolores aus dem Schlaf riß. Sie legte sich ein Schultertuch um, ging zur Tür und fragte schlaftrunken: »Wer ist da?«

»Ich bin es, Aurora«, sagte eine jämmerliche Stimme, »mach bitte auf!«

Maria Dolores drehte den Schlüssel im Schloß herum und zog die Tür auf. Aurora kam außer Atem hereingestürzt und erklärte mit stockender Stimme, Großmutter Maria gehe es sehr schlecht. Sie erkenne niemanden mehr.

Als Francisco das hörte, lief er schnurstracks los, um Doktor Alejandro Dávila zu holen. Indessen machten sich Aurora und Maria Dolores hastig auf den Weg nach »La Montaña«. Unterwegs dachte

Maria Dolores an all die Jahre, die sie bei ihrer Großmutter gelebt hatte. Damals war sie glücklich gewesen. An der Seite dieser energischen, beherzten und starken Frau, in deren Schatten sie von den Härten des Lebens verschont geblieben war, hatte sie sich sicher gefühlt. Sie konnte sich genau an den Geruch nach Guajave, Quitten, Schokolade und Eukalyptus erinnern, den ihre Haut verströmte. An die lauen Abende, die sie gemeinsam im Patio gesessen und Tischdecken mit Kreuzstich bestickt hatten, während sie Gebete gesprochen oder Maria ihr alte Familiengeschichten erzählt hatte. Ihre Großmutter durfte noch nicht sterben, sie auf halbem Weg allein lassen, mit all ihren Ängsten, ihrem Elend und ihrer Verlassenheit. Außer ihr hatte sie niemanden, an den sie sich wenden konnte, sollte es Francisco plötzlich einfallen, sie auf die Straße zu setzen. Sie machte sich schreckliche Vorwürfe, sich so lange fast nur um ihre eigenen Probleme und kaum um Urgroßmutter gekümmert zu haben. Darauf bauend, daß die alte Fina und ihre Töchter schon für sie sorgen würden. Ab sofort wollte sie ihre Großmutter selbst pflegen. Wie hinfällig sie auch sein mochte, allein, sie am Leben zu wissen, gab ihr die Kraft weiterzuleben.

»Was ist geschehen mit meinem Großmütterchen?« fragte Maria Dolores die Sterbende. »Nur Mut, nur Mut, wir können noch nicht auf dich verzichten. Ich werde keinen Schritt von deiner Seite weichen, bis es dir wieder besser geht. Wenn du willst, überrede ich Francisco, hier zu dir zu ziehen. So kann ich immer für dich sorgen.«

Großmutter ließ den Blick mühselig an den Schlafzimmerwänden entlangschweifen, um ihr die Stelle zu verraten, wo sie seit vielen Jahren einen Sack voller Gold versteckt hielt. Dieser war für ihre geliebte Enkelin bestimmt, die sie einem so schlechten Ehemann überlassen hatte, daß sie Gefahr lief, jeden Moment ohne einen Centavo auf die Straße geworfen zu werden. Sie hatte ihr bisher nichts gesagt von dem Gold aus Furcht, verraten zu werden, wie vor Jahren von Großvater Heliodoro.

Maria Dolores streichelte ihr das Gesicht und schüttelte die Kissen auf in der Annahme, das sei es, was Maria von ihr wollte. Nach einer Weile kam Francisco in Begleitung von Doktor Dávila.

Noch am Abend erschien Simona, nachdem sie erfahren hatte, daß Urgroßmutter im Sterben lag. Ihr Gesicht zeigte einen Ausdruck von Ungeduld und Feierlichkeit.

»Francisco, was Doña Maria jetzt braucht, ist Pater Chonito. Sie sollten ihn schleunigst holen gehen, wenn Sie nicht wollen, daß sie ohne die Letzte Ölung stirbt«, flüsterte Simona mit gespielter Besorgnis.

Wenige Minuten später trat Heliodoro ein und erkundigte sich lauthals nach dem Gesundheitszustand seiner Mutter. Als diese seine Stimme hörte, schlug sie die Augen auf und schenkte ihm einen inständigen, flehentlichen Blick. Er schien den Grund ihrer Beunruhigung zu kennen, nahm ihre Hand in seine und sagte: »Mach dir keine Sorgen um meine Töchter. Ich verspreche dir, daß jede von ihnen bekommen wird, was ihr zusteht.«

Doch Heliodoro spürte Urgroßmutters Blick weiter auf sich gerichtet, starr und vorwurfsvoll. Ein Blick, von dem er sich regelrecht bedroht fühlte, so daß er sich schließlich abwandte, unfähig, ihm standzuhalten.

Maria Dolores saß an der Seite ihrer Großmutter, lauschte auf ihre letzten Atemzüge und sah sie dahinsterben, außerstande, den Ausdruck der Angst auf ihrem Gesicht zu verstehen, der sich verschlimmerte, je näher das Ende rückte.

Erst Jahre später, als Großvater den Hof verkaufte, sollte der neue Hausherr das Gold finden, das Urgroßmutter ihr Leben lang gehortet hatte, um die Zukunft ihrer Enkelin zu sichern.

Als Urgroßmutter aus dem Leben schied, umarmten Maria Dolores und Aurora den leblosen Körper und brachen in Tränen aus; neben ihnen stand Francisco mit zusammengebissenen Zähnen, krampfhaft bemüht, die Tränen, die ihm in die Augen stiegen, zurückzuhalten.

»Ruhen Sie in Frieden, Doña Maria, Sie waren immer gut zu mir und haben mich nie verachtet oder unfreundlich behandelt«, flüsterte Francisco verstört.

Simona war unbemerkt verschwunden. Heliodoro, der mit dem Hut in der Hand und bebendem Kinn dastand, murmelte zwischen Schluchzern Unverständliches vor sich hin. Nur er kannte den Grund für das Ende; er, der am Vorabend mit Aurora an der einen Hand und in der anderen mit der Nachricht erschienen war, daß er voraussichtlich die Hypothek für »La Montaña« nicht aufbringen und die Bank den Besitz einfordern würde. Die einzige Lösung war der Verkauf der Apotheke, aber das wollte Simona nicht.

Am nächsten Tag wunderten sich Maria Dolores und Francisco bei der Heimkehr von der Beerdigung darüber, daß die beiden Torflügel des Hauses weit offenstanden und ein Umzugswagen davorstand. Die beiden traten ein und stellten mit Erstaunen fest, daß das Haus leergeräumt war. In einer Ecke saß Aurora und weinte.

»Was ist hier geschehen?« fragte Maria Dolores.

»Was wohl? Doña Simona ist gekommen, hat alles bis in die letzten Ecken durchwühlt und mitgenommen, was nicht niet- und nagelfest war. Ich habe ihr gesagt, es gehöre ihr nicht. Da hat sie geantwortet: ›Es fehlte gerade noch, daß du etwas bekommst. Jetzt sind wir schon so weit, daß so ein Bastard wie du einem vorschreiben will, was man zu tun hat.‹ Sie hat alles abtransportiert. Das einzige, was ich gerettet habe, ist ein Radio, das im Getreidespeicher stand, und für dich ist der Blechkoffer dageblieben, weil sie keinen Platz mehr für ihn hatte.«

Francisco zuckte nur mit den Achseln. Sein Stolz erlaubte es ihm nicht, sich einzumischen. Es hätte doch nur gewirkt, als wollte er auf Kosten des Geldes seiner Frau leben. Das war für ihn unvertretbar.

Maria Dolores schwieg eine Weile, bevor sie, sich in das Unvermeidliche fügend, bitter enttäuscht hervorstieß: »Da können wir gar nichts machen. Alles andere, jetzt, wo Gott mir das Liebste genommen hat, sollen sie doch mit ihrem Gewissen ausmachen.«

Aurora stand mit fragendem Blick dabei, ohne etwas zu sagen. Francisco, der neben Maria Dolores verharrte, schien die Beklommenheit seiner Schwägerin zu verstehen: »Weißt du, wo du bleiben kannst, Aurora?« fragte er.

»Nein, keine Ahnung.«

»Komm zu uns, wo drei essen, können auch vier essen. Das wäre ja noch schöner!«

Aurora sollte diese Geste ihrem Schwager niemals vergessen.

»Nicht einmal mein Vater hat sich um mich gekümmert. Ihm war es egal, ob ich auf der Straße stehe«, sagte Aurora.

Seit dem ersten Tag, den sie bei ihnen wohnte, war Aurora eine Stütze für Maria Dolores. Seitdem wurde sie aber auch in ihre Streitigkeiten verwickelt.

»Seien Sie doch nicht so, Francisco, hören Sie auf, meine Schwester zu schikanieren. Was hat sie Ihnen nur getan?«

»Misch du dich bitte nicht ein, du hast doch keine Ahnung, was zwischen uns läuft.«

»Dann erklären Sie es mir doch. Sie tut den ganzen Tag lang nichts weiter als im Haus zu schuften ...«

»Schuften? Was für eine Arbeit ist das schon, einen Haushalt zu führen? Das einzige, wozu sie taugt, ist die Hand ausstrecken und Geld einfordern, während ich mich wie ein Ochse abrackere, um es zu verdienen.«

Trotz Franciscos Uneinsichtigkeit wirkte Maria Dolores ruhig, ja fast glücklich. Die Gesellschaft ihrer aufgeweckten Stiefschwester war wie eine frische Brise in ihrem sonst so düsteren Leben.

Eine Woche nach der Beerdigung willigte Simona ein, die Apotheke und ihr Haus zu verkaufen, um »La Montaña« vor den Klauen der Bank zu retten, und wenige Tage später zog sie mit Heliodoro und ihrer zahlreichen Kinderschar dort ein. Am Tag ihrer Ankunft schnürte Zenaida ein Bündel mit Kleidung und verließ wortlos, mit unbekanntem Ziel, den Hof.

Bald verkam das einst so gepflegte und mit Wohlgerüchen erfüllte Haus zu einem Ort, an dem sich schmutzige Lappen in staubigen Winkeln türmten, überall Fläschchen oder nackte Kinder herumlagen und die Wände mit Bleistift beschmiert waren. Die Türen schleiften schwerfällig über den Boden, abgesplittert, ohne Beschläge und Knäufe aus den Angeln hängend. Die zerbrochenen Scheiben der Vitrinen und Fenster deckte Simona mit Walzerplatten ab, die Loreto vor vielen Jahren Heliodoro geschenkt hatte. Die Gardinen waren heruntergerissen, und ein schmutziger Unterrock diente den Kindern des Hauses als Schaukel. Tischdecken und Servietten wurden zerschnitten und endeten als Windeln und Lätzchen. Die heißen Kochtöpfe, die Simona zum Essen auf den Tisch im Eß- oder Wohnzimmer stellte, hatten schwarze Ringe im Holz hinterlassen. Aus der Küche drang ein stickiger, beißender Geruch nach verbranntem Essen.

Die früher blitzblanken Fliesenfußböden klebten nun vor Dreck und Urinflecken. Der Geruch nach Quitten- und Guajavegelee war aus den Vorratsschränken verschwunden und dem nach verbrannter Milch, Schweineschmalz und Zwiebelwurst gewichen.

Der Patio, früher bunt und blumenübersät, war nun verwildert, voller Unkraut und Abfall. Einziges Relikt aus der Vergangenheit war Heliodoro, der verloren zwischen dem trübseligen Aufflackern seines schlechten Gewissens und Simonas Unordnung umherirrte.

Großvater schien das Versprechen, das er Urgroßmutter am Sterbebett gegeben hatte, vergessen zu haben, denn Aurora erbte nichts als das Radio und Maria Dolores nur den blechbeschlagenen Koffer. Maria Dolores hörte von Heliodoro nur über Aurora, die ihn gelegentlich in Begleitung von Simona und den Stiefgeschwistern in der Sonntagsmesse oder im Park traf. Leise und stockend fragte er dann nach Maria Dolores und schickte ihr Grüße und seinen Segen. Nie hätte diese gedacht, daß sie ihren Vater erst wiedersehen würde, als Heliodoro im Sterben lag oder, wie Aurora sagte, kurz vor den Toren der Hölle stand.

Als Consuelo ihr zweites Lebensjahr vollendet hatte und Tante Aurora seit einem Jahr bei uns lebte, kam ich, Esperanza, zur Welt; mager, mit seltsam fröhlichen Äuglein und auf dem Kopf so dichtem, langem Haar, daß meine Mutter mir von Anfang an einen Zopf binden konnte. Es war an einem Sonntagmorgen im Oktober, als die Eukalyptusblätter sich im Wind des beginnenden Herbstes allmählich golden verfärbten. Mein Vater, der sich zu freuen vorgab, war in Wirklichkeit enttäuscht, weil der ersehnte Sohn allzu lange auf sich warten ließ. Das erfuhr Mama später von Eulalia, als sie gemeinsam Wäsche wuschen.

»Francisco hat uns gesagt, er sei enttäuscht, er hatte sich nämlich einen Jungen gewünscht.« Dann fuhr sie fort: »Chona, die zu allem ihren Senf dazugeben muß, hat gemeint, es sei deine Schuld, und du solltest dir ein Beispiel an Benita, der Nachbarin, nehmen, die nur eine Tochter hat, Marisa, und acht Söhne.«

»Man kann es ihnen nie recht machen. Als erschwerte Francisco mir das Leben nicht schon genug. Es vergeht kein Tag, ohne daß er mich herumschubst und ungerecht behandelt, und dann muß ich auch noch das Geschwätz seiner ganzen Familie ertragen. Es ist nicht meine Schuld, daß Gott uns noch eine Tochter geschenkt hat«, erwiderte meine Mutter nur.

Die Minuten verfliegen, und in jeder einzelnen steigen wieder verblichene, aber unverwüstliche Bilderfetzen aus der Erinnerung an meine Kindheit auf. Der Duft nach Futterklee, nach dem schlammigen Flußwasser, nach den zarten Maiskolben, nach Bier und Essen. Und ein vages Bild, das meine frühen Lebensjahre durchzog und meine Begegnung mit dieser Welt prägte: Ein kalter Morgen. Die Küchentür halb offen. Mein Vater mitten im Raum, brüllend und gestikulierend. Meine Mutter weinend. In der Zimmermitte ein offener Holzkoffer mit Blechbeschlägen.

Draußen das Zirpen der Grillen, dessen eintöniger Rhythmus die Nacht durchdringt wie das immer gleiche Ticktack der Uhr, immer im Gleichklang.

Auch im Haus verlief alles immer gleich, immer im Gleichklang: Papas Geschrei und Mamas Weinen. Tante Aurora fühlte sich im Laufe der Zeit zunehmend unwohl in dieser Familie. Ihr Lachen erstarb und wich einer stummen Ohnmacht. Sie konnte nichts tun, um ihrer Schwester zu helfen, ja sie merkte, daß ihre Anwesenheit Maria Dolores nur noch mehr Probleme bescherte, denn mehr als einmal hatte sie Andeutungen von Großvater Francisco zu hören bekommen: »Was geht meinen Sohn denn der Bastard dieses scheinheiligen Heliodoro an? Soll der sich doch selbst um seine Tochter kümmern.«

Eines Sonntags stand Aurora früher auf als sonst; unruhig und nervös lief sie mit Armen voller Kleider zwischen den Zimmern hin und her. Maria Dolores spürte die merkwürdige Nervosität ihrer Schwester und fragte sie: »Was hast du bloß?«

»Nichts, ich beeile mich nur mit dem Aufräumen der Zimmer, weil ich früher losgehen will, um die Tortillas für heute mittag zu besorgen.«

»Na dann los, aber bleib nicht zu lange weg.«

Vergeblich wartete sie auf Auroras Rückkehr. Sie kehrte nicht wieder heim. Am Abend kam ein Ehepaar aus der Nachbarschaft mit den Tortillas und der Nachricht, daß Aurora mit ihrem Sohn Tomás durchgebrannt sei.

»Sie ist bei unserem Jungen, und wenn Sie einverstanden sind, wollen die beiden heiraten, sobald der Priester bereit ist.«

»Hoffentlich wird mein Mann nicht wütend. Gebe Gott, daß nicht. Ich für mein Teil bin einverstanden. Es bleibt ja keine Wahl«, sagte Maria Dolores in ihrer Verzweiflung. Sie betete still zu Gott, als sie Francisco gestand, was Aurora getan hatte.

»Und was habe ich damit zu tun? Ich habe ihr immer geraten, sich ordentlich zu benehmen und auf dem rechten Weg zu bleiben, aber man kann ja nicht ständig hinterhersein.« Er wollte noch etwas sagen, doch als ihm einfiel, daß seine Schwester Eulalia das gleiche getan hatte, brummte er nur: »Hoffentlich ziehen uns dein Vater und Simona nicht zur Rechenschaft. Obwohl sie es gerade nötig haben. Sie haben sich ja nie um sie gekümmert.«

Am folgenden Tag kehrte Aurora heim. Als sie eintrat, wischte sich Maria Dolores rasch mit dem Handrücken die Tränen fort, die ihr in die Augen gestiegen waren.

»Richtig wäre es gewesen, zu heiraten, wie es sich gehört. Jetzt als entführte Braut kannst du am Tag deiner Hochzeit kein weißes Kleid tragen. Warum hast du mir nie von diesem Jungen oder von deinen Heiratsplänen erzählt?« sagte sie, darum bemüht, ihrer Stimme einen verärgerten Ton zu geben.

»Ich habe ihn doch gerade erst vor einem Monat kennengelernt, Schwesterchen. Auf eine Heirat bin ich gar nicht so erpicht, aber ich halte es hier nicht mehr länger aus, wo ich mit ansehen muß, wie du leidest, ohne dir helfen zu können. Andererseits bin ich jetzt ganz zufrieden bei dem Gedanken zu heiraten, jemanden zu haben, der für mich sorgt, mit einem eigenen, wenn auch bescheidenen Heim. Die Farbe des Kleides ist unwichtig, auch was die Leute über mich reden mögen. Davon hängt mein Leben nicht ab.«

»Hoffentlich ergeht es dir nicht wie mir! Wenn er dich wenigstens nicht schlägt, das wäre schon etwas.«

»Sorge dich nicht um mich, ich komme schon zurecht. Wenn einer die Hand gegen mich erhebt, zahle ich es ihm doppelt heim. Da bin ich nicht wie du.«

»Aber wenn er sich als Weiberheld entpuppt, dann mußt du aus der Not eine Tugend machen. Doña Benita sagt immer, dein Mann gehöre dir innerhalb deiner eigenen vier Wände, aber außerhalb ist er frei zu tun, was er will. Außerdem sind wir Ehefrauen, wie es so schön heißt, Kathedralen und die anderen nur Kapellen.«

Obwohl Auroras Hochzeit äußerst schlicht gefeiert wurde, war es ein ehrliches, ausgelassenes Fest. Tomás wirkte mit seinem marineblauen Anzug und dem verlegenen Lächeln wie ein Schuljunge, den man bei etwas Verbotenem ertappt hat. Auroras Glück hingegen schien das rosa Hochzeitskleid einer entführten Braut nicht im geringsten zu trüben. Ihre Augen strahlten eine unendliche Fröhlichkeit und Zuversicht aus. Als die kirchliche Trauung beendet war, machten die Gäste sich auf den Weg zum Haus der Villanuevas, wo Francisco und Maria Dolores zu Tacos gefüllt mit Schweineschwarte, Avocadomus und reichlich Limonade und Bier einluden.

Die Mutter des Bräutigams servierte gemeinsam mit Maria Dolores die Getränke und den Imbiß.

»Ihr werdet die Spärlichkeit verzeihen«, entschuldigte sich Maria Dolores bei den Brautleuten. Dann wandte sie sich an Tomás und sagte in flehentlichem Ton: »Gott möge Sie beschützen! Ich vertraue Ihnen meine Schwester an, fügen Sie ihr kein Leid zu.« Sie umarmte ihren Schwager und verbarg ihr Gesicht an seiner Schulter.

»Machen Sie sich deshalb keine Sorgen, mein Ehrenwort, ich werde sie hüten wie meinen Augapfel.«

»Sei nicht traurig, Schwester, ich werde nicht aufhören, dich zu lieben, und ständig bei dir vorbeischauen«, sagte Aurora.

Ganz gerührt gab Maria Dolores ihr einen zärtlichen Kuß und erteilte ihr den Segen.

Just in dem Moment erschien Francisco mit erhobenem Glas; Tomás erwiderte den Toast trotz seiner tiefen Abneigung gegen Bier.

Die Musikkapelle stimmte einen Walzer von Juventino Rosas an, damit das Brautpaar mit einigen Gästen den Tanz eröffnen konnte. Auf den Walzer folgten ländliche Volksweisen, die schließlich in karibischen Rhythmen mündeten. Aurora zog sich die Schuhe aus und machte mit Unterstützung ihrer Schwiegermutter die Runde bei der Hochzeitsgesellschaft, um einen Zuschuß zur Hochzeitsreise zu erbitten. Die Gäste legten Münzen in die Schuhe, und einige steckten der Braut Scheine ans Kleid.

Um Mitternacht wurde der Kuchen angeschnitten, und sobald sich die Gelegenheit ergab, machte Aurora sich stolz am Arm von Tomás auf den Weg in ihr neues Heim. Es war ein Häuschen aus Lehmziegeln mit zwei Räumen und einer Küche. Die Latrine befand sich am Ende des Patios, abgetrennt durch einen von Kletterpflanzen überwucherten Bretterverschlag.

Bei ihrem ersten Besuch brachte Aurora Maria Dolores atemlos vor Aufregung die gute Nachricht: »Ich habe Glück gehabt, Maria Dolores. Tomás ist ein guter Ehemann, er schlägt mich nicht und läuft auch keinen Weibern nach. Kopfschmerzen bereitet mir nur meine Schwiegermutter. Sie erträgt es nicht, mich nur einen Moment untätig zu sehen, und schon trägt sie mir etwas Neues auf. Wenn ich dann nicht gleich spure, beklagt sie sich bei Tomás, wenn er heimkommt.«

»Hör auf mich, und tu was sie wünscht, ohne ihr zu widersprechen. Sonst handelst du dir nur Probleme ein.«

»Wenn sie sich mit mir anlegen will, na bitte, ich bin nicht wehrlos.«

Als Francisco abends nüchtern heimkehrte, nutzte Maria Dolores die Gelegenheit, ihm mitzuteilen, was Aurora ihr anvertraut hatte: »Gott sei Dank hat sie einen wirklich netten Kerl erwischt!« sagte sie, während sie ihn prüfend ansah, um zu sehen, wie er auf ihre Worte reagierte. Dann fuhr sie fort: »Er hat anscheinend gar keine Unarten; sonntags begleitet er sie zur Messe und in den Park. Sie sagt, daß er sie letztes Wochenende sogar ins Kino ausgeführt hat.«

»Ja, ein guter Junge, fürwahr! Ein verwöhntes, geschniegeltes Bürschchen, das sich den ganzen Tag über sonnt. Ich frage mich bloß, wann er einmal arbeitet. Aber wozu sollte er auch? Wo die Frauen im Haus doch für die Tortillas auf dem Tisch sorgen. Ein echter Weichling! Und so einen hältst du mir als Beispiel vor?« fragte Francisco streitsüchtig.

Am liebsten hätte Maria Dolores herausgeschrien, »ja, allerdings«, aber aus Furcht vor einer drohenden Auseinandersetzung stammelte sie nur eingeschüchtert: »Schon gut, ich erzähl ja nur, was sie mir gesagt hat.«

Tante Aurora wurde noch in der Hochzeitsnacht schwanger und kam genau neun Monate später nieder. Maria Dolores atmete auf vor Erleichterung, denn nun würden die Leute wissen, daß die Schwangerschaft innerhalb der Ehe entstanden war.

Jahr für Jahr füllte sich Auroras Heim mit einem Lachen und einem hungrigen Mund mehr. Ihr Leib schwoll mit der Geschwindigkeit eines Luftballons. Fast schien es, als sei die Schwangerschaft bei ihr ein Dauerzustand. Immer sah man sie mit einem Kind im Tuch und einem weiteren im Bauch. Dennoch schaffte die Arbeit, die es bedeutete, die zahlreiche Kinderschar zu versorgen, es nicht, das Lächeln aus ihrem Gesicht zu vertreiben.

Im Gegensatz dazu schien das Lächeln von Mamas Lippen für immer gewichen zu sein.

»Habt ihr euch eigentlich irgendwann einmal gut verstanden? Hast du je das Gefühl gehabt, daß er dich liebte? Ich habe euch immer nur streiten sehen.«

»Nein, nein, anfangs war es nicht so schlimm. Manchmal gab es auch Tage, an denen wir uns gut verstanden haben, aber seine Familie hat immer Zwietracht gesät, vor allem Chona. Sie hat ihn in Rage gebracht mit ihren Geschichten. Mit all dem dummen Zeug, das sie über mich erfunden hat, lag sie Francisco in den Ohren, bis dieser, wenn ich am wenigsten darauf gefaßt war, ein Donnerwetter losließ. Deine Tante Eulalia mischte sich, anstatt mich zu verteidigen, ein und ohne zu wissen, worum es genau ging, ergriff sie immer die Partei deines Vaters. So zitterte ich ständig vor Angst und rechnete immerzu mit dem Schlimmsten.«

Nicht nur sie schwebte in ständiger Todesangst. Auch Consuelo und ich zitterten vor dem Abend, wenn mein Vater von der Schmiede heimkam. Sein Gesicht mit den geröteten Augen und der leicht aufgedunsenen Nase waren das untrügliche Zeichen für ein bevorstehendes Donnerwetter, bei dem er losschimpfte, mit seinem Gebrüll das ganze Haus erfüllte und die nächtliche Stille erschütterte. Vergeblich versuchten wir, Mama beizustehen, wenn Türen knallten und Teller zu Bruch gingen, wenn er sie herumstieß, ihr drohte oder sie manchmal sogar schlug. Am Ende hörte man dann Papas heiser rasselndes Schnarchen, und bei uns blieb das Gefühl tiefster Verzweiflung. So war es, seit ich mich erinnern kann, etwa seit meinem vierten, fünften Lebensjahr. Ihre Streitereien schienen mir endlos zu sein. Wenn dann doch endlich wieder Ruhe einkehrte, weinte ich haltlos, während Consuelo mir mit ernstem Gesicht und kaum verhohlenem Kummer die Tränen trocknete und danach, ohne ein Wort zu sagen, die Scherben beseitigte.

An Mamas Seite war ich immer ganz von ihren Ängsten und Sorgen erfüllt und interessierte mich kaum für die Spiele gleichaltriger Mädchen. Sobald alle schliefen, setzte ich mich auf die Bank im Wohnzimmer, neben mir eine Stoffpuppe, die ich kurz vorher von den Heiligen Drei Königen bekommen hatte, und malte mir im schwachen Mondschein, der durch die Gardinen drang, tausenderlei Möglichkeiten aus, fern von zu Hause zu leben, um eine solche Situation nicht noch einmal mitansehen zu müssen. Dabei lauschte ich der seit jeher im Dorf heimischen Stille, die nur bisweilen vom einstimmigen Gesang der Grillen unterbrochen wurde. Dieser war die einzige Begleitung von Mamas leisem, von erstickten Schluchzern unterbrochenem Gebet.

Immer, wenn es wieder geschah, fragte ich mich: Warum hatten meine Eltern nur geheiratet, wenn sie doch so schwer miteinander auskamen? Ich verstand nicht, wie es passieren konnte, daß aus ihrer Liebe ein solcher Alptraum geworden war. Wenn ich jetzt darüber nachdenke, meine ich, daß Mama zwar sehr schön war, aber genau die Eigenschaften besaß, die meinen Vater aufregten: Sie schien zerbrechlich, sprach mit zaghafter Stimme, ihre Schritte waren huschend, leise, fast katzenhaft, und über ihrem ängstlichen Blick lag ein undurchdringlicher Schleier des Schweigens, der sie in Papas Augen unnahbar machte.

Mein Vater hat immer wieder das gleiche gesagt: »Deine Mutter war eine sehr elegante und vornehme Frau. Als ich sie kennenlernte, habe ich sie fast für eine Marienfigur gehalten. Sie war sehr hübsch, aber auch herrisch, stolz, herablassend und sorgenschwer. Außerdem war sie schrecklich zimperlich und geziert.«

»Warum betrügst du sie dann mit La Ruñida und den anderen Frauen?« fragte ich ihn eines Tages.

»Nichts als bloßes Geschwätz, das deiner Mutter von diesem Haufen von Klatschweibern eingeredet wird; sie kommen nicht aus der Kirche heraus, aber sie orakeln über alles.«

»Tante Aurora ist aber keine Schwätzerin, und sie sagt es auch.«

»Das ist, was die Leute glauben!«

Meinen Vater so reden zu hören, regte mich auf.

»Ich habe euch einmal sogar mit eigenen Augen gesehen. Draußen vor der Cantina.«

»Halt den Mund, du Lügnerin! Das sagst du nur, weil du auf deine Mutter hörst, die immer das Schlimmste von mir denkt. Sie hat ihr Leben lang nur geklagt. Wir leben so gut es geht. Ich schinde mich in der Schmiede, wie du sehr wohl weißt; du wirst mich kaum elegant erleben oder reisesüchtig oder so wie Onkel Tomás, der immer fröhlich und liebenswürdig ist, aber stinkfaul. Er sitzt sein Leben lang nur herum und sonnt sich, ruht sich ständig aus, klagt über Schulterschmerzen, angeblich vom vielen Arbeiten.

Ich nicht, wo ich mir doch wirklich das Kreuz ruiniere. Das bei Tomás ist alles nur eine Ausrede, damit ihn seine Frau verhätschelt und für ihn arbeitet. Solche Ansichten habe ich nie gehabt. Arbeit ist Männersache, das war immer mein oberstes Gebot. Aber du siehst ja, wie man es mir dankt.«

»Du magst ja hart arbeiten, aber deswegen verzichtest du weder auf deine Zechtouren noch auf die Frauen. Und daneben bleibt dir immer noch Zeit, deinen Spaß zu haben und uns zu quälen.«

»Das sind nichts als Märchen von Lügnern, die einem Übles wollen.«

»Erzähl mir doch nichts! Ich muß doch immer zu Hilfe kommen und meine Mami verteidigen, wenn du dein Donnerwetter losläßt, und ich habe dich schon mehrmals mit La Ruñida in der Cantina gesehen, und ich weiß nicht mit wie vielen sonst noch.«

»Es ist nichts dabei, sich manchmal einen Schluck zu genehmigen ... und wenn man erst mal betrunken ist, weiß man nicht mehr, was man tut. Außerdem ist es besser, die Familie immer kurz zu halten, sonst gerät sie außer Rand und Band, wie dein Großvater immer sagt.«

»Erwähne Großvater lieber nicht. Wenn es nur die Zechtouren wären und deine Art, Mami zu schikanieren. Aber nicht genug damit, du lieferst sie auch noch schutzlos deiner ganzen Familie aus, an der außer dem Namen nichts gut ist ...«

»Immer hast du was an den Großeltern und Eulalia auszusetzen. Was haben sie euch nur getan? Wann haben sie euch schon mal um einen Gefallen gebeten?«

»Uns nicht, aber dich, das schon. Da war es einfacher, daß wir nichts zu essen hatten, als daß die Großeltern einmal auf ihr wöchentliches Geld verzichtet hätten.«

»Was du für Lügenmärchen erzählst. Alles, was ich verdiene, war immer nur für euch, und das ist nun der Dank; egal, was ich mache, immer habt ihr was auszusetzen.«

Ich schwieg. Solche Unterhaltungen waren sinnlos, so als sprächen wir verschiedene Sprachen.

◈◈◈◈◈

»Warum hast du ihn überhaupt geheiratet?«

Meine Mutter nippte an ihrem mittlerweile kalten Kaffee und blickte ins Leere.

»Warum hast du nie erwogen, daß es besser sein könnte, sich von ihm zu trennen?«

»Ich habe ihn geheiratet, weil ich ihn für einen guten, fleißigen Kerl hielt. Es machte mir nichts aus, die Bequemlichkeiten zu Hause bei Urgroßmutter aufzugeben und mich mit seiner Armut und Bescheidenheit abzufinden.«

Dann ließ sie den Kopf hängen und brach in jämmerliches Schluchzen aus.

»Wäre ich wenigstens darauf vorbereitet gewesen oder hätte auf die Hilfe deines Großvaters Heliodoro zählen können, wäre es anders gewesen. Außerdem habe ich einmal mit seiner Hilfe versucht, mich von deinem Vater zu trennen, als ich nur Consuelo und dich hatte. Francisco sagte nichts, aber als schon alles für den Umzug eingeladen war, meinte er, ich könne ruhig gehen, aber ihr beide würdet bei Chona bleiben. Da habe ich gesagt, ohne euch würde ich nicht gehen. Also hat er die Sachen wieder vom Wagen geladen und ich bin dageblieben.«

Als sie nach dieser Erklärung erneut in Schluchzen ausbrach, war ich ratlos. Ich konnte ihr nicht helfen. Niemand konnte es.

»Es ist wieder Zeit für deine Medizin, Mama, ich bringe sie dir gleich, und dann fahren wir fort.«

Ich erhob mich und ging in die Küche. Dort öffnete ich das alte weiße Schränkchen, griff nach einem Pillenfläschchen mit grünen Kapseln, füllte ein Glas mit Wasser und kehrte ins Schlafzimmer zurück.

»Bei all der Medizin weiß ich manchmal nicht einmal mehr, wozu die verschiedenen Pillen gut sind. Die Schmerzen im Bein verfolgen mich jedenfalls weiterhin Tag und Nacht. Das Problem ist einfach, daß ich des Lebens müde bin. Mein einziger Trost ist der Gedanke, daß kein Leid ewig währt. Ich habe immer geglaubt, ich würde Franciscos Familie auf ewig um mich herum haben, aber du siehst ja, deine Großeltern sind inzwischen tot, und Eulalia macht es auch nicht mehr lange. Früher oder später sind wir alle dran. Es bleibt uns nichts anderes übrig, als zu warten, was Gott einem beschert, und wenn er will, daß ich noch hierbleibe, dann werde ich es tun.«

Von Großvater Heliodoros Seite war an Unterstützung gar nicht zu denken. Er befand sich unter der Fuchtel Simonas, die sich für die Probleme seiner Tochter wenig interessierte: »Sie ist nun einmal verheiratet und muß sich wohl oder übel zusammenreißen. Wer hat sie denn zu ihrem Unglück gezwungen? Soll sie es doch selbst ausbaden.«

Kaum jemand stand ihr bei. Eine der wenigen Ausnahmen war Doktor Alejandro Dávila, ein zerstreut wirkender, gutmütiger Mann aus der Hauptstadt, den es aus unerfindlichen Gründen nach Los Remedios verschlagen hatte. Er empfand nicht nur Mitleid, sondern von Anfang an auch eine tiefe Zuneigung für Maria Dolores. Er begriff nicht, wie Francisco eine so zarte Frau mit so feinen Manieren derart schikanieren konnte. Je länger er sie leiden sah, desto mehr bedauerte er, ihr nicht früher begegnet zu sein. Der Arzt hatte erst an dem Tag von ihr erfahren, als Urgroßmutter ihren Schlaganfall erlitt. Er stand ihr in den bangen Stunden bei und erlebte mit, wie hingebungsvoll sie für die Kranke sorgte. Ihr offenherziger Blick und die sanfte Stimme hatten ihn nachhaltig beeindruckt.

Doch er begnügte sich mit den Begegnungen in den Sprechstunden und der herzlichen Vertrautheit, mit der sie sich an ihn wandte.

Er fand sich damit ab, sie auf dem Weg zur Apotheke vorbeigehen zu sehen, sie während der Sonntagsmesse aus den Augenwinkeln zu beobachten und – Jahre später – sich die gesamte Liste ihrer Gebrechen anzuhören. Zu seinem Leidwesen war es für ihn zu spät, denn er war verheiratet.

Wie Maria Dolores war Alejandro Dávila auch ein typischer Fall eines unglücklichen Verheirateten. Er litt unsäglich an der Seite seiner Frau, die herrschsüchtig war, jähzornig und wahnsinnig eifersüchtig. Nie ließ sie ihn aus den Augen, wo immer er auch war. Beim geringsten Verdacht seiner Untreue oder von mangelnder Liebe machte sie ihm schreckliche Szenen, egal wo; war er in der Praxis, beschimpfte sie ihn dort vor den Patienten, ohne sich an ihren verständnislosen Blicken oder der sichtlichen Verlegenheit ihres Mannes zu stören. Er wollte seinen Kindern keine schmerzliche Trennung zumuten, weshalb ihm keine andere Wahl blieb, als das Kreuz seiner Ehe weiter zu tragen. Wenn seine Frau den Ehekrach mit einem Türenknallen für beendet erklärte, kümmerte der Doktor sich naßgeschwitzt und mit einem gezwungenen Lächeln weiter um seine Patienten. Bei solchen Gelegenheiten hielt er sich immer das Bild von Maria Dolores vor Augen, bis er sich innerlich wieder beruhigt hatte. Er liebte sie hoffnungslos und begnügte sich damit, wenigstens die körperlichen Schmerzen zu lindern, die sie ständig plagten.

»Maria Dolores«, sagte er mit einem Blick, der sie mitleidig umfing, »ich verstehe Sie und würde Ihnen gerne helfen, Ihre Beschwerden zu lindern. Hier, nehmen Sie diese Vitamine, es sind Gratismuster. Diese anderen Pillen sollen die ständigen Schwangerschaften unterbinden. Sie sind zu geschwächt; wahrscheinlich verlieren Sie die Kinder sowieso, bevor sie zur Welt kommen. Nehmen Sie die Pillen!«

»Gott bewahre, wenn mein Mann davon erfährt! Sie wissen ja nicht, was für ein Donnerwetter er dann losläßt. Mir bleibt nichts anderes übrig, als alle Kinder anzunehmen, die Gott mir schenkt.«

Jedesmal, wenn Mama wieder merkte, daß sie schwanger war,

weinte sie bitterlich, bis ihre Tränen versiegten. Noch mehr Kummer und Sorgen und noch weniger Hoffnung, sich vor dem Abgrund zu retten, in dem sie hilflos immer tiefer versank. Auch mit den Jahren ließ es sich mein Vater nicht nehmen, seinen ehelichen Pflichten nachzukommen. Mama fügte sich, weil sie es als ihre Schuldigkeit ansah und als notwendiges Übel, um ihre Ehe aufrechtzuerhalten. Doch sie empfand es als Tortur, da sie ja wußte, daß diese Nächte Ursache ihrer ständigen Schwangerschaften und Fehlgeburten waren. Wenn das eintrat, kam Fina, die Hebamme. Francisco ging sie holen.

»Meiner Frau geht es schlecht. Sie braucht Ihre Hilfe.«

Dann verschwand er wieder und wartete daheim. Fina kam bewaffnet mit aufmunternden Worten und einem Köfferchen voller Heilkräuter, Salben, Scheren, Desinfektionsmitteln und Verbandszeug. Sobald die Hebamme eintrat, verließ er das Haus. Er wußte seine Frau gut aufgehoben. Fina beseitigte die Überreste der Fehlgeburt und rieb Maria Dolores den Leib mit Alkohol ab, legte Kräuterkompressen auf und verband sie. Dann riet sie ihr auszuruhen, sich Gott zu empfehlen und ihre Kümmernisse zu vergessen, da ihre Gesundheit und ihr Gemüt angegriffen seien. Doch an Ausruhen war gar nicht zu denken, solange Francisco keine Rücksicht nahm. Ob sie schwanger, krank oder erschöpft war, immer mußte sie den Haushalt erledigen und obendrein alle seine Wünsche und Bedürfnisse auf der Stelle befriedigen.

Eines Morgens wurde Mama von ununterbrochenem, heftigem Pochen an der Haustür und wütendem Rütteln an der Klinke aufgeschreckt; sie war im sechsten Monat mit Zwillingen schwanger und stieg gerade mit dem Nachttopf in der Hand schwerfällig die Treppe hinab. Um schneller zur Tür zu gelangen, stellte sie den Topf auf einer Stufe ab. Sobald sie öffnete, fing Francisco an loszubrüllen: »Wo zum Teufel steckst du bloß, daß du so lange brauchst, bevor du endlich aufmachst?«

»Ich war gerade beim Bettenmachen. Du mußt mehr Geduld haben, ich habe viel zu tun und kann nicht ständig hinter der Tür lauern, bis du endlich kommst.«

»Du solltest mal in die Schmiede kommen und in der glühenden Hitze schuften, damit du weißt, was richtige Arbeit ist.«

Mama wußte genau, wenn sie jetzt antwortete, würde dieses Gespräch in einen Streit ausarten. Deshalb biß sie sich auf die Zunge und ging zur Küche, legte die Tortillas auf die Backplatte, wärmte das Essen auf und setzte es ihm vor. Nur Papas Kauen und das Klappern des Löffels waren zu hören. Währenddessen musterte sie ihn von der Seite in banger Erwartung seines Tadels. Und so kam es. Die Tortillas seien nur lauwarm, die Bohnen hart und an der Soße fehlten Zwiebeln. Meine Mutter nickte, und er schien sich zu beruhigen.

Aus lauter Nervosität vergaß Mama den Nachttopf. Beim Hinausgehen blickte Papa sich plötzlich zur Treppe um und entdeckte ihn.

»Aha, was haben wir denn da!« sagte er, und während er die Haustür sperrangelweit öffnete, kippte er den Inhalt des Topfes auf die Straße.

»Damit du beim nächsten Mal daran denkst, diese Schweinerei dahin zu bringen, wo sie hingehört.«

Meine Mutter bekam einen Kloß im Hals, vor lauter Hilflosigkeit begann sie zu zittern und konnte nur mit Mühe die Tränen hinunterschlucken. Wortlos ging sie hinaus und machte sich daran, die Straße mit Wasser und Bürste zu reinigen. Wie konnte er ihr nur so etwas antun! Wie immer schluckte sie jedoch all ihren Kummer hinunter und machte weiter im Haus sauber, krampfhaft das Weinen unterdrückend.

Am Nachmittag durchzog plötzlich ein schrecklicher Schmerz ihren Leib, der sie aufschreien ließ. Als Consuelo, die die ganze Zeit über mit mir im Patio gespielt hatte, den Schrei hörte, rannte sie ins Haus. Sie fand Mama schmerzgekrümmt auf einem Stuhl.

»Mami, Mami! Was hast du?«

»Lauf schnell! Sag Doña Benita, sie soll sofort kommen.«

Consuelo lief, um die Nachbarin zu holen, die Mama vergeblich das Gesicht mit kaltem Wasser erfrischte, um sie wieder auf die Beine zu bringen, und dann zur Schmiede lief, um Papa Bescheid zu sagen.

Als er mit Fina eintraf, lag Mama auf dem Boden mitten in einer Blutlache. Benita führte Consuelo wortlos aus der Küche, während Fina und Papa hastig mit Wasserkrügen, Lappen und Medizin hin und her liefen.

Stunden später wurde die Küchentür wieder geöffnet. Das Blut war vom Boden verschwunden, und Mama war, obwohl noch blaß, wieder bei Bewußtsein und nippte an einem Kräutertee. Papa war fortgegangen. Alles war wieder wie am Morgen. Nur der Geruch nach Äther und Alkohol, der in der Luft hing, zeugte noch davon, daß etwas Außergewöhnliches geschehen war.

Meine Eltern sprachen nie davon, was sich an jenem Morgen ereignet hatte. Ich erfuhr erst zwei Jahre später, daß Mama damals ihre Zwillinge verloren hatte. Der Vorfall hatte sich Consuelo unvergeßlich ins Gedächtnis gegraben.

Niemand von der Familie kam Mama besuchen. Nicht einmal Tante Aurora, die sich in dem Moment gerade damit abmühte, ein neues hungriges Maul auf die Welt zu bringen.

Tage später besuchte uns Tante Dominga, Onkel Pablos Frau. Sie kam, um Abschied zu nehmen. Pablo war gestorben, und nun wollte sie mit ihren Kindern am Grab für ihn beten und ihm zum letzten Mal Lebewohl sagen.

»Ich habe schon gehört, was geschehen ist, Maria Dolores, und wollte wissen, wie es dir geht. Im Hause der Schwiegereltern fragt man sich, ob du die Kreaturen nicht absichtlich tötest, weil du keine mehr haben willst.«

»Wie können die mir so ein Verbrechen nur zutrauen?«

»Man darf sie nicht ernst nehmen. Alle in der Familie sind so giftig.«

»Sie nicht ernst nehmen, gerade so als hätten sie nichts über einen gesagt! Wo doch selbst ein Maulesel austritt, wenn sein Herr ihn schlägt. Wieso soll ich immer nur schweigen und mich diesen Verleumdern beugen?«

»Was will man da machen! Ich weiß besser als jeder andere, wie du dich fühlst. Aber das ist nun mal dein Los, und du hast keine andere Wahl, als es zu ertragen. Irgendwann werden sie es leid sein, ständig zu sticheln. Es gibt kein Leid, das ewig währt. Sieh nur mal in den Spiegel: Pablo und mir haben sie das Leben so lange zur Hölle gemacht, bis sie es geschafft haben, uns zu entzweien, und wozu? Wenn ich jetzt mit meinen Kindern allein zurückgeblieben bin, habe ich das nur meinen Schwiegereltern zu verdanken, denen es eines Tages noch leid tun wird.«

Tante Dominga war Großvaters erste Schwiegertochter. Als junges, unerfahrenes Ding von fünfzehn Jahren war sie in das Haus neben ihren Schwiegereltern eingezogen. Vom ersten Tag an war sie Chona zum Opfer gefallen, die nicht aufhörte, jeder ihrer Bewegungen nachzuspionieren: Sie sei eine wahre Schlampe, wasche kaum je die Bettwäsche, ihre Kinder stänken immer nach Urin und sie nach Schmutz; sie kaufte die Tortillas fertig, als hätte sie keine Hände, um Maiskörner zu mahlen. Aber wo sollte sie die Zeit auch hernehmen, wenn sie sich immer nur mit den Klatschweibern auf der Straße herumtrieb?

Chona lag Pablo so lange in den Ohren, bis dieser, angespornt von Großvater Francisco, Dominga gehörig durchprügelte. Obwohl diese die Arbeit nicht scheute, sondern den Rücken krümmte wie ein Lastesel, nahm sie kein Blatt vor den Mund und sagte Chona gehörig ihre Meinung. Und selbst unter Prügeln blieb sie stur und verteidigte sich.

Das harte Leben ruinierte ihre Schönheit, die einst ihr ganzer Stolz gewesen war. Doch völlig mit der aufreibenden Betreuung ihrer vier Kinder und den vielen Streitereien beschäftigt, hatte sie keine Zeit, ihr nachzuweinen. Sie ertrug alles bis zu dem Tag, als ihr

Mann ihr mit einem Hieb die Zähne und fast auch noch ein Auge ausschlug, weil Chona ihm eingeredet hatte, wenn er nicht ein Exempel statuierte, würde ihr ständiges Herumstreunen auf dem Markt noch ein böses Ende nehmen und sie ihm irgendwann mit dem erstbesten, der ihr in die Quere kam, Hörner aufsetzen.

Das war der Tropfen, der das Faß zum Überlaufen brachte. Dominga hatte all die Demütigungen satt, schnürte ein Bündel mit Kleidern, zog ihre Kinder an und machte sich mit den Kleinen im Schlepptau und ein paar Münzen in der Tasche, doch mit einem Gefühl der Befreiung im Herzen, auf den Weg nach Comanja.

In den ersten Wochen lebte sie in einem Zimmer zur Untermiete, doch die wenigen Centavos, die sie als Wäscherin verdiente, reichten knapp zum Essen. Schon begann sie zu fürchten, der Hunger würde sie zu ihrem Mann zurücktreiben. Doch mit Trotz und Beharrlichkeit gelang es ihr schließlich, ein bescheidenes Häuschen zu erwerben, wo sie einen Mittagstisch für Studenten einrichtete. In kurzer Zeit begann sich der Verkauf von Mahlzeiten zu rentieren.

Unterdessen versuchte Pablo, die Frau zu vergessen, die es gewagt hatte, ihn zu verlassen und damit vor aller Augen lächerlich zu machen, so daß er nicht mehr wußte, wohin mit seinem Gesicht. Um die Zweifel zu ersticken, die ihm das Herz zerfraßen, griff er ein paar Frauen von der Straße El Lucero auf und schüttete sich mit Schnaps voll, bis er mitten in der Gosse landete. Nachdem er mehrere Monate so über die Stränge geschlagen hatte, fühlte er sich einsam und verlassen wie ein Kind. Er wollte Dominga aufsuchen, sich ihr zu Füßen werfen, ihr seine tiefe Liebe gestehen und sie um Vergebung bitten. Doch daran war gar nicht zu denken, da Großvater ihm eine derartige Schwäche nie verziehen hätte. Sich vor einem Weib zu erniedrigen war Sache von Weichlingen. Ein richtiger Kerl tat so etwas nicht. Und Großvater bedrängte ihn, es nicht zu tun und sich eine andere zu suchen: »Wenn ein Weib gehen will, soll sie doch ihrer Mutter Schande machen. Dann kommt eben eine andere, und wenn die nicht will, eine dritte oder vierte, von der Sorte gibt es doch genug.«

Die Einsamkeit beschlich Onkel Pablo wie ein Krebsgeschwür, das sich ihm in die Seele fraß und ihm die Lebenslust raubte. Er starb an einem Dienstag. Seit Wochen hatte er nur Schnaps getrunken, ohne auch nur eine Tortilla mit Bohnen anzurühren. Großvater suchte nach ihm, als er merkte, wie die Tage verstrichen und er sich nicht zeigte. Er fand ihn zu Hause im Bad, mit dem Kopf in der stinkenden Toilettenschüssel, erstickt am eigenen Erbrochenen. Der leblose Körper war schon so weit verwest, daß es unmöglich war, die Totenwache zu feiern. Ohne eine Sekunde zu zögern ging Großvater los, um Francisco zu holen. Kurz darauf kam dieser mit zwei Männern vom Bestattungsinstitut zurück. Gemeinsam hoben sie den Leichnam an Armen und Beinen hoch, legten ihn in einen Sarg und schafften ihn schnurstracks zum Friedhof.

Bevor der Sargdeckel geschlossen wurde, trat Großvater noch einmal vor und strich, schwer gegen die aufsteigenden Tränen ankämpfend, Pablo mit der Hand übers Haar. Francisco gab ihm einen mitfühlenden Klaps auf die Schultern. Gemeinsam machten sie sich dann auf den Heimweg und schickten sich an, Dominga zu benachrichtigen.

Trauer hatte in Großvaters Haus Einzug gehalten, obwohl niemand eine Träne vergoß, nicht einmal Tante Dominga. Sie hatte zu Lebzeiten ihres Mannes so viel geweint, daß ihr keine Träne mehr blieb, um seinen Tod zu betrauern. Jetzt war es Zeit zu lachen. Nachdem sie Blumen an sein Grab gebracht und ein Vaterunser für ihn gebetet hatte, kehrte sie gemeinsam mit ihren Kindern nach Comanja zurück, denn dort begann ihr Geschäft mit Stammkundschaft für ihre Studentenküche endlich, Gewinn abzuwerfen. Vor allem aber wollte sie vermeiden, daß ihre Kinder im Schatten der Familie ihres verstorbenen Mannes aufwuchsen. Meine Mutter begleitete sie zum Bahnhof, wo sie ihnen nachschaute, bis der Zug am Horizont verschwand.

Monate später war Maria Dolores erneut schwanger. Diesmal erlaubte ihr eine offene Wunde zwischen den Schenkeln, die schrecklich brannte, kaum zu gehen. Als die Beschwerden unerträglich wurden, wußte sie sich nicht anders zu helfen, als ein Fläschchen Alkohol zu nehmen, einen Wattebausch damit zu befeuchten und sich die Wunde damit abzureiben. Als nach kurzer Linderung das Brennen noch unerträglicher wurde, schrie sie sich vor Schmerz die Seele aus dem Leib. Benita, die Nachbarin, erschrak, als sie das Kreischen hörte, und sie kam herbeigelaufen, um zu fragen, was los sei.

»Nichts. Nur ein Anfall, krank wie ich bin.«

»Aber Sie müssen zum Arzt gehen, es kann doch etwas Ernstes sein. Sie wirken mitgenommener als sonst.«

»Es ist nichts, wirklich. Auf jeden Fall danke ich Ihnen, daß Sie sich um mich sorgen.«

»Hat Francisco Sie vielleicht zu heftig geschlagen? Mir können Sie es ruhig sagen, Sie wissen ja, vor mir brauchen Sie sich nicht zu schämen ... Wir beide leiden ja unter der gleichen Schande, einen Trunkenbold, Frauenhelden und Prügler zum Mann zu haben ...«

Maria Dolores nickte mit dem Kopf und wisperte: »Ich bin noch schlechter dran. Für mich gäbe keiner einen Pfifferling, nach mir kräht doch kein Hahn.«

»Was ich tun kann ... wenn Sie etwas aus dem Laden brauchen, schicken Sie nur eine Ihrer Töchter, Ihnen schreibe ich an, was Sie wünschen. Ihnen werde ich nichts abschlagen!«

»Danke!«

»Bis bald!«

Ihr fehlte der Mut, jemandem zu gestehen, was sie befürchtete: Francisco hatte sie mit einer Geschlechtskrankheit angesteckt. Als Aurora sie in einem derart schlechten Zustand antraf, drängte sie so lange, bis Maria Dolores ihr endlich die Wahrheit gestand: »Schämen sollte sich dein Mann, nicht du.«

»Aber das tut er nicht. Als ich ihm sagte, was er angerichtet hatte, wie sehr ich leide, weil er mich angesteckt hat, meinte er nur, er sei kein Arzt, um mich gesund zu machen. Jedenfalls sollte ich zu Doktor Dávila gehen. Aber ich will ihn nicht aufsuchen, ich würde vor lauter Verlegenheit sterben. Vielleicht kann ja auch Fina dieses Leiden heilen.«

»Das stimmt. Sicher kann sie das.«

Aber sie konnte es nicht. Dafür reichten ihre Kenntnisse nicht aus. Folglich blieb Maria Dolores keine andere Wahl, als den Doktor zu Rate zu ziehen. Als er sie untersuchte, verströmte sie zwischen den Schenkeln bereits einen fauligen Gestank. Man sah sofort die riesige eitrige Wunde.

»Aber Señora, sehen Sie sich das bloß an. Sie sind ja in einem jämmerlichen Zustand. Wieso hat Ihr Mann kein Erbarmen mit Ihnen? Vor einigen Monaten ist er zu mir gekommen, als die Symptome der Infektion ganz frisch aufgetreten waren, und hat sich sofort behandeln lassen. Sie hingegen hat er diesem Elend ausgeliefert.«

Behutsam reinigte er die Wunde und rieb sie mit desinfizierenden Salben ein, um den quälenden Juckreiz zu lindern. Während er sie versorgte, erklärte der Arzt ihr die Notwendigkeit, die Behandlung fortzusetzen, da sie sonst Gefahr lief, die Krankheit auf das Baby zu übertragen, das sie im Leib trug. Sie nickte, bange, daß ihr Kind krank zur Welt kommen oder sterben könnte.

Die Schwangerschaft näherte sich ihrem Ende. Francisco Víctor wurde geboren, der erste Sohn der Familie. Francisco platzte fast vor Stolz. Er dachte, die Pechsträhne, die ihm bisher im Leben nur Töchter beschert hatte, sei nun zu Ende. Fortan würde das Haus sich mit Jungen füllen, die seinen Namen weitertragen würden.

Den Tag, als das Baby drei Monate alt wurde, feierte Francisco mit einem großen Besäufnis. Gegen Mitternacht kehrte er in Begleitung einer Musikkapelle heim, um Mama ein Ständchen zu bringen. Er riß die Tür sperrangelweit auf und platzte ins Schlafzimmer herein.

Maria Dolores war eben dabei, Francisco Víctor auszuziehen, weil er Milch auf sein Hemdchen gespuckt hatte. Die eiskalte morgendliche Zugluft drang in den Raum und offensichtlich auch in seine Lungen, denn Stunden später glühte er vor Fieber und erlag Tage später einer Lungenentzündung.

Maria Dolores verbarg ihr Leid im Schlafzimmer im Gebet vor dem Kruzifix, wo sie um die nötige Demut bat, während die Kerzenflamme, die im Luftzug von den Fenstern her flackerte, mit ihrem wilden Tanz Schatten und Lichtreflexe auf die Wände warf.

Francisco lag, vor Schmerz jammernd, bäuchlings am Boden. Lieber wäre er gestorben, hätte sich das Herz herausreißen lassen, als seinen Sohn zu verlieren. Die Messe, der Chorgesang und Francisco Víctors Beerdigung muteten ihn an wie ein böser Traum, aus dem er nicht mehr aufzuwachen vermochte.

Dieses Unglück überschattete seine Seele. Er war traurig und verwirrt. Jeden Morgen stand er auf, kleidete sich lustlos an und verlor sich in einem Wirrwarr von Schraubenschlüsseln, Schrauben und rätselhaften, verbeulten Eisenstücken, die sein Arbeitswerkzeug waren. Das Geschrei seiner Gehilfen, das Fauchen des Blasebalgs und das rhythmische Schlagen des Hammers auf den Amboß trugen nicht dazu bei, seine Wunden zu heilen.

Am Rande der Verzweiflung hätte er am liebsten geweint, die Qualen, die ihm das Herz zerrissen, herausgeschrien, doch aus Scham sagte er nur, sein einziger Sohn sei für immer von ihm gegangen.

Nacht für Nacht sah man ihn in der Cantina, singend und laut lachend ein Schnapsglas in der einen Hand und die andere um die Taille einer Frau gelegt. Solche Anwandlungen von Unbändigkeit unterdrückten jedoch nur sein Leiden und ertränkten es in Schnaps und gekaufter Liebe.

Im Morgengrauen blieb er lange allein in der Küche sitzen. Die Erinnerung an den fiebernden Francisco Víctor, an den Augenblick, als die Musiker ihr Ständchen darbrachten, und an das schmerzverzerrte, tödlich getroffene Gesicht von Maria Dolores gingen ihm nicht mehr aus dem Kopf. Erst dann, ganz allein und in der Benommenheit seines Rauschs, ließ er seinen Schmerz heraus. Er rang die Hände, verfluchte sich, erhob die Fäuste und schlug mit aller Macht gegen die Wand, bis seine Hände bluteten. Maria Dolores, die ihn vom Schlafzimmer aus hörte, wagte nicht einzugreifen.

Monate später begann Francisco, ermutigt durch den Zuspruch seiner Frau, die ihm nicht ein einziges Mal Vorwürfe machte, sich allmählich zu erholen. Gott hatte es so gewollt und würde ihnen ganz sicher noch einen Sohn schenken.

Als ich fünf Jahre alt war, kam nach einer weiteren Fehlgeburt wieder ein Mädchen auf die Welt.

»Noch ein Weib«, zischte Francisco ungehalten.

Guadalupe war ein Mädchen mit runden schwarzen Augen wie Ebenholzteller in einem niedlichen, rosigen Gesicht. Sie kam mir vor wie eine Puppe. Ich nahm sie auf, wusch ihr vorsichtig das Gesichtchen, kämmte sie und begann, ihr Geschichten von Hexen und Zauberern zu erzählen. Zuerst beobachtete sie mich neugierig mit ihren wachen Äuglein, doch sobald meine Stimme lauter und meine Gesten lebhafter wurden, brach sie in Weinen aus. Consuelo, die Mama immer beiseite stand und ihr im Haushalt half, kam der Kleinen zu Hilfe, nahm sie auf den Arm, sang ihr ein Schlafliedchen, und ich erhielt einen Tadel für meine Grobheit. Ich solle lieber einen Ziegelstein in ein Tuch wickeln und damit spielen, schimpfte sie, als mit dem kleinen Wesen. Ich lachte nur über ihren Zorn.

Obwohl ich Guadalupe von Herzen liebte, war die Aufgabe, sie zu hüten, für mich auch mit Unannehmlichkeiten verbunden. Vor allem, wenn Mama mich bat, ihr die Windeln zu wechseln, mußte ich mich mächtig zusammenreißen, um mich nicht zu übergeben, weil ich meine Hand beschmiert hatte und der beißende Gestank daran haftenblieb. Mama bastelte ihr eine Wiege aus einer Holzkiste, die sie mit Lappen und einem mit Ziegenhaar gefüllten Kissen auslegte und an einem Seil am Eukalyptusbaum aufhängte. Ich sollte sie darin in den Schlaf wiegen. Ungeduldig, wie ich war, weil ich Hühner jagen oder mit Murmeln spielen wollte, schaukelte ich sie so heftig, daß ich heute glaube, daß die Arme schon aus Furcht vor derartigen Mätzchen die Augen schloß, sobald sie mich erblickte.

Mama wurde weiterhin andauernd schwanger, immer in Erwartung des ersehnten Sohnes. Doch erst nach zwei weiteren Fehlgeburten kam Jesús, der einzige männliche Abkömmling unserer Familie, auf die Welt; damals war ich acht Jahre alt.

Bis dahin mußte Mama weiterhin Chonas üble Beleidigungen ertragen über ihren rachitischen Wuchs und ihre Unfähigkeit, männlichen Nachwuchs zu produzieren.

Für meine Mutter belief sich das Leben darauf, wahllos Leid anzuhäufen wie die Stapel von Windeln, die sich tagtäglich in der Waschküche auftürmten, und sich in ihr Elend zu fügen. Manchmal, wenn Papa sein ganzes Geld für seine Sauforgien ausgab, begann der Tag für uns ohne Aussicht auf eine warme Tortilla oder auch nur eine Prise Zucker für den Orangenblütentee. Sie, die in einem Haus aufgewachsen war, in dem es nie an Essen gemangelt hatte, war an Armut nicht gewöhnt und noch weniger daran, anschreiben zu lassen; sie selbst wäre lieber verhungert, als sich soweit zu erniedrigen, daß sie den Nachbarn ihre Bedürftigkeit offenbarte. Doch der Anblick ihrer hungrigen Kinder zwang sie dazu. Consuelo war diejenige, die es auf sich nehmen mußte, in Benitas Laden anschreiben zu lassen, wenn Papa uns kein Geld gab.

»Kind, geh zu Benita und sag ihr, sie soll mir eine Tüte Kaffee, ein Kilo Zucker und einen Sack Bohnen schicken, ich bezahle später.«

Am Samstag beglichen Franciscos Kunden normalerweise ihre Rechnungen. Wenn er dann abends zum Essen heimkam, tauchte Chona mit einem Teller Hühnersuppe auf, so zubereitet, wie Papa es liebte: mit Majoran, Tomatensoße und duftenden Kräutern.

»Francisco, hier bringe ich dir ein Süppchen, damit du wieder zu Kräften kommst. Du arbeitest zuviel!«

»Mach dir keine Umstände, Chona.«

»Ich bitte dich! Du weißt doch, solange ich kann, werde ich dir deine Lieblingsspeisen kochen. Guten Abend, Maria Dolores. Ich habe dir noch ein paar harte Tortillas für die Hühner mitgebracht.«

»Guten Abend, Doña Chona. Vielen Dank!«

»Also, ich geh nicht, bevor du nicht das Süppchen gegessen hast. Du mußt ordentlich essen, um Kräfte zu sammeln«, befahl sie meinem Vater in besorgtem Ton mit ihrer heiseren Stimme und einem sanften Lächeln auf ihren wulstigen Lippen, was ihr grobes Gesicht zu einer Karnevalsmaske verzerrte.

»Ach, Chona! Warte!« sagte Francisco, der sich geschmeichelt fühlte. »Hier hast du fünfundzwanzig Pesos. Letzten Sonntag habe ich dir zu wenig Geld gegeben, weil Marciano mich nicht bezahlt hatte. Dieser Kerl ist ein rechter Prolet, er fordert rasche Arbeit und läßt mich später dem Geld nachlaufen.«

»Nein, nein. Sorg dich nicht um mich, gib es deinen Töchtern. Ich brauche kein Geld. Nur ein wenig Wolle müßte ich kaufen, um Handschuhe und einen Pullover für deinen armen Vater zu strikken.«

Maria Dolores stand am Fenster neben dem kalten Ofen und beobachtete sie. Er, der mich so grob behandelt, ist mit ihr wie Samt und Seide, dachte sie. Ihr gegenüber gibt er sich so liebenswürdig, daß er wie ausgewechselt wirkt. Man erkennt ihn überhaupt nicht wieder.

»Na gut, wenn du darauf bestehst, ich will dich ja nicht kränken ... dann nehme ich es halt. Danke! Bis dann.«

»Ja, bis dann.«

Sobald Chona fort war, sagte Maria Dolores zu ihm:

»Du siehst doch, Francisco, sie wollte es gar nicht, warum bestehst du nur darauf? Ich brauche es so dringend für die Tortillas. Außerdem schulde ich Benita noch so viel Geld, daß ich mich geschämt habe, den Mais wieder anschreiben zu lassen.«

»Fängst du etwa schon wieder an, mir auf die Nerven zu gehen? Zu was anderem taugst du ja nicht!«

»Und du wirfst ständig das Geld zum Fenster raus und verschenkst, was du nicht hast.«

»Wenn ich was verschenke, dann ist das meine Sache, verstanden? Meinst du denn, Chona merkt nicht, was für eine du bist? In ihrem Alter muß sie noch kommen, um mir etwas zu essen zu bringen, weil du es nicht fertigbringst, etwas Anständiges auf den Tisch zu bringen. Dann beklag dich später nur nicht, daß meine Familie dich nicht ausstehen kann.«

Francisco sprang wütend auf, schleuderte den Bohnenteller zu Boden und rannte türenknallend hinaus.

Maria Dolores fegte die Essensreste zusammen, nahm die Tüte mit den harten Tortillas für die Hühner, befeuchtete sie mit Wasser, um sie aufzuweichen, und machte sie uns warm.

Zu der Zeit, als Consuelo etwa zehn, ich acht und Guadalupe drei Jahre alt waren, zogen wir in das Haus, das zuvor Tante Dominga und Onkel Pablo bewohnt hatten. Nachdem der Onkel gestorben war, hatte mein Vater gemeinsam mit den Gehilfen aus der Schmiede die Wochenenden damit verbracht, das alte Haus abzureißen und ein neues zu bauen.

Es hatte zwei Etagen und war lang und schmal wie eine Wurst. Alle Räume hatten Ziegelwände und Betonböden. Am Fenster auf der Vorderseite befand sich ein gekachelter Blumenerker mit Geranien und Margeriten, die meine Mutter hingebungsvoll pflegte. Immer nahm sie sich Zeit für die Blumen. Wir respektierten das, selbst mein Vater, als sei dieser winzige duftende Ort ein Teil ihrer

Seele. Die Gedanken, die ihr schweigsam versiegelter Mund nicht preisgab, setzten sich regelmäßig auf diese Blumen nieder, wie die Bienen, die dort ihren Nektar sammelten. Im zarten Duft der Pflanzen reiste sie durch die hintersten Winkel ihrer Erinnerung und ließ ihr Leben bei Urgroßmutter Maria wieder lebendig werden.

Die schlichte, ländliche Einrichtung im Haus hatte Papa größtenteils selbst angefertigt. Im Wohnzimmer standen ein schmiedeeiserner Tisch, eine Holzbank an der Wand und als einziges Schmuckstück die riesige Standuhr mit einem Gehäuse aus Mahagoni. An der Wand reihten sich ein Gipskruzifix und ein Porträt von Großvater Francisco. In einer Ecke des Raums führte eine steile Treppe nach oben.

Eine im dunklen Eßzimmer ständig brennende blaßgelbe Birne warf ihren schwachen Lichtschein auf die karge Einrichtung: ein Stuhl und eine wackelige Bank, wo meine Geschwister und ich über unseren Schularbeiten brüteten. Die Küche war im Gegensatz dazu der Gemeinschaftsraum, wo sich das häusliche Leben abspielte. Dort gab es ein Fenster mit Baumwollgardinen, die mit Bändern aus dem gleichen Stoff gerafft waren. In einer Ecke stand ein kleiner Petroleumofen, der mit den Jahren einem Gasofen wich. In der Mitte der große Holztisch, darauf ein klappriges Radio ohne Knöpfe, das direkt an den Stecker angeschlossen war, der von der Glühbirne herabhing. Um es einzuschalten und den Sender zu verstellen, benutzten wir eine Münze, die in den Schlitz gesteckt wurde, wo sich vorher die Knöpfe befunden hatten. An einem Ende des Zimmers stand ein weiß angemaltes Blechschränkchen, von dem niemand wußte, wann und woher es aufgetaucht war. Dort wurden das spärliche Keramikgeschirr und die Tonkochtöpfe aufbewahrt, die Papa als Ablageplatz für seine Papiere dienten: Quittungen für Materialeinkauf, Elektrizitäts- und Wasserrechnungen, und nicht zu vergessen die Bündel von Heilkräutern, die Chona ihm häufig brachte.

»Wenn du willst, kann ich die Papiere mal woandershin räumen«, sagte meine Mutter.

»Du mit deiner Manie, dich in alles einzumischen. Laß den Kram bloß, wo ich ihn hingetan habe«, lautete die barsche Antwort meines Vaters.

An den kahlen Wänden hing der einzige Schmuck, den sich die Familie damals leisten konnte: eine Gipsfigur der Virgen de Guadalupe und die Kalender, die der Fleischer und die Tortillafrau uns zu Weihnachten schenkten. Jahre später kam noch ein einfaches Ölgemälde hinzu, das Consuelo in einer Tombola gewonnen hatte.

Das primitive, noch unfertige Bad diente zur Regenzeit als Hühnerstall. Ausgerechnet dort kam der einzige Sohn der Familie Villanueva zur Welt. Papa hätte sich gewünscht, daß er seinen Namen trüge, doch Mama schwor, sie habe Gott versprochen, wenn er das Wunder geschehen lasse und ihnen einen Sohn bescherte, diesen Jesús zu nennen. Er wurde an einem Donnerstagmorgen geboren, als Mama gerade badete und unerwartet die Wehen einsetzten, so daß sie es nicht mehr bis zum Bett schaffte. Sie gebar unter dem Gekrähe der Gockel und dem Gegacker der Hennen. Aufgescheucht von Mamas Schreien und Papas Nervosität, ergriff das Federvieh panikartig die Flucht und hinterließ eine Spur von Federn, Kot und Stroh.

Niemand kam sie besuchen.

»Wollen wir nicht Maria Dolores besuchen, jetzt, wo sie einen Sohn bekommen hat?« hatte Großvater Francisco Chona gefragt.

»Warum so Hals über Kopf? Womöglich stirbt er bald wieder wie damals der andere«, hatte sie gesagt.

Von Geburt an wurde Jesús zu einem weiteren Zankapfel zwischen meinen Eltern. Papa hatte die Vorstellung, ihn streng zu erziehen und abzuhärten. Er zwang ihn, Atole ohne Zucker zu trinken und Portulakbrei mit Zwiebeln zu essen, was er beides verabscheute. Beim Baden bestand er auf fast kaltem Wasser und im Winter auf leichter Kleidung.

Als Jesús mit drei Jahren einmal bei brennendem Licht schlafen wollte, veranstaltete mein Vater ein riesiges Donnerwetter. Er sollte lernen, keine Angst vor der Dunkelheit zu haben. Nur so könnte man ein richtiger Mann werden. Diese Behandlung widersprach allerdings der besonderen Fürsorge von Mamas Seite ebenso wie ihren unerfüllten Träumen, die sie auf ihn projizierte.

Jesús war ein ruhiger, schweigsamer Junge mit mandelförmigen Augen. Doch wenn ihm einmal der Geduldsfaden riß, drehte er durch und schrie so laut, daß man ihn noch einen Häuserblock weiter hören konnte. Verwirrt durch die Strenge des Vaters und das Verhätscheln der Mutter, flüchtete er sich in die Tierliebe, die Pflanzenzucht und, sobald er lesen konnte, in Bücher. Seit er mit fünf in die Schule gekommen war, erwies er sich als Musterschüler und war seither bis zur Universität immer der Klassenbeste.

Als Kind baute Jesús Hühnerställe, pflegte verirrte Krähen und dressierte Hunde. Doch vor allem war er ein Träumer, und mit großer Aufmerksamkeit beobachtete er die Wandlungen der Natur: Wenn der Frühling kam und mit ihm die zarten Blättchen, die Kolibris und die surrenden Bienen, säte er im Patio Blumen. Im Sommer stand er, die Hände in den ausgebeulten Hosentaschen, abends am Flußufer und schaute in den leuchtenden Sommerhimmel. Er lauschte dem Rascheln der Blätter in der Brise und dem monotonen Gesang der Grillen. In seine Träumereien versunken, merkte er nicht, wie die Zeit verstrich, bis die Sonne unterging und die Lichter auf dem Gipfel des Berges Cristo Rey aufleuchteten. In der Ferne hörte man Gitarrenklänge und schwatzende Frauen.

Papas harte Strafen, die ihn in die Realität zurückholen sollten, verstärkten seine Neigungen nur. Sein blasses, verschlossenes Gesicht verriet jedoch nichts von seinem Hang zum Träumen, von seinem tiefen Widerwillen gegen jegliche Art von Grobheit und von seinem unumstößlichen Entschluß, Los Remedios mit seinem eintönigen, finsteren und gewalttätigen Leben so bald wie möglich zu verlassen. Er haßte die Arbeit in der Schmiede: den Geruch nach Eisen und Schweiß, die vulgären Scherze, die dort gemacht wurden, die geschwärzten Gesichter der Gehilfen und selbst das dumpfe Rauschen des alten Radios.

Seine liebste Zufluchtstätte war der Patio. Dort gab es zwei Gehege, in denen sich Schweine, Hühner, Enten und Truthähne tummelten. Der Rest des Hofes bestand aus grünem Gestrüpp, wo es nach einem Gemisch von wilden Gräsern, Thymian und Koriander duftete. Aus diesem Dickicht ragten drei Bäume hervor: ein Eukalyptus-, ein Mesquite- und ein Orangenbaum. Nachmittags schaukelten meine Geschwister und ich uns dort auf einem Seil. Aus dicken Eukalyptusästen und Lehm errichteten wir uns eine Hütte mit einem reichlich löcherigem Dach. Das war unser Spielhaus.

Jesús war acht Jahre jünger als ich, doch seitdem er lesen konnte, wurden wir unzertrennlich. Im Spielhaus horteten wir unsere Schätze: Kieselsteine vom Fluß, Murmeln, Gummibällchen und Bücher aus der Leihbücherei. So manches Mal blieben wir bis zur Dämmerung auf dem Boden liegen und betrachteten die flüchtigen Himmelsfetzen, die durch das löcherige Blätterdach hindurchschienen. Wir schauten den ziehenden Wolken nach und stellten uns vor, es seien Paläste aus blauer Seide mit Gärten aus Zuckerwatte. Dort wohnten Könige und Prinzen, die im Rhythmus der sanft dahinziehenden Wolken sangen und lachten. Mit einem Stöckchen zeichneten wir Paläste in den Lehm, imitierten Vogelgezwitscher, fröhliche Menschenstimmen und das Schnauben von Pferden.

Als ich nach Comanja auf die Schule ging und wir uns trennen mußten, fehlte mir von meinen Geschwistern Jesús am meisten. Sobald ich heimkehrte, bestürmte er mich mit Fragen, die ich ihm gar nicht ausführlich genug beantworten konnte. Er zeigte mir seine neuen Errungenschaften, ein Buch, einen kahlen Papagei, einen tanzenden Hund und sogar eine zahme Spinne. Wir saßen im Patio und erfanden, zum Himmel aufschauend, wieder Märchen.

Die Schlafzimmer lagen im oberen Geschoß: vier enge Kammern mit winzigen Fenstern und der gleichen bedrückenden Atmosphäre wie der Rest des Hauses. Das Ehebett bestand aus Holzgestellen mit Ziegenhaarkissen und alten, aber blütenweißen Betttüchern. In einer Ecke des Elternschlafzimmers standen der metallbeschlagene Koffer und ein paar Kartons mit Kleidern. Unter den Betten waren mehrere Paar Schuhe und wenige, zerfledderte Bücher aufgereiht. An der Wand gab es eine Konsole und eine abgeblätterte Figur des leidenden Christus.

In dem Zimmer, das Jesús sich mit Guadalupe teilte, verbrachte dieser den größten Teil des Tages mit seinen Büchern. Dann, wenn alle schliefen, zündete er eine Kerze an und las unter dem Bett weiter. Mit seinen lebhaften, nimmersatten Augen glitt er hastig über die Seiten der verstaubten Bände, die wir in der heruntergekommenen Stadtbibliothek ausliehen. Selbst beim Abendessen ließ er die Bücher nicht aus der Hand. Mama beobachtete zufrieden seinen ernsten, sachlichen Blick, obwohl die Dialoge zwischen uns beiden ihr von Mal zu Mal rätselhafter schienen.

Meine Mutter nahm zähneknirschend ihre Pillen, trank den Kaffee aus und stellte den Becher auf dem Nachttisch ab. Als ich sah, wie sie schläfrig wurde, half ich ihr, sich hinzulegen und deckte sie zu.

Auf einmal merkte ich, wie mir das Atmen schwer wurde. Ich nahm den Pullover und die Fotos, die auf dem Bett lagen, verstaute sie an meiner Brust und verließ das Haus. Langsam ging ich die Hauptstraße von Los Remedios entlang. Sie war menschenleer, und man hörte nur das Rascheln der im Wind tanzenden Blätter.

Als ich das Flußufer erreichte, setzte ich mich auf meinen Lieblingsfelsen. Das bleiche Gesicht des Mondes zitterte auf der Wasseroberfläche, während die Silhouetten der betagten Mesquitebäume zu schlafen schienen. Der Wind begann zu pfeifen und schüttelte das Laub der Bäume, in dem bald das leise Rauschen des Regens zu hören war.

In der Ferne ahnte man die Schotterstraße, die aus dem Gebirge kam und auf der sonntags und an Feiertagen die Bauern mit ihren Körben voller Granatäpfel, Nüsse und Zuckerrohrbündeln herabstiegen, bevor sie sich im Ort verteilten und ihre Stände aufbauten. Ich zog ein Foto hervor und betrachtete es: Dort standen wir, Consuelo, Guadalupe und ich. Consuelo mit ihrem ernsten, nachdenklichen Gesicht im Kontrast zu Guadalupes fröhlichem, keck naivem Blick. In der Mitte dazwischen ich, mit einem nervösen Lächeln, ein Fuß auf dem anderen beim verzweifelten Versuch, den rechten Schuh mit der aufklaffenden Spitze, durch die man den Socken sehen konnte, zu verdecken. Vor uns auf dem Boden hockte Jesús, fein herausgeputzt mit einem Strohhut. Überrascht vom Blitzlicht riß er die Augen ungewöhnlich weit auf. Auf der Rückseite stand das Datum: 12. Dezember 1962. Das Foto rief mir die Musik der Mariachis wieder ins Gedächtnis, und ich forschte in den Tiefen meiner Erinnerung, während ich ins Wasser starrte, wo sich meine Umrisse widerspiegelten, sich kräuselten, sich sekundenlang verwischten, und dann wieder auftauchten.

Voller Vorfreude konnte ich es meist kaum erwarten, daß der Winter kam und die Lethargie, in die Los Remedios seit uralten Zeiten versunken war, kurzzeitig aufbrach, um den Geburtstag der Jungfrau von Guadalupe zu feiern. Das ganze Dorf ging zum Fest, die einen, um zu beten, die anderen, um sich an den Aufführungen der Tänzer zu erfreuen, Gitarre zu spielen oder einfach, um zu essen und zu trinken.

Schon früh morgens konnte man am 12. Dezember die Musik der Mariachis und anderer Kapellen sogenannte »Mañanitas« vor den Kircheingängen spielen hören. Die Musik klang durch alle Straßen, drang in die Häuser und die Herzen der Menschen.

Meine Geschwister und ich beeilten uns, die Schulaufgaben früher als sonst zu beenden, um am Fest teilnehmen zu können. Die Freude auf diesen Tag wurde noch bestärkt durch das neue Baumwollkleid und die Lackschuhe, die dann eingeweiht wurden.

»Mami, wann gehen wir in die Kirche? Können wir ein bißchen dortbleiben und den Tänzern und beim Feuerwerk zusehen?« fragte Consuelo.

»Sehen wir mal, das hängt von deinem Papa ab. Hoffentlich kehrt er nicht zu spät und betrunken heim.«

Die Stunden verstrichen, doch er erschien nicht. Onkel Tomás und Tante Aurora kamen an dem Tag immer bei uns vorbei.

»Willst du nicht rausgehen, Maria Dolores? Die Straße ist hell erleuchtet, und es wimmelt von Menschen, da ist mächtig was los.«

»Gleich, ich warte noch, daß Francisco heimkommt.«

»Wenn du willst, nehmen wir die Mädchen schon mal mit, damit sie sich eine Weile die Tänze ansehen und ein paar Tacos an Doña Benitas Stand essen können.«

»Sag ja, Mama, bitte laß uns gehen«, bettelte ich, »schon beim Gedanken an die Tacos läuft mir das Wasser im Mund zusammen.«

»Na gut. Ihr könnt Esperanza mitnehmen, denn Consuelo brauche ich noch hier, sie muß Jesús das Fläschchen geben. Ich bleibe und warte auf Francisco. Später kommen wir dann nach.«

Bis zur Haustür verfolgte mich der traurige Blick von Consuelo, die gerne protestiert hätte und Tante Aurora hinterhergelaufen wäre, sich aber nicht traute, Mama zu widersprechen.

Die Kirchenfassade war festlich mit Papierfransen und bunten Lampen geschmückt, und an den Wänden hingen Lichterketten. Wo man hinsah, erblickte man kleine Mädchen in den Sandalen, Röcken und Umschlagtüchern der Indios, auf dem Rücken Bündel mit Puppenkochgeschirr und frische Gemüse: Zwiebeln, Chilis und Tomaten. Die Jungen hatten sich Bärte angemalt und trugen weiße Hosen, Hemden und einen feschen Strohhut.

Während der Messe, als alle fromm beteten, beschäftigte ich mich damit, die reglose Marienstatue, ihr Antlitz mit dem auffällig sanften Ausdruck im Nebel der aufsteigenden Weihrauchspiralen zu betrachten. Ihr sternenübersäter Umhang schien im strahlenden Kerzenschein Funken zu sprühen, ebenso wie die Tränen des Christus, der mit blutendem Leib und Knien an einer der Wände hing. Nach einer Weile fühlte ich mich durch ein unsichtbares Band mit jenen leblosen, sanftmütigen Geschöpfen verbunden. Ich schloß die Augen, als ob ich betete, bis ich spürte, wie der Zauber der Farben auf dem Gewand der Jungfrau, die Wärme der Altarkerzen mit ihren Wachstränen und der Duft der Gladiolen mich in eine fromme Ekstase versetzten.

Nachdem der Priester uns den Segen erteilt und mit den weihwassernassen Fingern das Zeichen des Kreuzes gemacht hatte, liefen wir durch die belebten Straßen des Städtchens. An den Straßenecken standen mit Petroleumlampen beleuchtete Verkaufskarren, mit Erdnußbergen auf der einen und Papiertüten auf der anderen Seite. Mehrere in ihre Umschlagtücher gehüllte Straßenverkäuferinnen stellten an den Bordsteinen Zuckerrohrbündel wie Apachenzelte auf und boten auf Tischen mit bunten Tischtüchern Quittengelee, Kokos- und Nußkonfekt feil. Andere kamen schon früh, bepackt mit Töpfen, Pfannen und Kohlebecken, auf deren Glut sie Leckerbissen und herrlichen Guajavepunch zubereiteten.

Unter den Verkäuferinnen befand sich auch Benita, die bei den Passanten besonders beliebt und gefragt war. Es gab keine besseren in Essig eingelegte Delikatessen als ihre, zubereitet mit Oregano, Knoblauch, Zwiebeln, und während sie ihre bunt ausgeschmückten Scherze zum besten gab, die sie mit deftigen Flüchen und schallendem Gelächter schmückte, drohten ihre üppigen Brüste schier aus dem tiefen Blusenausschnitt zu hüpfen.

Trotz ihrer fülligen Erscheinung bewegte sie sich behende wie eine Gazelle; sie entfachte das Feuer, indem sie immer wieder auf die Glut blies, ließ ihre Hände hin und her wandern zwischen den Gläsern mit Zwiebeln, Nopalfrüchten, Schweinshaxen in Essig und der verbeulten Pfanne, in der sie die Portionen mit Kartoffeln,

Schlackwurst und zerfasertem Huhn briet, die sie dann abtropfen ließ und auf Papptellern mit pikanter Soße, gehackten Salatblättern, Tomatenscheiben, Zwiebeln, geriebenem Käse und einem Löffel Sahne anrichtete.

Schweißfäden rannen ihr über Stirn und Brust, die sie von Zeit zu Zeit mit dem Handrücken abwischte. Neben ihr stand ihre Tochter, die mit hochrotem Kopf mit Hilfe ihrer zehn Finger die Abrechnungen machte und standhaft auf die Benutzung von Bleistift und Papier verzichtete.

Onkel Tomás, schick mit großem Hut, und Tante Aurora in ihrem neuen Umschlagtuch, unterhielten sich angeregt an Benitas Verkaufsstand. Ich verzehrte mit meinen sechs Vettern genüßlich Tacos und Enchiladas, während Onkel und Tante Schweinshaxen aßen.

Als wir aufgegessen hatten, gingen wir weiter, tauchten ein in den Strudel des Festes. Brodelndes Leben und Gelächter vermischten sich mit den Gerüchen nach Guajava, braunem Zucker und scharfer Soße, die eine sanfte Brise überallhin verteilte. Wir lauschten der ununterbrochenen Musik, während Tänzer mit ihren Indiosandalen und Glöckchen an den Füßen ekstatisch mitten in diesem Gewühl von Menschen tanzten.

Mama war noch am Nähen, als wir heimkehrten, und wartete auf Papa, der noch nicht da war. Als er dann endlich kam, sagte er: »Beeil dich, ich muß nämlich noch ein paar offene Rechnungen eintreiben.«

Vorne weg marschierte Papa mit großen Schritten, hinterher hastete Mama, schick in ihrem neuen Kattunkleid, mit Jesús auf dem Arm, Guadalupe am Rockzipfel und Consuelo und mir auf den Fersen.

»Mami, ihr seid schneller wieder zurück, als ihr braucht, um aufzubrechen«, sagte Consuelo.

»Dein Vater sagt, daß er sich später noch mit ein paar Kunden treffen muß, die ihm Geld schulden.«

Gegen Mitternacht begann das Feuerwerk. Die Menge applaudierte lärmend, immer wieder in neugieriger Erwartung der nächsten Formationen: Manche Raketen zeichneten Blumen in die Luft, andere ließen Sterne regnen, und wieder andere bildeten Wagenräder. Und dann der krönende Abschluß: Ein Feuerwerk, das die Jungfrau von Guadalupe erstehen ließ.

Allmählich leerten sich die Straßen, bis man nur noch die streunenden Hunde sah, die in den vom Fest übriggebliebenen Abfallbergen wühlten. Ein Hauch von ranzigem Fett, Staub und Verlassenheit hing in der Luft.

Jeden Montag kam Tante Aurora zu Besuch. Ihre Ankunft erfüllte das Haus mit Freude. Wenn sie da war, half sie uns bei der Hausarbeit. Sie wusch und fegte den Patio, während meine Mutter im Schatten des Orangenbaums Kleidung flickte. Ihre Stimme bekam einen sanften, vertraulichen Ton, wenn sie von Papas Seitensprüngen und seinen Quälereien erzählte. Obwohl diese Dinge nur mit leiser Stimme ausgetauscht wurden, erfand ich alle möglichen Tricks, um in der Nähe zu bleiben und ihre Unterhaltungen zu belauschen. Das war die Art, in der ich aufwuchs, eingetaucht in die Welt der Erwachsenen, die sich mit Problemen in der Ehe und Familie herumschlugen. Und so entlarvte ich die verborgenen Seiten meines Vaters.

Ich erfuhr, warum er erst um Mitternacht heimkehrte, vernahm von seinen Ausschweifungen in der Cantina, von seiner Liebschaft mit einer Frau, die wegen der Pockennarben in ihrem Gesicht La Ruñida genannt wurde, eine Frau mit ausladenden Formen, krausem Haar, gewagten Dekolletés und lautem Auftreten.

»Es wäre mir ja egal, daß er sich mit diesem leichten Frauenzimmer La Ruñida oder mit wem auch immer herumtreibt, wenn er mich wenigstens in Frieden ließe. Aber nein, er betrügt mich nicht nur, sondern macht mir auch noch das Leben zur Hölle. Er kommt erst morgens früh heim und will dann sein Essen vorgesetzt haben. Dann fängt er aus heiterem Himmel an, mir an den Kopf zu werfen, was ihm gerade einfällt, und zerschmeißt Geschirr. Wo wir doch so wenig davon haben. Vorgestern nacht hat er sogar mit dem Bügeleisen nach mir geworfen. Nur weil ich mich weggeduckt habe, hat er mir nicht das Gesicht zerschmettert. Und alles nur, weil ich gesagt habe, er käme ja schon wieder mit leeren Taschen heim. Eigentlich wollte ich ja still sein, aber dann konnte ich nicht an mich halten. Ich hatte so auf das Geld gehofft, das sie ihm vorgestern ausgezahlt haben. Er hatte versprochen, mit mir nach Comanja zu fahren, um für die Mädchen Schuhe und ein Kleid und für mich dünne Strümpfe zu kaufen. Aber du siehst ja, sobald sie ihm seinen Lohn gezahlt hatten, war er verschwunden, und ich habe nichts mehr von ihm gehört, bis er spät in der Nacht mit den Hosentaschen nach außen gekehrt und ohne einen Centavo nach Hause getorkelt kam. Warum hat er kein schlechtes Gewissen? Ich bin halb tot vor Sorge, mit nicht mal einer Handvoll Zucker für den Orangenblütentee, während er das Geld für Schnaps und diese Frau vergeudet. Wie üblich hat er mich angefahren, das ginge mich nichts an, es sei schließlich sein Geld, und er könne damit machen, was er wolle. Und so meint er, das Thema sei erledigt. Aber was bleibt mir übrig? Ich muß mich fügen.«

Sie holte tief Luft und seufzte.

»Nein, Aurora, wenn er am Anfang schlecht war, dann ist es jetzt noch schlimmer geworden. Die Sonntage sind die einzigen Tage, an denen ich mal wenigstens eine Stunde länger schlafen könnte, aber da er so früh wach ist, will er, daß ich mir seine Sorgen anhöre. Vor lauter Erschöpfung beachte ich ihn nicht und schlafe weiter. Abends dann, wenn es dämmert, macht er sich fein und geht bummeln. Allein! Ich bleibe hier, bade die Kinder, lege die Kleidung für Montag zurecht und warte obendrein noch, bis er irgendwann spät nachts heimkommt und mich, erschlagen von der ganzen Schufterei, wieder anfängt zu beschimpfen. Für mich gibt es kein freies Wochenende oder irgendeine Abwechslung. Wenn er wenigstens wie Tomás wäre und mich sonntags im Park spazierenführte oder zur Messe begleitete. Nur am Tag der Virgen de Guadalupe und zur Danksagung geht er mit mir in die Kirche, wenn er sich an den Tagen mal nicht betrinkt; aber dann hetzen wir hin, und er will nicht, daß ich lange an den Verkaufsständen herumstehe. Bei den Straßenfesten ist es dasselbe; wenn ich Glück habe, gehen wir hin, aber auch dann sind wir immer in Eile. Die einzige Aufmerksamkeit erfahre ich am Muttertag, wenn er mir einen Blumenstrauß und ein paar Pesos schenkt, die er sich dann gleich wieder von mir borgt.«

Ich versuchte, meine eigenen Schlüsse zu ziehen. La Ruñida war eine der wenigen Ausnahmen, die ihren Ehemann leiden ließen, aber alle anderen Frauen im Dorf hatten nur zwei Möglichkeiten: ein Leben in der Hölle an der Seite eines schlechten Ehemannes oder als eine mehr unter den »Verdammten«, wie man sie nannte. Frauen, die sich für ein paar Pesos hingaben, weil sie ihre Kinder, die alle vom Himmel gefallen waren, wie Mama sagte, ernähren mußten, und sie außer den Haushalt zu führen und Kinder zur Welt zu bringen nichts konnten.

Ich meinerseits war überzeugt, daß es für mich keine andere Lösung gab als zu studieren, weit weg zu gehen auf der Suche nach anderen, fröhlicheren Horizonten.

Während ich aufs Wasser starrte, sagte ich mir immer wieder: »Nein, zum Glück wird mir nicht das gleiche passieren wie Mama.«

Warum beschränkten sich die Abwechslungen für eine ›anständige Frau‹ in Los Remedios auf gelegentliche Kirchgänge, Spaziergänge im Park und einen seltenen Kinobesuch? Warum war sie zu einem abgeschiedenen Leben im engen Umfeld von Kochtöpfen, Hausarbeit, Kinderaufzucht und zur Fügsamkeit in der Ehe bestimmt?

Und warum galt Papa die Treue als so wenig reizvolle Alternative? Seine ständigen Liebesabenteuer wurden ohne einen Anflug von Vorwurf erwähnt, als seien sie ein Bestandteil seiner männlichen Natur. Er konnte so viele Frauen haben, wie er wollte, konnte in Bordelle und Kneipen gehen und heimkehren, wann es ihm paßte, ohne daß er sein Verhalten rechtfertigen mußte. Er konnte von seiner Frau frische Wäsche, Essen und Liebe fordern, wann immer ihm danach war.

Meine Ehe würde anders aussehen, da war ich mir ganz sicher. Aber in Los Remedios hätte ich diese Möglichkeit niemals gehabt.

Ich wußte nicht, seit wann, aber diese Unterhaltungen zwischen Mama und der Tante bestärkten nur meinen Entschluß, Los Remedios zu verlassen, nach neuen Wegen, einem neuen Leben zu suchen.

An einem Montag, als Tante Aurora wieder zu Besuch war, gestand ich ihnen, was mich beschäftigte. Meine Mutter freute sich darüber.

»Gott sei Dank denkst du so!« sagte sie. »Ich will nicht, daß ihr hier im Dorf versauert, ohne Ausbildung, ohne Studium. Ich weiß zwar noch nicht, wie ich es schaffen soll, aber ich werde mir Mühe geben, deinen Vater zu überzeugen, damit er euch studieren läßt.« Dann sagte sie noch: »Solltet ihr eines Tages an einen schlechten Ehemann geraten, könnt ihr euch dann wenigstens allein durchs Leben schlagen. Ich will nicht, daß es euch ergeht wie mir.«

»Wenn du so denkst, ist es gut«, pflichtete Tante Aurora ihr bei, »kämpfe für deine Ziele, und solltest du eines Tages deiner armen Mutter helfen können, tu es! Ich für meinen Teil glaube, daß meine Kinder kein Interesse am Studium haben. Mir ist es egal. Ich bin zufrieden, wenn sie genug zu essen haben und gesund sind. Arm, aber glücklich!«

Tante Aurora war inzwischen seit zwölf Jahren verheiratet und hatte bereits zehn Kinder, von denen fünf in die Grundschule gingen. Als sie in die Schule kamen, hatte die Tante gehofft und zu

Gott gebetet, daß wenigstens einer von ihnen weniger dumm durchs Leben gehen würde als sie. Sie war so begeistert von der Idee gewesen, daß sie begonnen hatte, Tortillas und Süßigkeiten zu machen, die sie vor der Haustür verkaufte, und für andere Leute Wäsche zu waschen und zu bügeln. Sie wollte allmählich etwas ansparen, damit sie, wenn es soweit war, darauf zurückgreifen konnte. Doch bald schon bemerkte sie die Abneigung ihrer Kinder gegen das Lernen. Lieber blieben sie daheim, spielten mit dem Kreisel, mit Murmeln oder prügelten sich mit ihren Spielkameraden. Oft schwänzten sie die Schule, und wenn Aurora dann mit ihren Maiskübeln und den Wäschebergen über den Platz ging, sah sie, wie ihre Kinder dort mit anderen Kindern herumtollten oder Comics lasen, die sie für wenige Centavos am Zeitungskiosk ausleihen konnten. Jede Klasse wiederholten sie zweimal, und immer noch waren ihre Leistungen schlecht.

Da weder Aurora noch Tomás dafür waren, ihre Kinder zu etwas zu bringen, was sie nicht wollten, bestanden sie nicht weiter darauf. Schließlich waren die Kleinen nicht schuld an ihrer schlechten Auffassungsgabe. Wo sollten sie die Freude am Lernen auch herhaben, wo sie selbst doch auch nicht gerne gelernt hatten? Sie würden auch so groß werden, und Gott würde schon zusehen, daß aus ihnen etwas wurde.

Während meine Mutter weiter mit der Tante plauderte, kam die Dämmerung. Marisa, Benitas Tochter, meine Vettern und ich saßen auf dem Bett meiner Eltern und erfanden Geschichten von einer Frau, die, wie es hieß, ihre Kinder für ihren Geliebten verlassen hatte. Seit ihrem plötzlichen Tod spukte sie in Vollmondnächten in der Gegend um den Friedhof herum. Viele Männer hatten dort schon eine schöne, in Dunst gehüllte Frau gesehen, die sich dann beim Näherkommen in ein weißes Gespenst verwandelte und versuchte, sie zu töten. Dann hallte ein gellender Schrei durch die Nacht. Die Leute vom Dorf pflegten sich zu bekreuzigen, wenn sie nachts an dieser Stelle vorbeikamen.

Am liebsten erzählte ich ihnen jedoch die Geschichte von Rodrigo und Teresa. Sie mußten nicht lange betteln, und ich begann zu erzählen: »Vor vielen Jahren lebte die Familie Ponce de León in Los Remedios; sie hatten nur einen Sohn, Rodrigo, der im Laufe der Jahre zu einem hübschen jungen Mann heranwuchs. Alle Mädchen im heiratsfähigen Alter träumten von seiner Zuwendung und sei es nur ein Lächeln von seinen Lippen. Doch er interessierte sich für keine von ihnen, bis eines Tages Don Juan González mit seinen beiden Kindern ins Dorf zog: Teresa und Toño. Don Juan war kürzlich verwitwet und besaß mehrere Minen in Comanja. Er war nach Los Remedios gezogen, um den Tod seiner Frau zu vergessen. Don Juan und Don Rodrigo wurden enge Freunde und spielten täglich Billard im Kasino. Toño verbrachte seine Zeit damit, allen Mädchen, die er kennenlernte, Ständchen zu bringen, wettete bei Hahnenkämpfen und sorgte für Unruhe und Schlägereien in der Cantina. Rodrigo wiederum fand keine Ruhe mehr, seit er Teresa kennengelernt hatte; überall sah er nur ihr wunderschönes Gesicht. Er hatte noch nie eine schönere Frau gesehen.

So begann er, ihr den Hof zu machen, indem er ihr Liebesbillets über das Dienstmädchen schickte. Nachrichten, die Teresa gleich beantwortete, da sie sich ebenfalls unsterblich in ihn verliebt hatte. Als Rodrigo davon erfuhr, zögerte er nicht und sprach mit seinen Eltern: ›Ich liebe Teresa González, und sie liebt mich. Redet mit ihrem Vater, damit er mir erlaubt, ihr offizielle Besuche abzustatten und sie so bald wie möglich zur Frau zu nehmen.‹

Beide freuten sich über diese Neuigkeit. Der einzige, der sich nicht freute, war Toño.

›Willst du zulassen, daß meine Schwester diesen reichen Bauern heiratet, der nur wegen unseres berühmten Namens darauf aus ist, in unsere Familie einzuheiraten?‹ fragte er mit verächtlicher Miene.

›Niemand hat dich um deine Meinung gebeten. Du kannst ihm ja nicht das Wasser reichen und solltest dir lieber ein Beispiel an ihm nehmen, so seriös und strebsam wie er ist. Aber du vertrödelst nur deine Zeit mit deinen Saufkumpanen und Weibergeschichten‹, sagte Don Juan.

So vergingen die Monate, und die Verliebten achteten nicht auf Toños verächtliche Blicke.

›Er geht mir Tag für Tag mehr auf die Nerven! Bei mir zu Hause nehmen sie ihn freundlicher auf als mich. Ich hasse ihn!‹

Eines Nachts, angefacht vom Alkohol, hatte er eine finstere Idee. Wie ein Verräter spionierte er Rodrigo nach und wartete, bis er sich von seiner Schwester verabschiedet hatte.

›Guten Abend, Schwager. Wie geht's?‹

›Hallo! Was gibt's, Toño?‹

›Bald sind wir eine Familie. Wollen wir nicht einen Schluck Tequila trinken gehen?‹

›Danke Toño! Aber ich trinke nicht.‹

›Na wenn schon, dann begleite mich wenigstens, wenn ich etwas trinke.‹

Lustlos bestieg Rodrigo sein Pferd und folgte Toño. Als sie schon in der Stadt waren, sagte dieser: ›Weißt du, sie bieten mir ein Häuschen an der Hauptstraße an. Ich werde es kaufen. Es ist mein Hochzeitsgeschenk für dich und Teresa.‹ Rodrigo lächelte angenehm überrascht und sagte: ›Eigentlich hätte ich das nicht von dir erwartet. Das war doch wirklich nicht nötig.‹

›Ich bitte dich! Übrigens, laß uns doch dort vorbeischauen, damit du es dir ansiehst.‹

Als sie vor dem Haus ankamen, stiegen sie von den Pferden. Toño kramte einen riesigen verrosteten Schlüssel hervor und steckte ihn ins Schloß. Die Tür quietschte in den rostigen Angeln. Es war ein Haus aus grauen Ziegeln, eng und finster, wo sich ein Raum hinter den anderen reihte wie Kaninchenställe und mit einem Patio, in dessen Mitte sich ein Brunnen befand.

›Tritt ein, Schwager.‹

Freundlich führte Toño ihn durch den kalten, dunklen Flur und zeigte ihm den Patio, wo sich der Schöpfbrunnen befand.

›An Wasser wird es uns nie mangeln‹, sagte Rodrigo ahnungslos und beugte sich vor, um auf den Grund des Brunnens zu schauen. In dem Moment stieß Toño ihm ein Messer in den Rücken. Fassungslos schnellte Rodrigo herum, blickte ihn fragend an und starb.

Ohne die geringste Reue warf Toño ihn in den Schacht, wischte sich die Hände ab und verschwand.

Tags darauf kamen Rodrigos Eltern, alarmiert durch sein langes Ausbleiben, zum Haus der González, um nach ihm zu fragen.

›Rodrigo ist die ganze Nacht nicht heimgekehrt, und da habe ich gedacht, daß er vielleicht bei Ihnen geblieben ist‹, sagte der Vater hoffnungsvoll.

›Nein. Gestern nach einer Unterhaltung mit Teresa ist er fortgegangen.‹

Die Suche der verzweifelten Eltern und der Braut war jedoch vergebens. Rodrigo war wie vom Erdboden verschluckt.

Schließlich verlor Teresa alle Hoffnung, ihn noch zu finden. Doch unfähig, den Verlust seiner tiefen Liebe zu ertragen, erkrankte sie schwer, so daß sie das Bett hüten mußte, und fristete ihr Leben mehr tot als lebendig. Toño führte sein Leben in Saus und Braus fort, bis er eines Nachts bei Vollmond auf dem Heimweg eine geheime Kraft spürte, die sein Pferd unwiderstehlich zu dem alten Haus an der Hauptstraße zog. Im unsinnigen Versuch, umzukehren, gab er dem Pferd die Sporen, doch das Tier galoppierte wie vom Teufel besessen weiter.«

An diesem Punkt der Geschichte stellte ich mich aufs Bett und begann zu springen und zu schnauben wie ein Pferd. Dann fuhr ich mit dumpfer Stimme fort: »Seine riesigen Augen sprühten Feuer, als es in vollem Galopp weiterraste. Als sie das Haus erreichten, warf es Toño vor der Eingangstür ab, die erbärmlich in den Angeln quietschte.

›Tritt ein, Schwager, ich habe dich schon erwartet‹, erklang eine Grabesstimme aus der Tiefe des Brunnenschachts.

Toños Blick schweifte rundumher.

›Nein, nein, verzeih mir, ich wollte es nicht tun, verzeih‹, flehte er laut, während er zu Tode erschrocken versuchte, dem Geist des Schwagers zu entkommen.

Am nächsten Tag suchten seine Eltern das ganze Dorf nach ihm ab. Jemand entdeckte sein Pferd, das vor dem Haus an der Hauptstraße angebunden war. Als sie hineingingen, machten sie einen grausigen Fund: Toños verkohlten Leichnam, der mit dem Zeigefinger in Richtung Brunnen wies. Als sie darin nachschauten, entdeckten sie Rodrigos Überreste. Sobald Teresa davon erfuhr, kam sie zu dem Brunnen und sprang in ihrer Verzweiflung hinein. Ihre letzten Worte waren: ›Ohne dich kann ich nicht weiterleben! Wir haben uns ewige Liebe geschworen, bis in den Tod. So soll es sein.‹

Die Leichen der Verliebten mußten an Ort und Stelle bleiben, denn man konnte sie aus dem Brunnen nicht herausholen. Wie von Zauberhand waren sie mit dem Grund des unheilvollen Schachts verschmolzen. Seither hört man immer bei Vollmond, wie heute nacht, ihr Lachen und Raunen ...«

Ich griff nach einem Laken, hüllte mich darin ein und sagte mit finsterer Stimme: »Wißt ihr, welches Haus das war? Das hier! Könnt ihr sie hören?«

Ich legte so viel Begeisterung in meine Phantasiegeschichten, daß meine Vettern ganz in ihren Bann gerieten und panikartig Hals über Kopf vom ersten Stock nach unten in die Nähe der Tante flüchteten.

Manchmal, wenn Tante Aurora und Mama miteinander plauderten, baten wir um Erlaubnis, zu einem nahe gelegenen Bauernhof gehen zu dürfen. Dort schlenderten wir zwischen den Furchen entlang und rissen Zuckerrohrstengel, Blattsalat, Tomaten, Zwiebeln und zarte Maiskolben aus.

Wenn der Aufseher uns entdeckte, jagte er ein ganzes Stück schreiend hinter uns her und drohte uns Prügel an, während wir uns beim Rennen einen Spaß daraus machten, in jede Schlammpfütze zu tapsen. Danach gingen wir zum Schuppen einer verlassenen Tankstelle und spielten dort zwischen alten Autoreifen und leeren Öldosen Verstecken.

Tante Auroras Kinder und wir waren unzertrennlich. Panchito dagegen grüßten wir kaum, obwohl er direkt nebenan wohnte. Er war mehrere Jahre älter als wir, und die wenigen Male, die wir ihn zum Spielen einluden, wollte er nicht mitmachen.

Als sich Weihnachten näherte, zog durch unser Haus noch stärker der eisige Hauch des Winters. Durch unzählige Ritzen drang die kalte Luft herein wie durch ein Sieb. Die winterliche Kälte kroch uns in die Knochen. Ja, es war so eisig, daß uns die Hände rauh und rissig wurden. Mäntel besaßen wir nicht, und unsere dünnen, alten Pullover hielten nicht sonderlich warm. Frühmorgens nahm Consuelo alle Kleidung aus dem Schrank und häufte sie wahllos auf unsere ausgekühlten Körper. Um diese Stunde waren die Böden und die Wände des Hauses wie aus Eis, und es wollte niemand aufstehen.

Nur die Vorfreude darauf, das Spielzeug zu bestaunen, das im Laden in Los Remedios ausgestellt war, konnte mich aus dem Bett locken. Den drei Weisen aus dem Morgenland mißtraute ich bereits seit meinem siebten Lebensjahr. Anfangs hatte ich nie verstanden, warum sie Panchito immer alles brachten, was er sich wünschte, uns jedoch nichts. Ich hatte noch nicht die Hoffnung verloren, daß es uns eines Tages ebenso ergehen würde, als ich erfuhr, woher die Geschenke am sechsten Januar tatsächlich kamen.

Da gab ich die Hoffnung auf und schickte mich resigniert in mein Schicksal. Das einzige Mal, daß ich die Nichtexistenz dieser magischen Wesen bedauerte, die vom Himmel herabstiegen, war der Tag, als ich im Dorfladen ein kleines Spielzeugklavier mit einer bunten Tastatur entdeckte. Ich hätte alles gegeben, um in den Besitz dieses Schatzes zu kommen. Wenn ich den Platz überquerte, machte ich oft einen Abstecher zum Laden. Dort blieb ich stehen und bewunderte das Klavier lange Zeit im Schaufenster. Ich wollte unbedingt versuchen, etwas Geld zu verdienen, um es mir kaufen zu können. Deshalb bot ich Fina an, den ganzen September über ihre Hühner zu hüten und den Patio zu fegen, was mir allerdings nur ein paar Pesos und einen Sack Kartoffeln einbrachte. Das Klavier kostete aber fünfunddreißig Pesos, und so mußte ich mich wohl oder übel mit einer Tüte Süßigkeiten begnügen.

Die Weihnachtsfeiertage bedeuteten Friede und Versöhnung. Doch in unserer Familie gab es selbst in dieser Zeit Streitigkeiten und Schläge; wie in dem Fall, als Consuelo zu spät nach Hause kam.

Mit sechzehn Jahren hatte sie angefangen, als Verkäuferin in dem Laden von Los Remedios zu arbeiten. An Heiligabend war es tagsüber trüb und grau gewesen, und früher als sonst brach die Dämmerung herein. Um halb neun Uhr abends wurde Consuelo zurückerwartet, doch die Ladeninhaber hatten ein Fest veranstaltet, um den guten Umsatz zu feiern und den Angestellten ihre Löhne auszuzahlen. Ohne lange nachzudenken, hatte sie eingewilligt dortzubleiben.

Für sie war es ihr erster Lohn und ihr erstes Fest; sie war so glücklich, daß sie sich ins Getümmel stürzte und darüber die Zeit und unseren strengen Vater vergaß.

Es war eine tiefschwarze Nacht, fast gespenstig, ohne eine Spur von Mondschein. Man hatte den Eindruck, die Sterne hätten sich vor lauter Furcht im hintersten Winkel des Himmels verkrochen. Daheim herrschte eine angespannte Flüsterstimmung wie die Ruhe vor dem Sturm. Die Lichter waren wegen des kräftigen Windes gelöscht worden, und die Küche wurde nur vom rötlichen Schein des Herdfeuers beleuchtet. Als Mama Consuelos Verspätung bemerkte, begann sie mit bangem Gesicht zu beten, während sie mit einer weißen Decke über den Knien vor dem Feuer saß und Buñuelos aus Weizenmehl formte. Ganz mechanisch kneteten ihre Hände den Teig geschickt zu einem riesigen, dünnen, fast durchscheinenden Hefefladen, den sie dann in das siedende Öl warf. Immer wieder bat sie uns: »Seht mal draußen nach, ob eure Schwester schon kommt.«

Als kein Lebenszeichen von Consuelo kam, betete Mama noch inbrünstiger zu Gott, er möge sie heil und gesund zurückbringen. Vor allem, bevor Papa heimkehrte.

Lautes Pochen an der Tür und die Stimme meines Vaters rissen sie brüsk aus ihrer Versunkenheit. Er trat ein und kam direkt in die Küche. Dort blickte er sich im halbdunklen Raum um. Unsere gespannte Haltung ließ ihn ahnen, daß etwas nicht stimmte. »Wo ist Consuelo?«

»Sie ist noch nicht da. Schließlich hat sie mit dem Weihnachtsgeschäft viel zu tun«, murmelte meine Mutter.

»Schweig, du Schwätzerin, deshalb machen diese Gören also, was sie wollen. Sie haben keinen Respekt vor dir.«

Wutentbrannt lief er auf und ab, wie ein Raubtier im Käfig, stieß wilde Beschimpfungen und Drohungen aus, und mit jeder Minute, die verstrich, steigerte sich sein Zorn.

Um halb elf Uhr abends kam Consuelo endlich heim. Sie war selig. Als sie eintrat, hob sie stolz die Arme; in der einen Hand hielt sie einen Korb mit Süßigkeiten und in der anderen den Umschlag mit ihrem Lohn. Ohne eine Erklärung abzuwarten, schlug ihr mein Vater mit einer solchen Wucht ins Gesicht, daß sie zu Boden fiel. Dabei brüllte er Mama an: »Du mußte strenger durchgreifen. In deiner Einfalt begnügst du dich mit sanften Worten und Bitten, die zu nichts führen. Du Zimperliese! Du bist ja zu nichts nutze!«

Papa packte den Korb mit den Buñuelos und schleuderte ihn zu Boden. Er schlug mit dem Gürtel nach allen Seiten. Um seinem Zorn zu entkommen, hockte ich mich hinter den Tisch, doch als er mich entdeckte, zerrte er mich an den Haaren hervor. Um mich herum war alles ein einziger Strudel. Als er mich zu Boden stieß, sah ich nur noch Sternchen vor den Augen und hatte das Summen einer Vielzahl von Bienen im Ohr. Ich hatte das Gefühl, in einen unendlich tiefen Brunnenschacht zu fallen. Was hinterher geschah und wieviel Zeit verstrich, wußte ich nicht. Als ich die Augen wieder aufschlug, sah ich, wie Guadalupe und Consuelo sich an Papas Gürtel hängten. Damit brachten sie ihn jedoch nur noch mehr in Rage; die Schläge wurden heftiger und überzogen ihre Haut mit Striemen. Als Papa Anstalten machte, den Gürtel gegen Consuelo zu erheben, ließ ihn ein dumpfer Schlag innehalten. Fast erstickt an ihrer eigenen Angst, war Mama aufgesprungen und dann in Ohnmacht gefallen. Dieser Vorfall gab dem ganzen Tumult eine andere Wendung.

Guadalupe und ich rannten in Panik los, um Tante Eulalia zu holen, im Glauben, Mama sei tot. Mein Vater folgte uns. Als er auf die Straße trat, stieß er auf einen neugierigen Passanten, der angelockt vom Geschrei und Gejammer direkt vor der Haustür stehengeblieben war. Als Papa ihn entdeckte, herrschte er ihn an: »Was willst du hier, du Hurensohn? Du bist wohl der, mit dem meine Alte mir Hörner aufsetzt?« Dann versetzte er ihm einen Kinnhaken, der diesen besinnungslos zu Boden streckte.

Fassungslos schrie Guadalupe: »Ich glaube, Mama ist tot, und Papa hat wohl einen Herrn umgebracht. Wir werden ohne Eltern sein, einer im Grab, der andere im Gefängnis!«

Tante Eulalia kam. Als sie unsere Furcht und das Chaos im Raum sah, wußte sie, daß sich jede Frage erübrigte. Mein Vater war von einer Minute zur anderen auf der Bank im Wohnzimmer eingeschlafen und schnarchte aus voller Kehle, als sei nichts geschehen.

Ich fühlte mich gedemütigt, wie ein Straßenköter, den man willkürlich tritt, um sich an seinem hilflosen Aufjaulen zu ergötzen und ihm dann den Kopf zu streicheln in Erwartung seiner Unterwürfigkeit. Ich empfand Ekel und Scham. Deshalb vielleicht riß ich mich vor der Tante trotz der brennenden Kopfhaut und der Prellungen am Körper zusammen und blieb betont ruhig neben Mama stehen, mit aufrechter Stirn und ohne eine Klage. Consuelo und Guadalupe weinten untröstlich und beteuerten, sie hielten es in dieser Hölle nicht mehr aus, in die sie hineingeboren worden seien.

Consuelos Süßigkeiten und der Umschlag mit dem Gehalt waren am Boden verstreut. Jesús hob rasch das Naschwerk auf und begann, sich heimlich unterm Tisch damit vollzustopfen.

Inzwischen war Mama wieder zu sich gekommen und war mit wächsernem Gesicht und am ganzen Körper zitternd an den Herd zurückgekehrt, wo sie ihren Kummer verbarg. Sie nahm den Topf von der Ascheglut und stocherte mit einem Holzstück in ihr herum, um das Feuer wieder anzufachen. Das Öl im Topf war schwarz geworden, und der Qualm verbreitete einen stechenden Geruch. Die Buñuelos lagen zerbrochen und zertreten am Boden. Die am wenigsten beschädigten Stücke hob Mama auf und verteilte sie unter uns.

»Eßt, Kinder.«

Mir war der Appetit vergangen.

»Was war diesmal der Grund?« fragte Eulalia.

»Wie immer, sein Rausch und seine üble Laune«, sagte Mama in gleichgültiger Resignation.

»Francisco merkt überhaupt nichts, aber ich habe ganz den Eindruck, daß sie ihm in der Wirtschaft irgendein Gift ins Getränk schütten, wovon er dann durchdreht.«

»Ob im Rausch oder bei Sinnen, er ist immer gleich.«

Es herrschte Schweigen, und das Haus versank wieder in der üblichen finsteren Stille, nur unterbrochen von Mamas Seufzern und dem Geknister der Tüte mit Süßigkeiten, die Jesús leerte, als sei nichts geschehen. Draußen breitete sich Feststimmung aus. Das dröhnende Läuten der Kirchenglocken und lärmendes Stimmengewirr waren zu hören. Los Remedios feierte mit Apfelwein und Schnaps. Ein explodierendes Feuerwerk verkündete Christi Geburt.

Der eisige Winterwind, der von den Bergen herabfegte, rief mich in die Wirklichkeit zurück, und plötzlich merkte ich, wie kalt der Felsen war, der mir die ganze Zeit über als Ort des Grübelns gedient hatte und der stummer Zeuge meiner Sorgen geworden war. Ich musterte ihn eingehend auf der Suche nach einer Spur des Blutflecks, den ich einst dort hinterlassen hatte. Es war mein Lieblingsplatz gewesen. Nur wenn die sommerlichen Regenfälle den Fluß über die Ufer treten ließen oder im Winter, wenn die Landschaft zum kargen Grabhügel verdorrte, war ich nicht hierhergekommen. Aber dann wichen der ockerfarbene Staub und die gelben Blätter wieder dem Grün an den Hängen, und die erwachenden Düfte erfüllten das Land rund um das Dorf. Der laue Wind tränkte die Luft mit dem Geruch nach Eukalyptus, und auf den Feldern begann wieder der Mais zu sprießen. Scharen von Elstern und Schwalben kehrten von ihrer langen Reise zurück und begannen, auf dem Kirchturm und in den Dachtraufen der Häuser ihre Nester zu bauen, dann suchte ich wieder mein Fleckchen am Flußufer auf. Ich kam am frühen Abend und blieb, bis die Sonne ihren letzten Schein auf die Häuser warf und die allmählich in mattes Rosa getauchten Straßen die nahende Dunkelheit verkündeten.

So verging die Zeit, und fast unmerklich meldete sich die Pubertät mit ihren Geheimnissen, die zu entschlüsseln mir selbst überlassen blieb. Eines Tages, als ich elf Jahre alt war, ging ich nach dem Mittagessen zum Fluß hinunter. Als ich mich auf den Stein im Schutz des Mesquites setzte, spürte ich einen unangenehmen Schmerz im Unterleib, die Beine wurden mir schwer, und ein seltsames Frösteln, das mir die Freude an der abendlichen Frische verdarb, erfaßte meinen Körper.

Beim Aufstehen hinterließ ich einen roten Fleck auf dem Stein. Trotz meines Unwohlseins und meiner Verwirrung erzählte ich meiner Mutter nichts davon. Nur Consuelo vertraute ich mich an, die mit einem Achselzucken reagierte.

Als meine Mutter es dann von Consuelo erfuhr, wurde ihr Gesicht ernst.

Ohne eine weitere Erklärung wies sie mich an, die Unterhose mit ein paar Lappen auszulegen.

»Ob es wohl etwas Schlimmes ist?« fragte ich mich.

Ich wußte es nicht und merkte, daß sie das Thema mied. Ihr ausweichender Blick und ihr Schweigen stürzten mich in ein Meer widersprüchlicher Gefühle von Sünde und von Schuld. Diese Ungewißheit brannte mir immer heftiger in den Eingeweiden wie eine schmerzhafte Wunde.

Zur gleichen Zeit wie die Menstruation kam die erste Verliebtheit. Ich war elf Jahre alt, als ich zum ersten Mal die Aufregungen und Leiden der Liebe erfuhr. Es war ein Sommertag, als Andrecito Sosa ins Dorf kam. Trotz der Sonne, die bleiern auf Los Remedios herabbrannte, den Teer auf der Straße aufweichte wie Kaugummi und glutheißen Dampf aufsteigen ließ, trug er als einziger ein Jakkett mit Schlips. Dabei war die Hitze selbst in luftigster Kleidung kaum auszuhalten.

Ich hatte beobachtet, um welche Zeit er immer an unserem Haus vorbeikam. Bevor es so weit war, kämmte ich mich ordentlich, wusch mir das Gesicht und zog mir ein frisches Kleid an. Dann betrachtete ich mein Spiegelbild im Fenster: Ein brünettes, mageres, fast kränklich wirkendes Mädchen mit langem, fülligem Haar blickte mir entgegen, ein Mädchen, das aussah wie ein Besenstiel mit Perücke. Offenbar schoß mein Haar um so mehr ins Kraut, je öfter Papa mich daran zerrte. Ich tat so, als fegte ich die Straße und wartete, bis ich ihn kommen sah. Das genügte, um mein Herz so hoch schlagen zu lassen, daß ich danach noch lange schwärmend am Fenster stand.

Der Sommer neigte sich bereits seinem Ende zu, als ich eines Tages auf dem Felsen am Fluß saß und Andrecito plötzlich vor mir stand. Er kam in Begleitung seiner Mutter. Ich errötete bis über beide Ohren und senkte den Kopf. Am liebsten wäre ich im Erdboden versunken. Unvermittelt stieß er eine Flut von Beschimpfungen aus. Offensichtlich hatte seine Mutter ihm irgendeinen Wunsch abgeschlagen. Es ging so weit, daß er das Jackett auszog und in eine Pfütze schleuderte, wütend darauf herumtrampelte und auf seine Mutter losging. Er kniff sie und versuchte, sie zu beißen. Seine Mutter bemühte sich vergeblich, ihn zu beruhigen. Ich beobachtete ihn eine kurze Weile, entsetzt über seine Aggressivität, bevor ich den Blick abwandte, um die Frau nicht in Verlegenheit zu bringen. Es überraschte mich, zum ersten Mal zu sehen, wie er wirklich war. Mir wurde klar, daß ich bisher noch nie seine Stimme gehört hatte. Nach diesem Ereignis flaute mein Interesse an ihm allmählich ab.

In den nächsten Tagen hatte ich immer wieder diese Szene vor Augen, und Andrecito erschien mir am Ende fast lächerlich. Jetzt mußte ich darüber lachen, daß mir seinetwegen die Knie weich geworden und die Röte ins Gesicht gestiegen war. Später verwischte sein Bild, verflog wie ein schwacher Duft im Wind.

In den Jahren danach schwärmte ich noch für manchen anderen Jungen, ohne je mit einem von ihnen in Kontakt zu kommen. Meine Schüchternheit verbarg ich hinter meiner unwirschen Art wie hinter einem dichten Vorhang. Außerdem hatte mein Vater uns gewarnt:

»Wenn ihr eure Zeit lieber mit dummen Verehrern vergeuden wollt, werdet ihr ja sehen. Dann geht ihr eben nicht mehr zur Schule, sondern bleibt zu Hause und backt Tortillas. Ich werde mich jedenfalls nicht abrackern wie ein Ochse, damit ihr euch herumtreibt und den Männern schöne Augen macht.«

Seine Drohungen jagten mir keine Angst ein, aber ich errötete bis an die Haarwurzeln. Es klang so, als sei es eine schwere Sünde, einen Verehrer oder sogar nur den Gedanken an einen Verehrer zu haben. Ich fühlte mich schrecklich schuldig.

Die Leute von Los Remedios nannten unser Haus die ›Keuschheitsburg‹. Weder Feste noch Besuche oder Spaziergänge waren erlaubt. Die einzige Möglichkeit, abends hinauszukommen, war der Gang in den Ort, um Brot zu kaufen. Wir drei Schwestern zankten uns um dieses Privileg.

Als Papa Jahre später Guadalupe einmal in Begleitung eines Verehrers erwischte, der sich nicht rasch genug im Eingang des Nachbarhauses versteckt hatte, ließ er ihn vor sich strammstehen. Dann herrschte er ihn mit scharfer Stimme und strengem Blick an, der jeden eingeschüchtert hätte, der in die Tiefe seiner Raubtieraugen geschaut hätte: »Wer bist du? Was zum Teufel willst du hier?«

Der Junge sah, wie sich Francisco in voller Größe vor ihm aufbaute, und der strenge, herausfordernde Blick meines Vaters machte ihm mehr Angst als seine Fäuste.

»Ich habe Guadalupe nur nach Hause begleitet …«

»Sie ist schon groß genug und braucht kein Kindermädchen mehr. Also mach, daß du fortkommst, und wag es ja nicht, dich hier noch einmal blicken zu lassen!«

»Ganz wie Sie wünschen, Señor.«

»Ich bin kein Señor, nur ein gewöhnlicher Hornochse unter vielen.«

»Schon gut, Señor, ich meine, ganz wie Sie wünschen.«

Von dem Tag an besorgte Papa jeden Abend selbst das Brot.

Seine strenge Kontrolle und Mamas Zurückgezogenheit schlossen uns vom Leben in Los Remedios aus. Diese Isolation schmiedete uns Geschwister allerdings fest zusammen, und wir versprachen uns, einander immer zu helfen und uns gegen Papas Strenge zur Wehr zu setzen.

Ich spürte den Drang, mich von all meinen Zweifeln, Ängsten und Geheimnissen zu befreien. Ein letztes Mal blickte ich um mich. Schließlich entschied ich, daß diese Gedanken am lauen Wasser des Flusses bleiben sollten. Das Dorf schlief und glich in der Dunkelheit eher einem Schatten, der über der Ebene lag. Der feine Nieselregen glitzerte im Laternenlicht. Auf meinem Weg vorbei an den schlecht gestrichenen Lehmziegelhäusern mit ihren ausgeblichenen Dächern hallten meine Schritte wider, verschmolzen mit denen einer anderen Passantin, und verloren sich in der Stille der Straße. Das Gesicht der anderen Frau war von ihrem Umschlagtuch verdeckt, so daß ich sie nicht erkennen konnte. Sie erschien mir wie ein Schatten, ein Geist aus ferner Zeit.

Der Mond hatte sich hinter den Bergen versteckt, und am Ende der Straße tauchte die Kirche mit ihrer gewölbten Kuppel auf. Die Glocken schlugen zur vollen Stunde. Es war Mitternacht. Vom dunkel versiegelten Himmel fiel immer noch ein zäher Regen, und der Wind erfüllte die Luft mit rätselhaften Gerüchen. Meine Gedanken jagten von Erinnerung zu Erinnerung, und vor meinem inneren Auge sah ich Bilder und Szenen, die sich mir auf ewig eingeprägt hatten.

Eigentlich gab es für Mädchen keine Hoffnung auf eine weiterführende Ausbildung nach der Schule. Denn wie Großvater Francisco zu sagen pflegte: »Frauen gehören ins Haus.«

Als Consuelo und ich die Elementarstufe beendeten, ließ Großvater denselben Satz hören. Doch zum ersten Mal in ihrem gefügigen Leben spürte Mama, wie eine aus dem Leid geborene Kraft sie drängte aufzubegehren. Ihr schwacher, von Demütigungen verzehrter Geist bäumte sich plötzlich auf mit der Wucht eines Kolosses. In ihren schwarzen Augen entdeckte ich einen unbändigen, fast fanatischen Trotz.

Sie biß die Zähne zusammen und sagte in einem verzweifelten Ausbruch all ihrer Wut: »Nein, für meine Kinder will ich kein solches Leben!«

Mit ungewohnter Zähigkeit gelang es ihr, den Widerstand meines Vaters zu brechen. Zu Großvaters Erstaunen, der von seiner Familie nur blinden Gehorsam kannte, verkündete sie Consuelos Eintritt in die Schwesternschule und meine Absicht, das Abitur zu machen, um Medizin zu studieren.

»Das sind Flausen dieser falschen Schlange, die du in einer schwachen Stunde geheiratet hast. Warum zum Teufel schickst du die Mädchen weiter zum Studium? So viel Weisheit ist doch gar nicht nötig, um Tortillas zu backen. Ich werde dich noch mal daran erinnern, wenn du siehst, daß dir nicht mehr genug für deine Zecherei bleibt«, zischte Großvater gehässig.

An einem Sonntagabend, das einzige Mal in der Woche, daß Papas Hände nicht kohlschwarz von der Arbeit in der Schmiede waren, setzte er sich zu uns und sagte in einem Moment der Aufgeschlossenheit, die uns bei seiner sonstigen Verbohrtheit überraschte: »Zum Studieren muß man wirklich Lust haben, es ist die einzige saubere und ehrliche Form, aus der Armut herauszukommen. Die Reichen hier sind schon reich geboren, mit Ländereien und viel Geld, um arbeiten zu lassen. Arbeitskräfte gibt es schließlich genug. Wenn jemand nicht arbeiten will, stehen die Halbverhungerten schon Schlange, bereit, es für ein paar Pesos zu tun. Die Bedürftigen müssen stillhalten und sich mit dem begnügen, was man ihnen zahlt. Mit wenigen Ausnahmen sind die meisten ausgesprochene Mistkerle, die dich bezahlen, wie es ihnen gerade paßt, und dich zum Teufel jagen, wenn sie dich nicht mehr brauchen. Am leichtesten jedoch können sich die Politiker bereichern.«

Da hatte mein Vater recht. Das ganze Dorf wußte, daß die turnusmäßigen Bürgermeister und ihre Mitarbeiter – Speichellecker, wie Papa sie nannte – sich unverhohlen bereicherten, ohne daß jemand es verhinderte. So war es schon immer gewesen. Geld zu ergaunern gehörte vielleicht bei Regierungsvertretern einfach dazu. Dabei zogen sie selbst aus dem Leid anderer noch Profit. So etwa, als eines Tages der Fluß über die Ufer trat, die Felder überschwemmte und Ziegen, Schweine, Esel und Häuser mitriß. Nur ein Bruchteil des Ortes blieb stehen. Wer sich und seine Kinder mit dem, was sie auf dem Leib hatten, retten konnte, suchte in der Schule und in der Kirche Zuflucht.

Bis ins Ausland drang die Nachricht von der Katastrophe. Fernsehen und Presse zeigten das Dorf als eine einzige riesige Lehmmasse, übersät mit Leichen, wie Fliegen auf einem braunen Zuckerklumpen. Der Bürgermeister hatte nicht gezögert, die Nation und die ganze Welt um Hilfe anzurufen.

Von überall her kamen Lastwagen voller Lebensmittel, Kleidung und Pritschen, damit niemand auf dem Boden schlafen mußte. Don Marciano, der Bürgermeister, nahm die Hilfsgüter mit vor Rührung bebender Stimme entgegen. Eine Schlange von Menschen bildete sich vor dem Rathaus, die alle sehnlichst auf ihren Anteil warteten. Nachdem sie viele Stunden ausgeharrt hatten, öffneten sich endlich die Türen. Die Frau des Bürgermeisters erschien, voluminös und mit wogendem Busen. Ihr folgten mehrere Diener, beladen mit einem Haufen alter Kleider, Eimern voller Fisch und prallen Maissäcken. Äußerst zurückhaltend verteilte die Señora einige Kleidungsstücke, ein paar Handvoll goldene Maiskörner und eine jämmerliche Menge von Fisch, die der Fluß an diesem Tag ausgespuckt hatte. Da begannen die Leute zu glauben, die Lastwagen mit Spenden, die sie einige Stunden zuvor gesehen hatten, seien eine Halluzination gewesen, ausgelöst durch den Hunger und die Durchfallerkrankungen, die in dem Müllberg, in den das Dorf sich verwandelt hatte, ausgebrochen waren. Das Personal des städtischen Gesundheitsamtes impfte die verbliebenen Einwohner, um einer Typhusepidemie vorzubeugen, und kurierte sie dabei gleichzeitig von der irrigen Wahrnehmung einer vermeintlichen Spendenflut.

Monate später, als die Menschen allmählich begannen, sich zu erholen und die Katastrophe schon fast vergessen hatten, tauchten im Laden des Bürgermeisters eine große Menge Kleider mit englischen Etiketten, Dosenmilch, Zucker europäischer Herkunft und sogar Reistüten mit unleserlichen Schriftzeichen auf. Niemand wagte zu fragen, woher all diese Ware plötzlich kam.

Als ich mit bald vierzehn Jahren die mittlere Reife geschafft hatte, wollte ich auf die Oberschule wechseln, die bis zum Abitur führte. Dafür mußte man in die Stadt Comanja fahren, was Geld kostete, ebenso wie Essen und Schulbücher. All das bedeutete noch mehr Arbeit und Opfer für meine Eltern. Ich hätte ihnen gerne geholfen, wußte aber nicht wie. An dem Tag, als ich sah, wie Don Marciano mit seiner Frau in Comanja den Sieg seiner Partei feierte, kam mir plötzlich eine Idee. Er war jetzt der neue Gouverneur und sie die First Lady. Ich bahnte mir einen Weg durch die Menge, ging auf die Señora zu, schilderte ihr die Situation meiner Familie und bat sie um ein Stipendium für meinen weiteren Schulbesuch. Vor den Journalisten und den laufenden Fernsehkameras hörte sich diese vornehme Dame meine Bitte interessiert an, strich mir mit einem gütigen Lächeln, das eine perfekte, weiße Zahnreihe in ihrem schneeweißen, eiskalten Gesicht entblößte, übers Haar und versprach, mir ein Stipendium zu gewähren.

»Du sollst es bekommen. Ich bin dafür da, den Wohlstand der Familien in unserem Bundesstaat zu fördern. Um alle Einzelheiten zu besprechen, lade ich dich für morgen in das Amt für Familienförderung ein. Wenn du da bist, melde dich bei meiner Sekretärin, und sag ihr, daß du bereits mit mir gesprochen hast. Ich werde mich dann gleich um dich kümmern.«

Am nächsten Tag traf ich noch vor der vereinbarten Zeit vor dem Gebäude im Kolonialstil ein, wo sich in der Landeshauptstadt das Amt der Gouverneurin befand. Am Haupteingang prangte ein großes holzgeschnitztes Schild: »Familienförderung und -entwicklung«. Ich ging durchs Tor, durchquerte den großen Park und betrat die Empfangshalle, wo ein junger Mann saß, dessen Aufgabe nur darin bestand, die Namen der Besucher zu notieren. Ich begrüßte ihn und erklärte, ich hätte einen Termin bei der Gouverneursgattin. Dann erzählte ich ihm von dem Stipendium, das mir angeboten worden war. Er verwies mich an die Sekretärin, der ich die Sache noch einmal schilderte. Sie bat mich, Platz zu nehmen, während sie zum Telefonhörer griff und meine Ankunft meldete. Leute kamen und gingen. Die Tür zum Büro der Señora stand einen Spalt offen, so daß ich die lebhaften Unterredungen mit ihren Besuchern hören konnte. Die Zeit verstrich, ohne daß man mich aufforderte einzutreten.

Stunden später teilte mir die Sekretärin mit, die Señora bedaure, aber sie habe andere, dringendere Verpflichtungen und könne mich nicht mehr empfangen.

Tag für Tag versuchte ich, sie zu sehen. Immer kam ich ganz früh und ging erst, wenn der letzte Angestellte das Haus verließ, und gab die Hoffnung, die Gouverneursgattin irgendwann einmal ansprechen zu können, nicht auf. Ich wollte, daß sie mich anhörte, sie noch einmal um Hilfe bitten, denn vielleicht hatte sie den Kopf so voll, daß sie mich einfach vergessen hatte. Ich konnte einfach nicht glauben, daß sie mich belogen hatte. Deshalb wiederholte ich vor der Sekretärin jeden Tag meine Geschichte, die schließlich aus Mitleid versprach, sich für mich einzusetzen. Leider scheiterten ihre Vermittlungsversuche jedoch, und schließlich gab ich auf.

Eines Tages überbrachte man meiner Mutter die Nachricht, daß Großvater Heliodoro im Sterben lag.

Schon seit Monaten fühlte Großvater sich krank. Er litt an einer Blinddarmentzündung. Der Arzt hatte ihm den Ernst der Lage erklärt und auf eine Operation gedrängt. Doch seine Religion verbot ihm, zu solchen Hilfsmitteln zu greifen; daher wartete er nur darauf, daß sich Gottes Wille erfülle.

Als er den Tod nahen fühlte, bat er Simona, Maria Dolores zu holen, denn er habe noch ein paar Dinge mit ihr zu klären. Aus Furcht, er wolle womöglich noch das Testament ändern, entsprach sie der Bitte nicht. Erst als Großvater kaum noch ansprechbar war, schickte sie ihren Sohn Cipriano, um Maria Dolores, seine Stiefschwester, zu holen.

Ein beißender Geruch erfüllte den Raum. Großvater lag auf

einem zerwühlten Bett. Auf dem Nachttisch brannte eine Kerze, deren Flamme das Gesicht des Sterbenden in einen dunklen Schimmer hüllte und die Nähe des Todes verriet. Maria Dolores saß am Bettrand und küßte Heliodoro auf die Wangen, die sie mit Tränen benetzte. Dann fragte sie verzweifelt: »Erkennst du mich nicht, Papa?« Dabei wischte sie ihm den Schweiß von der Stirn. Als Antwort nickte Großvater Heliodoro leicht mit dem Kopf, seine Augen füllten sich mit Tränen, und ein Beben durchfuhr seinen Körper, als wolle er eine schwere Last von sich abschütteln. Seine schlaffe Hand strich schwerfällig über das Bett. Sein Todeskampf war heftig, und immer wieder verlangte er röchelnd nach seiner verstorbenen Frau Loreto. Schließlich bemächtigte sich der Hauch des Todes Großvaters letzten Atemzugs.

Der Raum füllte sich mit Jammern und Klagen. Simona und die Glaubensschwestern begannen die Zeremonie des letzten Abschiednehmens: Singend und betend schlossen sie ihm die Augen, zogen ihm frische Kleidung an, kämmten ihm sorgfältig das Haar und banden ihm das Kinn mit einem Tuch fest.

Was Tante Aurora betraf, so nahm sie zwar an der Totenfeier teil, zeigte aber keinerlei Trauer über den Tod ihres pflichtvergessenen, kaum gekannten Vaters, der sie im Elend hatte hängenlassen. Mama jedoch war untröstlich und vergoß bittere Tränen.

Ich selbst kann mich an Großvater kaum noch erinnern. Sein trübes, olivfarbenes Gesicht und sein ausweichender Blick lösten bei mir keinerlei Gefühl aus. Ich sah ihn fast nie. Von seiner Beerdigung weiß ich nur noch, wie mein Vater und ich auf den Friedhof kamen und Mama und ihre Stiefgeschwister in ihrer Trauerkleidung dastanden und weinten. Daneben sang eine Gruppe von Frauen Hymnen und Psalmen. Noch heute kenn ich Teile davon auswendig.

Es war sehr heiß. Der Friedhof mit den Grabsteinen, den Kreuzen und Blumen schien zu schmoren unter der glühenden Sonne. Es muß gegen fünf Uhr nachmittags gewesen sein, als wir uns von

Simona verabschiedeten. Beim Abschiedskuß schmeckte ich die salzigen Tropfen, die über ihre Wangen rannen.

Mamas Leben kehrte wieder in den alten düsteren und bedrückenden Trott zurück. Simona vermied jeden Kontakt mit Mama und Tante Aurora. Das einzige Mal, daß sie uns besuchte, begann sie mit lauerndem Blick zu erklären, Großvater habe, chaotisch wie er gewesen sei, nur schlechte Geschäfte gemacht und ihr nichts als Schulden und einen Stall voll hungriger Kinder hinterlassen. Immerhin dazu sei Heliodoro gut gewesen, sagte sie zum Schluß: Kinder zu zeugen. Mama senkte den Kopf und schwieg.

Alejandro Dávila, der Dorfarzt, riet meiner Mutter in Kenntnis der Dinge: »Sie müssen den Fall vors Gericht bringen, Maria Dolores. Sie haben ein Recht auf ›La Montaña‹. Simona hat Ihnen den Hof gestohlen. Auch wenn es kein Testament gibt, so sind doch Sie Heliodoros älteste eheliche Tochter und haben ein Anrecht auf einen Teil seines Besitzes. Wenn Sie wollen, kann ich Ihnen einen Anwalt besorgen.«

»Danke, Doktor, aber mein Mann sagt, daß er von dem Geld nichts wissen will, denn dann würde man ihn gleich als jemanden abstempeln, der sich von seiner Frau aushalten läßt. Aber auf jeden Fall danke ich Ihnen.«

Unterdessen rückte der Tag des Schulwechsels näher. Meine Mutter holte sich das Anmeldeformular für die Schule in Comanja und erschrak, als sie die hohe Summe sah, die zu zahlen war. Ratlos zerbrach sie sich den Kopf, wie sie an Geld kommen konnte. Jeder neue Gedanke verpuffte sogleich wieder, kaum hatte sie ihn erwogen. Schließlich beschloß sie, mit Cipriano, ihrem ältesten Stiefbruder, zu sprechen, der seit Großvaters Tod in die Rolle des Familienoberhaupts aufgerückt war.

Am nächsten Tag machte sie sich unverzüglich, noch in der Morgendämmerung, auf den Weg nach »La Montaña«. Sie vermutete, zu so früher Stunde würde sie noch nicht auf Simona treffen. Sie ging ohne beim Haus haltzumachen schnurstracks zum Stall. Glücklich sog sie die frische Morgenluft mit dem Geruch nach Futterklee und Stoppelfeldern in sich ein. Das Krähen der Hähne, das Gackern der Hennen und das Blöken der Kälber drangen ihr ans Ohr. Es waren Geräusche aus ihrer Kindheit.

Ihr Stiefbruder empfing sie halb überrascht, halb erfreut, denn sie war ihm immer noch als die große Schwester und engste Spielkameradin aus den Tagen seiner frühesten Kindheit in Erinnerung. Cipriano war ein vorzeitig gealterter Mann mit grauen Strähnen im Haar. Seine dunklen, tiefliegenden Augen musterten sie neugierig von oben bis unten.

»Wie schön, dich zu sehen. Warte einen Moment, ich bin gleich fertig.«

Rasch molk er noch die Kuh zu Ende, wischte sich die Hände am Hemd ab, füllte einen Becher mit Milch und reichte ihn Maria Dolores.

»Trink, sie ist noch warm.«

Sie trank langsam und fühlte sich wieder wie ein kleines Mädchen. Als der Becher leer war, meinte sie am Blechboden die stattliche Gestalt ihrer Großmutter zu sehen, wie sie Kühe molk. Vor vielen Jahren hatte sie ihr versichert, wenn man immer fleißig sei, würde man niemals im Elend enden. Außerdem solle sie, Maria Dolores, auf »La Montaña« immer alles gut in Ordnung halten, denn eines Tages, wenn sie erwachsen sei, würde der ganze Hof ihr gehören.

Die Erinnerung an diese Worte entlockte Maria Dolores einen tiefen Seufzer. Wer hätte damals gedacht, daß die Dinge im Laufe der Jahre so anders laufen würden. Wenn Urgroßmutter sie jetzt sehen könnte, wie sie um ein paar Pesos bettelte. Wenn sie wüßte, daß es bei ihr zu Hause bisweilen nicht einmal für das Mehl zum Zubereiten der Tortillas langte, und daß Simona jetzt die Herrin von »La Montaña« war, sie würde sicher vor Gram noch einmal sterben.

Als Cipriano merkte, daß ihre Gedanken abschweiften, räusperte er sich laut, und Maria Dolores kehrte mit traurigem Gesicht wieder in die Realität zurück. Trotz der Beklemmung, die sie empfand, verriet sie Cipriano den Grund ihres Besuches: »Cipriano, wie du weißt, werden die Mädchen weiter zur Schule gehen. Francisco war erst dagegen, ist aber jetzt auch begeistert von der Idee. Das Problem ist nur, daß mit der Anmeldung, den Büchern, den Schuluniformen und dem, was die Schule sonst noch verlangt, uns kaum genug zum Essen bleibt ... Daher will ich es auf andere Weise schaffen. Könntest du mir dreihundert Pesos leihen? Ich würde gerne ein paar Schweine kaufen und aufziehen. In sechs Monaten wären sie bereit zum Verkauf. Dann kann ich dir das Geld zurückgeben und noch etwas Gespartes für mich behalten.«

Cipriano wußte nicht, was er sagen sollte. Sein pausbäckiges einfältiges Gesicht wurde ganz rot. Dann sagte er nach langem Stottern: »Weißt du, die Kartoffelernte auf dem Hof läuft nicht besonders gut. Simona denkt sogar daran, das Haus und einen Teil der Ländereien zu verkaufen, damit wir halbwegs zurechtkommen. Aber wenn ich ihr Druck mache, kann ich dir vielleicht ein paar Centavos leihen. Auf jeden Fall muß ich sie erst fragen. Du weißt ja, wenn ich etwas hinter ihrem Rücken tue, führt sie sich wie der Teufel auf.«

»Ist schon gut. Ich wollte euch keinen Ärger machen, aber manchmal überwindet man seine Scham aus lauter Not. Ich hoffe bei Gott, daß Simona zustimmt.«

Tatsächlich jedoch hegte Maria Dolores keine Hoffnung. Ciprianos Ausflüchte hatten ganz nach einer Absage geklungen. Dennoch betete sie zum Himmel, ein Wunder möge geschehen und das Herz ihrer Stiefmutter erweichen.

Natürlich hatte ihre Vorahnung sie nicht getäuscht. Von Cipriano hörte sie nichts mehr. Monate später erfuhr sie von der alten Fina, daß Simona das Haus und die Hälfte des Hofes verkauft hatte. Der neue Käufer fand zu aller Erstaunen beim Abriß der Küche den

Sack mit den Goldmünzen, den Urgroßmutter Jahre zuvor dort unter dem Fußboden versteckt hatte. Bei dieser Nachricht wäre Simona beinahe in Ohnmacht gefallen.

Unsere immer drückendere Armut ließ meine Mutter dennoch in ihrem Entschluß nicht wanken. Sie war zu jedem Opfer bereit, um ihr Ziel zu erreichen. Schließlich fand sie Arbeit als Näherin im Bekleidungsgeschäft von Los Remedios. Woche für Woche erhielt sie einen Stapel von Stoffen und nähte nach den entsprechenden Anweisungen Kleider, Hemden und Schuluniformen.

Sie und mein Vater beschlossen, Consuelo in der Schwesternschule anzumelden und mich in einer Oberschule, wo ich das Abitur für mein späteres Medizinstudium machen sollte. Beides waren private Einrichtungen der Kirche.

Meine Mutter stürzte sich ohne zu zögern in ihre verschiedenen Aufgaben. Ihr Leben war eine einzige Plackerei, und ihre Tage verliefen in einem immer gleichbleibenden Kreislauf aus Arbeit. Lange, bevor die Sonne hinter den Bergen aufstieg, begann sie damit, die Straße zu fegen. Die einzelnen Arbeitsgänge erfolgten nach einem festen Plan; neben dem Kochen, Waschen und Putzen versorgte sie die Truthähne, Hühner und Schweine, deren Zahl im Gehege von Monat zu Monat wuchs. Abends nähte sie Kleidung, die in Los Remedios im Geschäft angeboten wurde. Sie schuftete unermüdlich, ohne zu klagen, obwohl ihre Beine voller Krampfadern und blauen Flecken waren und das Gesicht vor Ermüdung aussah wie roher Brotteig. Um Mitternacht fiel sie völlig erschöpft ins Bett, doch die Gewißheit, daß sie unser Schicksal zum Besseren wenden konnte, ließ sie bis zum nächsten Tag wieder zu Kräften kommen.

Auch für meinen Vater bedeutete es mehr Arbeit; die Kosten für die Bücher, Uniformen, Schulgeld und all die übrigen nötigen und unnötigen Ausgaben, die die Schule einem abverlangte, zwangen ihn, bis spät in die Nacht in der Werkstatt zu bleiben, um Arbeiten für keineswegs mittellose Kunden fertigzustellen, die hinterher manchmal nicht einmal zahlten.

»Ich habe kein Geld, Francisco, weil ich vergessen habe, zur Bank zu gehen«, sagten sie.

Manchmal mußte mein Vater seine Scham überwinden und bis Mitternacht vor dem Kasino auf sie warten, bis sie aufhörten zu spielen. Wenn sie herauskamen, tat er ganz überrascht, gab sich einen Stoß und bettelte um sein Geld wie um ein Almosen. Doch fast immer kehrte er unverrichteter Dinge heim, um dann fast noch im Morgengrauen wieder aufzustehen und zu einem der Höfe zu gehen, wo er dann bei einem anderen Kunden seinen Lohn kassierte.

Manchmal wetterte er auch gegen seine Kunden und drängte uns: »Ihr müßt eifriger lernen, damit ihr die Besten werdet. Überlaßt die mittelmäßigen Noten den anderen. Not und Hunger sind gute Lehrmeister. Denkt an die Mühen und Anstrengungen, die es uns kostet, um euch weiter zur Schule schicken zu können. Manchmal gibt es hier für uns nicht einmal eine Tortilla, denn erst legen wir immer das Geld für eure Fahrtkosten und euer Essen beiseite. Also kommt mir nicht mit dem Gejammer, ihr hättet schlechte Noten, weil die Prüfung so schwer war oder die Lehrerin etwas gegen euch hat. Davon wollen wir nichts hören. Ihr müßt eben einfach mehr lernen.«

Für die Schule benötigte ich eine neue Schuluniform, die Mama mir jedoch selber machte. Sie nähte zwei weiße Blusen, zwei dunkelblaue Röcke und kaufte mir ein Paar schwarze Schuhe und beige Strümpfe.

Herausgerissen aus dem Dorfleben, ohne den Fluß, meine Familie und den frischen Wind der Felder, fiel mir die Disziplin in der Schule vom ersten Tag an schwer. Mutter Gertrude, unsere Klassenleiterin und Religionslehrerin, hatte ständig etwas an mir auszusetzen: Meine Schuluniform war zu kurz – der Saum reichte nicht ganz bis zum Knie –, mein offenes Haar wirkte unbändig, und mit meinen respektlosen Fragen über die Existenz Gottes störte ich den Unterricht. Ein wohlerzogenes Kind stellte solche Fragen nicht.

Aber warum sollte ich nicht fragen, wenn mir doch nicht klar war, wie es sein konnte, daß dieser so wohlhabende Gott erlaubte, daß manche Frauen von ihren Männern geschlagen wurden und schwer an ihrer Last aus Angst und Sorgen trugen, ohne daß er etwas dagegen tat. Den Arbeitern ging es auch nicht gut, denn sie rackerten sich ab wie Lasttiere, während das tägliche Essen ihrer Familien von Lust und Laune ihrer Herren oder Kunden abhing. Wo war denn Gott, wenn das geschah?

Außerdem begegnete man auf Schritt und Tritt Sünden, die man selbst verschuldet hatte, ohne genau zu verstehen, warum, oder Erbsünden, für die man gar nichts konnte. Schon bei seiner Geburt ist ein Kind von der Erbsünde gezeichnet, wo doch das arme unschuldige Wesen gar nicht darum gebeten hat, auf die Welt zu kommen. Und warum war es eine Sünde, unverheiratet Mutter zu werden? Wie konnte ein unterschriebenes Papier so eine große Bedeutung haben? Und wozu sollte es gut sein, daß die Nonnen beteten, fasteten und weder Kinder noch einen Mann haben durften?

Mutter Gertrude befahl mir zu schweigen und den Unterricht nicht weiter mit meinen unpassenden Fragen zu stören. Die Güte des Herrn in Zweifel zu ziehen, reichte schon für die Verdammnis. Im Höllenfeuer zu schmoren wegen zu vielen Fragens oder wegen der Erbsünde schien mir allerdings eine ungerechte Strafe zu sein, und ihr eigenes entsagungsvolles Leben kam mir vergeblich und sinnlos vor. Ich war überzeugt, daß sie menschlicher wäre, wenn sie eine Familie hätte. Dann würde sich ihre Laune vielleicht bessern, und sie würde nicht ständig überall Sünden aufspüren.

Aber wer sollte dann Ordnung auf dieser Welt schaffen, fragte ich sie. Atheisten und Ungläubige wie ich würden es jedenfalls nicht sein, bekam ich zur Antwort.

Alles andere als ein Trost, war die Religion für mich eine zusätzliche Belastung zu meinen übrigen Sorgen und sonstigen Problemen. Das Schlimmste war für mich, mein Aufbegehren und meine Widersprüche hinunterschlucken zu müssen, um die Liste meiner Vergehen nicht zu verlängern.

Eines Nachmittags ertappte ich eine Klassenkameradin dabei, wie sie das Buch »Lady Chatterley« von D.H.Lawrence las, das sie heimlich von zu Hause mitgebracht hatte. Sie erklärte mir, dieses Buch sei die Bibel der Liebe. Ich konnte nicht widerstehen und bat sie, es mir auszuleihen. Sie überließ es mir, warnte mich aber vor der Oberin: »Es ist verboten, so etwas zu lesen. Wenn sie dich dabei erwischen, wird es dir schlecht ergehen. Außerdem darfst du niemals verraten, von wem du es dir geliehen hast.«

»Ich werde aufpassen!« sagte ich, doch bald hatte ich mich derart im Labyrinth der Geschichte des an den Rollstuhl gefesselten Clifford und seiner jungen, freizügigen Frau Constance verstrickt, daß ich nicht merkte, wie Mutter Gertrude mit kaltem Blick und steifen Unterröcken hereinkam. Sie entriß mir das Buch, schlug es mir auf den Kopf und befahl mir, ihr zu folgen.

Im Beisein der Mutter Oberin verlas sie eine Liste meiner Vergehen, die für die kurze Zeit, die ich dort war, schon beträchtlich war: Der Rock meiner Schuluniform sei zu kurz, mein Haar ungekämmt, und ständig störte ich den Unterricht mit unpassenden Fragen. Aber wirklich unerhört sei, daß sie mich beim Lesen dieses schamlosen Buches erwischt hatte, von dem sie im übrigen nicht wußte, woher es stammte. Das lasterhafte Leben der Heldin sei jedenfalls absolut kein gutes Beispiel für ein vierzehnjähriges Mädchen. Dann fixierte sie mich und fragte mit strengem Blick: »Kennen deine Eltern eigentlich deine Lektüre?«

»Nein. Außerdem habe ich nur die ersten Seiten gelesen, und da stand nichts Schlimmes drin.«

Ohne zu antworten, klingelte sie. Bald darauf trat eine andere Nonne ein, die mich in das Nebenzimmer führte. Dort trennte sie den Saum meines Rockes auf und schor mein Haar kurz wie bei einem Soldaten. Mein Zorn war grenzenlos, als die Mutter Oberin mir befahl, mich für eine derart schamlose Lektüre zu entschuldigen. Es war offensichtlich, daß auch sie das Buch kennen mußte, denn sie bezeichnete es als das unzüchtigste der Weltliteratur.

Ich weigerte mich. Ihre Strenge ließ mich zutiefst aufbegehren. Ich verabscheute ihren Puritanismus und ihren blinden Glauben. Um Verzeihung zu bitten hätte mich äußerste Überwindung gekostet, weshalb ich hartnäckig schwieg.

»Dann stellst du dich eben so lange auf den Hof, bis du bereit bist, dich zu entschuldigen«, befahl sie verärgert über meinen Ungehorsam.

In der glühenden Sommersonne harrte ich aus, wobei ich das Gewicht mal auf den einen, mal auf den anderen Fuß verlagerte, ohne mich jedoch durchringen zu können, die von der Mutter Oberin erhofften Worte auszusprechen.

Irgendwann verlor die Nonne die Geduld, und nach zwei Stunden drohte sie damit, Papa über mein schlechtes Betragen zu informieren.

»Nein, bitte, nur das nicht ... Entschuldigen Sie, es wird nie mehr vorkommen!«

»Na also. Aber daß mir das nicht noch einmal vorkommt, denn beim nächsten Mal werden wir deine Eltern benachrichtigen.«

Mit zitternden Knien und beklommenem Herzen stürzte ich aus dem Direktionszimmer. Das war das letzte, was ich wollte. Ich wußte, daß mein Vater eher blind den Worten anderer vertraute als den meinen, und wenn ihm der Vorfall zu Ohren käme, würde mir das eine gehörige Tracht Prügel einbringen. Ich fürchtete nicht so sehr die Schmerzen als vielmehr die Demütigung und Entwürdigung einer solchen Behandlung. Da wurde mir klar, daß es keinen anderen Weg gab als zu schweigen, zu gehorchen und meine Widersprüche und Zweifel im tiefsten Winkel meines Herzens zu begraben. Sonst lief ich Gefahr, daß ich von der Schule verwiesen, von meinem Vater als störrisch und boshaft beschuldigt würde und nicht das Stipendium erhielte, das ihn von den hohen Ausgaben befreien sollte.

Es kam der Tag, an dem ich in der Anatomiestunde erfuhr, warum Tante Auroras Bauch mit jeder Schwangerschaft an- und wieder abschwoll. Onkel Tomás war wohl nächtelang damit beschäftigt, Samen zu säen, damit sie wie ein guter Boden Früchte trug.

Während ein Arzt diese Sitzung bestritt, blieb Mutter Gertrude an der Klassentür stehen und gab vor, die Bibel zu lesen. Am Nachmittag sprach sie dann leise und ernst von der Gründung einer Familie. Sie bezeichnete sie als keusche, respektvolle Verbindung zweier Menschen mit dem Ziel, Kinder zu zeugen.

Sobald der Unterricht beendet war, erfuhr ich im Kreis meiner Klassenkameradinnen Einzelheiten über dieses Thema. Eine von ihnen hatte von ihrem Dienstmädchen erfahren, daß der Mann nach ein paar Küssen und Liebkosungen seine Frau auszog, mit dem Penis ihr Jungfernhäutchen zerriß und dann in die eindrang, um sein Sperma in ihr zu hinterlassen. Nach mehrfachen Versuchen oder manchmal, wenn man Glück – oder Pech, je nachdem – hatte, auch gleich beim ersten Mal, wurde man schwanger. Deshalb waren die Frauen von der Straße, die dergleichen mit vielen Männern trieben, verachtenswert.

Alles in allem bekam ich eine Gänsehaut bei diesem Gedanken. Jetzt war ich sicher, daß es sich um etwas äußerst Schändliches handeln mußte. Bestimmt schämten sich die Frauen am Tag danach in Grund und Boden. Zu Recht wollte meine Mutter darüber nicht reden. Andererseits fragte ich mich aber, warum Gott, wenn er so keusch und rein war, einen derartig peinlichen Mechanismus erfunden hatte, nur um das Gebot zu befolgen: »Wachset und vermehret euch.«

Andere Fragen kamen hinzu. Die Männer machten dasselbe doch auch mit anderen Frauen. Warum galten sie dann, anders als die leichtlebigen Frauen, nicht auch als verachtenswert? Und das, was ich für einige Jungen empfunden hatte? Dieses Gefühl der Zärtlichkeit, der Wärme, der unbändigen Freude, das mich ganz erfüllte? War das etwa auch schlecht?

Vorerst würde ich es nicht erfahren, ich durfte nur sehen, hören und schweigen. Ich hatte gelernt, daß es in der Klosterschule nichts

Schlimmeres gab als den Wunsch, das Leben auf eigene Faust erkunden zu wollen. Ich mußte mich also damit begnügen, nur das zu hinterfragen, was erlaubt war.

Zum Glück gab es auch angenehme Dinge. Etwa die Bücher, die Mutter Lucia, die die Bibliothek beaufsichtigte, mir auslieh. Sie weckte meine Leseleidenschaft und lenkte mich ab von meinen Zweifeln und Ängsten, indem sie mir Schriftsteller wie Jules Verne, Gustavo Adolfo Bécquer und Rubén Darío nahebrachte. Die Bücher regten meine Phantasie an. Mit Jules Verne reiste ich in achtzig Tagen um die Welt und auf den Grund des Ozeans, mit Oliver Twist verfing ich mich im Labyrinth der düsteren Gassen Londons, und mit Gulliver machte ich mich auf ins Land der Riesen und der Liliputaner.

Mit all den Geschichten verging die Zeit wie im Fluge, und ehe ich mich versah, war der erste Unterrichtsmonat vorbei. Mit den Noten der ersten Klassenarbeiten in der Hand beantragte ich ein Stipendium mit der Begründung, daß Papa mit seinem Einkommen als Schmied für das Schulgeld nicht aufkommen konnte. Die Mutter Oberin willigte ein, ermahnte mich jedoch, daß sobald meine Noten sich verschlechterten, mir die Unterstützung entzogen würde. Diese Drohung war überflüssig, denn ich hatte mich inzwischen daran gewöhnt, immer mein Bestes zu geben und unnötiges Fragen zu vermeiden. Außerdem fühlte ich mich unter meinen Klassenkameradinnen wohl, lauschte gerne ihren Unterhaltungen über Themen, die alle neu waren für mich, und liebte ihre frechen Späße und Streiche. Sie ihrerseits hatten mich als eine gute Zuhörerin, bei der sie immer Unterstützung fanden, in ihren Kreis aufgenommen. Sie behandelten mich wie jede andere. Nie ließen sie mich den sozialen Unterschied zwischen ihnen und mir spüren. Im übrigen lernte ich eifrig weiter, nicht nur wegen des Stipendiums, sondern auch aus Trotz: Ich wollte es den Nonnen zeigen. Bei mir konnten sie lange warten, ihre Drohungen in die Tat umzusetzen.

Wenn ich abends von der Schule heimkehrte, traf ich Mama immer allein in der Küche an. Ich liebte diese Momente, in denen ich sie ganz für mich hatte. Vollkommen erschöpft von der Hausarbeit reichte sie mir eine Limonade und ließ sich sanft auf dem Stuhl neben meinem nieder, um aufmerksam meinen Berichten zu lauschen.

Ich erzählte ihr, daß ich mich in meiner alten Schule wohler gefühlt hatte, obwohl das Gebäude der Klosterschule schöner war. Jeder hatte angezogen, was er wollte und konnte. Ich vermißte meine alten Freunde. Selbst der Geruch nach Bleistift und Schweiß, der in den Klassenräumen hing, fehlte mir. Für meine Mutter, die fast nie aus dem Haus kam, bedeuteten meine und Tante Auroras Schilderungen die einzige Verbindung zur Außenwelt. Vielleicht lauschte sie deshalb jedem meiner Worte mit der Aufmerksamkeit eines Schülers, der an den Lippen seines Lehrers hing. Wenn ich fertig war, ließ sie sich von mir beschreiben, wie die Stadt Comanja aussah, die Straßen, die Häuser und Geschäfte. Doch vor allem wollte sie von den Nonnen und meinen Klassenkameradinnen hören.

Meine Klasse bestand aus zwölf Schülerinnen. Außer einem weiteren Mädchen, das ebenso wie ich ein Stipendium erhielt, lebten alle in gesicherten Verhältnissen und hatten Akademiker als Väter, meistens Ärzte. Daher kam wohl ihre Vorliebe für die Medizin. Sie teilten nicht die Zweifel, die mich beschäftigten. Alle hatten sie immer bei den Nonnen gelernt und akzeptierten ihren Unterricht, so wie er war, oder ließen ihn einfach über sich ergehen. Es gab keinen Grund, sich den Kopf über Nichtigkeiten zu zerbrechen, die sie kaum berührten.

Ich meinte, Gott habe sie mit einem Zauberstab berührt, weshalb sie keinen Grund zur Klage oder zu Zweifeln an ihrer Existenz hatten. Sie hatten gute Eltern – die sie zumindest nicht für nicht bestandene Prüfungen, schlechte Noten oder schlechtes Betragen bestraften –, hübsche Häuser, gutes Essen, Autos, Dienstboten, ältere Schwestern, die an Schönheitswettbewerben teilnahmen, die Erlaubnis, einen Freund zu haben, und genügend Geld, um an Orten Urlaub zu machen, die ich nur aus meinen Büchern kannte.

Die Sorgen meiner Kameradinnen drehten sich höchstens darum, Mutter Gertrude wegen ihres grantigen Charakters Streiche zu spielen. Jede Kleinigkeit war Anlaß für die Nonne, uns eine Strafe aufzuerlegen. Wenn eine von uns in der Pause durchs Klassenzimmer rannte, laut sprach oder schallend lachte, drohte sie damit, sie zur Mutter Oberin zu bringen, einen Bericht nach Hause zu schikken oder die Religionsnote zu senken.

Ich weiß noch, wie wir einmal, anstatt in die Religionsstunde zu gehen, uns durch die Garagentür aus der Schule davonstahlen. Es war die Idee von Leticia, der Anführerin unserer Gruppe, und ich zögerte, weil das mein Stipendium gefährden konnte. Aber aus Solidarität mit den anderen blieb mir keine andere Möglichkeit, als mitzumachen. Wir gingen ins Stadtzentrum von Comanja. Beim Gedanken an die Szene in der Klasse mußten wir lachen: Wir stellten uns vor, wie die Nonne mit der Bibel in der Hand darauf wartete, uns jeden Moment hereinkommen zu sehen, und wenn nach einer Weile immer noch nichts geschah, würden ihre Augen vor Zorn funkeln und ihr Mund würde wüste Beschimpfungen ausstoßen. Zur Verkürzung der Wartezeit würde sie beten und nervös den Rosenkranz durch die Finger gleiten lassen. Wir sahen sie genau vor uns und freuten uns diebisch über unseren Streich.

Zur Feier unseres Wagemuts lud Leticia uns zu einem Eis ein.

Als wir am nächsten Morgen die Klasse betraten, sah ich als erstes das Gesicht von Schwester Gertrude, das rot wie eine Tomate war. Mit einer vor Wut sich überschlagenden Stimme fragte sie, wer die Anstifterin dieser Dreistigkeit gewesen sei. Sie drohte uns mit einer Strafe, die wir ein Leben lang nicht vergessen würden, aber keine von uns antwortete. Mit entschlossenem Schritt kam sie auf mich zu: »Wer war es?«

»Ich weiß es nicht.«

»Dein Vater wird davon erfahren.«

Ich nickte und nahm die Strafe auf mich. Ich konnte doch niemanden verpetzen. Meine Mutter hatte uns gelehrt, daß Armut verzeihlich ist, doch Verrat niemals. Gott sei Dank drohte sie nicht mit dem Entzug des Stipendiums.

In der Klasse herrschte Schweigen. Wir trauten uns kaum zu atmen. Dann sprach sie langsam und deutlich. Einen Monat lang durften wir nicht auf den Pausenhof hinaus und mußten noch am gleichen Nachmittag fünfhundertmal in Schönschrift und fehlerlos schreiben: Ich darf meinen Lehrern gegenüber nicht ungehorsam sein. Wir befolgten es, und obwohl wir am Ende steife Finger hatten, linderte die Genugtuung darüber, daß wir zusammengehalten hatten, unser leichtes Unbehagen. Es verlieh uns ein Gefühl der Solidarität.

Die Anstifterin des ganzen Aufruhrs lud uns Tage später zu sich ein. Was für ein schönes Haus! Das Wohnzimmer mit wertvollen, schweren Möbeln und weichen Polstersesseln blickte auf einen Garten voller Rosen und Bougainvilleas. Auf den Stühlen im Eßzimmer lagen Kissen, auf dem Tisch eine Spitzendecke. In der Küchentür gab es ein rundes Glasfensterchen.

Bald erschienen zwei uniformierte Dienstmädchen. Eine brachte ein Tablett voller Schinkensandwiches und die andere einen Krug mit Limonade und große Gläser voll zerhacktem Eis, in denen uns das Getränk serviert wurde. Leticias Mutter gesellte sich zu uns. Alle gemeinsam erzählten wir ihr, was wir mit Mutter Gertrude gemacht hatten, und sie mußte herzlich lachen. Sie erzählte, daß sie in unserem Alter ähnlichen Unfug getrieben hatte. Dann dankte sie uns allen für die Loyalität, mit der wir zu ihrer Tochter gehalten hatten, und ermunterte uns zu einem Bad im Pool. Ich entschuldigte mich, weil ich keinen Badeanzug dabei hatte.

»Macht nichts, meine Tochter leiht dir einen.«

»Danke, aber ich muß auch nach Los Remedios zurück«, beeilte ich mich zu sagen, weil ich nicht zugeben wollte, daß ich gar nicht schwimmen konnte.

»Dann eben ein anderes Mal.«

Begeistert von dem schönen Nachmittag verabschiedete ich mich und dachte dabei an all das, was ich meiner Mutter erzählen konnte. Obwohl ich ihr nicht sagen würde, wie sehr es mir dort gefallen hatte, um sie nicht zu kränken: die Art der Mutter meiner Klassenkameradin, mit wieviel Humor sie die Sache aufgenommen hatte, ihre Fröhlichkeit. Wie gerne hätte ich meine Mutter auch so lachen sehen, sie alles fragen, ihr alles erzählen können ohne Furcht vor ihrem Tadel oder ihren vagen Andeutungen. Es hätte mir Sicherheit verliehen, hätte ich ihr in die Augen schauen können, ohne daß sie immer gleich wegsah, als verberge sie ein schreckliches Geheimnis. Und was hätte ich dafür gegeben, denselben Mut zu besitzen wie Leticia. Ich wünschte, ich könnte Mutter Gertrude eine lange Nase machen und mich weigern, ihre Gebete herunterzuleiern. Doch den Luxus konnte ich mir nicht erlauben. Zu Hause würde ich was zu hören bekommen, und das Stipendium würde ich einbüßen.

Der Schulalltag nahm wieder seinen üblichen Verlauf, gespickt mit den Streichen meiner Klassenkameradinnen unter Leticias Anleitung. Einmal gelang es ihnen, der Nonne Reißnägel auf den Stuhl zu streuen, ein anderes Mal schmuggelten sie einen Plastikskorpion in ihr Schubfach. Sie erschrak sich derart, daß sie gar nicht aufhörte zu schreien. Eines Tages entdeckte die Mädchen Mutter Gertrude allein beim Beten in der Kapelle und schlossen sie ein. Sie rief um Hilfe, hämmerte laut an der Tür, doch niemand hörte sie. Erst zwei Stunden später, als die Novizinnen zum Beten des Rosenkranzes kamen, wurde sie befreit. Als man sie fand, hatte sie bereits einen Nervenzusammenbruch erlitten, denn augenscheinlich litt sie unter Klaustrophobie. Dieser Streich war der Tropfen, der das Faß zum Überlaufen brachte. Ohne Zögern versicherte sie, als der Schlüssel im Schloß herumgedreht wurde, Leticias Lachen erkannt zu haben, und forderte ihren Verweis von der Schule. Bei der Gelegenheit wäre meine Freundin tatsächlich beinahe von der Schule geflogen, und nur durch großzügige Geldspenden ihres Vaters an die Schule konnte das Schlimmste verhindert werden.

Jeden Montag berichteten meine Klassenkameradinnen die vielen Neuigkeiten vom Wochenende: Sie hatten Basketball im Sport-Club gespielt, waren geschwommen, hatten einen höchst gutaussehenden Jungen im Country-Club kennengelernt oder die Kirmes besucht. Leticia hatte bereits einen Freund. Ihre Schwester, Miss Comanja, bereitete sich darauf vor, unseren Bundesstaat national zu vertreten. Ihre Eltern hatten ihrerseits den ersten Preis im Tanzwettbewerb des Rotarier-Clubs gewonnen. Ich liebte es, ihnen zuzuhören, denn es war für mich eine Möglichkeit, Einblick in eine andere, mir vollkommen unbekannte Welt zu bekommen. Wenn sie mich fragten, womit ich mein Wochenende verbracht hatte, gab ich ihnen immer dieselbe Antwort: »So wie immer.« Zum Glück fragten sie nie, was »so wie immer« war.

Samstags und sonntags mußte ich meiner Mutter helfen. Mein Vater sagte, während der Woche hätte ich mich schon genug ausgeruht. »So wie immer« hieß also fegen, abwaschen, die Hühner und Truthähne mit Mais füttern, waschen, bügeln und, wenn ich Pech hatte, die leidigen Streitereien meiner Eltern mitanhören.

Wenigstens manchmal redete ich mir einiges von der Seele, Mama hatte für mich immer ein offenes Ohr, auch wenn mich ihre zaghaften Ratschläge meist nicht weiterbrachten. Consuelo sprach hingegen nie von ihren Sorgen. Obwohl auch sie auf der Schwesternschule Höllenqualen ausstand, sagte sie immer, alles laufe gut. Aber die Wirklichkeit sah anders aus. Sie hatte die gleichen Ängste wie ich, litt ebenfalls unter der strengen Disziplin der Nonnen und suchte voller Zweifel nach Antworten, die sie nie erhielt.

Die Nonne, die ihre Klasse leitete, hörte nicht auf, sie zu schikanieren. Einmal hatte sie Consuelo wegen ihrer dreckigen Schuluniform getadelt, woraufhin meine Schwester entgegnete, die Uniform sei sauber, es sei nur so, daß der dünne weiße Stoff der Bluse auf ihrer sonnengebräunten Haut wie helles Kaffeebraun wirke. Auf diese überraschende Antwort hin war die gesamte Klasse in grölendes Gelächter ausgebrochen.

Die Nonne, die auf Autorität pochte und deshalb nie einen Irrtum eingestehen konnte, schien nur darauf zu warten, ihr diese Frechheit heimzuzahlen. Die Gelegenheit bot sich, als Consuelo einmal ihre Menstruation hatte und die benutzte Einlage nicht dick genug war, um die heftige Blutung aufzusaugen, so daß hinten am Rock ein roter Fleck entstand.

Als die Schülerinnen den Raum verlassen wollten, rief die Klassenlehrerin sie wieder zurück. Mit scheinheiliger Freundlichkeit hielt sie einen endlosen Vortrag über die weibliche Hygiene, da es unter den Schülerinnen einige gäbe, die tagelang während ihrer Menstruation die gleiche Einlage trügen. Eine solche Schlamperei könnte sie nicht nur bei dem ärztlichen Personal in Verruf bringen, sondern verbreite auch einen üblen Geruch. Dann forderte sie Consuelo auf, nach vorne zu treten. Mit gesenktem Kopf ging diese langsam vor zur Tafel. Tränen stiegen ihr in die Augen und rannen über ihre Wangen, während sich Dutzende von Blicken auf ihren Rock richteten.

Von dem Tag an hatte die Nonne Consuelo zunehmend im Visier. Sie kontrollierte, ob die Farbe an ihren Schuhen abgestoßen war, ihre Uniform makellos sauber und ordentlich gebügelt und ihr Haar gekämmt war, während die Klassenkameradinnen sie kritisch musterten.

Consuelo entwickelte einen übertriebenen Hang zu Reinlichkeit und Ordnung; ständig war sie darauf bedacht, daß ihre Kleidung sauber und ordentlich und die Schuhe auf Hochglanz geputzt waren. Beim Baden rieb sie sich den Körper ein ums andere Mal ab, als ginge es darum, einen verseuchten Lappen zu desinfizieren. Eines Tages war ihre einst so blitzblanke Haut von all der Seife und dem Schrubben übersät mit Schuppen wie ein Fisch.

Die Schulsatzung und alle Vorschriften wußte sie auswendig und verstieß nie dagegen, ja, sie kam sogar den Anordnungen der Nonne zuvor. Wortwörtlich befolgte sie jeden Befehl, lernte unermüdlich und beantwortete ohne Zögern jede Frage. Dennoch fand die Nonne immer einen Anlaß, sie zu quälen. Sie verpflichtete sie zu Nachtwachen und schickte sie am Wochenende und an Feiertagen zu den strengsten Ärzten und in die Krankensäle mit den meisten Patienten.

So erfuhr Consuelo mit ihren sechzehn Jahren Formen der Unterdrückung und der Angst, die sie sich im staubigen Los Remedios nicht hätte träumen lassen. Und sie lernte, was es heißt zu hassen, obwohl sie es nicht wagte, dieses Gefühl, das in ihren Eingeweiden fraß, so zu benennen. Sie hegte einen glühenden Haß auf die Nonne, die sich ständig mit ihrer strengen, finsteren, irgendwie mit dem Geruch nach Weihrauch und Kasteiung behafteten Art in ihr Leben drängte.

Mit dem dauernden Hin- und Herreisen nach Los Remedios und dem Zauber der Bücher verging die Zeit sehr schnell. Ich war selig, als die Abschlußprüfungen bevorstanden, denn da konnte ich glänzen. Ich würde von den Klassenkameradinnen gefeiert und von Leticias Mutter beglückwünscht werden. Generell erfolgten die Prüfungen mündlich, um auszuschließen, daß abgeschrieben oder gepfuscht wurde, denn die Lehrer wußten, daß einige Schülerinnen es immer schafften, kleine Spickzettel mit den Lösungen einzuschmuggeln. Sie wurden in Blusenärmeln versteckt, mit Tesafilm unter den Rock, den Gürtel und wer weiß wohin sonst noch geklebt.

Am Tag der Abiturfeier erhielt ich offiziell mein Zeugnis. Ich war die Jahrgangsbeste. Als ich in meiner Schuluniform das Zeugnis in der Aula entgegennahm, brach ich bei dem heftigen Applaus meiner Mitschülerinnen in Tränen aus. Ich hatte kein festliches Kleid an, und niemand aus meiner Familie war gekommen. Uns fehlte das Geld für eine dem Anlaß gemäße Kleidung, für den Examensring und für das feierliche Abendessen mit Tanz.

Nach der Zeremonie verließ ich die Schule, ohne mich von jemandem zu verabschieden. Ich rannte hinaus. Auf den Straßen vor der Schule herrschte ungewohnte Stille. Voller parkender Autos, hatten sie sich in riesige Parkplätze verwandelt. Ein altes Pärchen schlurfte über den Bürgersteig, und ein Straßenverkäufer mit Süßkartoffeln machte mit einem jämmerlichen Gehupe auf sich aufmerksam.

Ein diffuses Gefühl von Freude wie auch von Wehmut ergriff mich. Ich war aufgewühlt und konnte die beiden Empfindungen nicht mehr voneinander trennen. Das Papier, das ich in Händen hielt, brachte mich gleichzeitig zum Lachen und zum Weinen. Der Stolz, eine solche Auszeichnung erhalten zu haben, verschmolz mit der schmachvollen Erinnerung an die mitleidigen Blicke meiner Klassenkameradinnen.

Ich stieg in den Bus. Er war voll. Eingequetscht zwischen den anderen Fahrgästen, die sich wie Herdenvieh auf dem engen Gang drängten, schloß ich die Augen: Ich sah mich im Ballsaal, in ein Organzakleid gehüllt, auf hochhackigen Schuhen einen Walzer im Rhythmus der Klänge der Musikkapelle tanzen. Alle Mitschülerinnen beglückwünschten mich, ich spürte auf der Haut die Wärme ihrer Umarmungen, die wohltuende Nähe der Familie, ihre Blicke und ihr Lachen …

Als ich über den dünnen Stoff meiner abgewetzten Uniform strich und den beißenden Geruch nach Schweiß um mich herum einatmete, kehrte die Realität mit aller Macht zurück. Und doch blieb ein Rest Zuversicht. Ich war sicher, daß meine Eltern glücklich sein würden, wenn ich ihnen mein Zeugnis zeigte.

Die Reaktion meiner Eltern war jedoch nicht so überschwenglich, wie ich mir das vorgestellt hatte. Für sie schienen meine ausgezeichneten Noten eine Selbstverständlichkeit zu sein. Meine einzige Genugtuung war, daß ich das Abitur mit sechzehn Jahren und mit hervorragenden Noten geschafft und wenige Tage später die Aufnahmeprüfung der Medizinischen Fakultät bestanden hatte, wo nur eine begrenzte Anzahl von Studenten zugelassen wurde. Von den zwölf Teilnehmern der Schule hatten nur Leticia und ich es geschafft.

Da die Medizinische Fakultät etwas außerhalb von Comanja lag und ein tägliches Pendeln für mich nicht mehr in Frage kam, beschlossen meine Eltern, ich solle für eine bescheidene Miete bei den Nonnen im Internat wohnen. Nach einer beschwerlichen Busfahrt mit all meinem Gepäck erreichte ich Comanja. Vom Busbahnhof nahm ich ein Taxi zum Kloster, wo mir eine Nonne öffnete und mich über dunkle Korridore zu meinem Schlafraum brachte. Mehrere Mitbewohnerinnen waren dort bereits dabei, ihre Kleidung und Bücher auszupacken und einzuräumen.

»Räumen Sie Ihre Sachen auf, und lesen Sie dann die Klosterordnung. Sie liegt auf Ihrem Bett.«

In den Räumen herrschte andächtige Ruhe, und die Luft war durchdrungen vom Geruch nach Weihrauch, Wachs und Desinfektionsmitteln.

Die Klosterordnung basierte auf Gehorsam, Ordnung, Disziplin und täglicher Teilnahme an der Messe. Letztere Vorschrift las ich nur mit Unwillen. Die Religion weckte keine angenehmen Erinnerungen in mir, und insgeheim widerstrebte es mir, zu diesem Gott zu beten, der Mamas Qualen nicht sah und ihre Bitten nicht anhörte. »Es ist nicht der Mühe wert! Gott muß sehr weit entfernt sein, so weit, daß unsere Gebete und unsere Hilferufe ihn nicht erreichen«, sagte ich mir immer wieder.

Nach den ersten Unterrichtswochen mußte ich in den Seziersaal. Dorthin wurden alle nicht identifizierten Toten gebracht und lagen nun auf den gekachelten Tischen vor uns. Ein durchdringender Geruch nach Formalin und Chloroform hing im Saal, der mir sofort auf den Magen schlug und mich in helle Panik versetzte. Erheitert über mein Entsetzen schickte mein Anatomieprofessor mich ans andere Ende des Saals, um die Leiche eines mageren, glatzköpfigen Mannes mit einer so dünnen Haut zu sezieren, daß ich sie, als ich das Seziermesser in meine unerfahrenen, zitternden Hände nahm, einriß. Mir wurde schwindelig und schrecklich übel.

»Du gehst nicht, ehe du es zu Ende gebracht hast, denn sonst ist er nicht mehr zu gebrauchen«, erklärte der Lehrer und machte noch einige hämische Bemerkungen über das Geziere zimperlicher Mädchen.

Aus lauter Furcht, an diesem gruseligen Ort allein zu bleiben, bemühte ich mich, so schnell wie möglich zu sezieren. Das hatte zur Folge, daß ich mir in die Finger stach und mein Blut sich mit dem Formalin aus dem Leichnam vermengte.

Im Laufe der Tage nahmen meine Nervosität und Angst zu. Die Tage verliefen immer gleich. Die Hörsäle, die Leichen, der strenge, autoritäre Ton in der Fakultät, all das wurde mir unerträglich. In den Nächten quälten mich schreckliche Alpträume voller Leichen, schwierigen Prüfungen und strengen Lehrern, die sich als blutüberströmte Menschenfresser entpuppten. Ich träumte, ich müßte Prüfungsaufgaben lösen, deren Texte in einem dichten Nebel unleserlich verschwammen. In einem anderen Traum befand ich mich plötzlich auf einer verbogenen Leiter, die in den nachtschwarzen Himmel führte. Auf den moosig glitschigen Sprossen verlor ich unweigerlich das Gleichgewicht und stürzte ins Nichts.

Jeden Morgen wachte ich durchfroren und noch ganz benommen von den wirren Träumen, aus denen mich im kalten Morgengrauen der Wecker riß, auf. Ich nahm ein Bad, ging zur Messe, rekapitulierte noch einmal die Anatomielektion, frühstückte und machte mich anschließend mit Herzklopfen auf den Weg in die Fakultät, wo ich bis ein Uhr blieb; nach dem Mittagessen ging ich wieder zum Unterricht in den Seziersaal. Gegen Abend ruhte ich mich im Internat ein wenig aus, aß zu Abend und lernte dann bis Mitternacht.

Der ganze Druck erschwerte mir das Atmen und gab mir ständig das Gefühl, ich müßte ersticken. Diese Fakultät war eine der strengsten im Land. In den ersten Semestern war es nicht erlaubt, auch nur in einem Fach durchzufallen. Wenn ein Student die Prüfung nicht bestand, wurde er von der Fakultät verwiesen. Diese Gefahr spürte ich wie eine Guillotine über mir, die mich jederzeit den Kopf kosten konnte.

Zu allem Übel konnte ich an den Wochenenden, wenn ich daheim war, wegen der dauernden Auseinandersetzungen meiner Eltern nicht ruhig schlafen. Ich fühlte mich einer Situation ausgeliefert, bei der kein Ende abzusehen war und wo ich nicht eingreifen durfte. An wen sollte ich mich wenden? Bei wem konnte ich mir meinen ganzen Kummer von der Seele reden? Mama hatte schon genug Sorgen und Arbeit.

Manchmal war ich versucht, die Fakultät zu verlassen und woanders neu anzufangen, doch dann verwarf ich diesen Gedanken gleich wieder ... Meine Eltern würden nicht dulden, daß ich dieses im ganzen Land hoch angesehene Institut aufgeben würde. Wie Mama war ich dazu erzogen, die Träume anderer zu verwirklichen und auf die eigenen zu verzichten. Mit der Zeit wurde nämlich offensichtlich, daß ich zur Medizin nicht taugte. Als ich mich dafür entschieden hatte, besaß ich keine genaue Vorstellung davon, was mich erwarten würde. Ich wußte nur, daß mein Vater davon träumte, eine Doktorin im Haus zu haben, weil er den Arztberuf für den angesehensten überhaupt hielt. Und ich hatte in meiner Naivität geglaubt, Ärztin zu sein bedeute nichts weiter als Spritzen zu geben, Salben zu verordnen, Kratzer zu heilen, einen schmukken, weißen Kittel zu tragen und sich ein Stethoskop um den Hals zu hängen.

Anfangs empfanden einige Kommilitonen ebenso wie ich Ekel vor dem Geruch nach Formalin und Tod, doch den überwanden sie rasch. Sie fanden es normal, einem Kommilitonen den Finger eines Verstorbenen in die Kitteltasche zu stecken. Ganz abgesehen davon, daß sie nach dem Sezieren der Leichen bei dem Gestank und der ganzen Atmosphäre im Seziersaal ohne das geringste Anzeichen von Widerwillen essen gehen konnten. Mir war das unmöglich. Es war offenkundig, daß ich nicht das Zeug zur Ärztin hatte. Hinzu kam, daß ich meine absolute Unfähigkeit erkannte, mich mit dem Leiden anderer zu konfrontieren. Das zeigte sich an dem Tag, als Leticias Mutter starb und ich an der Beerdigung teilnahm. Bei meiner Ankunft entdeckte ich meine Freundin in einer Menge von Trauergästen. Von Mitleid übermannt, bekam ich kein einziges Wort über die Lippen. Ich umarmte sie und brach sogleich in Tränen aus. Ich wußte nicht, wer mehr Tränen vergoß, sie oder ich. Einer der Trauergäste versuchte sogar mich zu trösten, im Glauben, ich sei eine enge Verwandte der Verstorbenen.

Meine Reaktion verwunderte auch die anderen Kommilitonen. Sie machten sich sogar über mich lustig und meinten, ich sollte mich in einer dieser Herz-Schmerz-Serien im Fernsehen verdingen, wo die Darsteller pausenlos und wegen jeder Kleinigkeit in Tränen ausbrachen. An dem Tag verfluchte ich mein zu weiches Herz. Ich schämte mich für meine Schwäche, haßte diese Leichtigkeit, mit der ich in Tränen ausbrach, ebenso wie meine Unfähigkeit, die Fassung zu bewahren. Aber was konnte ich dafür? Der Tod und das Leid anderer waren und sind mir bis auf den heutigen Tag unerträglich. Das Erstaunliche ist, daß ich mehr über andere weine als über mich selbst, oder vielleicht sind es all die Tränen, die ich mir um meiner selbst willen nicht gestatte.

Nach dem Tod ihrer Mutter verließ Leticia die Medizinische Fakultät. Ihr Fortgang hinterließ bei mir ein Gefühl unendlicher Leere.

Ich schlief und aß wenig und wurde jeden Tag magerer. Mein Gesicht wurde immer blasser, wirkte scheu und krank. Der Arzt diagnostizierte eine Anämie zweiten Grades und verordnete mir strikte Ruhe. Ich schlug seine Ermahnungen jedoch in den Wind, da ich weiterstudieren mußte.

Von den Prüfungen zum Semesterende bestand ich die fünf ersten, aber bei der letzten Prüfung im Fach Anatomie, bei dem Lehrer, der mir so panische Angst einjagte, war ich vor Furcht wie gelähmt.

Als ich an jenem Morgen zum mündlichen Examen ging, hatte ich eine solche Angst, daß mir mein Herz wie wild gegen die Rippen hämmerte. Der Prüfungsraum roch nach Ernst und Strenge.

Hinter einem langen Tisch saßen drei Professoren: In der Mitte Doktor Fuentes, der gefürchtete Anatomielehrer, mit seinem immer ernsten Gesicht, neben ihm ein älterer Herr mit spärlichem weißem Haar; zur anderen Seite ein unbekannter, barsch wirkender Arzt, der etwas in der Studentenliste suchte. Hinter ihnen hing der Eid des Hippokrates in einem Holzrahmen an der Wand. Ich nahm gegenüber den Prüfern Platz und nahm sie nur wie durch einen dichten Nebel wahr. Ihre strengen Blicke trafen mich wie eiserne Pfeile und lähmten mich. Ich beobachtete, wie aus ihren Mündern mir vollkommen unverständliche Fragen kamen. Vor meinen Augen verschwamm alles, und ich stammelte mich verzweifelt von einer Frage zur nächsten. Das einzige, was ich noch wahrnahm, waren diese Münder, die sich unerbittlich öffneten und schlossen, um das Urteil über mich zu verhängen: »Sehr schlecht, sehr schlecht, Señorita Villanueva. Ihre Äußerungen machen deutlich, daß Sie sich nicht vorbereitet haben. Sie können jetzt gehen!«

Ich erhob mich, nahm meine Bücher und ging zur Tür. Doch als ich sie öffnen wollte, zögerte ich. Mit trockener Kehle bat ich: »Bitte, geben Sie mir noch eine Chance. Ich habe mich gut vorbereitet und weiß alles. Es ist nur so, daß ich sehr nervös bin ... Bitte lassen Sie es mich noch einmal versuchen.«

Doktor Fuentes' Gesicht blieb ungerührt. Nur seine Handbewegung, mit der er mir die Tür wies, zeigte mir, daß er meine Frage gehört hatte. Er zog einen Federhalter aus der Brusttasche seines Hemdes und unterschrieb, über den Tisch geneigt, das Papier. Ein schwarzer Strich, der meine Zukunft auslöschte.

Beim Verlassen der Fakultät brach alles über mir zusammen. Vor meinen Füßen tat sich ein Abgrund auf, und ich hatte niemanden, der mich wieder aufbauen würde. Andere Eltern als die meinen würden vielleicht das Scheitern ihrer Töchter akzeptieren und sie ermutigen, es woanders zu versuchen. Aber damit war bei meinen Eltern nicht zu rechnen.

Und doch empfand ich ein grenzenloses Gefühl der Freiheit. Ich fühlte mich wie ein Sträfling, der Lebenslänglich bekommen hatte und soeben wegen guter Führung entlassen wurde.

»Ich bin frei! Ich bin frei!« stammelte ich, als könnte ich das Geschehene noch nicht ganz fassen.

Diese Euphorie währte jedoch nicht lange. Bald darauf verfiel ich in tiefste Niedergeschlagenheit und konnte an nichts weiter denken als an meine katastrophale Lage.

Bei meiner Rückkehr ins Internat läutete die Glocke zum Abendessen. Aber nach all dem, was geschehen war, hatte ich nicht die Ruhe, mich zu den anderen zu gesellen.

Die Mädchen brachen nach und nach auf. Ihre Eltern halfen ihnen lächelnd mit dem Gepäck, es wurden Fragen und zärtliche Worte ausgetauscht. Nur ich blieb in der Tür stehen, ohne darauf zu warten, daß mich jemand abholte oder mir gar Mut zuspräche. Schließlich packte ich meine Sachen und ging langsam zum Busbahnhof, um nach Los Remedios heimzufahren.

Unter einem grau verhangenen Himmel fiel Regen auf die einsame Straße. Meine Füße waren bleischwer. Es war Herbst. Meine Tränen vermischten sich mit dem Regen, der auf das Laub auf der Straße herabfiel. Als ich daheim war, merkte ich, daß ich mich gar nicht daran erinnern konnte, wie und wann ich den Bus bestiegen und verlassen hatte. Alles war wie im Nebelschleier eines Alptraums abgelaufen. Ich wußte auch nicht mehr, wie ich meinen Eltern mein Scheitern in der letzten Prüfung beigebracht hatte. Mit fadenscheinigen Gründen versuchte ich mich stotternd zu rechtfertigen, bis ich schließlich verstummte. Mama sagte nichts, sondern begnügte sich mit einem halb strafenden, halb verzweifelten Blick voller enttäuschter Erwartungen. Papa erhob sich wortlos vom Tisch und ging hinaus. Ich blieb noch lange sitzen, unfähig, den stechenden Schmerz abzuschütteln, der mich peinigte.

In den folgenden Tagen fühlte ich mich völlig hilflos und unfähig, irgendeine Entscheidung zu treffen. Sicher wußte ich nur, daß ich mich unendlich danach sehnte, mich meiner Mutter in die Arme zu werfen und all die Tränen herauszulassen, die ich seit jeher unterdrückt hatte. Doch ihr tadelnder Blick und ihr grausames Schweigen hemmten mich. Ich hatte versagt, hatte ihre Erwartungen enttäuscht. Deshalb mußte ich schweigen, ruhig bleiben und mich verstellen. Als meine Vettern und Tanten zu Besuch kamen, befahl Mama mir, mich vor ihnen nicht zu zeigen. So entging sie dem Spott und den indiskreten Fragen. Sie brachte es nicht fertig, sich ihnen ohne Scham zu stellen und die Wahrheit zu sagen.

Zum Glück hatte Consuelo zur gleichen Zeit ihr Studium erfolgreich beendet und mußte ihr soziales Jahr auf einem Bauernhof fern der Stadt ableisten. Ich bot ihr an, sie zu begleiten, packte meine Kleidung und reiste mit ihr ab. Auf diese Weise konnte ich der qualvollen Situation zu Hause entfliehen, der betonten Kälte meines Vaters und den harschen Vorwürfen meiner Mutter, die mich immer härter trafen.

Wir erreichten die Ortschaft, als die Sonnenstrahlen hinter einer Bergkuppe verschwanden. Es war nicht mehr als eine Gruppe kleiner Häuser aus Lehmziegeln. Das Gesundheitsamt, in dem wir wohnen würden, befand sich auf der Hauptstraße am Ortseingang. Die meisten Patienten lebten in weit entfernten Siedlungen. Den Weg dorthin mußten sie zu Fuß oder auf dem Rücken eines Maultiers zurücklegen.

In einer sternenübersäten Oktobernacht suchte ein aufgelöster Bauer Hilfe bei uns. Seine Frau stand kurz vor der Niederkunft. Consuelo und ich begleiteten ihn. Wir liefen zwei Stunden lang, bis in der Ferne ein paar Lichter inmitten der Berge auftauchten und wir plötzlich vor einer windschiefen, finsteren Höhle standen. Hinter der Tür flackerte spärliches Licht.

»Kommen Sie, gehen Sie ruhig hinein«, forderte der Mann uns auf.

In der Behausung gab es nur einen einzigen Raum.

»Wo ist die Kranke?«

Ein Jammern zeigte uns, wo sie sich befand. Auf einer Matte in einer Ecke lag eine junge Frau, der das Haar im schweißgebadeten Gesicht klebte. Daneben stand eine flackernde Kerze.

»Bitte stehen Sie mir bei, um Gottes willen, helfen Sie mir, ich sterbe, ich sterbe«, stöhnte sie.

»Señor, ich brauche heißes Wasser, saubere Tücher und etwas Seife«, bat Consuelo den Mann.

»Ich habe nur Wasser und ein paar alte Lappen. Mit dem Rest kann ich nicht dienen, das gibt's hier nicht.«

Die Frau jammerte immer erbärmlicher. Die dicken schwarzen Ringe um ihre Augen stachen aus der wächsernen Blässe ihres Gesichtes hervor.

»Es ist zu spät, sie in die Klinik zu bringen.«

Consuelo machte Wasser heiß, sterilisierte damit Hände und Instrumente und empfahl sich Gott, als sie sich daranmachte, der Gebärenden zu helfen. Die Frau biß auf ein Tuch, um ihre Schmerzensschreie zu ersticken. Nach mehreren vergeblichen Versuchen preßte sie mit aller Kraft, bis ein festes Bündel und eine Menge Flüssigkeit aus ihrem Leib kamen. Ein neues Wesen trat mit dem kräftigen Schrei des Lebens in die Welt.

Die Geburt war ohne Komplikationen erfolgt. Es kam nur zu einem kleinen Dammriß, den Consuelo ohne Betäubung nähte. Alle atmeten wir auf.

Erst im Morgengrauen kehrten wir heim. In der Gegend des Gesundheitsamts lungerten noch eine Menge Betrunkener herum, deren Anwesenheit uns Angst einjagte. Wir fühlten uns ausgeliefert, so allein in diesem Fertigbau lebend, wo die Wände derart dünn waren, daß sie von einem kräftigeren Stoß einstürzen würden. Die Eingangstür versperrten wir mit Stühlen und obendrein mit der Krankenliege.

Dieses Gefühl der Unsicherheit dauerte jedoch nicht lange, da Consuelo durch ihre freundliche Art bald die Herzen der Bevölkerung eroberte. Als sie von unserer Sorge erfuhren, waren sie sofort bereit, das Gesundheitsamt nachts zu bewachen.

An Sonn- und Feiertagen strömten die Einheimischen gegen zwölf Uhr mittags auf die Straßen. Frisch gebadet und im feinsten Sonntagsstaat gingen sie zur Messe: die Frauen, das Haar mit einem akkuraten Scheitel geteilt und zu zwei schwarzen Zöpfen geflochten, die unter den Umschlagtüchern verschwanden, die Männer mit dem Strohhut auf ihrem mit Brillantine gestriegelten Haar.

Nach dem Verlassen der Kirche flanierten sie auf der Dorfstraße und ließen sich schließlich in Grüppchen um die Bäume nieder, hielten ein Schwätzchen, rauchten, aßen Erdnüsse und Zuckerrohr. Eine andere Gruppe von Männern drängte sich im Dorfladen, wo nachmittags Bier und sauer Eingelegtes verkauft wurde. Bei Anbruch der Nacht verloren sich mehrere junge Paare in den Maisfeldern. Einige verheiratete Männer kehrten betrunken heim und beschimpften ihre Frauen. Manchmal zerrten ihre Söhne und ihre Frauen sie heim, nachdem sie sie besinnungslos mitten auf der Straße liegend aufgegabelt hatten. Dieser Lebensstil war für mich nicht im mindesten überraschend. Es war genauso wie in Los Remedios.

Für mich vergingen diese Tage langsam, voller Trägheit in der drückenden Hitze. Die Eintönigkeit der Maisfelder, die sich bis an den Horizont erstreckten, stürzten mich in eine ständige Traurigkeit. Aber das war mir immer noch lieber als mein Zuhause, wo Mamas Vorwürfe mit der Zeit immer heftiger geworden waren und mich das Gefühl der Schuld verfolgte.

Ich war heilfroh, so fern wie möglich von zu Hause zu sein und hatte viel Zeit zum Nachdenken. Nach langem Grübeln kam ich auf die Idee, es noch einmal mit einem anderen Studium in der Hauptstadt zu versuchen. Ich entsann mich, daß Großvater Francisco dort zwei Cousinen hatte; Angélica und Cuca. Sie waren die Töchter des Bruders seines Adoptivvaters. Von Zeit zu Zeit tauchten sie in Los Remedios auf. Wenn sie in ihrem Wagen vorfuhren, wirbelten sie immer eine riesige Staubwolke auf. Sie waren stets schrecklich elegant und nach der neuesten Mode gekleidet – so wirkte es zumindest auf mich.

Wenn sie zu Besuch kamen, herrschte jedes Mal ein schrecklicher Aufruhr im Haus. Eulalia eilte in Benitas Laden, um Schokolade, Milch, Hefegebäck, Sauermilchcreme und frischen Käse zu kaufen, während Chona sich leise fluchend daranmachte, ihre besten Rezepte für Mole und Enchiladas auszuprobieren. Großvater seinerseits lauschte ungewöhnlich zuvorkommend und aufmerksam der langen Auflistung von Annehmlichkeiten, die sie in der Hauptstadt genossen. Ihre beiden Männer waren einflußreich und gutsituiert, so daß sie sich ständig ein neues Auto kaufen und zweimal im Jahr Urlaub machen konnten. Schon bei mehreren Gelegenheiten hatten sie jedem von uns ihre uneingeschränkte Hilfe angeboten, sobald es nötig sei. Beeindruckt von ihren Schilderungen hatte Eulalia sich jedesmal für ihr bescheidenes Heim und das einfache Essen entschuldigt.

An manchen Abenden erinnerte Großvater, wenn er bei Laune war, uns an die Geschichte der reichen Cousinen, die in letzter Zeit allerdings nicht mehr zu Besuch kamen. Er entschuldigte sie damit, daß sie sicherlich zu beschäftigt waren, um ihre Zeit mit Besuchen beim armen Zweig der Familie Villanueva zu vergeuden. Er betonte jedoch, sie hätten sich immer gütig und freundlich gezeigt, stets bereit, uns im Augenblick der Not zu helfen.

Daran erinnerte ich mich jetzt. Das war die Gelegenheit für mich, in der Hauptstadt zu studieren. Ich würde in irgendeinem Regierungsbüro arbeiten und nachmittags an der Universität studieren. So würde ich auch andere Leute kennenlernen. In dem Strom von Menschen der Metropole könnte ich untertauchen. Keiner würde von den Ehezwistigkeiten meiner Eltern erfahren oder von den Ängsten, die mich bis dahin immer geplagt hatten.

Der Himmel war immer noch finster, und ein dichter, bläulicher Nebel zog unter dem einzigen Stern vorbei, der am Himmel zu sehen war. Eine dumpfe, gespannte Ruhe erfüllte die Straße. Ich trat ein, durchquerte das Wohnzimmer und stieg, mich im Dunklen vorwärtstastend, die Treppe hinauf. Durch die Dachluke hatte es hereingeregnet, so daß ich auf den nassen Stufen fast ausglitt. Ich schlich zum Schlafzimmer, stieß die Tür auf und rief leise nach Mama. Als sie nicht antwortete, trat ich ein. Der Raum lag im Dunklen, und sie schlief. Ein Teil ihres Gesichts auf dem Kissen verschwamm in der Dunkelheit. Die dichten Brauen zeichneten sich über ihren tiefen Augenhöhlen ab, ihr Gesicht wirkte schlaff und welk, wie Eukalyptusblätter im Winter. Im Schlaf schüttelte sie den Kopf und stammelte einige unverständliche Worte, dann seufzte sie und schlief weiter. Ihr Atmen hob die Decke. Ich setzte mich auf den Bettrand und streichelte ihre Stirn, während ich ihr stumm versprach, sie zu beschützen. Die Kerze vor der Christusfigur brannte noch. Lautlos ging ich wieder hinaus. Dann begab ich mich in die Küche; der Ofen brannte, Wasser kochte auf dem Herd, und es roch nach Orangenblüten. Dort saß Papa, allein im Dunklen. Er sah alt aus, ein dichtes Faltennetz überzog sein Gesicht, und unter den müden Augen wirkten die Wangen eingefallen. Als er mich bemerkte, blickte er auf und bot mir lächelnd einen Platz an. Er konnte nicht schlafen. Er gab mir eine Tasse Tee, griff nach der Gitarre und begann sie zu stimmen. So saßen wir lange, jeder in seine Gedanken versunken. »Du gehst fort«, sagte er. »Wieder!«

»Ja, ich gehe wieder fort.«

Nachdem ich meinen Entschluß gefaßt hatte, es noch einmal mit einem Studium zu versuchen, kehrte ich wieder zurück nach Los Remedios. Zum Glück fand ich bei meinen Eltern Unterstützung für mein Vorhaben, so daß ich gleich begann, Pläne zu schmieden.

Meine letzten Tage verflogen in fieberhafter Geschäftigkeit, mit Reisevorbereitungen und Abschiednehmen. Am Abend vor meinem Aufbruch in die Hauptstadt packte ich einen Koffer mit Kleidung und Büchern und ein Paket mit Schlackwurst, Trockenfleisch, Tontöpfen und was meine Mutter sonst alles noch besorgen konnte.

»So kommst du nicht mit leeren Händen, wenn du die Tanten um Hilfe bittest. Außerdem kannst du ihnen ja bei der Hausarbeit zur Hand gehen«, sagte sie.

In einer Winternacht machten Papa und ich uns auf den Weg zum Busbahnhof. Ich ahnte, daß dies einer von vielen Abschieden war, die ich im Laufe des Lebens durchzustehen haben würde. Mama begleitete uns nicht. Sie erteilte mir ihren Segen, wünschte uns eine gute Reise und winkte uns von der Tür aus nach.

Die Kälte kroch mir in den Körper und die Seele. Auf der Straße heulte der Wind. Der Busbahnhof war wie ausgestorben, es gab nur einen schlaftrunkenen Fahrkartenverkäufer. Zum Schutz vor der ungemütlichen Kälte setzten mein Vater und ich uns in die Wartehalle.

Gegen Mitternacht stiegen wir in einen Bus zweiter Klasse, in dem es penetrant nach Schweiß und billigem Deodorant roch. Der Bus überquerte die Hauptstraße und hielt für einen Moment vor den Bahnschienen. Ich schaute mich nach den wenigen Lichtern und den einzelnen, dunklen Umrissen des Dorfes um. Nur wenige Schritte weiter befand sich der Fluß mit seinen Bäumen und dem Felsen, mein Zufluchtsort für Träumereien und geheime Bekenntnisse. In Gedanken verabschiedete ich mich von all dem. Wie sehr würde es mir fehlen!

Als der Bus seine Fahrt fortsetzte, sah ich nach vorne. Silberner Mondschein erleuchtete die Straße, und ein eisiger Wind zog durch die undichten Fenster. Die harten, engen Sitzplätze luden nicht gerade zum Schlafen ein. Schließlich, nach einer ganzen Weile, übermannte mich doch die Müdigkeit.

Ich schlief ein und verfiel in einen unruhigen Traum. Um mich herum war Vogelgezwitscher, das Plätschern des langsam fließenden Flusses und das wiederholte Schlagen der Kirchturmglocken, das sich in der Stille verlor. Ich rannte in Begleitung meiner Brüder und Vettern am Flußufer entlang, mit ein paar Eukalyptuszweigen beladen, um die Hütte zu errichten, die uns als Spielzimmer diente. Zwei Puppen lächelten mich an; die eine war ein Geschenk der alten Fina, eine hübsche Puppe, die die Augen öffnen und schließen konnte. Ich sah sie ganz verlassen auf dem höchsten Ast des Eukalyptus sitzen. Auf ihren Wangen fehlte die Farbe, sie war voller Erde und das Kleidchen ganz ausgeblichen. Ich spürte ihren Vorwurf, weil ich sie nicht erreichen konnte. Die andere Puppe bestand aus bemaltem Gips mit einem Körper aus Sägemehl, das aus einem aufgeplatzten Arm rieselte. Sie hatte lockiges Haar, darauf ein blaues Popelinehütchen und streckte mir, meinen Namen rufend, die Arme entgegen. Dann verschwand sie immer weiter in der Ferne.

Als der Bus in einer Kurve bremste, wurde ich von dem Ruck und dem Schmerz meines steifen Halses wach und kehrte in die Realität zurück. Wir waren bereits ein gutes Stück vorangekommen, und Los Remedios lag weit hinter uns.

Im Morgengrauen erreichten wir die Hauptstadt. Schon von ferne leuchteten die gelben Straßenlichter und tauchten die Straßen in einen trüben Schimmer. Der Bus hielt an der Endhaltestelle. Langsam, noch ein wenig benommen, stiegen wir aus, bepackt mit meinem Koffer und einem zugeschnürten Karton, der mit einer großen Schlaufe versehen war. Auf der Suche nach einem Taxi gingen wir zum Ausgang, das uns zu der Adresse fahren sollte, die Papa auf ein Papier gekritzelt hatte. Ich nahm hinter dem Taxifahrer Platz, der gelangweilt aus dem Fenster sah. Kurz vor Sonnenaufgang lichtete sich die Dunkelheit zu einem tiefen morgendlichen Grau, und das tägliche Leben begann. Überall herrschte Bewegung, und unzählige Menschen waren zu sehen. Die einen standen an den Ecken schwarz verrußter Gebäude, andere bestiegen klingelnde Straßenbahnen oder scheppernde Busse. Eine Wolke von Abgasen lag in der Luft, und es fiel ein feiner rußiger Sprühregen.

Unser Taxi glitt rasch die großen Straßen der Stadt entlang, bis wir ein arm und schmutzig wirkendes Viertel erreichten. Ganz in der Nähe befand sich das Haus von Großvaters Verwandten. Ich war überrascht, denn das Viertel ließ sich nicht mit der Eleganz der Tanten bei ihren Besuchen in Los Remedios vereinbaren.

Die schwachen Sonnenstrahlen versuchten bereits, die nebelige Dunstschicht zu durchdringen, als das Taxi stehenblieb. Meine von der morgendlichen Kälte klammen Finger vermochten kaum den Koffer zu halten. Zaghaft drückten wir mehrmals auf die Klingel. Als sich die Tür öffnete, erschien eine Frau im weißen Nachthemd und mit wirrem, kupferrotem Haar. Ihr Gesicht war so blaß, als käme sie aus dem Wachsfigurenkabinett. Sie war groß und dürr wie ein vertrockneter Mesquitebaum.

»Entschuldige, Cousine, daß wir so früh hier erscheinen ...!« sagte mein Vater.

»Francisco! Schön daß ihr da seid! Ich habe dein Telegramm erhalten, in dem du mir Euren Besuch angekündigt hast und auf der Arbeit sogar um einen Tag Urlaub gebeten.« Dann fügte sie hinzu: »Na los, kommt herein, gleich gibt's Frühstück.«

Tante Angélica machte das Kaffeewasser heiß, während Papa ihr das Paket mit den Mitbringseln überreichte.

Die Tante servierte uns eine Tasse Pulverkaffee mit Milch und salzigem Zwieback. An das ländliche Frühstück mit Haferflocken, Tortillas und schwarzen Bohnen mit Chili gewöhnt, wurde uns beim Anblick dieses ungewöhnlichen Mahls ganz flau im Magen. Aber da wir nicht unhöflich sein wollten, griffen wir zu.

Papa wiederholte seine Bitte, mich vorübergehend aufzunehmen, bis er ein Gästehaus gefunden hätte.

Sie stimmte freudig zu, in der Hoffnung, daß ich mich mit ihrem Sohn Mario verstand, der, wie sie sagte, einen sehr streitsüchtigen Charakter habe, ganz im Gegensatz zu ihrer lieben und sanften Tochter, die allerdings das Pech hatte, von ihrem Ehemann das Leben zur Hölle gemacht zu bekommen.

Anfangs sprach Tante Angélica eher formell, fast bürokratisch. Doch nach und nach wurde ihre Stimme sanfter, bis sie schließlich einen vertraulichen Ton annahm.

»Wir haben uns schon seit vielen Jahren nicht mehr gesehen. Ich muß dir so viel erzählen, Francisco.«

Er nickte zerstreut, ganz in seine eigenen Gedanken versunken.

Bei der Unterhaltung erfuhr ich, daß Tante Angélica in ihrer Jugend eine glühende Romanze mit einem verheirateten Mann gehabt hatte. Sie hatte sich mit der Heftigkeit eines Seebebens in ihn verliebt, in dessen Wogen ihre beiden Kinder geboren waren. Er hatte ihr den Himmel auf Erden versprochen, und sie hatte ihm geglaubt. Offenbar ließen die Gewohnheit und ein jüngerer Körper ihn nach einiger Zeit seine Schwüre vergessen. Eines Tages verschwand er aus ihrem Leben und kehrte nie mehr zurück.

Um zu überleben, hatte sie in zwei Schichten arbeiten müssen und ihre Kinder in die Obhut eines Dienstmädchens gegeben. Die Arbeit war hart und der Lohn gering. Erst Jahre später wurde ihre Schinderei belohnt, als ihre Tochter ihr Lehrerexamen bestand und zu arbeiten begann. Wenige Monate darauf heiratete sie. Leider war sie an den Sohn einer hysterischen Mutter geraten, die ihn immer noch bevormundete und ständig gegen seine Frau aufstachelte. Die Tante überhäufte den Schwiegersohn mit Geschenken, in der Hoffnung, dann würde er ihre Tochter besser behandeln. Doch die Situation blieb unverändert.

Mit Mario hatte sie auch nicht mehr Glück gehabt. Er hatte noch vor dem Abitur die Schule verlassen. Seither hatte er verschiedene Arbeitsstellen immer schon nach wenigen Wochen aufgegeben. Um Ausreden war er nie verlegen: Der Chef nutzte einen aus, die Arbeit war eine Plackerei, oder die Kollegen waren beschränkt. Er blieb bis mittags im Bett und vertrödelte die Tage mit dubiosen Freunden, stellte den Mädchen nach und spielte Billard.

»Kinder großzuziehen ist ein harter Kampf«, murmelte Papa.

Nach dem Frühstück zeigte sie Papa und mir die Wohnung. Wir

gingen auf Zehenspitzen, um nicht auf die Sachen zu treten, die überall verstreut lagen. Die Böden waren voller Krümel, Schmutzflecken und Risse. Der Patio mit lauter alten Gerätschaften und Baumaterial bildete die Krönung des ganzen Chaos, das in der Wohnung herrschte.

Später machten wir einen Spaziergang durch das Viertel. Wenn das Haus schon heruntergekommen wirkte, so war die Umgebung von noch größerer Schäbigkeit: Alle Straßen waren voll mit Abfall. Der eine oder andere kränklich wirkende Baum kämpfte in der erstickend schmutzigen Luft ums Überleben. Die baufälligen Häuser waren voller Risse, und der Lärm der kreischenden Straßenbahnen, der brummenden Busse, der laut hallenden Musik aus den Bars und der schreienden Straßenverkäufer war unerträglich. Nicht weit entfernt erhoben sich mehrere Fabriktürme, die von grauen Rauchwolken gekrönt wurden. Der Gestank drang mir bis in die letzten Winkel der Lunge, und das Trommelfell drohte mir zu platzen.

Bei Sonnenuntergang betraten wir ein Restaurant. Am Eingang stand ein riesiger Grill und darauf ein Tontopf. Der Dampf, der aus dem Topf aufstieg, vermengte sich mit dem des Fleischs und der Zwiebeln auf dem Grill. Der Kellner setzte jedem von uns ein saftiges, gegrilltes Rippchen mit einer ordentlichen Menge scharfer Soße, schwarzen Bohnen und einem Berg Zwiebeln vor. Dazu brachte er Tortillas. Wir aßen schweigend. Über meinen Teller gebeugt betrachtete ich noch einmal die heruntergekommene Gegend. Der Anblick verstärkte mein Heimweh, und wieder wurde mir angst und bange.

Hinterher tranken wir heißen Kaffee mit Zimt.

Papa verabschiedete sich, sobald es dunkel wurde. Er hatte noch viel Arbeit im Dorf zu erledigen. »Benimm dich ordentlich, und hilf der Tante, wo du kannst«, ermahnte er mich, während er mir ungelenk über den Kopf strich.

Das versetzte mir einen heftigen Stich im Herzen, und ich verabschiedete mich mit einem Kuß von ihm. Es war das erste Mal in meinem Leben, daß ich ihm einen Kuß gab. Er faßte sich an die Wange und sah mich mit einer Mischung von Erstaunen und Zärtlichkeit an. Obwohl mir die Tränen hochstiegen, ließ ich mir meine Traurigkeit nicht anmerken, sondern bemühte mich, eine gleichgültige Miene aufzusetzen. Ich blieb in der Tür stehen und sah zu, wie die Nacht ihn verschluckte.

Dann schloß ich die Tür. Jetzt, wo er weg war, konnte ich kaum noch die Tränen zurückhalten. Vor mir tat sich ein Abgrund auf: Ich war allein in dieser unwirtlichen, gigantischen Stadt, wo ich praktisch niemanden kannte. Ich hatte die Schwelle überschritten und begonnen, mein Leben selbst in die Hand zu nehmen.

Tante Angélica brachte meinen Koffer in ihr Zimmer und bot mir einen Stuhl an, während sie sich aufs Bett setzte. Im Raum herrschte ein heilloses Durcheinander. »Das Leben in dieser Stadt ist hart«, sagte sie traurig. »So war es schon, als ich vor vielen Jahren hierherkam, aber jetzt ist es noch viel schlimmer. Hier überleben nur die Stärksten. Du mußt dich vor allem in acht nehmen und nicht gleich bei den ersten Schwierigkeiten die Flinte ins Korn werfen. In diesem Haus kannst du essen und wohnen. Aber die Universität und die Sicherheit auf der Straße sind deine Angelegenheit. Ich kann dir auch keine Arbeit besorgen, die Zeiten sind schwierig. Es gibt viele, die suchen, und nur wenige freie Stellen. Sobald du hier Leute kennenlernst, wirst du schon sehen, wo du eine Stelle findest.«

Die Aufregung und die schlechte Luft im Schlafzimmer waren daran schuld, daß ich immer nur kurz einschlief und dann wieder hochschreckte. So verbrachte ich die Nacht, bis eine Welle von Lärm von den nahen Fabriken und vorbeifahrenden Bussen mich aus dem Bett trieb.

Am nächsten Tag lernte ich meinen Vetter Mario kennen. Er kam näher und musterte mich belustigt von Kopf bis Fuß, während mir die Röte ins Gesicht stieg. Er war ein hochgewachsener, schlanker junger Mann mit langem Haar. Trotz seines spöttischen Gesichts wirkte er mit dem offenherzigen, etwas sanften Lächeln sympathisch auf mich. Während er mich musterte, erklärte er mir, welche Busse ich nehmen mußte, um zur Universität zu kommen. Ich merkte mir alle Einzelheiten.

»Gibt es in deinem Dorf überhaupt schon Busse, oder reitet ihr noch auf Eseln?«

»Du solltest mal dort leben. Es ist wirklich herrlich. Wir haben einen klaren, blauen Himmel und einen so sauberen Fluß, daß man sich darin spiegeln kann.«

Später wagte ich mich dann in die Kälte hinaus, auf den abenteuerlichen Weg zur Universität. Vom Großstadttreiben um mich herum pochte mir bald der Kopf. Diese ständige Hektik bedrückte mich, und die Bürgersteige waren eine Welt von Köpfen, die sich hastig fortbewegten. Als ich den Bus nahm, mußte ich achtgeben, daß ich rasch einstieg und mich irgendwo festhielt, damit ich nicht gleich wieder auf der Straße landete. Der Fahrer rief: »Rücken Sie weiter auf!«

Immer mehr Leute stiegen ein. Wir standen so eng aneinandergedrängt wie in einer Sardinenbüchse. Wer nicht mehr hineinpaßte, hängte sich geschickt wie ein Affe draußen an die Türen. Vor meinen Augen zogen prächtige Alleen vorbei mit Bäumen und gigantischen Wolkenkratzern mitten im dröhnenden Verkehr, dem Gewirr menschlicher Stimmen und der von Abgasen verpesteten Luft.

Zwei Stunden später hatte ich mich bis zur Universität vorgefragt. Am Eingang zum Rektorat hing eine Liste mit den angebotenen Studiengängen. Ich verwarf alles, was mit der deprimierenden Atmosphäre der Sezierräume, mit Formalin und Körpersäften zu tun hatte. Aber was sollte ich dann studieren? Das große Angebot machte es mir unmöglich, etwas Passendes für mich zu finden. Dann sollte eben der Zufall für mich entscheiden. Mit geschlossenen Augen ließ ich den Zeigefinger über die Liste gleiten. Als ich sie wieder öffnete, las ich: Politische Wissenschaften und Öffentliche Verwaltung.

Tage später machte ich die Aufnahmeprüfung und bestand mit »sehr gut«. Tante Angélica freute sich über das Ergebnis, und ich begann, mich bei ihr wohl zu fühlen. Anscheinend freute auch sie sich über meine Gesellschaft, denn so hatte sie eine Vertraute, der sie ihre Sorgen erzählen konnte, und eine Hilfe für die Hausarbeit.

An manchen Abenden gesellte sich Mario zu mir und erzählte mir lange von seinen Abenteuern, die manchmal so aufregend waren, daß er sie einem Film entnommen zu haben schien. Er lebte im Haus seiner Mutter, ohne daß beide voneinander Notiz nahmen; sie grüßten sich knapp und tauschten nur bisweilen eine verletzende Bemerkung aus.

Manchmal leistete ich der Tante Gesellschaft, wenn sie bei einer Nachbarin Kaffee trank. Während sich die beiden unterhielten, schaute ich mich in den Wohnungen um und bewunderte die Fähigkeit ihrer Bewohnerinnen, in diesen nüchternen und tristen Wohnungen leben zu können. In riesige Gebäude gepfercht, wo die Außenwelt sich auf ein graues Viertel beschränkte, konnte man oben nur einen kleinen Zipfel des ständig verhangenen Himmels sehen und unten die Gezeiten einer riesigen Menschenflut.

Die Toleranz gegenüber Fremden im Haus hat ihre Grenzen, und so wurde auch der Tante meine Anwesenheit irgendwann zuviel. Unter dem Vorwand, sie müsse verreisen, schickte sie mich zu ihrer Schwester.

Tante Cuca war eine rundliche Frau mit groben Zügen, einer dikken Brille und einer riesigen Hakennase. Sie war Volksschullehrerin gewesen und aufgrund einer plötzlichen Erblindung schon mit vierzig Jahren pensioniert worden. Das und ihre überraschende Scheidung hatten sie zu einem Leben in tiefster Einsamkeit verurteilt, in einer Stadt, wo alle Welt arbeitete und den größten Teil des Tages außer Haus verbrachte. Das war vielleicht auch der Grund für ihre Manie, fiktive Verehrer zu erfinden, die sie unentwegt mit Telefonanrufen verfolgten und ihr andauernd Blumen und Pralinen schickten, die nirgends zu entdecken waren.

Ihre einzige wirkliche Liebe war ihr Sohn Miguel, ein Junge von sechzehn Jahren, der schon lange die Schule verlassen hatte. Er hatte keine Arbeit, aber eine Freundin, die hochschwanger war. Ohne die geringsten Skrupel stahl er seiner Mutter Geld, wo immer er nur konnte. Das gleiche tat er mit mir. Einmal, als ich nicht da war, nutzte er die Gelegenheit, öffnete meinen Koffer und entwendete mir das wenige Gesparte, das ich besaß. Als ich es entdeckte, brach ich in Tränen aus und beklagte mich bei der Tante, die jedoch von einem Diebstahl unter ihrem Dach nichts hören wollte.

Für mich hatte das Geld die Lebensgrundlage für einen Monat bedeutet. Tante Cuca bot mir nicht an, das gestohlene Geld zu ersetzen. In der Nacht überkam mich das Heimweh. Im dunklen Zimmer vergrub ich mein Gesicht im Kopfkissen und weinte hemmungslos.

Am nächsten Tag, es war ein Sonntag, trat ich, ohne zu wissen, was ich tat, in eine Telefonzelle. Dunkel konnte ich mich daran erinnern, daß unsere Nachbarin Benita seinerzeit ihre Tochter Marisa in einer Nacht-und-Nebel-Aktion zu Verwandten in die Hauptstadt geschickt hatte, die ihr dort ein Studium finanzieren sollten. Ihren Mann Chente hatte man bei dunklen Machenschaften erwischt und kurzerhand eingesperrt, woraufhin Benita nicht mehr in der Lage war, ihre vielen Kinder zu ernähren. Zum Glück fand ich die Nummer im Telefonbuch, und Marisa nahm ab. Ich erzählte ihr kurz, was geschehen war. Wir verabredeten uns am Haupteingang des Rektorats, da sie am anderen Ende der Stadt wohnte und ich mich in diesem endlosen Gewirr von Straßen und Bussen verlieren würde. Meine Freude, eine alte Freundin aus Los Remedios wiederzusehen, war übergroß. Wir hatten uns lange Zeit nicht mehr gesehen, und es gab viel zu erzählen. Marisa studierte Jura in Abendseminaren an der Universität. Sie wohnte die Woche über in einem Gästeheim, das ihre Verwandten bezahlten, die sie nur selten sah.

Sie waren sehr beschäftigte Leute und hatten kaum Zeit, gaben ihr aber großzügig das Geld für die Pension, für Bücher, Fahrt und Kleidung.

»Laß uns dort fragen, wo ich wohne. Mit etwas Glück nehmen sie dich auf, wenn du deine Bücher als Pfand hinterläßt, zumindest so lange, bis Geld aus Los Remedios kommt«, schlug sie vor.

Ich war einverstanden, und wir machten uns auf den Weg in die Pension. Die Wirtin erbarmte sich angesichts meiner Bedrängnis und akzeptierte mich.

Ich verlor keine Zeit und kehrte heim zu Tante Cuca. Dort bedankte ich mich für ihre Gastfreundschaft und verschwand unter ihrem erstaunten Blick, bevor sie noch eine Frage stellen konnte.

Mein Zimmer im Gästeheim war dunkel, und ich mußte es mit fünf anderen Mädchen teilen. Es gab sechs Liegen, die, nur durch Nachttische voneinander getrennt, sich nebeneinander aufreihten. An der gegenüberliegenden Wand standen drei Kleiderschränke, und von der Decke hing eine nackte Birne mit mattem, gelbem Licht herab, die von denjenigen, die als letzte ins Bett ging, ausgeknipst wurde. Trotz der Kargheit fühlte ich mich dort glücklich und zum ersten Mal im Leben frei.

Anfangs war es nicht leicht. Der Willkommensgruß bestand aus einem kalten Wasserbad im hinteren Patio und aus mehreren Streichen, die man über sich ergehen lassen mußte, von toten Kakerlaken im Bett bis zu versalzenem Kaffee. Mein verschüchtertes Wesen brachte mir die Sympathie einiger Mitbewohnerinnen ein, die mich meistens beschützten, so daß meine Zeit als Neuling rasch endete.

Beim ersten Mittagessen blickte ich mich in der Runde meiner Mitbewohnerinnen um. Es gab alle erdenklichen Typen unter den Mädchen, doch die meisten waren wie ich Mädchen vom Lande.

Beim Abendessen erzählte ich Marisa von Los Remedios, von der Familie und von dem, was mir mit Tante Cuca passiert war. Marisa unterbrach mich ständig, um ihre eigenen Geschichten loszuwerden. Da es heiß war, gingen wir nach dem Essen hinaus in den Patio und setzten uns unter einen dicht belaubten Baum. Wir betrachteten die tanzenden Schatten seiner Äste.

»Hör mal, Marisa«, sagte ich mit unsicherer Stimme.

»Was denn?«

»Ach, nichts.«

»Sag schon!«

»Ich habe beobachtet ..., daß die Mädchen ganz schön freizügig sind. Vor dem Bad sieht man sie ständig nur mit einem Handtuch bekleidet kommen und gehen, und sie laufen in BH und Unterhose herum, ohne zu beachten, daß die anderen gucken.«

Halb belustigt, halb mitleidig rief sie aus: »Ach so, das war es also! Weißt du, an diese Art wirst du dich wohl gewöhnen müssen. Probleme wirst du nur haben, wenn du dich immer erst verbarrikadieren mußt, um dich an- und auszukleiden. Am besten, du tust es ihnen gleich, dann wird es nach einer Weile für dich genauso eine Selbstverständlichkeit sein wie für uns.«

»Aber es ist nicht nur das. Ich würde mich auch schämen, wenn sie meine ausgeleierten, löcherigen Unterhosen sähen ...«

Wie ich kam Marisa aus einer problematischen Familie. Das schien ihr aber nichts auszumachen. Ihre Sorglosigkeit und völlige Anpassung an die neuen Gewohnheiten erstaunten mich. Jetzt war sie ein schlankes, selbstbewußtes Mädchen, dem man seine provinzielle Herkunft nicht mehr anmerkte. Dank der Unterstützung der Verwandten aus der Hauptstadt war ihre Kleidung fast elegant. Sie ging ganz im Studentenleben mit seinen Festen und jugendlichen Flirts auf. Für das Studium schien sie sich wenig zu interessieren, obwohl sie davon träumte, eine brillante Anwältin zu werden. Doch vor allem war sie verliebt in die Liebe, sprach ständig von Heirat und davon, eine glückliche Familie zu gründen.

Allmählich leerte sich der Eßsaal, und die Bewohnerinnen des Hauses gingen ins Bett. Nach einer kurzen Weile herrschten absolute Stille und Dunkelheit.

Ich fand jedoch keinen Schlaf. Ich hatte das Gefühl, daß mich zwischen den Holzdielen Rattenaugen anblitzten und dachte sogar, die Tierchen hin und her flitzen zu hören. In meine Decke gehüllt, lag ich mehrere Stunden lang wach.

Kurz nachdem ich Tante Cucas Haus verlassen und mich in der Pension eingerichtet hatte, ging ich auf Arbeitssuche. Tag für Tag hatte mich die Bibliothekarin in die Fakultätsbibliothek kommen sehen, wo ich dann manchmal stundenlang saß und lernte. Einmal erwähnte ich in einer unserer täglichen Plaudereien meine Geldsorgen. Da besorgte sie mir über ihre Beziehungen eine Stellung als Bibliotheksassistentin in einer Privatschule.

Es kostete mich nicht so viel Mühe, die Arbeit zu bekommen, wie sie zu behalten, da mir jegliche Fachkenntnisse fehlten. Der Chef trug mir auf, lange Bücherlisten und Geschäftsbriefe mit vier Durchschlägen auf der Schreibmaschine zu verfassen. Ich sagte ihm nicht, daß ich gar nicht Schreibmaschine schreiben konnte. Manche Tasten waren hart, wie eingerostet, und wenn sie sich endlich rührten, zerrissen sie mir fast das Papier. Die Zeilen verrutschten, als wollten sie Tango tanzen, und die Durchschläge verschoben sich, so daß die Buchstaben durcheinandergerieten und kaum noch leserlich waren.

An den ersten Tagen war mein Papierkorb voll mit zerknülltem Schreibpapier, und ich hatte stechende Rückenschmerzen. Doch das Ergebnis der ganzen Mühen war kläglich. Ich wußte, daß ich meine Stelle gefährdete. Ich mußte etliche Überstunden machen, um meine Aufgaben zu erledigen, und beschloß, einen Schreibmaschinenschnellkurs zu machen.

Die Atmosphäre in der Fakultät überraschte mich angenehm. Dort ging es nicht so steif und formell zu wie an der Medizinischen Fakultät oder auf der Klosterschule in Comanja. Manche der Professoren erlaubten uns sogar, sie zu duzen. Dort gab es weder einen Doktor X noch eine ehrwürdige Mutter Y, sondern nur Pablo oder Miguel. Man ermunterte uns, Zweifel oder eigene Meinungen vorzubringen. Das weckte das Interesse der Studenten, am Unterricht teilzunehmen. Wenn man sich bei dem zugeteilten Lehrer nicht wohl fühlte, konnte man zu einem anderen wechseln, man mußte es nur dem Sekretariat der Fakultät melden.

Politikwissenschaften hatten den Ruf, ein Herd politischer Studentenagitation zu sein. Es gab ein »Kampfkomitee«, das von fast allen Studenten unterstützt wurde. Zu den Aufgaben dieser Gruppe gehörte die kritische Prüfung und Analyse der Studienprogramme, das Vorlegen von Vorschlägen für Veränderungen und Verbesserungen und das Unterstützen von Streiks der Universitätsangestellten, der Bauern und der Arbeiter.

Treffpunkt der Versammlung war die Aula oder der Park der Fakultät. Die eloquenten Reden der Studentenführer und die Anwesenheit mehrerer betroffener Arbeiter erhitzten die Gemüter der Zuhörer. Am Schluß der Reden brauste heftiger Applaus auf. Das Gefühl der Einigkeit erreichte seinen Höhepunkt, als eine Gruppe junger Leute Protestlieder mit Gitarrenbegleitung anstimmte. Zum ersten Mal hörte ich eine andere Musik als die Lieder von Liebe und Leid, die mein Vater sang oder die, die aus der Cantina von Los Remedios schallten. So lernte ich die Protestlieder von Silvio Rodríguez, Pablo Milanes und Oscar Chaves kennen. Auf der Stelle schloß ich mich der Gruppe an. Begierig las ich die Pamphlete, die die Anerkennung der Rechte der Arbeiter forderten und die Anprangerung der Bedrohungen und des Unrechts, die sie erfuhren. Ich hörte nicht auf, Fragen zu stellen und half mit, Plakate zu kleben.

Mit dem Wunsch, mehr über diese Dinge zu erfahren, ging ich häufig in die Bibliothek, wo ich Zeitschriften, Artikel und Bücher einsah, die mir Professoren und Kommilitonen empfohlen hatten. Wahllos griff ich nach Rousseau, Thomas Morus, Nietzsche, Aldous Huxley sowie Herbert Marcuse. Eine faszinierende Welt voller neuer Erkenntnisse tat sich mir auf. Mit jedem, der mir über den Weg lief, tauschte ich Ideen aus.

Regelmäßig schrieb ich meiner Mutter und berichtete ihr ausführlich von meinem Leben in der Stadt: Ich erfand Besuche im Museum, Kino, Zoo oder Wald und malte die Ereignisse immer nach Lust und Laune aus. Doch von meiner Lektüre, den Aufregungen der Arbeit, den Geldschwierigkeiten und den einsamen Sonntagen, an denen die Straßen der Stadt wie ausgestorben erschienen und das Leben in der Pension auf gespenstische Weise erstarrte, erzählte ich nichts.

Wozu sollte ich Mama mit Dingen belasten, von denen sie sich gar keine Vorstellung machen konnte.

Ihre Antworten fielen immer gleich knapp aus:

»Liebe Tochter,

es freut mich, daß Du die Gelegenheit hast, so schöne Orte und so viele Leute kennenzulernen. Hier ist alles beim alten. Dein Vater hat schon wieder eine neue Geliebte, betrinkt sich immer noch und schikaniert mich. Meine Gesundheit ist weiterhin schlecht. Die Beine sind geschwollen und taub. Die Nierenschmerzen lassen mir keinen Moment Ruhe, und von der Arthritis werden die Hände immer krummer. Deine Geschwister schicken Dir liebe Grüße und hoffen, daß Du bald heimkommst.

Deine dich liebende Mutter

Maria Dolores«

Papa betrank sich also immer noch. Ich konnte nicht verstehen, warum es ihm gefiel, einen scharf nach Alkohol stinkenden Atem, zerwühlte Kleidung und ein umnebeltes Bewußtsein zu haben. Jedesmal, wenn Mama ihm am nächsten Tag sein Verhalten vorwarf, entschuldigte er sich damit, er sei so betrunken gewesen, daß er sich an nichts mehr erinnere.

Eines Tages erzählte Marisa, eine Gruppe von Freundinnen wolle ein großes Besäufnis in der Pension veranstalten. Am Tag zuvor hatten sie in der Aktenmappe eine Flasche Tequila und Orangenlimonade eingeschmuggelt. Ich war auch eingeladen. Ungeduldig wartete ich auf den Abend und darauf, daß die Lichter auf dem Flur ausgingen. Als es so weit war, schlichen sich die anderen Mädchen zu uns ins Zimmer. Wir wußten nicht, wie man das Getränk mischte, aber in der Reklame im Fernsehen war daneben eine Orangenlimonade zu sehen. Jede mixte sich ihren Drink nach eigenem Geschmack. Ich griff mir ein Glas und füllte es je zur Hälfte mit Tequila und Orangenlimonade. Wir stießen mit den Gläsern an und prosteten uns zu. Es schmeckte scheußlich und brannte in der Kehle. Deshalb beschloß ich, es in einem Schluck hinunterzukippen und auf die Wirkung zu warten, die tatsächlich fast unmittelbar einsetzte.

Marisa und die anderen Mädchen unterhielten sich und erzählten Witze, während ich ohne jeglichen Grund in schallendes Gelächter ausbrach. Ich schnappte nach Luft, im Kopf drehte sich alles, und der Magen revoltierte, als explodierte darin ein Feuerwerk. Plötzlich wurde mir unglaublich schlecht. Stolpernd versuchte ich, bis ins Bad zu gelangen, doch mein Magen hielt es nicht mehr aus, und ich erbrach, bevor ich es geschafft hatte. Meinen Kameradinnen erging es ähnlich.

Am nächsten Morgen hielten wir unseren Kater und den Geruch nach Erbrochenem nicht mehr aus und nahmen ein kaltes Bad. Wir putzten uns ausgiebig die Zähne, um den schlechten Geschmack im Mund loszuwerden, was uns aber nicht gelang. Weiß wie die Wand baten wir die Köchin um Hilfe, der wir erklärten, etwas im Essen sei uns wohl nicht bekommen, da wir uns hundeelend fühlten. Wir baten sie um ein Medikament gegen die Übelkeit und ein anderes gegen die pochenden Kopfschmerzen. Die Köchin kochte uns einen ordentlich heißen Kamillentee mit Honig und Zitrone.

Dann schickte sie uns wieder ins Bett und sagte uns, sie wolle die Wirtin aufsuchen und ihr Bescheid sagen. Bevor sie noch den Satz beendet hatte, rannten wir zum Schlafraum. Dort herrschte das reinste Chaos: überall Erbrochenes, Saftflaschen, Gläser, Zigarettenkippen. Die leere Tequilaflasche verschwand in einem Fach im

Kleiderschrank. Gemeinsam reinigten wir rasch den Boden, wofür wir unsere Kleider als Lappen benutzten. Am Schluß bespritzten wir den Boden mit einem ganzen Fläschchen Mundwasser. Zum Glück war die Wirtin nicht im Hause, so daß niemand unsere lächerlichen Bemühungen bemerkte.

Ich jedoch hatte entdeckt, daß trotz des fürchterlichen Unwohlseins in keinem Moment mein Bewußtsein getrübt war. Alles, was ich getan hatte, war bei voller Zurechnungsfähigkeit geschehen. Ich fühlte mich betrogen, denn nun wußte ich, daß Papa uns die ganze Zeit belogen hatte mit seinen Märchen, in betrunkenem Zustand wisse er nicht mehr, was er sage. Außerdem lernte ich, daß man das Vergnügen, sich zu betrinken, am nächsten Tag teuer bezahlen mußte.

Jetzt, nachdem ich meine Neugier befriedigt hatte und wußte, wie man sich fühlte, wenn man betrunken war, hatte ich jede Lust verloren, das Experiment noch einmal zu wiederholen. Marisa ging es genauso. Dieses Besäufnis war aber der Anfang einer tieferen Freundschaft zwischen uns. Sie begann, mir von ihren komplizierten Familienverhältnissen zu erzählen, die sie vor den anderen immer hinter ihrem nach außen fröhlichen Gesicht verborgen hielt. Fortan gestand sie mir, wie sehr sie es schmerzte, daß ihre Mutter so schutzlos war, weil Chente im Gefängnis saß.

Ich bewunderte Marisa für den Mut, so offen über ihre Gefühle zu sprechen, und für die Freude und Gelassenheit, mit der sie ihr Studium anging. Vor Prüfungen war sie immer ganz ruhig und lernte erst am letzten Abend. Dennoch hatte sie jedesmal gute Noten.

Trotz all des familiären Unglücks zweifelte sie nie an Gottes Existenz und verehrte alle Marienfiguren und Heiligen, die sie kannte, vor allem den Heiligen Antonius, der Glück in der Liebe brachte. Jahr um Jahr fuhr sie zur Semana Santa nach Los Remedios, um barfuß zum Fuß der Figur des Cristo Rey hinaufzusteigen. So erfüllte sie das Versprechen, das sie Gott gegeben hatte, damit er das Herz der Richter erweichte und diese ihren Vater endlich freiließen.

Jeden Sonntag ging sie zur Messe, beichtete regelmäßig und betete vor dem Schlafen jedesmal den Rosenkranz.

»Eines Tages wirst du noch einen Knoten in die Zunge bekommen vor lauter Beten«, stichelte ich sie, aber sie ließ sich nicht davon abbringen, in allen möglichen oder unmöglichen Situationen plötzlich anzufangen zu beten.

Anfangs versuchte sie mich noch zu bekehren und mich von meiner Ungläubigkeit abzubringen. Wir verstrickten uns in lange Diskussionen, in denen ich es für unsinnig erklärte, an etwas zu glauben, das uns geduldig jedes Leid ertragen hieß und den Lohn dafür erst nach dem Tod versprach: die Erlösung unserer Seele.

In Marisas Leben schien alles so gut zu laufen. In Wirklichkeit lief bei ihr jedoch gar nicht alles so glatt, wie ich anfangs geglaubt hatte. Verwirrt und überfordert von all den Problemen ihrer Familie, für die sie sich verantwortlich fühlte, suchte sie jemanden, an den sie sich anlehnen konnte, und griff beim erstbesten zu, der ihr die Hand reichte. So erzählte sie mir eines Tages, sie habe einen Freund, Roberto Aguirre, in den sie unsterblich verliebt sei. Später gab sie allerdings zu, daß er ein unverbesserlicher Frauenheld war.

»Dann solltest du dich lieber von ihm fernhalten. Der ist nichts für dich«, riet ich ihr.

»Was willst du machen, ich liebe ihn eben. Ich muß ihn einfach so nehmen wie er ist.«

Fortan sahen wir uns kaum noch. Tagsüber verbrachte ich den Tag zwischen der Universität und meiner Arbeitsstelle pendelnd. Abends erklärte Marisa häufig, sie werde nicht in der Pension schlafen, sondern bei ihren Verwandten übernachten. Aber ich dachte mir schon, daß das nicht stimmte.

Mit der Zeit wurde mir die Trennung von meiner Familie unendlich lang. Die Tage schleppten sich nur langsam dahin. Jeden Tag, den ich hinter mich gebracht hatte, strich ich im Kalender ab, wie ein Gefangener, der die Tage bis zu seiner Entlassung zählt. Schließlich war es soweit: Am letzten Tag des Semesters rannte ich nach der Zeugnisverteilung zum Busbahnhof und fuhr nach Hause. Ich verbrachte die ganze Fahrt im Stehen oder auf dem Boden sitzend.

Um Mitternacht hielt der Bus in Los Remedios. Ich stieg aus. Die Füße brannten mir, doch entschlossen ging ich dem Wiedersehen mit der Familie entgegen. Die gepflasterte Straße war verlassen. Glücklich atmete ich den Duft nach Zitronen und Eukalyptus ein, der in der Luft hing. Als ich daheim an der Tür klingelte und die Stimmen von Guadalupe und Jesús hörte, merkte ich, wie die Tränen mir in die Augen schossen; ich war zutiefst aufgewühlt. Beide empfingen mich mit Freudengeheul. Ich sah, daß Jesús gewaltig gewachsen war. Selbst Papa stand mit feuchten Augen vor mir und versuchte seine Rührung mit einem Lächeln zu überspielen.

Wir setzten uns gleich ins Eßzimmer, das frisch gestrichen war. Mama stellte sich an den Herd. Sie wirkte gealtert. Während sie das Essen warmmachte, lächelte sie mich immer wieder an. Guadalupe und Jesús bombardierten mich mit Fragen: über die Pension, die Leute, meine Freundinnen. Gleichzeitig drängten sie mich, von allen Gerichten zu kosten, die Mama extra für mich gekocht hatte. Ich hingegen lenkte das Gespräch voller Wißbegier auf die Geschehnisse in Los Remedios.

Es war schon fast Morgen, als meine Geschwister und Papa sich schlafen legten. Das Gespräch zwischen meiner Mutter und mir wurde jetzt vertraulicher: »Es scheint, daß Papa sich während meiner Abwesenheit verändert hat. Ich finde ihn ruhiger und umgänglicher«, sagte ich.

»Mit dir. Da du so lange nicht bei uns warst, hat er sich gefreut, dich zu sehen. Außerdem glaube ich, daß er ordentlich Respekt vor dir hat, weil du jetzt an der Universität studierst, eine Arbeit hast und auch noch eine gute Studentin bist. Aber was uns betrifft, ist er immer noch so grob und betrinkt sich fast täglich.«

»Ist er immer noch mit La Ruñida zusammen?«

»Nein. Vor etwa einem Jahr kam ein Hauptstädter ins Dorf. Es heißt, daß La Ruñida sich von Anfang an in ihn verguckt hatte. Wie immer tat ihr Mann ahnungslos, bis sie vor drei Monaten mit diesem Fremden auf und davon ist. Eine Woche später packte Don Manuelito seine Kinder und zog fort, wer weiß wohin. Man munkelt, diese Schmach hätte er nicht mehr ertragen. Was deinen Vater betrifft, so hat er schon wieder eine neue, die Wirtin von der Cantina. Deine Tante Aurora hat es mir erzählt.«

Unser Gespräch endete in einem düsteren Schweigen. Das ganze Dorf hielt La Ruñida für ein verkommenes, skrupelloses Weib, das sich in fremde Ehen drängte und sich auf diese Weise ein schönes Leben machte. Auf mich wirkte sie anders. Vor allem seit jenem Abend, als ich auf der Suche nach meinem Vater genau in dem Moment vor der Cantina stand, als sie herauskam. Kaum war sie aus der Tür getreten, verschwand das Lächeln auf ihren Lippen, und ihr geschminktes Gesicht wirkte wie eine Maske auf mich.

Heute denke ich, daß ihr Leben nicht so leicht war, wie die meisten glaubten. Wie es im Dorf hieß, hatte sie meinen Vater sehr geliebt, doch nie mehr erhalten als eine flüchtige Begierde. Sie ahnte, daß ihn seine nie eingestandene, hoffnungslose und unerwiderte Liebe zu meiner Mutter zerstört hatte und er sich bei La Ruñida nur abreagierte. Vielleicht hatte sie aus diesem Grund beschlossen, für immer fortzugehen.

Mit ihrem Verschwinden lösten sich jedoch nicht die Schwierigkeiten zwischen meinen Eltern. Die mußten sie bei sich suchen und bereitwillig jeder seinen Teil Schuld bekennen, doch das war nahezu undenkbar.

Aber ein Versuch kostete ja nichts. Nach einer Woche sprach ich meinen Vater darauf an, als sich mir die Gelegenheit dazu bot: »Es scheint, daß du und Mama nie aufhören werdet zu streiten. Ich habe gehört, daß du sie und meine Geschwister weiterhin schikanierst, ganz zu schweigen von deiner ewigen Trunksucht. Zu mir bist du zwar jetzt anders, aber deshalb werde ich nicht schweigend zusehen, wie du sie mißhandelst. Mir ist auch zu Ohren gekommen, daß du nicht aufhören kannst, Mama zu betrügen. Glaubst du nicht, daß es an der Zeit ist, Ruhe zu geben und mit den Dummheiten aufzuhören?«

Papa wurde blaß und sah mich erstaunt an. Auf seinem Gewissen lastete keine allzu schwere Schuld, die es gerechtfertigt hätte, daß man so mit ihm redete. Er benahm sich nicht anders als die übrigen Männer im Dorf, mit dem Unterschied, daß er weitaus mehr arbeitete. Er fühlte sich ungerecht behandelt, er, der uns das Studium ermöglicht hatte. »Ich verbitte mir eine derartige Respektlosigkeit. Ich bin dein Vater«, fuhr er mich barsch an.

»Und ich bin deine Tochter. Wir können von gleich zu gleich reden, wie unter Erwachsenen. Mach mir nur nichts vor, ich bin ja nicht von gestern. Ich an Mamas Stelle hätte mich bei der ersten Frechheit oder Handgreiflichkeit von dir gleich zur Wehr gesetzt. Ich hätte mir dein Benehmen die ganzen Jahre über nicht gefallen lassen.«

»Wie kannst du es wagen, so mit mir zu sprechen? Du solltest dir ein Beispiel an Consuelo nehmen. Nie käme ihr in den Sinn, mir solche Frechheiten an den Kopf zu werfen. Ich muß wohl verrückt gewesen sein, als ich dich studieren ließ. All diese Weisheiten gibst du doch nur von dir, weil du keine Ahnung davon hast, was wirklich los ist. Zweifellos hatte dein Großvater recht. Ermöglicht man euch Frauen das Studium, macht ihr einem hinterher nur Schwierigkeiten. Ich hätte euch besser zu Hause halten und Tortillas backen lassen sollen. Hätte ich zu meiner Zeit meinem Vater so geantwortet, hätte er mir, selbst wenn ich im Recht gewesen wäre, ganz schön das Maul gestopft. Unglaublich, wie du mit mir redest, wo ich mich so geschunden und erniedrigt habe, nur um das Geld für euer Studium zusammenzubekommen!«

»Bring die Dinge nicht durcheinander. Ich behaupte ja gar nicht, daß du nicht arbeitest. Aber was ist mit deiner Affäre mit dieser schmierigen Cantinera? Es reicht doch schon, daß du Mama mißhandelst. Und dann tust du ihr auch noch so etwas an.«

»Was weißt du schon, was zwischen uns läuft. Deine Mutter ist so empfindlich, daß man sie nur mit Glacéhandschuhen anfassen kann. Aber ihr kennt sie einfach nicht. Sie wirkt so sanft und still, als könnte sie kein Wässerchen trüben, aber mir hat sie das Leben wahrlich zur Hölle gemacht.«

Papa setzte dem Gespräch ein Ende und verließ langsam mit einem vor Verbitterung verzerrten Gesicht die Küche. Ich hielt es für ratsam, dieses Thema in nächster Zeit besser nicht mehr anzuschneiden.

Die Küche war der Ort im Haus, an dem die ganze Familie immer zusammenkam. Einmal fand Papa uns, als er zur Abendessenszeit vorzeitig heimkam, alle um den Tisch versammelt. Voller Begeisterung sprach ich gerade von der Notwendigkeit, das Bewußtsein der Leute zu schärfen, damit sie sich nicht mehr so leicht von den Politikern manipulieren ließen. Jesús lauschte mir aufmerksam.

»Diese Gaunerbande ist nur dazu gut, andere zu berauben und auszubeuten. Das gelingt ihnen, weil wir alle Ignoranten sind und uns leicht an der Nase herumführen lassen. Diese Regierung und ihre diktatorische Partei fördern die Bildung nur so weit, daß die Leute ihnen dienen, ohne ihnen zu schaden. Die ungebildeten Arbeiter und Bauern glauben, ein Stück Tortilla mit Chili und ein Haufen angeblich vom Himmel gefallener Kinder sei das Paradies auf Erden. Daran sind zum Teil auch die Pfaffen schuld, die von den Frauen verlangen, alle Kinder zu bekommen, die Gott ihnen schickt. Was sie nicht dazu sagen, ist, wie man all die Kinder am Leben hält.«

»Ein Kind mehr oder weniger, was spielt das für eine Rolle. Für eine Tortilla, gefüllt mit Bohnen für jeden, reicht es allemal«, sagte Papa.

»Aber ein Kind braucht mehr als nur Tortillas mit Bohnen. Man braucht Geld für Medizin, Bücher, Kleidung und ein Dach überm Kopf.«

»Nun übertreib mal nicht. Haben wir etwa nicht immer gut für euch gesorgt?«

»Das sage ich ja gar nicht. Aber denk doch daran, wie du und Mama von morgens bis abends hart arbeiten müßt, um notdürftig das Geld für Essen, Kleidung und ...«

Papa fiel mir barsch ins Wort. »Was du da sagst, ist reines Gefasel. Du hast ja keine Ahnung vom wirklichen Leben. Das sind doch alles nichts als leere Worte aus Büchern, die kaum etwas mit der Realität zu tun haben. Die offizielle Partei tut, was sie kann. Wenn eine andere kommt, wird sie sich genauso bereichern. So ist nun mal das Gesetz der Politiker. Die Leute bleiben unwissend und dumm, weil sie faul sind und sich keine Mühe geben wollen. Du siehst doch, ihr könnt studieren, weil ich wie ein Tier schufte. Das könnten die anderen doch auch tun. Wenn ihnen dazu der Grips und die Lust fehlen, kann man die Schuld nicht auf die Regierung schieben.«

Mama seufzte. Sie wußte, daß Papa keine Bevormundungen duldete und jedes Gespräch im Streit enden konnte.

Consuelo und Guadalupe beschränkten sich zur Erleichterung meiner Mutter meistens aufs Zuhören. Guadalupe war ein fröhliches Mädchen, das keinerlei Interesse zeigte, sich das Leben zu erschweren, indem sie sich in die Probleme der Erwachsenen einmischte. Sie beschäftigte sich allein. Sie war ganz in ihre eigene Phantasiewelt vertieft, spielte mit ihren selbstgenähten Puppen, baute Lehmhäuser und verkaufte sonntags an den Eingängen der Kirche die Zeitung »Acción Católica«.

Mein Vater registrierte den Zusammenhalt unter uns Geschwistern mit ebensolchem Mißtrauen wie unsere Entschlossenheit, dem bedrückenden Leben in Los Remedios zu entfliehen.

»Warum machst du dich nicht an die Arbeit in der Schmiede, Jesús, anstatt die ganze Zeit nur zu lesen?«

»Wir wollen nicht ein Leben lang nur solche Arbeit tun.«

»Sagt bloß, ihr seid euch zu fein dazu?«

»Warum nicht?« sagten wir einstimmig.

»Was wißt ihr schon vom Leben!«

»Solange ihr unter diesem Dach wohnt, müßt ihr jedenfalls tun, was ich euch sage«, bekräftigte Papa mit einem Blick auf meinen Bruder.

Jesús wollte etwas erwidern, nickte aber dann nur und schwieg. Er hatte Mamas flehenden Blick gesehen.

»Das glaubst du«, widersprach ich.

»Schon gut, Tochter. Bitte halte dich zurück.«

Guadalupe griff nach einer Tortilla, bestrich sie mit pikanter Sauce und schob sie sich in den Mund. Wir folgten ihrem Beispiel. Nur Jesús ließ die Hände in den Hosentaschen.

»Willst du nichts essen, Sohn? Die Sauce ist sehr lecker«, sagte Mama.

»Ich mag die Zwiebeln darin nicht«, erwiderte Jesús.

»Hier wird gegessen, was auf den Tisch kommt! Als ich klein war, hätte ich mich über eine Tortilla und eine Prise Salz gefreut, und du, der du genug zu essen hast, kommst mit deinen Mätzchen«, rief mein Vater aus, während er Jesús reichlich Sauce auf den Teller tat. Mama bedeutete ihm wieder mit Blicken, er solle sich beruhigen und nichts sagen. Da senkte Jesús den Kopf und begann, seine Tortilla in die Chilisauce zu tunken. Es herrschte bleiernes Schweigen. Die Luft war zum Schneiden dick.

Mein Vater und Jesús sprachen nur das Nötigste miteinander. Tag für Tag befahl Papa ihm, direkt nach Schulschluß zur Schmiede zu kommen. Aber Jesús mochte die Arbeit in der Werkstatt nicht, er gehorchte nur widerwillig und trödelte auf dem Weg so lange wie möglich herum. Die Schmiede, wo geflucht wurde und es nach Schweiß, Dreck und Pferdemist stank, war ihm ein Greuel.

Schon von draußen hörte er das gellende Schrillen des Schleifsteins und das Pumpen des Blasebalgs. Von der Tür aus beobachtete Jesús die Männer bei der Arbeit. In der Nähe des Eingangs stand der Schleifstein. Einer der Arbeiter schärfte ein Messer, wobei glühende Funken sich über den Boden ergossen. In den Rauchschwaden bei der Feuerstelle zeichnete sich Papas Gestalt ab. Während er rhythmisch einen kleinen Hammer auf den Amboß niedergehen ließ, assistierte ihm ein Geselle mit einem größeren. Sobald Papa Jesús entdeckte, rief er: »Fang an zu fegen, und hilf dann, diese Teile hier zu ölen«, sagte er.

Er ließ Jesús genauso arbeiten wie seine Gehilfen, nur daß er ihm nie wichtige Aufgaben übertrug, da er ihm nichts zutraute.

Die dröhnende Musik aus einem alten Radio vermischte sich mit Papas Flüchen, mit denen er seine Gesellen und Zechkumpane bedachte. Wenn er schlecht gelaunt war, fluchte er über alles, und wenn nicht, erhitzte sich der Raum durch deftige Witze und Weibergeschichten, während Jesús daran dachte, wie seine Klassenkameraden, wenn sie ihn sehen könnten, ihn wegen seines fettglänzenden, kohlegeschwärzten Gesichts aufziehen würden.

Bauern und Großgrundbesitzer kamen und gingen, brachten oder holten Gitter, Messer und manchmal Pferde zum Beschlagen. Gegen drei Uhr nachmittags machten alle Mittagspause. Francisco und seine Arbeiter aßen eingerollte Tortillas und hielten ein Schwätzchen. Jesús versicherte, er habe keinen Hunger, in Wirklichkeit ekelte er sich jedoch vor den kalten Bohnen, den angebrannten Tortillas und dem lauten Schmatzen der Arbeiter.

Abends kehrte er erschlagen heim und freute sich auf ein Bad und ein warmes Essen. Papa wusch sich noch in der Schmiede die Hände, das Gesicht und die Brust, zog ein frisches Hemd an, setzte sich seine Mütze auf und machte sich auf den Weg in die Cantina. Dort trank und diskutierte er mit anderen Dorfbewohnern über Politik und Frauen.

Mit bittersüßen Erinnerungen, den Gesprächen mit meinen Geschwistern und den köstlichen Gerichten meiner Mutter vergingen die Ferien wie im Flug. Die Rückkehr in die Hauptstadt war nicht mehr ganz so traurig. Guadalupe hatte beschlossen, das Abitur für das Medizinstudium zu machen und begleitete mich. Um Mitternacht bestiegen wir den Bus. Wir fanden keine zwei Plätze nebeneinander. Meiner Schwester wies der Fahrer einen vorderen Platz an und mir einen hinteren neben einem fest schlafenden Mann. Ich begann eben einzunicken, als mich eine Hand, die sich zwischen meinen Beinen vortastete, aus dem Schlaf riß. Ich drehte mich um und sah, wie mein Sitznachbar rasch die Hand zurückzog. Angewidert rückte ich so weit wie möglich von ihm ab. Ich war so verstört, daß ich lange keinen Schlaf mehr fand. Als ich endlich doch einschlief, merkte ich wieder die Hand des Mannes auf meiner Haut. Ich sprang auf und merkte, daß er meine Hose mit einem Messer aufgeschlitzt hatte. Wütend und erschrocken verpaßte ich ihm eine Ohrfeige. Guadalupe wurde von dem Lärm wach und eilte mir zu Hilfe.

Der Fahrer hielt an, machte Licht und kam zu uns, um zu fragen, was los sei. Ich sagte ihm, der Kerl habe mich belästigt und meine Hose ruiniert.

Der Fahrer wurde wütend, als er meine zerschnittene Hose sah und der Kerl auch noch ganz zynisch erklärte, er wisse nicht, was man ihm überhaupt vorwerfe. Ohne ein Wort wies der Fahrer ihm die Tür. Dann versuchte er uns zu beruhigen. Er bot uns ein Glas Tee an und versprach, nun würde mich keiner mehr belästigen. Meine Schwester rollte sich neben mir zusammen und schlief bald wieder ein. Ich jedoch brachte die ganze Fahrt über kein Auge mehr zu.

Zurück im Studentenheim, begannen Guadalupe und Marisa gleich eine ausgelassene Unterhaltung. Um unsere Ankunft zu feiern, lud Marisa uns zu einem Fest am Institut ein. Meine Schwester begleitete sie, doch ich fürchtete, mich zu blamieren, weil ich keine passende Kleidung besaß und unfähig war, zwei aufeinanderfolgende Tanzschritte zu machen. Mit der Ausrede, Kopfschmerzen zu haben, blieb ich zurück im Wohnheim.

Tage später begann Guadalupe mit ihrem Unterricht. Beide verbrachten wir unsere Zeit damit, Bussen hinterherzurennen, zu studieren, zu arbeiten und von der Wendung unseres Schicksals zu träumen. Die Zeit verging nur schleppend, aber keine Widrigkeit konnte uns unterkriegen, so schwierig oder erniedrigend sie auch sein mochte. Wir ließen uns nicht entmutigen.

Die knappe Unterstützung, die mein Vater uns schickte, reichte uns vorne und hinten nicht aus. Damals nahmen wir bereitwillig jede Arbeit an, die wir fanden, um so unsere monatlichen Ausgaben finanzieren zu können. Guadalupe arbeitete zunächst als Kindergärtnerin, und ein paar Monate später bot man ihr eine Stelle als Grundschullehrerin an einer Privatschule an. Dem Direktor des Instituts war es egal, daß sie sich gerade erst auf das Abitur vorbereitete. Offiziell erschien er auf den Papieren als Klassenleiter, und so erfuhren die Eltern, die für eine qualifizierte Schulausbildung zahlten, nichts von dem Betrug. Meine Schwester bezog ein Gehalt unter dem Minimum und war verpflichtet, niemandem von der Sache zu erzählen.

Ich meinerseits arbeitete weiterhin morgens in der Bibliothek und tippte abends für verschiedene Kommilitonen Arbeiten auf der Schreibmaschine ab, auf der ich es mittlerweile bis zur Perfektion gebracht hatte. Wenn das Geld trotzdem nicht reichte, ließen wir unser Essen in der Kantine anschreiben, bis die Rechnung so hoch wurde, daß die Wirtin uns nicht mehr traute. Am schlimmsten waren die letzten Tage im Monat, wenn unser Geld praktisch aufgebraucht war. Bei dem Geruch nach warmer Tortilla, gegrilltem Fleisch und Bohnen mit Speck, der uns schon am Morgen umgab, meldete sich unser heftig knurrender, hungriger Magen. Aber wir mußten uns mit einem Glas Milch und einer Banane zum Frühstück begnügen. Mittags verbrachten wir die Essenszeit bei einer Tasse Kaffee oder einer Limonade und zwei Broten. Nachts träumte ich dann von fleischgefüllten Tortillas mit Guacamole und dem Duft einer Schale dampfender Schokolade, von Tischen voller köstlicher Speisen, an denen ich mich satt aß. Beim Aufwachen zählte ich bange die Tage, bis unser Gehalt fällig war oder die Unterstützung von zu Hause kam.

Unsere Wäsche wuschen wir ganz behutsam, damit sie lange hielt, polierten die abgetragenen Schuhe, bis sie blitzten, und wenn die Strümpfe eine Laufmasche hatten, wurde sie mit Nagellack fixiert, damit sie nicht weiterlief. Sobald wir am letzten Tag des Monats Papas Geld und unser Gehalt bekamen, wurde gefeiert. Wir beglichen unsere Schulden und gönnten uns ein Steak, Milchkaffee und Gebäck.

Auch Zeit hatte ich wenig. Um halb sechs Uhr morgens stand ich auf, duschte mich, frühstückte und rannte zur Bushaltestelle. Ich brauchte eine Stunde bis zur Arbeit, die ich um drei Uhr nachmittags wieder verließ. Dann eilte ich in die Kantine, aß hastig zu Mittag und rannte, noch mit einem Stück Tortilla in der Hand, wieder zum Bus. Mit etwas Glück fand ich einen freien Platz und nutzte die Zeit, um zwischen den ruckartigen Stops zu lernen oder Hausaufgaben zu machen. Bis zur Universität brauchte der Bus eine Stunde. Da die Seminare um vier Uhr begannen, kam ich immer zu spät. Erst abends gegen halb elf kehrte ich mit geschwollenen Füßen heim, wo ich gleich an der Zimmertür die Schuhe von mir schleuderte. Dann gönnte ich mir eine Banane und ein Glas Milch, schüttelte das Bett auf, räumte die hingeworfenen Kleider vom Morgen fort und lernte noch etwas.

Samstag arbeitete ich nur bis mittags. Der Nachmittag verging rasch mit Zimmerputzen, Wäschewaschen und Bügeln. Sonntags herrschte absolute Stille im Studentenheim, und ich wachte erst gegen zehn auf. Einerseits wünschte ich mir einen langen freien Tag, um auszuruhen und solange zu schlafen, wie ich wollte. Andererseits deprimierte mich jedesmal die Leere und die Stille in dem Gebäude schrecklich. Die Bewohnerinnen, die aus den nahegelegenen Städten kamen, fuhren an den Wochenenden heim. Andere, wie Marisa, gingen zu ihren Freunden oder Verwandten in der Stadt.

Im dunklen Haus verbreitete sich ein Geruch nach Putzmittel, und alles wirkte einsam und verlassen. Am Morgen ging Guadalupe zur Messe, während ich die Zeitung las. Später zogen wir unsere feinsten Kleider an und erkundeten die Straße, besuchten ein Museum oder schlenderten durch die Alameda Central, wo sich uns immer ein buntes Schauspiel darbot: Mitten in der Menge verteilten Männer in Anzug und Krawatte religiöse Blättchen, in denen mit der sicheren Seelenrettung und der schlagartigen Vergebung aller bisherigen Sünden geworben wurde. Ein Pantomimekünstler gestikulierte unaufhörlich und versammelte eine große Zuschauermenge um sich herum, und weiter hinten bot ein Mann für ein paar Münzen seine Dienste als Wahrsager an. Zu Hilfe hatte er einen dressierten Kanarienvogel, der auf das Schnalzen seines Herrn hin aus einem Zettelkästchen ein Papierchen herauspickte und dem Wahrsager gab. Der las dem Interessenten die Prophezeiung vor und legte den Zettel dann zurück. Ein Verkäufer von Wunderpülverchen gegen Würmer faszinierte die Passanten mit einer Reihe von Gläsern und Fläschchen voller Bandwürmer, manche bis zu drei Meter lang, was seinem Absatz regen Auftrieb gab. Ihm gegenüber verkaufte ein anderer billige Radios, Tonbandgeräte und alle möglichen angeblich amerikanischen Geräte ohne Garantie oder Rechnung, auf denen hinten »Made in China« stand.

In der Mitte des Alameda-Parks priesen mehrere Fotografen mit alten Stativkameras ihre Dienste an. Dazu gab es einen kirschroten Samthintergrund, ein Holzpferdchen für die Kinder, einen Trachtenhut, einen Spiegel, einen Kamm, einen Lippenstift für die Damen und eine Krawatte für die Herren. Im Pavillon spielte eine Musikkapelle Volkslieder.

Während die Spaziergänger gebannt das bunte Schauspiel bestaunten, trieben die Taschendiebe unter den Ahnungslosen ihr Unwesen. Als Guadalupe bemerkte, wir müßten uns vor den Dieben in acht nehmen, sagte ich, sie brauchten uns doch nur anzusehen, dann würden sie uns eher bemitleiden und uns am Ende noch ein paar Münzen zustecken.

»Du bist unmöglich«, sagte Guadalupe.

Wir sahen uns gratis an dem bunten Treiben satt. Später machten wir in stummer Bewunderung einen Schaufensterbummel. Ich träumte dann gerne, eines Tages Geld zu haben und wie die Schaufensterpuppen auszusehen. Ich würde schicke Kleider und Schuhe tragen, mich in den Duft erlesener Parfüms hüllen und köstliche Speisen in exklusiven Restaurants genießen. Doch damals konnte ich mir nur einfache Kleidung und Wursttortillas an einem Stand an der Straße leisten. Wenn wir immer noch hungrig waren, gingen wir in den Supermarkt und aßen uns an Probierhäppchen aus Salzgebäck mit Käse und Leberpastete satt, die die Verkäuferinnen zu unserem Glück verteilten.

Durch Kommilitonen erfuhr Marisa von einem anderen Studentenheim, wo wir für ein paar Pesos mehr jeden Tag auch noch essen konnten, obwohl man das spärliche Frühstück, Mittag- und Abendessen, das jeweils aus Bohnen, Tortillas, Eiern, schwarzem Kaffee und hin und wieder einem Stück Fleisch bestand, kaum als Essen bezeichnen konnte. Diese faden, lieblos zubereiteten Mahlzeiten stopfte ich in mich hinein, ohne auf den Geschmack zu achten, nur um mich am Leben zu halten. Immer das gleiche, schal und ohne Geschmack. Mit wachsender Gästezahl wurde die Suppe immer dünner, so daß mehr Augen hineinschauten als heraus, wie wir immer sagten. Von Tag zu Tag wurden die Bohnen auf dem Teller spärlicher und die dunkle Soße, in der sie schwammen, wäßriger. Die Tortillas waren hart, der Kaffee dünn und wenn einmal ein Stück Fleisch auf den Tisch kam, war es nur mit der Lupe zu finden. Doch wenigstens knurrte uns nicht ständig der Magen.

Die externen Gäste waren hauptsächlich Studenten, die dort nur zu Abend aßen. Wenn einer hereinkam und fragte, was es gebe, erwiderten die anderen im Chor: »Wie immer: Eier mit Bohnen, Bohnen mit Ei und Eibohnen.«

Das Haus wirkte ohne Zweifel genauso ärmlich wie das vorige.

Aber es erschien dennoch irgendwie lebendiger, die Atmosphäre war angenehmer durch das Gelächter und die Späße der jungen Gäste. Man ging herzlicher und lockerer miteinander um als in dem anderen Haus, wo die barsche und herrische Wirtin ein strenges Regiment geführt hatte. Die neue Wirtin, eine nette Witwe, umhegte und umsorgte uns wie eine Mutter. Blieb ein Mädchen am Wochenende allein, lud sie es ins Kino oder zu einem Spaziergang im Park ein, und wenn sie uns mit hängenden Gesichtern sah, hatte sie immer ein offenes Ohr und hielt einen Rat für uns bereit. Guadalupe und ich bezogen ein winziges Zimmerchen, in das gerade zwei Betten und ein Schrank paßten. Aber schon die Tatsache, es ganz für uns alleine zu haben und mit niemandem teilen zu müssen, gab uns mehr Freiheit. Wir konnten das Licht löschen, wann wir wollten, reden oder Radio hören, ohne Furcht, jemanden zu stören.

Der Raum, wo wir uns alle trafen, war der Eßsaal. Dort war es stickig und roch muffig nach altem, ranzigen Fett. Als Mobiliar diente ein gigantischer Tisch mit einer Wachstuchdecke voller Flekken und so schmierig, daß man daran klebenblieb, wenn man die Ellbogen aufstützte. Darum herum standen klapperige Stühle und an der Decke hing eine Neonlampe. An einer Wand hing ein verblichenes Stilleben.

Dort lernte ich auch Javier kennen, einen Medizinstudenten, in den ich mich sofort verliebte. Er tauchte an einem Sommertag auf, und mit seinen rosigen Wangen erinnerte er mich an einen kalifornischen Apfel. Er hatte kastanienbraunes Haar und ein ansteckendes Lachen. Kommentarlos verzehrte er seine Portion Bohnen und einen ganzen Berg Tortillas. Wenn er vom Tisch aufstand, sagte er »Mahlzeit« und ging. Damals war ich achtzehn, schüchtern und ernst. Aber in der Nähe von Javier wurde ich plötzlich fröhlich und mitteilsam. Wir diskutierten über Politik, machten uns über die Politiker lustig, und er unterstützte mich in meinen Zweifeln an der Religion und am Machismo.

Mit meinen Kommilitoninnen vermied ich derartige Diskussionen; ich wollte sie nicht mit meiner unverblümten Art, meine Meinung zu sagen, schockieren. Bei den Jungen hatte ich diese Hemmungen nicht. Wegen meines brüsken Auftretens nannten sie mich die »Generalin«. Von der Idee, alle Gruppen von Arbeitern und Bauern zu unterstützen, die Hilfe bei den Studenten suchten, war ich hellauf begeistert. Ich half beim Plakatemalen, warb um Unterstützung für die Streikenden und nahm an allen Demonstrationen teil, egal wo und wie ich dort hinkam. So geschah es, daß eines Tages elf Jungen und ich uns in einen winzigen Volkswagen quetschten und als wir wieder aussteigen wollten, uns nur mit fremder Hilfe wieder entwirren konnten. Auf den Demonstrationen schrien wir uns heiser mit Protestparolen gegen Ausbeutung und Korruption, soziale Ungerechtigkeit, ja, gegen alles.

Was Javier an mir anzog, weiß ich nicht. Aber mich faszinierte sein unbefangenes, offenes Lächeln. Er schaute mich an, wenn ich mit den anderen diskutierte und gegen die Regierung wetterte, den Guerilleros Applaus spendete und mich über die Kirche lustig machte. Er lachte über mein lautes, kehliges Lachen und die Offenheit oder vielleicht auch die Unbedarftheit, die ich an den Tag legte. Eines Tages aß er zu Abend und ging nicht. Er wartete, bis alle fort waren und wir allein blieben. Er sagte mir, er fände mich sehr sympathisch, und wollte wissen, aus welchem Bundesstaat ich käme.

»Comanja.«

»Das habe ich mir schon gedacht. Die Leute von dort sprechen so eine Art Singsang.«

»Ja, erst singen wir einen kubanischen Danzón, und dann grüßen wir.«

Er erzählte, er habe mich schon mehrmals im Bus gesehen.

»Du weißt doch, wie es hier ist: So früh allein unterwegs zu sein, ist ganz schön gefährlich. Wenn du willst, können wir ja zusammen fahren. Ich habe die gleiche Strecke wie du.«

So begannen wir also gemeinsam zur Universität und zurück zu fahren. Er konnte über alles lachen. Nur wenn das Gespräch auf seine Mutter kam, die ihn alleine großgezogen hatte, wurde er ernst. Er sagte, er verehre seine Mutter über alles. Mehr erzählte er nicht, und wir sprachen nur wenig über unsere Familien. Damals zählten nur wir.

Da er von meiner Leseleidenschaft und meinem Interesse für Themen der mexikanischen Politik wußte, schenkte er mir ein Buch mit Gedichten von Pablo Neruda sowie eines über die Nacht von Tlateloco mit dem Studentengemetzel von 1968.

An einem Samstag lud er mich ins Kino ein. Nach dem Abendessen nahmen wir einen Bus zur Alameda Central. Er kaufte zwei Eintrittskarten an der Kasse und Popcorn, Getränke und Schokolade in der Cafeteria.

»Du hast ja genug gekauft, um eine ganze Kompanie zu ernähren. So viel kann ich gar nicht essen.«

»Keine Sorge, wenn du es nicht schaffst, ist hier immer noch Platz.« Dabei strich er sich über den Magen.

Während wir Popcorn aßen, machte ich noch leise einige Bemerkungen. Doch dann, als ich den Druck seiner großen, warmen Hand auf meiner spürte, stand mir der Sinn nicht mehr nach Reden. Ich versuchte nicht, sie zurückzuziehen, und legte sogar noch meine andere Hand auf seine. Es war himmlisch. Die Wärme, die in mir aufwallte, meine Erregung, das Halbdunkel und sein nach Rasierwasser duftendes Gesicht, das meine Wangen streifte. Ein seltsames, fiebriges Beben überkam mich, als unsere Blicke sich begegneten, und wir lächelten einander scheu an. Sachte legte er seinen Arm um meine Schultern und drückte mich sanft. Mein schwerer Atem vermengte sich mit der Musik und dem Raunen des Films, als er mich erst auf die Stirn und dann auf den Mund küßte. Es war mein erster Kuß. Ich war wie gelähmt und kaum in der Lage zu reagieren. Ich fürchtete, ohnmächtig zu werden. Das Popcorn fiel zu Boden und bildete einen weißen Teppich unter unseren Füßen. Ich war immer noch überwältigt, und blickte Javier mit großen, staunenden Augen an. Als ich mich wieder gefangen hatte, schloß ich sie, und wir gaben uns einen endlos langen Kuß.

»Ich liebe dich, Klappergestell«, flüsterte er.

»Ich dich auch.«

Eng umschlungen küßten wir uns weiter und aßen dazwischen Schokolade. Vor lauter Zittern und Schmachten vergaßen wir den Film völlig. Wir verließen den Raum erst, als der letzte Besucher gegangen war. Später schlenderten wir durch den Park der Alameda Central. Dort kaufte Javier mir einen Luftballon in Herzform, und ich lud ihn zu ein paar Tacos an einem Straßenstand ein.

»Du lädst ein, aber ich zahle. Eine Frau lädt nicht ein«, sagte er feierlich.

»Das ist doch Quatsch. Wir sind beide Studenten mit wenig Geld. Also passen wir uns der Situation an und nicht dem Gerede der Leute. Man muß nicht tun, was die anderen sagen, sondern was man selbst für richtig hält.«

»Wie du befiehlst«, erwiderte er fröhlich.

Die Tacos, die frische Luft, die Leute und die Straße, alles erschien mir plötzlich anders. Ich hatte das Gefühl, die ganze Welt zu lieben. Als wir heimkamen, bemerkten Marisa und Guadalupe sofort, daß wir ein Paar waren. Sie beglückwünschten uns, obwohl meine Schwester fortan nicht aufhörte, mir gute Ratschläge zu erteilen: »Nimm dich in acht, die Männer sind hinterlistig. Du kennst sie nicht.«

»Du auch nicht.«

Es schien eher so, als sei sie eifersüchtig auf diesen neuen Eindringling, der sich zwischen uns drängte. Javier und ich wurden unzertrennlich. Wir fuhren zusammen zur Universität, kehrten gemeinsam zurück, aßen, lernten und gingen miteinander aus. Abends unterhielten wir uns immer noch eine ganze Weile an der Tür. An den Wochenenden machte ich keine Spaziergänge mehr mit Guadalupe. Samstags morgens lernte ich mit ihm in der Bibliothek oder im Park der Fakultät für Politikwissenschaft. Nach dem Mittagessen gingen wir ins Kino, in den Park oder machten einen Schaufensterbummel im Stadtzentrum. Ich war so glücklich, daß ich am liebsten die ganze Welt umarmt hätte, und konnte an nichts anderes denken als an ihn. Infolgedessen hatte ich Mühe, mich auf das Studium zu konzentrieren.

Jeden Monat feierten wir den Tag des Beginns unserer Freundschaft, gingen essen, tauschten Liebesbriefe aus oder kleine Geschenke, und manchmal kaufte er mir eine Rose. Er begleitete mich fast überallhin, nur, mit mir ins Ballett oder ins Theater der Universität zu gehen, konnte ich ihn nicht überreden.

»Nein, Kleines, dafür habe ich keinen Sinn, es langweilt mich. Einmal bin ich ins Ballett gegangen und glatt eingeschlafen. Laß uns lieber zum amerikanischen Football oder Baseball gehen, das ist wirklich aufregend.«

Ich ging mit. Allerdings steckte ich, um mir die Langeweile zu vertreiben, Papier und einen Stift ein. So konnte ich die Gelegenheit nutzen, mir die Erledigungen für die Woche zu notieren und Mama und meinen Geschwistern zu schreiben.

Unsere Beziehung dauerte fast drei Jahre. Ich fühlte mich geliebt, sah meine Gefühle erwidert. Das Leben hatte einen Sinn, und meine Zukunft schien rosiger als meine Vergangenheit. Unsere Freundschaft wuchs voller Unschuld, mit schwärmerischer Leidenschaft im Park der Universität, zwischen Büchern, bei Gesprächen im Bus, mit zitternden Händen und flüchtigen Liebkosungen in einem Winkel im Park oder im dunklen Kino.

Unsere freie Zeit verbrachten wir immer gemeinsam. Nur während der Winterferien, wenn er seine Mutter besuchte und ich weiter arbeiten mußte, trennten wir uns für mehrere Wochen. Dann schrieben wir uns lange, romantische Briefe. Das Wiedersehen am Ende der Ferien war jedesmal freudig wie beim ersten Mal. Alles schien wunderbar zu laufen, bis er mit seinen Liebkosungen immer weiter ging. Ständig zog es ihn in die einsamsten, entlegensten

Winkel des Parks, wo er sich an mich schmiegte und versuchte, mich zu mehr zu drängen, als ich ihm geben wollte. Er lud mich ein, mit ihm auf sein Zimmer zu kommen, denn sein Zimmernachbar würde immer erst gegen Mitternacht heimkehren.

»Nein!« beharrte ich immer wieder.

»Aber warum wehrst du dich denn so sehr dagegen? Eines Tages werden wir doch sowieso heiraten.«

»Dann laß uns erst heiraten.«

»Das sind doch noch Vorstellungen aus der Zeit der Inquisition. Die verklemmten, altmodischen Nonnen aus deiner Schule haben dir das in den Kopf gesetzt.«

»Spar dir die Mühe, du wirst mich niemals rumkriegen.«

Wie oft hatte ich Mama sagen hören, nur eine Frau, die ihre Ehre zu verteidigen wüßte, sei achtbar und könne heiraten. Alle anderen entehrten sich, indem sie von Mann zu Mann schwirrten, bis sie am Ende ihres Lebens schließlich allein zurückblieben. Ein Beweis dafür war Tante Eulalia, deren Leben ein einziger Leidensweg gewesen war. Leichtsinnig war sie mit ihrem Verlobten ausgerissen und hatte sich von ihm ihre Ehre nehmen lassen, auf die Gefahr hin, daß er sie sitzenließ. Was dann auch tatsächlich geschehen war.

Auch Mutter Gertrudis hatte meine Haltung geprägt, indem sie uns ununterbrochen gepredigt hatte, eine Frau müsse bis zur Eheschließung unberührt bleiben. Die Männer selbst verachteten eine leicht zu erobernde Frau und würden niemals eine heiraten, die so rasch zu haben war. Und damit hatte Mutter Gertrudis wahrscheinlich gar nicht so unrecht.

Furcht und Scham lähmten mich. Die Vorstellung, ein uneheliches Kind zu bekommen und ewig dafür büßen zu müssen wie Tante Eulalia, Großvaters verächtlichen Blick und Vaters grenzenlosen Zorn ertragen zu müssen, versetzte mich in Panik. Daß Javier mich ansehen würde, als hätte ich die Lepra, daß ich, wenn ich mich ihm hingab, mit einem Kind am Hals auf die Straße gesetzt würde, das alles brachte mich dazu, mich ihm zu verweigern.

Auf der anderen Seite verstand ich immer noch nicht so recht, warum Liebe so abstoßend und ekelerregend sein konnte. Warum nahm man ein winziges Häutchen so wichtig? Als wären wir Frauen eine Flasche Wein, die, einmal entkorkt, an Aroma und Geschmack einbüßt. Noch weniger sah ich ein, warum nur die Frau verachtet wurde, wenn beide, Mann und Frau, dasselbe taten. Der Mann konnte es sogar stolz herausposaunen, als sei es eine große Heldentat, ja, es gehörte anscheinend zu einem »richtigen Mann« dazu.

Als ich mit Marisa darüber reden wollte, brach sie in Tränen aus. Auf diese Weise erfuhr ich, daß sie schwanger war. Ihre Mutter hatte die Nachricht gelassen aufgenommen und ihr Bräutigam die Verantwortung auf sich genommen. Sie würde in wenigen Tagen heiraten und zu ihrem frischgebackenen Ehemann in die Wohnung ziehen. Die Trennung sollte unsere Freundschaft aber nicht gefährden. Sie versprach, mir zu schreiben, spätestens zu Weihnachten, wenn ihr Baby käme, um mir zu erzählen, wie gesund und kräftig der Kleine sei, und was sie für die Zukunft plane.

Sie hielt ihr Versprechen, obwohl der Text in Wirklichkeit anders lautete als zunächst erwartet. Sie schrieb mir von den Schwierigkeiten, mit dem Geld bis zum Monatsende zurechtzukommen, und alle ihre Briefe endeten meist mit den Worten: »Hätte ich nur nicht diesen Fehltritt begangen. Dann wäre ich noch Studentin und könnte meiner Mutter helfen, die von Tag zu Tag schlimmer dran ist.«

Alle diese Gedanken verschwieg ich vor Javier, dem meine Zurückweisungen allmählich die Geduld zu rauben schienen. Unser Zwist wurde immer offensichtlicher. Er liebte es, andauernd zu betonen, wie viele Freunde er hatte, mit denen er mehrere Sportvereine und gesellschaftliche Veranstaltungen besuchte. Währenddessen verbrachte ich meine Tage mit der Arbeit für das Streikkomitee, in der Bücherei und mit dem Studium, die Freizeit dagegen am liebsten mit ihm allein.

Um mich nicht völlig von ihm zu entfernen, begleitete ich ihn weiterhin auf den Baseballplatz. Dieses Spiel war seine große Leidenschaft, obwohl es mich schrecklich langweilte, wenn sich ein Spieler hinhockte, ein anderer nur dastand und ein dritter wie um sein Leben rannte. Ich verstand es nicht und hatte wenig Interesse, es verstehen zu wollen. Daher saß ich meist mit einem Buch in den Händen am Spielfeldrand. Javier hingegen verlor allmählich seine anfängliche Liebe zur Literatur und erklärte vehement seine Abneigung gegen jede Art von Lektüre ohne praktischen Nutzen.

»Der Schlüssel zum Erfolg ist der Kontakt zu Leuten mit Einfluß, Dinge zu lernen, die dir Geld bringen. Wer sich nur hinter Büchern wie ›Romeo und Julia‹ verkriecht, wird immer arm bleiben.«

Ich wiederum wetterte gegen seine oberflächlichen Freunde.

Betont ruhig, als fühlte er sich nicht betroffen, erwiderte er voller Hohn: »Lieber ein reicher Ignorant als ein armer Intellektueller.«

Keiner von uns beiden lenkte ein. So kam es, daß unsere hübsche Romanze abkühlte, bis aus unseren heftigen Streits eine öde Gleichgültigkeit wurde. Ich bemerkte, wie Javier sich allmählich von mir abwandte, wie er reservierter und distanzierter wurde. Doch als ich ihm meine Sorge gestand, beteuerte er, in letzter Zeit sei er sehr erschöpft wegen der Prüfungen und häufigen Nachtdienste in der Universitätsklinik. Das sagte er so bestimmt und ernst, daß ich mich noch für meine Zweifel entschuldigte und sie auf mein mangelndes Selbstbewußtsein schob.

Die Zeit war wie im Flug vergangen. Seit zwei Jahren hatte ich meine Familie bereits nicht mehr gesehen. Daher beschlossen Guadalupe und ich, die Sommerferien in Los Remedios zu verbringen. Dort blieben wir zwei Wochen. Die meiste Zeit herrschte eine für uns ungewohnte Ruhe, die wir mit herzlichen Gesprächen ausfüllten. Wir genossen das Zusammensein mit Consuelo, Jesús und Mama, die sich mit der ganzen Macht ihrer Einsamkeit an uns klammerte und in unserer Gesellschaft Trost und Zuspruch suchte. Ich war glücklich, wieder daheim zu sein, einst der Schauplatz bitterer Vorhaltungen und ständig drohender Schläger.

Nach meiner Rückkehr in die Hauptstadt merkte ich, daß Javier sich weiterhin zurückhaltend und gleichgültig mir gegenüber zeigte, weshalb ich ihn erneut fragte, ob er etwas habe.

»Ja, dein verdammtes Geziere macht mich noch ganz wahnsinnig und beweist mir nur, wie wenig du mir vertraust. Du bist eine unverbesserliche Egoistin. Du denkst nur an dein eigenes Wohlergehen, meine Wünsche und Bedürfnisse interessieren dich einen feuchten Dreck.«

Bei diesen Worten meinte ich, in der Tiefe seiner Augen den Funken eines unbändigen Zorns zu entdecken. Er sagte kein Wort mehr, doch dieser Satz lag mir schmerzlich auf der Seele. Trotzdem stellte ich mich taub. »Würdest du mich wirklich lieben, würdest du mich nicht drängen, mit dir ins Bett zu gehen ...«

Zu diesem Zeitpunkt begann er, bei unseren Verabredungen auszubleiben.

Der Herbst neigte sich seinem Ende zu. Eines Nachmittags, als ich mit ein paar Freundinnen unterwegs war, sah ich ihn mit einem anderen Mädchen am Arm über die Straße gehen. Auch meine Freundinnen sahen die beiden. In dem Moment küßte ihn seine Begleiterin auf den Mund. Bevor ich die Situation verdauen konnte, packte mich ein Gefühl des Entsetzens. Mein Gesicht verzog sich vor Schmerz, und ich war wie versteinert. Aber ich schaffte es, mich zusammenzunehmen. Um meinen Freundinnen gegenüber nicht zugeben zu müssen, wie sehr ich litt, versuchte ich zu lächeln, als machte es mir nichts aus. Mama hatte mich dazu erzogen, zu schweigen und den Schein zu wahren. Sie lehrte mich, niemals Gefühle zu zeigen, denn das mache einen nur zum Gesprächsstoff der Leute. Außerdem müsse man dann wenigstens keine mitleidigen Worte oder Blicke ertragen.

Die restliche Wegstrecke schien mir endlos. Ich lächelte mechanisch, ohne zu registrieren, was meine Begleiterinnen sagten. Bei der erstbesten Gelegenheit verabschiedete ich mich und rannte fort, ohne genau zu wissen, wohin. Vor einer Kirche blieb ich stehen und ging hinein. Ich bat Gott, mich aus diesem Alptraum aufzuwecken. Was ich gesehen hatte, konnte nicht wahr sein. Javier gehörte mir. Niemand konnte ihn mir wegnehmen. Die Zärtlichkeit, die Liebe, die ich einst tief in seinen Augen hatte aufscheinen sehen, hatten mir die Gewißheit gegeben, daß er sich niemals von mir trennen würde. Ich konnte ihn doch nicht einfach vergessen, mir vorstellen, daß er nicht existierte, daß ich ihn nicht mehr lieben durfte. Wie sollte das gehen? Der Kopf wollte mir zerspringen, meine Hände zitterten, die Verzweiflung raubte mir den Atem, und ich konnte nur immer wieder flüstern: »Das kann nicht sein, das kann nicht sein.«

Das Schauspiel, das sich mir eben geboten hatte, war zu unerwartet gewesen. Etwas, das jeder Frau passieren kann, das den Frauen in Los Remedios so geläufig war, und doch hatte ich nie damit gerechnet. Auf einmal verstand ich, wieviel Leid meine Mutter in ihrem verschlossenen Herzen bewahrte. Als Papas Interesse für sie schwand, mußte sie die Schande eines derartigen Verrats verkraften. Wie sehr muß sie gelitten haben, als sie sich so mit Füßen getreten sah. Mit einem Mal konnte ich mit ihr fühlen. Noch schmerzlicher muß es gewesen sein, zu ertragen, daß er am frühen Morgen heimkam, um sich von den leidenschaftlichen Umarmungen einer anderen zu erholen. Was mir nur nicht in den Kopf wollte, war, wie sie das hatte aushalten können, ohne ihn zu verlassen. Das Schweigen, mit dem sie sich in diese Lage schickte, war mir ein Rätsel. Niemals hatte ich Zorn, Eifersucht oder Verachtung in ihren Worten gespürt oder erlebt, daß sie laut ihrer Wut Luft verschaffte. Sie verschanzte sich in ihrem Schweigen. In einem Schweigen, das ihr die körperliche und seelische Lebenskraft raubte.

Keinen Laut, keine Träne gab ich von mir. Ich fragte nur immer wieder, wie sollte ich Javiers Betrug ertragen? Woher sollte ich die Kraft nehmen, ihn zu vergessen? Und warum war er nicht dazu fähig gewesen, mir ins Gesicht zu sagen, daß unsere Beziehung beendet war?

Bevor ich die Kirche verließ, blickte ich in das starre Antlitz des leidenden Christus, den mein Leid ungerührt ließ. All mein Flehen und Jammern schien sinnlos.

Dann, allein in meinem Zimmer, konnte ich es noch immer nicht richtig fassen. Vor meinen Augen tauchten verschwommene, unwirkliche Erinnerungsfetzen auf: Wege mit dem Duft nach Laub, auf denen wir gewandert waren, das wilde Gras, auf dem wir es uns an stillen, glücklichen Nachmittagen bequem gemacht hatten, die Gedichtbände, die wir beide verschlungen hatten. Die Kirchen, Museen und Orte, die wir gemeinsam erkundet hatten, kamen mir nun kalt und seelenlos vor. Plötzlich erschien mir die Wirklichkeit bitter und niederschmetternd. Ich öffnete das Fenster. Der Wind trug ein paar ferne Gitarrenklänge herüber.

Ich weinte lange Zeit und hing meinen Erinnerungen nach ... Eben noch hatte ich im Glück geschwelgt, und auf einmal war alles vorbei. Ich konnte alle Tränen der Welt weinen, Tag und Nacht flehen und doch nichts daran ändern. Er liebte eine andere als mich, es war vorbei, zu spät ...

Nachdem ich stundenlang geweint hatte, trocknete ich mir mit der Hand die Tränen und beschloß, jegliche Spur meiner Gefühle für den, der mich betrogen hatte, auszulöschen. Ich hatte die Briefe, die er mir in den Ferien geschrieben hatte, aufbewahrt. Auch die Bücher, die er mir geschenkt, und das Tuch, das er mir bei unserem ersten gemeinsamen Spaziergang geliehen hatte, besaß ich noch.

Die ersten Wochen nach unserem Unglückstreffen wartete ich vergeblich darauf, daß er sich bei mir meldete. Er ließ sich nie mehr blicken. Anfangs fiel es mir schwer, an ihn zu denken, ohne gleich in Tränen auszubrechen. Ich fühlte mich, als müßte ich ersticken, als läge ein schwerer Klumpen auf meinem Herzen. Ich wollte ihn sehen, mit ihm reden, ihm seine Feigheit vorwerfen, vorschlagen, noch einmal von vorne zu beginnen. Aber allmählich mußte ich einsehen, daß er einfach aus meinem Leben verschwunden war, ohne noch einmal mit mir darüber zu reden, ohne mich noch einmal sehen zu wollen.

Aus Stolz gestand ich niemandem meinen schrecklichen Kummer. Ich vermied es, an die Zeit mit Javier zu denken, mich an etwas zu erinnern, das mit dieser Beziehung zu tun hatte. Oft träumte ich davon, die beiden zu sehen. Er himmelte die Neue an, und sie lachte vor Glück, während ich wie angewurzelt dastand. Im Laufe der Zeit verlor Javier jedoch an Gestalt und an Raum in meinem Leben. Nur manchmal überkamen mich, als dumpfer Nachhall einer fernen Melodie, widersprüchliche und bruchstückhafte Gefühle, eine vage Sehnsucht, ein Auflodern von Haß.

Meine scheinbar ironische, kalte Art bestimmte immer mehr mein Auftreten und schlug alle in die Flucht, obwohl in meiner zutiefst verletzten Seele der Wunsch nach Freundschaft und Liebe bebte. Die äußerliche Fassade verbarg nur meine Empfindsamkeit und meine Scheu. In manchen Momenten genoß ich das Alleinsein, aber dann meldete sich wieder der Wunsch, einer Gruppe anzugehören. Meine mangelnde Kontaktfreude und scheinbare Härte isolierten mich jedoch wie eine unsichtbare Glasscheibe von den anderen.

Während meiner Zeit an der Universität ließ ich mich auf keinen meiner Kommilitonen mehr ein. Ständig wiederholte ich im Brustton der Überzeugung, daß man deren Avancen nicht zu ernst nehmen solle, denn die meisten von ihnen seien Frauenhelden und sprächen nur aus Eigeninteresse von freier Liebe, um sich mit möglichst vielen Mädchen amüsieren zu können. Am Ende würden sie dann doch ein unberührtes, einfältiges junges Ding heiraten.

»Das habe ich hinter mir. Wenn mich ein Mann will, soll er es mir mit einem Heiratsantrag beweisen, mir macht so leicht keiner mehr was vor«, sagte ich meinen Freundinnen mit verächtlichem Lachen.

Meine Arbeit setzte ich mit noch mehr Eifer fort. Geldverdienen war für mich jetzt das Wichtigste. Doch trotz meiner Anstrengungen stiegen meine Einkünfte nicht nennenswert.

Nach dem erfolgreichen Abschluß meines Studiums in Politikwissenschaften und Öffentlicher Verwaltung mußte ich ein soziales Jahr absolvieren. Mein Gehalt verbesserte sich. Von meinem ersten Lohn gab ich einen beträchtlichen Teil meiner Familie ab.

Während der Einarbeitungszeit für die Stelle mieteten wir Universitätsabgänger uns in einem Hotel nahe der Hauptstadt ein. Nach dem Essen trafen sich alle Studentinnen im Park, um im Schatten der Palmen ein wenig zu plaudern. Einige begannen, von ihren Liebesabenteuern zu erzählen.

»Apropos aufregende Abenteuer«, rief eine von ihnen aus, »da ist zum Beispiel Olga, die hat eine Menge davon hinter sich.«

Vom Gefühlsleben anderer Frauen zu erfahren, von ihren Problemen oder ihren prickelnden Erlebnissen zu hören, fesselte mich jedes Mal. Eine der Geschichten, die mich am meisten beeindruckte, war die von Olga.

Sie war eine der Stenotypistinnen der Fakultät für Politikwissenschaften, die uns auf dieser Reise begleitete. Ihr zartes und hübsches Gesicht strahlte kindliche Unschuld aus, hatte aber auch etwas Aufreizendes an sich. Sie hatte eine schmale Figur und ein trauriges Lachen.

An der Universität hatten die Männer sie umschwirrt wie ein Bienenschwarm die mit Nektar lockenden Blütenkelche. Besonders einer, Roberto Aguirre, wurde zu ihrem ständigen Schatten. Sie interessierte sich nie für ihn und behandelte ihn mit größter Verachtung. Ohne daß ihre Abfuhren den Verliebten auch nur eine Spur entmutigten, bedrängte er sie weiterhin. Tag für Tag machte er ihr Avancen, legte ihr eine Rose auf den Schreibtisch oder schrieb ihr leidenschaftliche Briefchen, in denen er ihr seine Liebe gestand. All das ließ Olga allmählich weich werden, bis sie sich am Ende in ihn verliebte, in sein fröhliches Gesicht, seinen schelmischen Blick, seine lustigen, etwas groben Züge.

An einem Sommertag, an dem sie frei hatten, organisierte Roberto mit ein paar Freunden einen Ausflug aufs Land. Sie war als Ehrengast eingeladen.

An jenem Abend hing die Sonne wie eine große, in Scheiben geteilte Orange am Himmel und tauchte die Landschaft mit ihren langen, spitzen Strahlen in goldenes Licht. Der Sommer entlud sich in einem Fest von Farben und Lebensfreude. Sie hatten Spaß wie nie, schwammen, aßen, tranken ein paar Gläser und sangen. Roberto spielte auf der Gitarre, ohne von Olgas Seite zu weichen. Nach dem Essen machten sie einen Spaziergang in der Umgebung. Schließlich blieben die beiden allein. Nebeneinander herlaufend, erzählten sie sich ununterbrochen alles, was ihnen gerade in den Sinn kam. Doch plötzlich verstummten ihre Worte und ihr Gelächter ... Olga schloß die Augen, während Robertos Lippen sie überall berührten und feurige Worte flüsterten, die sie leidenschaftlich erregten. Seine kräftigen, begierigen Hände glitten behende wie Schlangen über ihren Körper. Eng aneinandergepreßt sanken sie ins warme Gras. Im Schatten einer schlanken, im Winde schaukelnden Palme rieben sie sich immer heftiger aneinander, bis sie spürten, wie ihr Innerstes in tausend Stücke zersprang. Beide verloren sich in einer Leidenschaft, die aus der Tiefe ihrer Seele kam.

Verschwitzt, noch mit dem Geruch der Lust am Körper, kehrten sie später zurück und schlossen sich wieder der Gruppe an.

Roberto Aguirre lebte, wie alle wußten, von seiner Frau getrennt. Seit einigen Monaten wohnte er allein in einem Studentenheim nahe der Universität. Sein Sohn wurde weiterhin von seiner Frau betreut. Er besuchte sie an den Wochenenden.

Lange Zeit blieb die Liebesbeziehung zwischen ihm und Olga so leidenschaftlich wie zu Beginn. Jeden Abend nach der Universität trafen sie sich und flüchteten sich in eine einsame Ecke, wo sie in immer gewagteren Umarmungen miteinander verschmolzen.

So oft seine Geldbörse es erlaubte, lud er sie zum Essen und ins Kino ein. Als guter Gitarrenspieler brachte Roberto ihr von Zeit zu Zeit mit einigen Freunden ein Ständchen. Nur die Wochenenden waren für sie einsam und deprimierend. Während ihre Familie die Stadt verließ und zu den Großeltern fuhr, igelte Olga sich in der

Wohnung ein, mit eingeschaltetem Fernseher und in der Hoffnung, Roberto könnte sich für einen Moment von seinen Verpflichtungen frei machen und bei ihr sein.

Montags beteuerte Roberto stets mit dem Blick eines geprügelten Hundes, er habe sich zwar seinem Sohn widmen müssen, aber in Gedanken sei er nur bei ihr gewesen. Bei der erstbesten Gelegenheit legte er ein Kärtchen mit einem Liebesgedicht oder eine Blume aus irgendeinem fremden Garten auf ihren Schreibtisch. Die Normalität kehrte wieder ein.

Nicht einen Moment lang sprachen sie über die Gefahr einer Schwangerschaft, bis Olga Monate später einen riesigen Appetit entwickelte und an Gewicht zunahm. Als sie sicher war, daß sie ein Kind erwartete, kam sie zu ihm gelaufen, um ihm die Neuigkeit mitzuteilen. Seine Reaktion traf sie unerwartet: Sein Gesicht wurde abwechselnd weiß und rot vor Zorn, und er fand kaum Worte, um sein Mißfallen auszudrücken: »Was sagst du da? Du hättest aufpassen müssen. Du weißt doch, daß ich einen Sohn habe und verheiratet bin.«

»Aber du hast mir doch gesagt, daß deine Scheidung läuft und du mich heiraten willst.«

»Aber nicht so, aus Zwang, wegen einer ungewollten Schwangerschaft.«

Nach kurzem Verstummen sagte er: »Ich kenne jemanden, der uns helfen kann.«

Tage später fuhr Roberto sie in die Klinik eines Freundes, wo sie ihr Baby verlor. Sie war todtraurig, als sei mit ihm auch das Wesen ihrer Beziehung getötet worden, und litt lange Zeit unendliche Qualen.

Roberto hatte ihr versprochen, sobald er sein Studium beendet habe, wolle er den Sozialen Dienst innerhalb der Universität beantragen, um in ihrer Nähe zu sein. Sie hatte ihm geglaubt. Doch als es soweit war, hatte er seine Meinung geändert: »Ich brauche eine Luftveränderung und möchte das Soziale Jahr im Norden des Landes ableisten«, sagte er, als der Leiter der Abteilung für Sozialdienst der Fakultät ihn fragte.

Genau in dem Augenblick betrat sie den Hörsaal mit den Antragsformularen und erstarrte. Seine Stimme ging fast unter im Stimmengewirr der Studenten. Dennoch hatte sie deutlich diese letzten Worte gehört. Ohne nachzudenken, rannte sie hinaus. In ihren Ohren hallten seine Worte nach. Als sie mit der U-Bahn fuhr, glaubte sie wieder Robertos Stimme zu hören.

Der nächste Tag erschien ihr endlos. Es wurde Abend, und es folgte eine durchwachte Nacht in Erwartung seines Anrufs, der nie kam. Sie rief mehrmals im Studentenheim an, ohne ihn dort anzutreffen. Nun begannen sich Zweifel zu melden, böse Vermutungen zermarterten ihr den Kopf, und allmählich beschlich sie Angst. Entschlossen, die Wahrheit herauszufinden, rief sie einen gemeinsamen Freund an und fragte ihn, wo sie Roberto finden könne, da sie ihm wichtige Papiere bringen wolle, die er bei ihr habe liegenlassen.

»Ich habe ihn mehrmals angerufen, aber nie erreicht.«

»Das kannst du auch nicht, denn er wohnt nicht mehr an der Universität. Er hat sich mit seiner Frau ausgesöhnt und ist wieder heimgezogen. Wenn du willst, gebe ich dir seine Telefonnummer.«

Diese unerwartete Enthüllung war so niederschmetternd für sie, daß sie den Hörer auflegte, ohne sich zu verabschieden. Unter den erstaunten Augen ihrer Mutter, die wissen wollte, was los sei, rannte sie ohne eine Antwort aus dem Haus. Auf der Treppe nahm sie mehrere Stufen auf einmal, lief ziellos durch die Gegend, mit trokkenen Augen, unfähig zu weinen, und versteinerten Lippen, die kein Wort hervorbrachten.

Stundenlang irrte sie wie von Sinnen durch die Straßen, bis ihre Füße jeden weiteren Schritt verweigerten. Sie war an einem Park angelangt, wo sie sich atemlos niederließ, fassungslos, daß ihr Traum endgültig aus war. Sie wußte nicht, wie lange sie dort starr und reglos gesessen hatte. Es war schon sehr spät, als sie heimkehrte und ihrer Mutter erzählte, was geschehen war.

Tagelang zog Olga sich in einem Anfall tiefster Depression auf ihr Zimmer zurück. Sie fragte sich, wann Roberto aufgehört hatte, sie zu lieben. Wenn sie jetzt darüber nachdachte, zweifelte sie, ob er sie überhaupt je geliebt hatte, und meinte, daß ihn nur die gemeinsamen Stunden der Lust interessiert hatten. Sie dachte an seine heftige Reaktion, als er von ihrer Schwangerschaft erfahren hatte, an die allmähliche Entfremdung, die er mit seinen Vaterpflichten entschuldigt hatte. Sie hatte getan, als glaubte sie ihm. Während er insgeheim die Versöhnung mit seiner Frau betrieb, hatte sie vorgegeben, nichts zu bemerken. Jetzt kam es ihr vor, als habe er sie nur benutzt, um die Leere auszufüllen, die seine Frau bei ihm hinterlassen hatte. Doch sobald sich die Gelegenheit zu einer Aussöhnung mit ihr bot, hatte er sie ergriffen und Olga weggeworfen wie einen alten Lumpen.

Auf jeden Fall mußte sie weiterleben. Die Wochen vergingen, ohne daß Roberto erschien, bis er schließlich eines Abends anrief. Im Grunde ihres Herzens wünschte sie, alles sei nur ein böser Traum gewesen und für sein Verhalten gäbe es eine Erklärung. Leider war diese Illusion nur von kurzer Dauer.

Roberto machte nicht viele Worte: Er erklärte nur, er sei zu seiner Familie zurückgekehrt, weil er nicht ohne seinen Sohn leben könne. Olga stieß alle Verwünschungen und Beschimpfungen aus, die ihr einfielen. Sie drohte ihm an, sie würde mit seiner Frau reden und ihr die ganze Wahrheit über ihre leidenschaftliche Beziehung erzählen. Sie würde erzählen, wie er sich ihr zu Füßen geworfen und ihr geschworen habe, seine Frau sei nur die Mutter seines Sohnes, mehr bedeute sie ihm nicht.

»Und du denkst, sie wird dir glauben?« fragte er höhnisch.

Zwei Monate später traf sie ihn mit seinem typischen Unschuldslächeln am Arm einer Rothaarigen. Als er sie sah, sagte er zu seiner Begleiterin gewandt: »Schau, Liebste, ich will dir eine tüchtige Sekretärin von der Universität vorstellen.«

Ohne das Lächeln auf ihren Lippen zu verlieren, erwiderte Olga den Gruß in herzlichem Ton, bevor sie das Feld räumte und in den Park flüchtete, wo sie sich so häufig getroffen hatten. Als sie sich dort auf eine Bank setzte, erschien ihr der Ort schmutzig, trist und heruntergekommen. Dicke Tränen rannen ihr übers Gesicht, ohne daß sie sich an den neugierigen Blicken der Passanten störte. Wie dumm war sie nur gewesen! Dieser gerissene Hund hatte sie mit seinen schleimigen Worten eingelullt wie ein dummes Kind.

Von dieser glücklichen Zeit blieb ihr nur noch eine tiefe Leere im Herzen und der bittere Nachgeschmack, ihr Kind verloren zu haben. Als sie aufschaute, fiel ihr Blick auf einen kahlen Ast, auf dem ein kleiner Vogel mit vor Kälte gesträubtem Gefieder ununterbrochen piepste. Dabei dachte sie an ihren ungeborenen Sohn. Ohne Eile machte sie sich auf den Heimweg.

Wenn die Mädchen mich aufforderten, von mir zu erzählen, antwortete ich immer nur knapp und kurz angebunden. Würden sie verstehen, daß ich bisher nur einen Freund gehabt hatte, und daß ich noch Jungfrau war?

Die Erinnerung an Javier tat mir immer noch weh. Nach ihm hatte ich keine feste Beziehung mehr gehabt. Zwar hatte der eine oder andere mir den Hof gemacht, aber ich war nicht in der Lage, mich auf einen von ihnen ernsthaft einzulassen. Und wenn ich mal mit jemandem ausging, dachte ich schon beim ersten Rendezvous daran, daß es nicht von langer Dauer sein könnte, wenn es nicht gleich im Bett endete.

Doch niemand konnte mich dazu zwingen, etwas zu tun, von dem ich schließlich wußte, wie es enden würde: Ich wußte, daß die Männer, sobald sie ihr Ziel erreicht haben, ihre Versprechen vergessen und zum nächsten Opfer ziehen würden.

An diese Vorstellung von der Liebe, an die Plumpheit und mangelnde Sensibilität in allem, was nicht mit Sex zu tun hatte, konnte ich mich einfach nicht gewöhnen. Für mein Empfinden sollte die Liebe ein Gefühl sein, das mit den Farben des Regenbogens wuchs, entfacht durch das Feuer der Leidenschaft, doch mit dem Hauch von Zärtlichkeit und Achtung. Die reine körperliche Liebe kam mir vor wie eine glühende Sonne, die alles versengt, was sie berührt, und frühzeitig verwelken läßt.

Immer hatte ich mit dem Traum von Liebe und Zuwendung gelebt. Das hatte mir stets gefehlt. Enge Freundinnen, mit denen ich meine Gedanken und Sorgen hätte teilen können, besaß ich nicht. Diejenigen, die ähnlich wie ich dachten, gaben sich anders, als sie wirklich waren, aus Furcht, vor den übrigen als altmodisch zu gelten. Nur mit Guadalupe konnte ich über solche Dinge reden. Sie verstand mich, weil es ihr wie mir an Zuwendung mangelte und sie sich niemandem anvertraute aus Furcht, verraten zu werden. Sie wollte sich lieber den Kummer einer Enttäuschung ersparen.

Ich träumte immer von einem imaginären Verehrer und versank in der Tiefe seiner Augen und seiner ernsten Stimme, malte mir aus, wie er mich mit den Lippen berührte und in meinem Inneren eine wogende Glut aufwallen ließ. Ich träumte von der Ehe, obwohl meine Eltern kein Beispiel für eine gute Ehe geboten hatten. Immer hatte ich sie sagen hören, sie seien zusammengeblieben, weil sie es sich vor dem Altar geschworen hatten und es das beste für die Kinder war. Ihr Bild, die ständigen Schwangerschaften meiner Tante und die ständigen Liebschaften meines Vaters konnte ich beim besten Willen nicht mit wahrer Liebe und gegenseitiger Achtung zusammenbringen. Ich war sicher, daß es einen Fleck auf der Erde geben mußte, wo die Menschen anders lebten und fühlten. Aus dieser Überzeugung heraus blieb ich, wie ich war. Offensichtlich teilten meine Freundinnen meine Einstellung nicht, versuchten aber schließlich auch nicht mehr, an ihr etwas zu verändern. Sie merkten, daß sie bei mir auf Granit bissen, und akzeptierten mich so, wie ich war.

Als die Einarbeitungszeit beendet war, trennten wir uns. Mich schickte die Universität in eine Ortschaft im Nordosten des Landes. Wegen des trockenen, sengend heißen Klimas gab es Wirbelwinde und eine Menge Ungeziefer. Überall tauchte irgendwelches Getier auf, von harmlosen, aber riesigen Raupen, die an den Zimmerwänden entlangkrabbelten, und in der Suppe ertrunkenen Spinnen, bis hin zu in den Badezimmerecken lauernden Taranteln und giftigen, mitten im Patio zusammengerollten Schlangen.

Das Ausbildungszentrum war ein Gelände, auf dem mehrere zeltförmige Gebäude standen, die allerdings aus Backsteinen waren. Darin befanden sich behelfsmäßige Büros, ein Eßsaal und die Schlafräume des Personals. Die Häuschen hatten kleine Fenster mit Fliegengittern und Bäder mit reichlich Wasser. Der Schlafraum der Landarbeiter, die an den Ausbildungskursen teilnahmen, war ein Schuppen, in dem sich die Betten an den Wänden aufreihten. Die Bäder befanden sich am Ende des Raumes und waren nur durch eine Holztür von ihm abgetrennt.

Die ersten Tage lebte ich in ständiger Panik vor Taranteln und Schlangen. Vor dem Schlafengehen untersuchte ich die Matratze und das Kissen, schüttelte die Laken aus und streute Giftpulver rund ums Bett. Beim leisesten Kitzeln von meinen Haaren oder dem Geräusch huschender Geckos schreckte ich hoch und fand keinen Schlaf mehr. Schließlich besiegte mich die Erschöpfung. Vielleicht war mir auch klargeworden, daß ich mit dieser Vorsicht leben mußte. Ich begann, es gelassener zu nehmen. All dieses Getier hatte seit jeher dort gelebt, der Eindringling war ich. Also mußte ich achtgeben, sie nicht aufzustören, und alle konnten in Frieden leben.

In diesem Arbeitszentrum absolvierten drei Studenten ihren sozialen Dienst. Einer von ihnen, der Betriebswirtschaft studiert hatte, fungierte als Direktor und war mit der allgemeinen Verwaltung betreut. Der zweite, ein Agrarwissenschaftler, gab den Landarbeitern Kurse in modernen Anbaumethoden, und ich war verantwortlich für die Seminare über Agrarreform und kooperative Organisation. Monate später stieß noch ein Mediziner zu uns.

Die Ausbildungszentren für die Landarbeiter waren vielleicht der einzige Ort, an dem sie für ihre Weiterbildung einen Monat lang ein Gehalt, Essen, Kleidung und ein Dach überm Kopf erhielten. Von Anfang an merkte ich, daß sie immer aufmerksam zuhörten, aber nie ihre Zweifel oder Zustimmung äußerten. Ihre dunklen Gesichter blieben ausdruckslos. Sie schrieben auf, was wir ihnen sagten, lernten es auswendig und füllten so ihre Prüfungsbögen aus. Sie hatten wohl, ähnlich wie ich seinerzeit auf der Schule, gelernt zu sehen, zu hören und zu schweigen. Ich wollte enger mit ihnen in Kontakt kommen und herausfinden, wie sie wirklich dachten. Nur so konnten wir ihnen helfen. Deshalb verließ ich gleich am ersten Tag den Tisch meiner Kollegen und setzte mich beim Essen zu den Landarbeitern. In den freien Stunden spielten wir Basketball, Murmeln oder würfelten. Nach und nach gewann ich ihr Vertrauen. Es war nicht schwer, wahrscheinlich, weil sie aus einem ähnlichen sozialen Umfeld wie ich kamen. Es gelang mir, am Wochenende von ihnen zum Essen eingeladen zu werden. In ihren einfachen Hütten, die von einem Duft nach Kaffee, Zimt und Stroh erfüllt waren, fühlte ich mich wohl. Ganz selbstverständlich half ich dabei, das Feuer anzufachen, verjagte die Fliegen vom Teller, tunkte die Soße mit Tortillastücken auf und aß das Fleisch wie sie mit den Händen. Das grobkörnige Salz kam auf den Teller, und jeder bediente sich mit den Fingerspitzen.

Nach der Mahlzeit unterhielt ich mich dann im Schatten eines Mesquitebaums mit den Frauen und beriet sie über Verhütungsmethoden. In ihren erdfarbenen Gesichtern las ich das Interesse, mehr zu dem Thema zu erfahren. Überrascht stellte ich fest, daß viele sie anwenden wollten, aber nicht wußten wie. Doch fürchteten sie auch die Repressalien ihrer Männer und vor allem die Strafe Gottes, denn für sie gab es keine Autorität außer dem Wort ihrer Männer und der Zehn Gebote.

»Wenn Sie wüßten. Bevor ich mit meinem Mann schlafe, stecke ich mir ein mit Mineralwasser getränktes Stück Schwamm hinein. So konnte ich monatelang den Klapperstorch abschrecken, obwohl es hinterher immer schrecklich juckt und brennt. Lieber würde ich etwas verwenden, das weniger kratzt, aber sicher ist. Nicht daß ich nächstens noch eine schlimme Infektion bekomme«, sagte die Gastgeberin.

»Also, mir hilft nix. Da kann ich mir 'ne ganze Fontäne unten reinspülen, mich erwischt's doch immer wieder. Bei mir ist's wie bei 'ner guten Saat, viel Wasser treibt Früchte. Der Kerl braucht mich nur anzugucken, und schon bin ich schwanger«, sagte eine andere lachend.

»Was soll's, Señorita, wenn mein Mann spitzkriegt, daß ich keine Kinder mehr will, dann gute Nacht. Der wird denken, ich bin unpäßlich und störrisch, und sich einfach eine Neue nehmen«, warf eine weitere ein.

»Wenn's nach mir ginge, hätte ich nicht so einen Stall voll Kinder, nur damit sie dann Hunger leiden. Aber mein Alter und der Herr Pfarrer sagen, man muß alle kriegen, die Gott einem schenkt.«

»Wir müssen sie kriegen, wenn wir nicht irgendwann in der Hölle schmoren wollen. Mal abgesehen von der Tracht Prügel, die mir mein Mann verabreicht.«

»Und alles nur, weil man angeblich eine Sünde begeht, wenn man versucht, eine Schwangerschaft zu vermeiden«, murmelte eine Dürre, während sie sich bekreuzigte. »Da haben wir zum Beispiel Teófila, die ist zum Gesundheitsamt gegangen, damit sie ihr diesen Apparat gegen das Kinderkriegen einsetzten. Als ihr Mann das erfuhr, hat er sie bei der nächsten Gelegenheit wieder hingeschickt, um ihr das Ding wieder rauszunehmen. Ihm hat's wohl nicht gepaßt, daß böse Zungen meinten, bei ihm klappt's nicht mehr.«

»Na, und was sollen wir jetzt tun?« wollte die Gastgeberin wissen.

Ich versprach, einen Arzt zu Rate zu ziehen, der ihnen besser helfen könnte.

Die Männer hatten andere Sorgen. Sie waren bereit gewesen, an dem Lehrgang teilzunehmen, weil sie im voraus Geld in Höhe eines

Mindestmonatslohns erhalten hatten, ohne daß sie irgend etwas unterschreiben mußten. Sie mißtrauten allem, was von der Regierung kam.

»Wenn die uns was geben, dann nur, um uns etwas anderes zu nehmen«, tuschelten sie untereinander.

Sie fragten sich, wozu es gut sein sollte, Dinge zu lernen, die nichts mit der Verbesserung der Anbaumethoden zu tun hatten. Der Jüngste unter ihnen sagte, alles, was wir ihnen beibrächten, klänge ja sehr schön, aber auf die Frage, wie sie es anwenden könnten, wisse niemand eine Antwort.

Sie beschwerten sich darüber, daß es ihnen nichts nütze zu wissen, wie sie ihr Stück Land bestmöglich nutzen könnten, wenn sie nicht einmal Geld für die Saat und die Ackergerätschaften hatten. Über meinen Vorschlag, einen Kredit aufzunehmen, konnten sie nur lachen.

»Als es uns tatsächlich einmal einfiel, einen Kredit zu beantragen, da haben sie Inspektoren geschickt«, sagte einer.

»Remigio mußte seine Sau schlachten, um den Kerl zu bewirten, der gekommen war, um unsere Felder zu begutachten. Der brachte sein ganzes Gefolge mit. So hat er uns alle ruiniert bis auf unsere letzten Ersparnisse.«

»Alle haben wir zusammengelegt für den Tequila und das Bier. Unsere Frauen haben auch mitgeholfen und Tortillas und Chilis gegrillt. Im Rausch hat der Inspektor uns alles versprochen, selbst seine eigene Mutter hätte er uns gegeben. Aber als wir zur Bank gegangen sind und nach ihm verlangt haben, war er spurlos verschwunden. Sie haben ihn in eine andere Zweigstelle versetzt, hieß es, und unsere ganzen Ausgaben und der Ärger waren für die Katz. Die neuen Leute wollten nichts mehr von unseren Angelegenheiten wissen. Was für ein Ausweg blieb uns da noch? Jetzt sind wir wieder einen Schritt zurück. Abgesehen davon, daß alles längst nicht so einfach war, wie sie erzählt hatten.«

»Bei den ganzen Papieren, die sie von uns haben wollten, fehlte bloß noch die Todesurkunde. Als wir endlich alle Unterlagen zusammenhatten, haben sie dauernd irgendwelche Ausreden gefunden. Der Direktor war in Urlaub, dann in einer Sitzung, man brauchte noch die Unterschrift von einem anderen, der auch nicht aufzufinden war. So haben sie uns von Pontius zu Pilatus geschickt ...«

»Als wir endlich das Geld für das Saatgut bekamen, war die Saison vorbei. Außerdem war es lächerlich wenig, weil sie alles mögliche abgezogen hatten: die Kosten für Kopien von wer weiß wie vielen Papieren, die Reise von dem Inspektor und seinen Assistenten, den angeblichen Landwirtschaftsexperten, die Kosten für Essen und Hotel und einen Teil von den Kreditzinsen. Alles in allem haben wir nur unsere Zeit verloren, und obendrein geht es uns dreckiger als vorher.«

»Ach, entschuldigen Sie, wenn ich das so sage, junge Frau, aber was wissen diese feinen Señoritos, diese Muttersöhnchen, schon, wie es auf dem Land zugeht! Die haben doch nichts als ein großes Mundwerk und viel Papier zu bieten. Die sollten mal herkommen, aber nicht zum Vergnügen, sondern zum Schuften unter der glühenden Sonne, damit die sehen, was für eine Plackerei das ist. Aber die tauchen ja nur hier und da mit ihren Lieferwagen auf, im Khakihemd, mit Hut und tun dann so, als wären sie einer von uns.«

»Nicht die Bohne, darauf fallen wir nicht mehr herein! Auf diese Weise schaffen sie hier nur noch mehr böses Blut. Sie werden ja sehen, was eines Tages hier los ist.« Er hielt für einen Moment inne, als müßte er sich in acht nehmen und fuhr dann fort: »Junge Frau, Sie sind noch sehr jung und wissen nichts von all den Schwindeleien, deshalb sind Sie auch so gutgläubig. Aber was uns betrifft, haben wir die Nase voll von all denen.«

»Aber wenn Sie widerspruchslos schweigen, ist es noch schlimmer. Sagen Sie ihnen den Kampf an, nicht alle sind solche Gauner. Es wird wohl mehr als einen geben, der ehrlich ist.«

»Wenn Sie meinen.«

Wenig überzeugt, lernten sie weiter. Allerdings schienen sie mir jetzt etwas motivierter zu sein.

Ich hätte mit keinem von ihnen tauschen mögen. Aber es war eine gute Gelegenheit für mich, etwas für diese Leute zu tun. Ich war überglücklich und redete unaufhörlich auf sie ein, versuchte sie zu überzeugen, daß man mit gutem Willen alles ändern könnte. Wir veranstalteten Volksfeste mit Tombolas, Essensständen, Feuerwerk und Tanz. Wir schafften es, genügend Geld aufzutreiben, um Nähmaschinen, zwei große Zuschneidetische, Scheren, Metermaße, Garn und ein paar Stoffe zu kaufen. Außerdem konnten wir den Direktor des Zentrums für unser Projekt begeistern. Er erreichte, daß die oberste Dienststelle einen Medizinpraktikanten und den Anbau von zwei weiteren Räumen im Zentrum genehmigte. In einem sollte eine bescheidene Schneiderei eingerichtet werden, im anderen eine Arztpraxis. Der Besitzer des Dorfladens verpflichtete sich, die Kleidung abzunehmen, die in der Schneiderei angefertigt wurde.

Jeden Nachmittag kamen die Frauen ins Zentrum: die einen zum Nähen, die anderen machten einen Erste-Hilfe-Kurs. Der Arzt hegte die Hoffnung, wenn er nicht mehr da sei, würden die ausgebildeten Frauen es den anderen beibringen.

Er klärte sie auch auf über Gesundheit, Hygiene, gesunde Ernährung und über das, was sie am meisten interessierte: Geburtenkontrolle, wozu auch die Ehemänner eingeladen wurden. Diese begannen, aktiv an dem Kurs teilzunehmen, und manche hatten nichts dagegen, daß ihre Frauen verhüteten.

Abends nach der Mahlzeit saßen meine Kollegen und ich im Patio und diskutierten voller Begeisterung, was wir am Tag erreicht hatten. Die Zeit verflog fast unmerklich vor lauter Arbeit, die uns noch dazu Spaß machte.

Für meine Kollegen bedeutete der soziale Dienst und der Kontakt mit den Beamten der Zentralbehörde die erste Stufe auf der Karriereleiter zum Staatspolitiker. Nach ihrer Meinung sollten wir diplomatisch sein und die Methoden der Ausbildungszentren nicht hinterfragen. Ich fand, man sollte die immensen Summen statt für den riesigen bürokratischen Apparat in der Hauptstadt lieber für eine echte Unterstützung der Landarbeiter aufwenden. Die Leute wurden auf dem Land gebraucht und nicht hinter dem Schreibtisch, wo sie über Dinge entschieden, von denen sie keine Ahnung hatten. Unsere Hilfe beschränkte sich auf ein paar halbherzige, wenig wirksame Kurse. Ich versuchte, den anderen klarzumachen, daß sich nichts ändern würde, solange niemand den ersten Schritt wagte. Sie lachten mich nur aus und meinten, so würde ich es nie zu etwas bringen. Meine samariterhaften Anwandlungen sahen sie als Zeichen meiner Jugend und Naivität.

»Das passiert Leuten, die zu früh die Universität besuchen.«

Meine Hartnäckigkeit erschwerte die Diskussionen, die Gemüter erhitzten sich. Einmal endete der Disput mit Geschrei, so daß der Direktor die Geduld verlor und damit drohte, meine Versetzung zu beantragen. Offensichtlich hatte er damit jedoch keinen Erfolg, und er beschloß, mir aus dem Weg zu gehen.

Zu seiner Beruhigung und meiner Überraschung wurde ich, als die Zentrale über einen Inspektor von unseren guten Erfolgen erfuhr, zur Inspektorin anderer Zentren befördert. Ich mußte die Arbeit der Kollegen beaufsichtigen und Studien zur wirtschaftlichen und sozialen Situation sowie zu dem Bildungs- und Ausbildungsstand in den verschiedenen Landesregionen erstellen. Mein Gehalt stieg dabei auf das Doppelte. Trotzdem nahm ich die Nachricht ohne Freude, sondern zutiefst beunruhigt auf. Jetzt, da meine Arbeit Früchte zu tragen schien, mußte ich gehen.

Eines Nachts, als der Mond die Landstraße in Silber tauchte, reiste ich ganz allein ab, ohne mich von jemandem zu verabschieden. Ich wollte ihre dankbar lächelnden Gesichter in Erinnerung behalten. Aber ich hinterließ meinen Schülern einen Brief, den der Direktor am nächsten Morgen vorlesen sollte.

Wieder zurück in der Hauptstadt begann ich sogleich mit den Vorbereitungen für meine Versetzung in den Süden des Landes, wo überwiegend Indios lebten. Die Busreise verlief trotz der achtzehn Stunden Fahrtzeit angenehm. Die städtische Landschaft wurde von Grün abgelöst, und darüber lag ein strahlend blauer Himmel mit wenigen Wattewölkchen. Hier und dort erhob sich mitten in der weiten Landschaft ein kleines Städtchen mit Kirche, Plaza, niedrigen Gebäuden und weißen Häusern, wo sich Straßenverkäufer und Einheimische tummelten. Ich las, hörte Musik, döste und blickte dann und wann aus dem Fenster.

Als ich ausstieg, wurde es bereits dunkel. Am folgenden Tag wollte ich den Bus zum nahen Ausbildungszentrum nehmen. Gegenüber der Haltestelle schimmerten matt zwei Laternen. Ein Geruch nach Mango und Bananen, Zikadenzirpen und eine klebrige Hitze umfingen mich. Ich überquerte die Straße. Gegenüber gab es ein Hotel. Ich trat ein, bestellte ein Zimmer und etwas zu essen. Ein Mann warf Münzen in eine Musikbox, aus der in voller Lautstärke Volksmusik dröhnte. Zwei übermüdete Lastwagenfahrer aßen Tacos. Ich nahm auf einer plastikbezogenen Bank Platz, aß meinen Taco und trank rasch einen Schluck Kaffee, bevor ich hastig auf mein Zimmer flüchtete.

Der Raum roch muffig. Die abblätternden Wände wirkten trostlos, und die langen, ausgefransten Gardinen hinterließen Feuchtigkeitsflecken am Boden. An der Decke hing ein Ventilator, der wie das wütende Flügelschlagen eines Geiers klang, der Wasserhahn am Handwaschbecken tropfte ununterbrochen, und die verrottete Tür hatte ein kaputtes Schloß. Für alle Fälle verbarrikadierte ich sie mit einem Stuhl. Als ich zwischen die Laken kroch, fühlte es sich an, als seien sie voller Sand. Ich schüttelte sie aus und warf einen Blick unters Bett, um mich zu vergewissern, daß niemand darunter lauerte. Ohne mich auszuziehen, legte ich mich dann hin, das Geld im Socken. Ich nickte immer nur kurz ein und wurde dann wieder vom Hupen der Lastwagen, von dem seltsamen Raunen der tropischen

Nacht und von meiner Furcht vor dem Unbekannten aufgeschreckt. Die Stunden schlichen dahin, während ich beobachtete, wie die Spinnen an der Decke hingen und die Salamander auf ihrer Jagd nach Fliegen hin- und herhuschten.

Am nächsten Morgen, als ich an der Straße auf den Bus wartete, hatte ich schwarze Augenränder und einen knurrenden, leeren Magen. Der Bus war eine klapperige Kiste, die jeden Moment auseinanderzufallen drohte. Die losen Kabel sahen aus wie heraushängende Gedärme, und als Schaltknüppel diente ein einfacher, mit Bindfaden befestigter Stock. Trotzdem war der Bus voll besetzt. Kleiderbündel, Käfige mit Truthähnen oder Hühnern, Körbe voller Gemüse und Maissäcke verstopften den schmalen Gang. Der Bus quälte sich steile, windgepeitschte Hänge hinauf.

Die Erde kochte unter den unerbittlich gleißenden Sonnenstrahlen. Die ärmlichen Dörfer glichen eines dem anderen: Häuser aus Weidengeflecht und Lehmziegeln. Gegen Mittag machten wir eine Pause. Von der Hitze und den Plastiksitzen waren die Fahrgäste schweißgebadet. Dennoch wollte keiner aussteigen aus Furcht, jemand könnte ihnen ihren Platz wegnehmen. Ich stieg aus, um mir die Beine zu vertreten und lief ein paar Schritte unter der glutheißen Sonne, nur begleitet von meinem kurzen Schatten. Dann ging die Fahrt weiter. Über eine improvisierte Brücke, die bedrohlich unter uns ächzte und krachte, wanden wir uns ruckelnd weiter über steinige, unbefestigte Straßen hinauf, während die aufwirbelnden dichten Staubwolken durch die Fenster hereinwehten, so daß kaum noch Luft zum Atmen blieb. Mit schmerzenden Knochen und staubbedeckt erreichte ich schließlich mein Ziel. Die Kollegen vom Zentrum empfingen mich herzlich. Sie brannten darauf, mich kennenzulernen und mir ihre Erfahrungen und Sorgen mitzuteilen. Ich schilderte ihnen die Situation an meiner vorherigen Arbeitsstelle und fragte sie, wie es hier aussähe. Da sie die Verhältnisse in der Region kannten, waren sie skeptisch und sich der Grenzen ihrer Möglichkeiten bewußt.

Nach einem kurzen Aufenthalt im Zentrum machte ich mich daran, die Gegend auf eigene Faust zu erkunden. Es wimmelte von vielköpfigen, schlecht ernährten Familien, die gerade mal bis hundert zählen konnten und nur damit beschäftigt waren, ihre kleine Parzelle zu beackern. Eine Menge gottverlassenes Land lag brach, ausgetrocknet, ausgelaugt und vom eigenen Staub erdrückt, nach Wasser dürstend wie ein Sterbender in der Wüste. Diese tote Erde erwachte just an den Toren zur Ranch des Gouverneurs wieder zum Leben. Soweit das Auge reichte, sah man frisches Grün. Brunnen, Wasser im Überfluß, fettes, sattgefressenes Vieh und große, schattige Anwesen.

Bei meinen Besuchen in den Ortschaften aß ich, wo ich konnte und was man mir anbot. Die Nahrung bestand aus grünen Früchten, Atole, Tortillas und Tee aus Orangen, Guajabe und Apfelblättern. Ich litt ständig unter Magenbeschwerden.

Einmal besuchte ich eine entfernte Region hoch oben in den Bergen. Es nieselte ununterbrochen. Im Nebel der Wolken tauchten plötzlich barfüßige Kinder auf und in Tücher gehüllte Frauen, die in den dunklen Eingängen ihrer feuchten Hütten verschwanden. Sie lebten vom Maisanbau, von der Ernte grüner Äpfel und ein wenig von der Hühnerzucht. Die Männer arbeiteten für einen jämmerlichen Lohn von Sonnenaufgang bis Sonnenuntergang in einer Sägemühle der Zentralregierung.

Wenn es nicht regnete und der Lastwagen vom Sägewerk unterwegs steckenblieb, konnten die Leute freitags in der nächsten Stadt Essen und Medikamente einkaufen oder zum Arzt gehen. Sie nahmen den Bus um sechs Uhr morgens und kehrten nachmittags um vier Uhr zurück.

Der Lehrer der Schule war von den Einwohnern zum Bürgermeister gewählt worden. Die offizielle Partei hatte kein Interesse an einem so schlecht bezahlten Posten. Sie sagten, der Ort sei zu arm, um sich dort zu engagieren.

Die Frau des Bürgermeisters stellte mir ihre Wohnung zur Verfügung. Sie hockte vor der Feuerstelle und bot mir eine riesige Maistortilla und eine rote Brühe an, in der ein Stück Fleisch und ein paar Reiskörner schwammen. Der Anblick dieses Gerichts war nicht eben appetitlich, doch um meine Gastgeberin nicht zu kränken, zwang ich es in mich hinein.

Während des Essens beklagte sich der Lehrer über zu wenige Schüler. Obwohl er verstand, daß die Kinder ihren Müttern bei der Aussaat und der Ernte des Mais helfen und das Wasser herbeischaffen mußten, konnte es nicht angehen, daß die meisten von ihnen nicht einmal richtig Lesen und Schreiben lernten.

Die Arbeit in der Sägemühle beanspruchte die ganze Zeit der Männer des Dorfes. Sie brachen frühmorgens auf, wenn der Transporter der Sägemühle seine heisere Hupe mit dem Klagelaut eines alten Büffels ertönen ließ. Wie Schatten schlurften sie auf die Straße, stiegen auf den Laster, wo sie sich aneinander drängten, um sich zu wärmen und den anderen Platz zu machen. Ein Ruf vertrieb die Schläfrigkeit: »Na los, beeilt euch!«

Kurz darauf verloren sie sich in der Ferne.

Gegen sieben, mit den Schatten der Nacht, kehrte der Transporter mit seiner Ladung verschwitzter, hungriger Männer zum Dorf zurück.

Die einzige freie Zeit war der Sonntagnachmittag. Dann setzten sie sich vor ihre Hütten, hielten ein Schwätzchen mit Freunden und spielten Gitarre, während sie Mezcal tranken. Bald erhitzten sich die Gemüter, und die Unterhaltungen endeten fast immer in heftigem Streit.

Allmählich wurde mir klar, daß auch ich ihnen nichts Konkretes anzubieten hatte. Ich sollte nur herausfinden, woran es ihnen fehlte, aber letztlich würden meine Vorgesetzten über die Art der Hilfe entscheiden ... wenn es überhaupt so weit kam. Denn in Wirklichkeit begann auch ich, meine Illusionen zu verlieren. Die Zentrale in der Hauptstadt hielt mich wohl für eine gute Fürsprecherin und hatte mich eingestellt, um ihnen den Anstrich ehrlicher Solidarität mit der Landbevölkerung zu geben. Regelmäßig erschienen Fotos von meinen Besuchen in den Dörfern, und nie fehlte der Untertitel mit dem Namen der Ausbildungsstätte und dem unseres Generaldirektors. Meine Artikel wurden gedruckt und sehr positiv aufgenommen, natürlich nach vorheriger Prüfung, wobei die von der Direktion gewünschten Punkte gestrichen wurden.

Nach meiner Rückkehr in die Hauptstadt schrieb ich einen Bericht über die Beobachtungen, die ich auf dem Land gemacht hatte. Die Ergebnisse der Untersuchung wurden mit Pauken und Trompeten gefeiert. Doch niemand rührte auch nur einen Finger, um die aufgezeigten Probleme zu lösen.

»Wer zum Teufel käme auf die Idee, ihre schlechten Lebensbedingungen zu verbessern? Wo sie nicht einmal protestieren«, sagte der Chef des Schulungspersonals.

»Wie sollten sie auch, wo sie doch kein anderes Leben als dieses kennen.«

»Am besten läßt man sie in Ruhe.«

Nach und nach wurde mir klar, daß in diesen gottverlassenen Dörfern die Leute noch lange auf Hilfe von der Regierung warten würden. In den Zentralbüros wurden für die hohen Beamten noch mehr Autos gekauft, noch mehr Telefone, Heizungen und Klimaanlagen installiert, Papiere mit Plänen und Projekten voller hohler Sätze und leerer Worte produziert, ohne daß sich an der Situation der Landbevölkerung irgend etwas ändern würde.

Mit den Ergebnissen meiner Untersuchung schrieb ich meine Examensarbeit und meldete mich zur Abschlußprüfung. Das soziale Jahr beschloß ich mit dem bitteren Nachgeschmack der Machtlosigkeit und dem Gefühl, die Landarbeiter enttäuscht zu haben. Als ich am Monatsende mein Gehalt bekam, kündigte ich. Der Oberinspektor bot mir eine feste Stelle an und drückte seine Vorbehalte gegenüber meinem Entschluß aus, nach Comanja zurückzukehren.

»Machen Sie nicht den Fehler, auf dem Dorf zu landen.«

Tatsächlich machte ich einen Fehler, doch das wurde mir erst sehr viel später klar.

Am letzten Tag des Monats, einem Montag, lief ich fluchend umher, ohne zu wissen, was ich tun sollte. Abends beschloß ich dann, nach Comanja abzureisen. Dort nutzte ich die Gelegenheit für einen Besuch bei Carolina, einer alten Klassenkameradin, die, wie ich wußte, inzwischen Privatsekretärin des Staatssekretärs Miguel Mercado geworden war.

Ich besuchte sie in ihrem Büro. Sie war sehr elegant gekleidet und roch nach einem teuren Parfüm. Nach einer stürmischen Umarmung sagte ich: »Wie hübsch du aussiehst.«

»Ja, da siehst du mal, Kleider machen tatsächlich Leute.«

Wir setzten uns, um bei einer Tasse Kaffee von ihrem Erfolg zu reden: Sie verdiente mittlerweile so gut, daß es sogar für den Kauf einer kleinen Wohnung reichte. Für ihren Chef hatte sie nur die wärmsten Worte übrig. Sie hatte ihn auf einem Fest im Regierungspalast kennengelernt. Ohne weitere Formalitäten als ihrer Bewerbung hatte er ihr die Stelle angeboten.

Ich meinerseits erzählte ihr von den Schwierigkeiten, die ich mit der Arbeit gehabt hatte und fragte sie nach Möglichkeiten, eine zu finden.

»Wieviel hast du denn verdient?«

»Dreitausend Pesos. Aber jetzt würde ich mich mit allem zufriedengeben.«

»Warte einen Augenblick«, sagte sie und stand auf. »Mein Chef ist gerade bestens gelaunt und hat nicht viel zu tun.«

Sie klopfte sachte an die Tür und trat gleich ein, ohne auf eine Antwort zu warten. Ich hörte Lachen und leise Stimmen. Nach einer Weile kam Carolina wieder heraus.

»Geschafft. Gleich morgen fängst du an.«

»Was für eine Arbeit ist es denn? Was muß ich tun? Wo werde ich arbeiten?«

»Das kann ich dir noch nicht sagen. Der Personalchef wird sich schon etwas für dich einfallen lassen. Bisher hat er nur beschlossen, wie hoch dein Gehalt ist. Ich habe ihm gesagt, was du vorher verdient hast, und er war einverstanden, dir das gleiche zu zahlen.«

»Werden sie mich irgendwie prüfen?«

»Nichts. Wenn Mercado es so bestimmt hat, bleibst du bei uns, da brauchst du nichts weiter.«

Wie leicht die Dinge doch sein konnten, wenn jemand einen empfahl und wirklich helfen wollte. Ich mußte an die Frau von Gouverneur Smith denken, die mir Hilfe versprochen hatte und mich monatelang anreisen ließ. Trotzdem hatte sie keinen Finger für mich gerührt.

»Danke, Carolina, vielen Dank. Hoffentlich kann ich dir das eines Tages vergelten.«

»Mach dir darüber keine Gedanken. Geh jetzt zum Personalbüro. Mercado hat dort schon angerufen, um Bescheid zu sagen, daß du eingestellt bist.«

Drei Jahre waren vergangen, seit ich das letzte Mal in Los Remedios gewesen war. Das monotone Leben hatte sich nicht verändert. Ich besuchte meine Lieblingsstelle unter den alten Eukalyptusbäumen am Ufer des schlammigen, vergessenen Flusses. Jetzt merkte ich, wie unbedeutend und häßlich er war. Mein Heimweh hatte ihn auf trügerische Weise verschönt. Alles war wie eh und je, nur die Streitereien zwischen meinen Eltern hatten sich in stummen Groll verwandelt.

Schon seit langem schliefen sie in getrennten Zimmern, und inzwischen begrüßten sie sich nicht einmal mehr. Als mein Vater an dem Abend heimkam, stand sein Essen schon auf dem Tisch, und Mama hatte sich auf Consuelos Zimmer zurückgezogen. Brummend schimpfte er beim Löffeln der Suppe vor sich hin: auf das schlechte Essen und was ihm sonst noch in den Sinn kam. Er verstummte nicht, bis der Schnaps und die Erschöpfung ihn besiegten, sein Kopf auf den Tisch fiel und er laut zu schnarchen begann.

Am nächsten Morgen schnappte ich mir meinen Koffer und zog nach Comanja.

»Ich möchte in der Nähe der Arbeit wohnen«, sagte ich zu Mama.

»Und möglichst weit weg von deinem Vater. Ich verstehe dich, Tochter«, entgegnete sie mir leise.

»Aber ich verstehe dich nicht, Mama. Warum bleibst du in dieser Hölle? Komm mit mir nach Comanja! Ich wäre glücklich, dich vorzufinden, wenn ich heimkomme. Nachmittags würden wir einkaufen oder spazierengehen. Du kannst tun und lassen, was du willst, besuchen, wen du möchtest, schlafen, ohne ans Frühstückmachen für den nächsten Morgen zu denken und an die Beschimpfungen, die du jeden Tag aufs neue anhören mußt.«

»Deine Geschwister brauchen mich hier. Außerdem ist das auch mein Zuhause. Wenn ich deinen Vater verlasse, bringt der es glatt fertig, eines dieser Weibsstücke herzubringen.«

»Meine Geschwister sind doch schon groß und kommen allein zurecht. Und was Papa betrifft, laß ihn doch mitbringen, wen er will. Das bräuchte dich dann nicht mehr zu stören. Andere Frauen hat er doch schon immer gehabt.«

»Das ist doch nicht das gleiche. Was würden denn die Leute sagen, wenn sie eines dieser Frauenzimmer hier im Haus sähen. Du denkst, alles sei so leicht, aber das ist es nicht. Das ist mein Zuhause, und wenn ich es verlasse, dann nur mit den Füßen zuerst.«

»Wie du meinst«, sagte ich mit gespielter Gleichgültigkeit, obwohl ich innerlich vor Wut kochte.

Am Anfang lief alles wunderbar. Mit dem Gehalt konnte ich mir eine bescheidene, aber gemütliche kleine Wohnung im Stadtzentrum von Comanja mieten. Im Büro fühlte ich mich in wenigen Tagen akzeptiert und war rasch vertraut mit meiner Tätigkeit. Ich wurde in der Verwaltungsdirektion untergebracht und war direkt der Amtsleitung unterstellt. Mit fünf anderen teilte ich mir ein riesiges Büro. Das Gerede der Angestellten, das Klappern der Schreibmaschinen, das Rascheln von Blättern und der Geruch nach Papier, Tabak und Parfüm verbreiteten im Büro die typische Atmosphäre einer Regierungsbehörde.

Arbeitsbeginn war acht Uhr dreißig morgens. Es war wichtig, absolut pünktlich zu sein. Die Angestellten im Regierungspalast drängten sich vor der Stechuhr, um nicht einen Gehaltsabzug zu riskieren. Sobald es geschafft war, wich die Anspannung von ihren Gesichtern. Man arbeitete gemächlich, unterhielt sich zwischendurch, trank Kaffee oder aß etwas. Wenige Minuten vor fünf drängten sich die Angestellten dann wieder mit ihren Kärtchen vor der Stechuhr, diesmal ungeduldig wartend, daß der Zeiger endlich die volle Stunde anzeigte, um dann schneller als der Blitz das Gebäude hinter sich zu lassen.

Das Büro war außerdem für viele Regierungsangestellte ein Umschlagplatz für private Geschäfte, mit denen sie ihre Gehälter aufbesserten, eine schwer auszurottende Angewohnheit. Den Kollegen boten sie Kleidungsstücke, Kosmetika, Schuhe, Schmuck, Nippsachen, Geschirr und was sie sonst verkaufen konnten, an. Sobald der Chef nicht aufpaßte, entwischten die Angestellten ins Bad. Dort probierten sie Kleider an, rochen an Parfüms, verglichen die Farben von Lippenstiften, während die Verkäufer sich bemühten, immer neue Opfer zu finden.

»Das steht dir einfach toll, du siehst viel jünger darin aus. Nimm es mit, wenn du möchtest. Das Geld kannst du mir dann am Zahltag geben.«

Der Reiz, etwas Neues zu tragen, oder die Unfähigkeit, nein zu sagen, führte dazu, daß am Zahltag viele Gehälter um ein Beträchtliches geschrumpft waren. Carolina zeigte mir, wie man sich diese Landplagen vom Halse hielt, indem man vorgab, nach einem Kleid oder einer Farbe zu suchen, die nicht dabei waren, oder indem man sagte, man besitze das alles schon.

Der Chef schien nichts zu bemerken oder drückte ein Auge zu. Zeit hatte man jedenfalls genug, denn es gab mehr Angestellte als Arbeit. Monate später begannen die Routine und die wenigen Möglichkeiten, die sich mir in der Behörde boten, mich aufzuregen.

Gegen Ende des Jahres präsentierte ich Mercado meinen Jahresbericht. Außerdem schlug ich ihm einige Reformen der Verwaltungsstrukturen für die Dienststelle vor.

Einige Tage danach bat Fernando Mercado Carolina, mich noch am Nachmittag zu ihm zu bestellen. Als wir uns beim Mittagessen trafen, teilte sie mir die Nachricht mit und meinte, es scheine sich um etwas Wichtiges zu handeln. Eine Welle des Unbehagens überfiel mich. Plötzlich hatte ich keinen Hunger mehr, und meine gute Laune war verflogen. Ich grübelte darüber nach, was Mercado von mir wollen könnte.

»Mein Bericht hat ihn wohl verärgert, und jetzt wird er mir kündigen«, dachte ich mir.

Ich versuchte den Inhalt meines Berichts zu rekapitulieren und überlegte, welcher Abschnitt ihm mißfallen haben könnte. Ganz in Gedanken versunken, achtete ich kaum darauf, was Carolina sagte: »Nun übertreib mal nicht, ist doch halb so schlimm. Er wird dich ja nicht gleich entlassen. Wenn du tatsächlich ins Fettnäpfchen getreten bist, hält er dir höchstens eine ordentliche Standpauke.«

Trotz meiner Besorgnis versuchte ich, die aufkommende Furcht zu unterdrücken, und beruhigte mich allmählich wieder. Als ich nachmittags das Vorzimmer betrat, war Carolina gerade damit beschäftigt, gleichzeitig zu telefonieren und eine Gruppe von Herren zu betreuen, die um ihren Schreibtisch herumstanden. Als sie mich sah, gab sie mir durch ein Zeichen zu verstehen, ich solle direkt zum Chef hineingehen.

Ich betrat das Büro, und vor mir tat sich eine Szene hektischer Geschäftigkeit mit ununterbrochen klingelndem Telefon auf. Aktenstapel und lose Blätter überhäuften den Schreibtisch des Verwaltungsdirektors. Der Anschein von pausenloser Arbeit wurde unterstrichen durch einen Assistenten, der mit gewichtiger Miene hastig hin und her lief, mit Papieren in der Hand verschwand und gleich darauf wieder im Büro auftauchte. Mercado kam auf mich zu, begrüßte mich höflich und bot mir einen Platz an. Während er noch mehrere Anrufe entgegennahm und sich der Durchsicht einiger Dokumente widmete, sah ich mich unauffällig in dem Büro um. Es war im Kolonialstil eingerichtet, mit Bildern herrlicher Landschaften aus den unterschiedlichsten Regionen der Welt. Die Fensterbänke standen voller Bücher und Kunstgegenstände, und die bunten Fenster waren zweifellos von Meistern des Kunsthandwerks angefertigt worden. Es roch nach Eiche, Luxus und Lavendel.

Einige Minuten später seufzte Mercado tief vor Erschöpfung, öffnete eine Schublade und holte meinen Bericht hervor.

»Seien Sie so gut und trinken Sie einen Kaffee mit mir«, sagte er und klingelte nach Carolina, die uns zwei Tassen brachte. Dann stellte er mir interessiert Fragen zu meinen Anregungen. Wie ein Schwamm schien er jedes meiner Worte aufzusaugen.

»Eine ausgezeichnete Arbeit. Ich gratuliere Ihnen. Wenn Sie so weitermachen, landen Sie rasch in den oberen Etagen.«

Beim Verlassen des Büros platzte ich fast vor Stolz und neuem Elan. Mercado hatte mir eine Gehaltserhöhung und eine verantwortungsvollere Arbeit in Aussicht gestellt.

Am Abend feierte ich mit ein paar Kolleginnen das Ergebnis der Unterredung. Als Carolina, die die letzte war, sich gerade verabschieden wollte, klingelte es an der Tür. Ich öffnete, und zu meiner Überraschung stand auf der Schwelle Mercado, der mich lächelnd begrüßte. Sein Haar war zerwühlt, die Krawatte schief, das Hemd halb aufgeknöpft, und in der Hand hielt er eine Schnapsflasche.

Ohne auf meine Einladung zu warten, trat er ein, warf sich aufs Sofa und winkte mich neben sich. Noch ganz verwirrt gehorchte ich und fragte ihn nach dem Grund seines Besuches.

»Ich hatte Lust, einen Schluck mit dir zu trinken«, sagte er und reichte mir die Flasche.

»Danke, ich trinke nicht. Außerdem denke ich, Sie fühlen sich nicht ganz wohl und sollten jetzt gehen, um sich auszuruhen. Es ist schon spät!«

Als Antwort hielt er mir die Flasche entgegen.

»Carolina, komm her«, rief er, »sag deiner Freundin, sie soll ein Glas mit mir trinken. Schließlich bin ich ihr Chef.«

Mit einem resignierten Blick beschwichtigte sie mich: »Esperanza, bitte, trink nur ein Schlückchen mit ihm. Er ist doch so nett zu uns.«

»Ich habe ihm schon gesagt, wie dankbar ich bin, aber ich trinke nicht.«

»Du hast eine nette Wohnung, nur ein bißchen klein und ärmlich«, sagte Mercado.

»Für mich ist sie gerade groß genug«, entgegnete ich ihm. Allmählich begann ich, innerlich zu kochen.

Mercado beugte sich zu mir, packte mich um die Taille und versuchte, mich zu küssen.

Außer mir vor Wut stieß ich ihn fort.

»Verschwinden Sie! Sie haben kein Recht, mich in meiner Wohnung so zu überfallen!«

Ich öffnete die Tür, bereit, ihn auf der Stelle hinauszuwerfen. Aber er ging nur langsam hinaus, hielt auf der Schwelle einen Moment inne, näherte sich mir dann und ergriff mich am Arm: »Mir sagt keiner, was ich zu tun und zu lassen habe! Ich werde dich schon noch zähmen. Tu, um was ich dich bitte, und du wirst es nicht bereuen! Du solltest dankbar sein, wenn ich dir einen Gefallen tun will. Bring mich heim, mir ist zu schwindelig, um noch fahren zu können«, sagte er, während er mir die Wagenschlüssel zuwarf.

»Nehmen Sie ein Taxi oder gehen Sie zu Fuß, ich werde Sie nirgendwohin bringen.« Ich schob ihn hinaus, während ich ihm die

Schlüssel und die Flasche in die Hand drückte. »Hinaus!« befahl ich aufgebracht.

Er ging, laute Beschimpfungen und Drohungen ausstoßend.

Als wir allein waren, konnte ich mich gar nicht wieder beruhigen. Am Nachmittag war er noch so zuvorkommend und liebenswürdig gewesen, und wenige Stunden später erkannte man ihn kaum wieder. Ich begriff nicht, wie es zu solch einer plötzlichen Verwandlung kommen konnte. Auch verstand ich nicht, wieso Carolina mich nicht unterstützt hatte. Sie versuchte sich zu rechtfertigen: »Ihm verdanken wir unsere Stelle. Er ist verheiratet und ein angesehener Beamter, der nur in betrunkenem Zustand auf die Idee kommt, sich an eine von uns heranzumachen. Was ist denn dabei, ein wenig nett zu ihm zu sein. Wer weiß, was jetzt passieren wird. Noch nie hat es eine gewagt, sich seinen Annäherungsversuchen zu widersetzen«, erklärte sie.

»Die Arbeit haben wir nicht, weil wir uns befummeln lassen, sondern aus eigenem Antrieb. Abgesehen davon ist er auch nicht mehr als ein einfacher Regierungsangestellter.«

Carolina senkte nachdenklich den Kopf und sagte nichts. Schließlich meinte sie, es sei sinnlos, sich gegen die bestehende Ordnung aufzulehnen. Ich wüßte doch genau, daß die jeweilige Regierung über die Höhe der Gehälter und die Arbeitsdauer entscheide, ohne sich dafür zu interessieren, wie gut oder schlecht man auf seinem Posten war.

In den folgenden Wochen nahm die Sache mit Mercado ihren Lauf. Im Büro gab er sich wieder ganz förmlich. Ich wurde sogar unerwartet befördert. Über Carolina zitierte er mich an verschiedene Orte oder tauchte unerwartet vor meiner Haustür auf. Nie ging ich zu diesen Rendezvous oder öffnete ihm die Tür. Dennoch bestand er unbeirrt weiter darauf, mich zu treffen. Eines Morgens erhielt ich ein Rundschreiben von der Amtsleitung, in dem ich zu einer außerordentlichen Sitzung über Angelegenheiten bezüglich der Ernennung der Bürgermeister im Staate Comanja gebeten wurde.

An besagtem Nachmittag erschien ich pünktlich im Sitzungssaal. Der Raum war leer. Als ich, nervös und verunsichert, eintrat, blickte Mercado auf.

»Guten Tag, Señor Mercado.«

Er sagte nichts, stand auf, kam auf mich zu und musterte mich von oben bis unten, während er seine Krawatte richtete. Dann bot er mir eine Tasse Kaffee an.

»Danke, ich habe schon Kaffee getrunken.«

Ich riß mich zusammen und fragte ihn stockend, wo denn nun die Versammlung stattfinde oder ob sie gestrichen sei.

Bleiernes Schweigen breitete sich im Saal aus. Ohne den Blick von mir abzuwenden, kam er näher. Seine Nase war von einem Netz roter Äderchen überzogen, und sein Mund verzog sich zu einem spöttischen Grinsen, als seine Augen unter der breiten Stirn und dem gefärbten Haar mich von oben herab musterten.

»Schon gut, die Sitzung findet hier statt, unter uns beiden. Du hast dich bei mir noch nicht für die Beförderung bedankt. Bist du etwa nicht zufrieden?«

»Doch schon. Aber ich habe sie mir auch mühsam verdient.«

»Mühe zählt hier nicht, das weißt du ganz genau. Aber ich könnte dir helfen, weiter aufzusteigen. Das hängt ganz von dir ab. Es wäre kein Problem. Du könntest eine gemütlichere Wohnung haben und manchmal sogar den Dienstwagen benutzen. Ich bin sicher, daß mehr als eine gerne an deiner Stelle wäre und sich eine solche Chance wünschte.«

»Ich aber nicht.«

»Ohne meine Hilfe wirst du nie etwas anderes sein als eine kleine Angestellte unter vielen.«

»Das ist mir lieber so. Ich habe nicht das Zeug zur Hure.«

»Aber dazu, arm zu bleiben.«

»Und Sie zum Mißbrauch Ihrer Position.«

»Alles im Leben hat seinen Preis.«

»Diesen Preis zu zahlen, bin ich nicht bereit.«

Mercado lächelte spöttisch. Dann kam er plötzlich auf mich zu: »Weißt du, daß du herrliche Brüste hast?« raunte er, während seine altersfleckige Hand sich an meiner Bluse zu schaffen machte.

Vor Abscheu bekam ich eine Gänsehaut. Unwillkürlich versetzte ich ihm einen Stoß, der ihn zurückweichen ließ. Dann rannte ich hinaus, ohne auf seine Stimme zu achten, die mir drohte, ich würde meine Dummheit noch bereuen.

Ich wußte, er würde seine Drohungen wahrmachen. Aber ich wollte nicht weiter befördert werden; der Preis dafür war mir zu hoch. Lieber blieb ich auf meinem bescheidenen Posten. Endlich auf der Straße, machte ich mich auf den Heimweg, während ich über die möglichen Folgen des Vorfalls nachgrübelte. Von diesem Augenblick an war meine Stelle gefährdet. Mercado würde nicht untätig bleiben. Wahrscheinlich würde er mich sofort entlassen. Außerdem machte ich mir Sorgen, er könnte es Carolina spüren lassen.

Das Leben konnte so einfach sein, wenn sie einen nur in Ruhe ließen. Wo sollte ich denn hin, wenn ich die Stelle verlor? Ich müßte Comanja verlassen und wieder zu meiner Familie ziehen. Und wozu das alles? Ich hatte doch nichts verbrochen, hatte immer meine Pflicht getan. Nur weil ich mich den Annäherungsversuchen Mercados verweigert hatte, der seine Untergebenen für seinen Besitz hielt, aber immerhin mächtig genug war, um meine Existenz zu ruinieren. Zorn und ein verzweifeltes Gefühl der Machtlosigkeit überkamen mich. Aber ich wollte mir keine weiteren Sorgen machen. Es hatte keinen Sinn, immer wieder nach dem Warum zu fragen.

Ich trank einen Tee und zündete mir eine Zigarette an. Auf dem Küchenregal stand ein in Bronze gerahmtes Bild von Guadalupe im Brautkleid. Sie hatte den Kopf nach rechts geneigt, als wanke er unter der Last ihrer Verschrecktheit. Aus ihren Augen sprach die Furcht vor einer ungewissen Zukunft. In ihrem bauschigen weißen Kleid sah sie aus wie ein Kommunionkind. Als ich den Rauch ausstieß, erschien mir in den zarten Schwaden die Szene, wie ich eines Nachmittags bei der Heimkehr von der Arbeit meiner Geschwister bei mir zu Hause antraf.

Consuelo lief auf und ab, etwas Unverständliches vor sich hin murmelnd, das reinste Bild der Verzweiflung. Guadalupe saß auf dem Wohnzimmersofa, scheinbar ohne Kraft, sich auf den Füßen zu halten. Erstaunt fragte ich sie nach dem Grund ihres Besuches: »Wann bist du denn angekommen, Guadalupe? Solltest du nicht in der Hauptstadt beim Studieren sein? Haben Mama und Papa sich wieder gestritten?«

Ohne eine meiner Fragen zu beantworten, baten sie mich, Platz zu nehmen, und eröffneten mir ohne Umschweife, Guadalupe sei schwanger und ihr Freund, Eduardo, sei bereit, sie zu heiraten. Die Hochzeit müsse vorbereitet werden, bevor Papa davon Wind bekäme.

Anfangs verstand ich gar nichts. Ich war wie benommen; nie war mir der Gedanke an eine mögliche Schwangerschaft vor der Ehe gekommen, zumindest nicht bei einer meiner Schwestern. Minuten bedrückenden Schweigens verstrichen. Ich schaute Guadalupe auf den Bauch. Sie sah überhaupt nicht schwanger aus. Ich konnte es einfach nicht begreifen.

Guadalupe wirkte verstört und erschrocken.

»Er will mich heiraten«, sagte sie und brach in Tränen aus.

Ich hatte sie eine Weile ununterbrochen angesehen, während es mir eiskalt über den Rücken lief bei dem Gedanken an Papa.

»Wie willst du es denn Papa beibringen?«

»Du mußt mir helfen. Überrede ihn, daß er mich Eduardo heiraten läßt.«

Niemand erfuhr, seit wann meine Schwester sich von ihren strengen Moralvorstellungen verabschiedet hatte. Sie erklärte uns nur, sie hätten sich nach der Arbeit oder im Bus getroffen und sich manchmal auf Eduardos Zimmer zurückgezogen.

Nachdem Guadalupe bei diesen Eltern groß geworden war, die zwar die Armut und die Hoffnung auf eine bessere Zukunft ihrer Kinder geeint, Verbitterung und Enttäuschung aber entzweit hatte, hatte sich ihr Charakter geformt, und sie ging jetzt entschlossen ihren eigenen Weg. Erst vor wenigen Monaten hatte sie Eduardo kennengelernt, und sie spürte sofort, daß kein anderer so ihren Hunger nach Liebe und Zärtlichkeit stillen könnte. Auf ihrer Suche nach Liebe kümmerte sie sich nicht um moralische Gebote, die ihr von den Nonnen und den Eltern vermittelt worden waren. Die Zeit verging rasch, und ebenso rasch entwickelte sich ihre Beziehung.

Die schwarzen Wolken des Unheils kamen erst an dem Tag über sie, als sie feststellte, daß sie schwanger war. Sofort bot Eduardo ihr ohne Zögern an, sie zu heiraten, was allerdings für die junge Familie eine unsichere Zukunft bedeutete. Sie besaßen kein Centavo, hatten keinen Ort zum Wohnen, und obendrein war Guadalupe mit ihren knapp neunzehn Jahren noch sehr jung. Sie fürchtete, daß Papa sie umbringen und Mama vor lauter Scham sterben würde; die Nachbarn würden sich bekreuzigen und Großvater und die gesamte Familie über das Resultat ihres Studiums spotten.

In ihrer Angst ließ sie die Zeit verstreichen, die geprägt war von ihren Zweifeln und den Anfällen von Übelkeit, bis zu dem Tag, als sie merkte, daß ihr Bauch sich zu wölben begann. Da ging sie zu Consuelo und weihte sie in ihr Geheimnis ein, bat sie, zuerst mit mir zu reden und dann mit unseren Eltern.

»Wir werden mit Papa sprechen. Alles wird gut werden«, sagte ich, ohne wirklich daran zu glauben.

Consuelo schenkte ihr nur einen frostigen Blick. Wir schwiegen lange Zeit. Ich konnte mir die Szene einfach nicht vorstellen. Papa würde laut losbrüllen.

»Gut, gehen wir«, sagte Guadalupe.

Ich hatte Angst um sie. Da ich aber ihre Besorgnis nicht noch schüren wollte, lächelte ich ruhig. Ich begleitete die beiden zur Tür und versicherte ihnen noch einmal, es werde schon gutgehen. Als ich sie sich entfernen sah, überfiel mich eine tiefe Traurigkeit. Guadalupe würde uns für immer verlassen. So würde schließlich jeder seiner Wege gehen.

In der Nacht vergoß ich viele Tränen. Es waren Tränen der Traurigkeit und der Einsamkeit, Tränen für Guadalupe, für Mama, und letztlich auch für mich, wegen der Liebe, die ich nicht kannte und doch so sehr herbeisehnte, der ich aber konsequent aus dem Weg ging aus Furcht vor Spott und Lächerlichkeit.

Es war eine lange Nacht. Andauernd schreckte ich hoch, hörte wieder den furchtbaren Satz und sah Guadalupes schwarze, verschreckte Augen vor mir. Immer wieder quälte mich die Frage, wie wir da unbeschadet herauskommen sollten, und ich wünschte mir, das Ganze sei nur ein schlechter Scherz gewesen, ein böser Traum. Als ich morgens früh aufstand, beschloß ich, am Wochenende nach Los Remedios zu fahren und das Problem so schnell wie möglich zu lösen.

Am Sonntag zur Mittagszeit sprach ich mit einem leeren Gefühl im Magen und bitterem Geschmack im Mund mit meinem Vater.

»Hör mal, ich muß dir was sagen, aber bitte werde nicht böse.«

»Heraus mit der Sprache, rede nicht so lange um den heißen Brei herum. Was gibt es denn?« fragte er, ohne zu ahnen, was ihn erwartete.

»Nun ja, es ist so ... Guadalupe trägt sich mit dem Gedanken zu heiraten, und die Eltern des Bräutigams wollen bei dir um ihre Hand anhalten. Er ist ein einfacher, aber anständiger Junge und möchte es machen, wie es sich gehört.«

Für ein paar endlose Sekunden schien mir das Herz stehenzubleiben. Es herrschte eisiges Schweigen, nur das Brummen der Fliegen und unser Atem war zu hören. Es wurde jäh unterbrochen, als mein Vater mit der Faust auf den Tisch schlug und dieses Ansinnen als einen üblen, geschmacklosen Scherz abtat.

»Es ist kein Scherz, sondern wahr, sie sind entschlossen zu heiraten«, entgegnete ich.

»Was ist das für ein Kerl, der mir einfach vorschreiben will, wann ihr heiraten sollt? Schluß jetzt damit! Ich will nicht mehr darüber reden! Sie ist noch minderjährig. Ohne meine Einwilligung kann sie gar nicht heiraten. Und die wird sie von mir nicht bekommen. Sie soll lieber ordentlich studieren und sich diesen Blödsinn aus dem Kopf schlagen.«

Mit diesen Worten stand er auf und ging türenknallend hinaus.

Mama verstand nicht, warum Guadalupe es so eilig hatte und Consuelo und ich es wagten, mit Papa über dieses Thema zu reden. Als ich das Haus verließ, blickte sie mir mit sorgenvollem Blick hinterher.

Guadalupe war sehr betrübt. Sie merkte, daß sich etwas verändert hatte, und litt unter dem Gefühl, Consuelos Vertrauen mißbraucht zu haben, die ihr von ihrem Gehalt das Studium finanziert und sie wie eine Mutter verhätschelt hatte. Guadalupe hätte sie gerne um Verzeihung gebeten, ihr gesagt, wie leid es ihr tat. Aber sie schwieg. Consuelos strenger Blick schüchterte sie ein.

Das Verhältnis zwischen beiden wurde gespannt.

»Was habe ich nicht alles für sie getan, nur damit sie jetzt ihren Kopf durchsetzt.«

Guadalupe begegnete Consuelos kaum verhohlener Feindseligkeit, indem sie sich mir annäherte, und ich ging mit Freuden darauf ein.

Jetzt war rasches Handeln gefragt. Guadalupe war bereits im dritten Monat, und ihr gewölbter Bauch würde sie bald verraten. Drei Tage später erschien Eduardo in Begleitung seiner Eltern und eines Priesters bei uns zu Hause, um offiziell um Guadalupes Hand anzuhalten.

Als mein Vater an jenem Mittwochabend heimkam – ausnahmsweise hatte er keinen Schluck getrunken –, wußte er bei ihrem Anblick, daß es diesmal ernst wurde. Respektvoll begrüßte er den Priester, aber Eduardos Eltern würdigte er kaum eines Blickes.

Meine Schwestern und ich hockten unter der Treppe, die nach oben führte, und belauschten das Gespräch. Im Wohnzimmer herrschte eine gespannte Atmosphäre. Mein Vater hatte großen Respekt vor dem alten Priester; nur deshalb willigte er ein, ihn anzuhören.

»Francisco, eine Familie gründet man zunächst allein mit seiner Frau, dann kommen die Kinder und erfüllen das Haus mit ihrem Lachen und ihrem Kummer. Aber nur für eine befristete Zeit. Vergiß nicht, daß Kinder nur Gottes Leihgabe sind. Es kommt der Tag, an dem wir sie gehen lassen müssen, damit sie ihr eigenes Leben führen können. So ist das Gesetz des Lebens! Du hast es selbst nicht anders gemacht!«

Als er das hörte, nickte Papa nur, aber als Eduardos Eltern und der Priester fort waren, rannen ihm die Tränen übers Gesicht.

Am nächsten Tag, als er sich von der Überraschung erholt hatte, beharrte er wieder auf seiner Ablehnung, mit dem Argument, Guadalupe sei noch ein Kind. Doch sie versicherte ihm, das sei sie nicht mehr. Außerdem war schon alles vorbereitet, und es gab keinen Weg zurück mehr.

Die Realität sah etwas anders aus. Eduardo war arm, schwächlich und schüchtern, stand kurz vor dem Abitur und arbeitete nachts für einen minimalen Lohn in einer Abfüllfabrik. Sie besaßen kein einziges Möbelstück und keine Bleibe. Aber all das war Guadalupe egal, sie wollte nichts als heiraten, damit unser Vater nichts von ihrer Schwangerschaft erfuhr.

Am Abend vor der Hochzeit klagte Guadalupe über heftige Unterleibsschmerzen. Als ich kam, um zu sehen, was los war, fand ich sie in einer Blutlache. Sie, die immer eine stählerne Gesundheit gehabt hatte, sagte jetzt, sie käme um vor Schmerzen.

»Kannst du noch bis morgen aushalten?« fragte ich erschrocken. Als ich jedoch ihr totenblasses Gesicht sah, bereute ich sogleich meine Feigheit, sie überhaupt gefragt zu haben.

»Wir müssen Hilfe holen. Consuelo ist nicht zu Hause. Stütze dich auf mich. Wir gehen zu Doktor Dávila.«

»Wohin geht ihr«, fragte mein Vater, als er uns die Treppe herunterkommen hörte.

»Guadalupe fühlt sich nicht wohl.«

»Stellt euch nicht so an. Das sind nur die Nerven. Kocht ihr einen Tee, dann geht's ihr wieder besser.«

»Nein, sie sollte lieber zum Arzt gehen. Es dauert nicht lange, wir sind gleich wieder zurück.«

Der Arzt brauchte nur eine Minute, um den Ernst der Lage zu erkennen, und schickte sie zur Notaufnahme ins Krankenhaus. Die Symptome wiesen auf eine drohende Fehlgeburt hin, und ein chirurgischer Eingriff würde nötig sein. Eilig kehrten wir heim, um Geld zu holen, denn wir mußten nach Comanja fahren.

»Was ist los?« wollte mein Vater wissen.

»Anscheinend ist ihr etwas beim Essen nicht bekommen. Wir sind gleich zurück.«

»Wartet, ich komme mit.«

»Ist nicht nötig.«

Ich nutzte seine Verwirrung, um rasch ein Taxi zu rufen und wieder hinaus auf die Straße zu eilen. Guadalupe stieg ein, bevor Papa sich angekleidet hatte.

Die Anspannung und die ganze Aufregung hatten eine Fehlgeburt verursacht. Guadalupe verlor das Baby wenige Stunden vor ihrer Hochzeit.

Leichenblaß und ausgeblutet stammelte sie nur: »So viel Aufhebens und dann das.«

Dann verlor sich ihr Blick im Nichts.

»Macht nichts, mit Eduardo wirst du, fern von zu Hause, glücklich werden«, erwiderte ich. Doch insgeheim dachte ich: »Du verläßt das Haus, wir veranstalten ein riesiges Theater, und wozu das alles? Der Urheber ist gestorben, noch bevor er das Licht der Welt erblickt hat.«

Als Consuelo erfuhr, was geschehen war, brummte sie verbittert: »Wie praktisch! Jetzt kannst du weiter so tun, als seist du anständig, oder?«

Nachdem wir das Krankenhaus verlassen hatten, fühlte ich mich erleichtert, meiner Schwester das Leben gerettet zu haben. Als wir heimkehrten, schlief Papa bereits.

Tags darauf, abends um halb acht, läuteten die Kirchenglocken Sturm. Der Wind trug mir die metallischen Schläge zu, die die Acht-Uhr-Messe ankündigten. Noch schwach und leichenblaß, konnte Guadalupe sich kaum auf den Beinen halten. Mit unserer Hilfe zog sie ihr schlichtes weißes Kleid über, legte den Schleier an und nahm den Strauß weißer Orangenblüten in die Hand. Dann stieg sie in den mit weißen Blumen geschmückten Mietwagen und fuhr zur Kirche.

Eduardos Familie fühlte sich durch Papas schroffe Art gekränkt und wollte an der Feier nicht teilnehmen. In der Kirche erschienen nur die Mutter und eine Schwester.

Die Glocken waren schon lange verklungen, doch der Bräutigam erschien immer noch nicht. Guadalupe war sichtlich verzweifelt. Stumm und zitternd wurde sie noch blasser, je mehr Zeit verstrich. Der Priester lief nervös vor dem Eingang auf und ab. Meine Mutter kniete vor dem Altar und ließ mit einem ausdruckslosen Blick den Rosenkranz durch ihre Finger gleiten. Papa lächelte still vor sich hin in der Hoffnung, der Bräutigam sei aus irgendeinem Grund verhindert; in dem Fall würde die Hochzeit ausfallen und Guadalupe wieder heimkehren.

Schließlich verließen Consuelo und ich die Kirche, nahmen uns das erstbeste Taxi und fuhren zu Eduardo. Dort trafen wir ihn mit völlig aufgelösten Nerven und einem ebensolchen Anzug an. Der Kragen hatte noch eine dicke weiße Heftnaht, und der Saum war mit Kreide gekennzeichnet. Sein älterer Bruder, der Schneider war, hatte ihm versprochen, den Anzug zu nähen, war aber nicht rechtzeitig fertig geworden. Als er uns sah, grüßte er uns knapp und murmelte nur: »Er ist noch nicht fertig.«

»Ich komme gleich«, sagte Eduardo, »geht schon mal vor.«

»Nein! Wir gehen nicht ohne dich! Mir ist egal, ob du nackt gehst, aber du kommst jetzt mit uns«, sagte ich.

Wir halfen ihm, die Kreidestriche abzuwischen, zogen die Fäden heraus und schoben Eduardo mit halb fertig genähter Hose zur Tür. Die Kirchenuhr schlug neun. Die Gäste waren schon unruhig und tuschelten miteinander. Wütend vor sich hin brummend wegen der Verspätung, machte der Priester bereits Anstalten, sich zurückzuziehen, als der Bräutigam endlich im Eingang der Kirche erschien. In seinem halb fertigen Anzug mit Strichen an den Nähten und so aufgeregt, daß er kein Wort herausbrachte, war er die reinste Witzfigur.

Während der Zeremonie hielt Papa sich stur abseits des allgemeinen Geschehens. Für ihn kam Guadalupes Hochzeit völlig unerwartet. Im Grunde seines Herzens wußte er zwar, daß es eines Tages so kommen würde, aber über den Zeitpunkt hatte er sich nie Gedanken gemacht. Gemeinsam mit meiner Mutter hatte er am Tag der Verlobung Tränen vergossen und hegte einen unbändigen Zorn auf den, der ihm die Tochter wegnahm. Die Erklärung des Priesters hatte ihn jedoch rasch überzeugt: So war nun einmal das Gesetz des Lebens.

Consuelo und ich legten alle unsere Ersparnisse zusammen und schenkten sie dem Brautpaar, die bis zum Ende auf dem Fest blieben. Nachdem um drei Uhr morgens der letzte Gast gegangen war und ich allein inmitten der Überreste des Festes blieb, zwischen all den unabgeräumten Tischen mit bekleckerten Tischtüchern, überfiel mich eine unendliche Traurigkeit, gepaart mit gemischten Gefühlen, halb Schmerz, halb Erleichterung. Ich wollte Guadalupe nicht verlieren, denn seit ihrer Geburt war sie mir Vertraute und

Freundin gewesen. Andererseits wollte ich für sie nur das Beste. Jetzt war sie wenigstens fern von der familiären Gewalt und hatte Eduardo, den sie liebte und von dem sie wiedergeliebt wurde. Sie war frei, um selbst ihr Schicksal in die Hand zu nehmen.

Von Stund an sollten Guadalupe und Consuelo sich immer mehr entfremden. Guadalupe war in ein neues Leben voller finanzieller Sorgen, aber erfüllt von Liebe und Harmonie eingetreten. Consuelo hingegen fühlte sich verpflichtet, sich um Mamas Gesundheit zu kümmern und als Schiedsrichter bei ihren Streitereien weiter in der Nähe unserer Eltern auszuharren. Sie besaß alle weiblichen Tugenden, um eine gute Ehefrau und Mutter von vielen Kindern zu werden, war geschickt im Haushalt, selbstlos, fleißig, ordnungsliebend und verantwortungsbewußt. Jahr um Jahr verschönerte sie das Haus mit neuen Möbeln und steckte meinen Eltern öfter Geld zu. Ihre ungeheure Selbstlosigkeit brachte ihr den Respekt und die Achtung aller ein, die sie kannten. Wenn ich sie drängte, sich einen Freund zu suchen, wurde sie jedoch rot bis an die Haarwurzeln und wechselte brüsk das Thema.

»Ich bin nicht gerade darauf versessen zu heiraten. Warum hast du es denn so eilig, mich unter die Haube zu bringen, nur damit ich fremde Socken wasche und die Dienerin irgendeines Einfaltspinsels werde.«

Ihre herausragende Eigenschaft war, immer zu betonen, daß die wichtigsten Tugenden im Leben Arbeit, Aufopferungsbereitschaft, die Nähe zur Familie und Sittsamkeit seien. Ihre einzige Charakterschwäche war ihre unerbittliche Strenge, die sie bei jeder Gelegenheit herausstrich.

»Warum soll ich die ganze Verantwortung tragen, während die anderen ihr eigenes Leben führen?« fragte sie oft.

»Du kannst doch auch gehen, wenn du willst. Guadalupe und ich haben Mama angeboten, bei uns zu leben. Sie kann kommen, wann sie will. Wenn sie sich aber darauf versteift, hier zu bleiben, weil sie sagt, das sei ihr Haus und darin solle sich keine von Papas Geliebten breitmachen, ist das ihre Entscheidung. Wir sind nicht verpflichtet, auf ewig ihren Konflikt mit auszutragen. Ob gut oder schlecht, sie haben ihr Leben gelebt. Jetzt sind wir an der Reihe, uns neue Horizonte zu suchen, wenn wir nicht in diesem Sumpf von Demütigung und Enttäuschung steckenbleiben wollen.«

»Das ist leicht gesagt, aber ich bringe es nicht fertig, sie hängenzulassen. Um mich mache ich mir keine Sorgen, das Los meiner Mutter ist das, was mich bedrückt. Ich weiß, daß Papa sie haßt, und eines Tages bringt er es in seinem Vollrausch fertig, eine schreckliche Dummheit zu begehen.«

»Aber wenn du bleibst, verleugnest du dein eigenes Leben. So machst du dich unglücklich und wirst mit aller Welt hadern.«

»Nur mit euch, weil ihr euch um nichts kümmert. Wie leicht ist es doch, zu gehen und sie ihrem Schicksal zu überlassen. Ich muß für sie sorgen, wenn sie wieder krank wird und Papa sie mißhandelt.«

»Aber was können wir denn machen, wenn sie ihren Kopf durchsetzt und unbedingt hierbleiben will?«

»Du bist genauso oberflächlich wie Guadalupe und Jesús! Mama hat sich so für euch aufgeopfert, und jetzt kommt ihr mit diesem Unsinn.«

»Wir sind auch nicht auf Rosen gebettet, wir leiden mit ihr. Deshalb muß einfach etwas geschehen. Aber ich kann sie nicht zwingen.«

»Wie undankbar du bist!« rief Consuelo wütend und ging.

Seither erschienen Mamas Klagen mir schwächer und stiller. Ich kannte sie schon in- und auswendig: und ich wußte, wenn sie sich nicht helfen lassen wollte, dann konnte ihr auch niemand helfen. Wenn sie jammerte, umarmte ich sie, ließ sie spüren, daß ich für sie da war, und fragte sie, ob sie je etwas anderes als ihre Sorgen im Kopf habe. Sie schien nicht zu hören und an nichts anderes denken zu wollen, stumm, mit abwesendem Lächeln.

Consuelos Charakter veränderte sich allmählich, bis ich sie nicht mehr wiedererkannte. In ihrer Jugend war sie verspielt, lustig und einfühlsam gewesen. Welch seltsamer Weg hatte sie dazu geführt, so ruhig, spröde und gleichgültig zu werden.

Ihr Leben voller Widrigkeiten, in dieser familiären Hölle, gepaart mit der erdrückenden Disziplin und den Strafen der Nonnen, hatten sie in ein Meer der Verzweiflung gestürzt, in dem sie rettungslos unterzugehen schien. Als sie mit den Jahren nie einen Ausweg für sich fand, gab sie sich irgendwann geschlagen. Nur eine große innere Kraft, ein seltsamer Glaube schien sie aufrecht zu halten. Wenn sie nicht mehr weiter wußte, weinte sie, bis sie keine Tränen mehr hatte. Mit der Zeit wurde sie immer härter und verbitterter, bis sich am Ende ihr neuer Charakter abzeichnete, der allmählich Gestalt annahm. Innerlich und äußerlich entzog sie sich, wurde unantastbar für jeden möglichen Verehrer und hüllte sich in einen Schleier von Gleichgültigkeit, der sie vor der Realität schützte. Sie flüchtete sich in ihre Arbeit und in die Verantwortung für die Familie, ohne sich zu gestatten, nur eine Minute an sich selbst zu denken. So war sie gefeit vor jeglicher Art von Zweifeln, vor der Sehnsucht nach Liebe, und an ihrem Äußeren verriet nichts mehr ihre Gefühle. Nur das unbewegliche Gesicht ließ ihre große Traurigkeit erahnen. Wenn sie Mama ansah, strahlte sie eine Mischung von Ungeduld und Güte aus. Nie wirkte sie fröhlich oder niedergeschlagen, sie vergoß keine Träne mehr und redete über alles mit erstaunlicher Ruhe. Nur als sie mein Verhältnis mit Max, der damals noch verheiratet war, entdeckte, kochte noch einmal ihr Zorn hoch und entlud sich wie ein Vulkan. Doch das war viele Jahre später.

Nach Guadalupes Hochzeit war Papa nie wieder wie früher. Er wurde ein trauriger, einsamer Mann. Er verzichtete auf neue Eroberungen und auf die Gesellschaft seiner Saufkumpane. In dem Jahr veränderte sich auch sein Umgang mit mir. Er hörte auf, mich wie ein Kind auszuschimpfen, und behandelte mich mit einem Respekt, der mir schmeichelte. Fast wurde er sanft und zärtlich. Allerdings nicht gegenüber dem Rest der Familie, mit der er immer noch grob und herrisch umsprang.

Abends hatte er nun die Angewohnheit, sich unter den Eukalyptusbaum zu setzen, Gitarre zu spielen und früheren Zeiten nachzutrauern. Das Bild seiner Mutter, von Großmutter Lupita, tauchte aus seinen vagen Erinnerungen auf: eine Frau mit melancholischen Augen, pechschwarzem Haar und schneeweißer Schürze. Eines Tages war ihre sanfte, von schwerer Krankheit geschwächte Stimme zwischen den Laken eines Krankenhauses erloschen. Die Mutter, die er vergötterte, obwohl er sich kaum an sie erinnerte. Seit jeher hatte er nach dieser reinen Liebe gehungert, nach der Wärme ihrer Haut, nach der Sicherheit und Geborgenheit ihrer Nähe. Seine Erinnerungen ließen die Gitarrensaiten in Wehmut erklingen. Rein und herzbewegend waren die Töne, der Ausdruck echten Schmerzes. Die Melodie verschmolz mit seinem Kummer in einem ergreifenden Aufflammen von Lust und Leid. Er erinnerte sich auch an seine jungen Jahre, als er sich noch zutraute, alles zu erreichen, wenn er es nur wollte. Doch nichts war gekommen, wie er es sich gewünscht hatte. Er hatte eine Familie gegründet und sie, ehe er sich versah, auch schon wieder verloren. Nur Mama und Jesús waren noch im Haus, aber mit denen wechselte er kaum ein Wort. Consuelo verbrachte ihre Tage mit der Arbeit im Krankenhaus und ich damit, meinem Chef die Reden zu schreiben. Papa wußte, daß wir kein Verständnis für ihn hatten. Mit Guadalupes Ehe war die Liste seiner Leiden komplett.

Am Tag nach der Hochzeit saß ich an meinem Schreibtisch, den Kopf auf die Sessellehne gestützt, und dachte über das Geschehene nach. Automatisch griff ich nach dem Federhalter, ließ ihn dann aber wieder fallen. Ich war deprimiert und todmüde. Was würde jetzt aus Guadalupe werden? Zumindest einer Sache war ich mir aber sicher: Fortan konnte ich ruhig schlafen, in der Gewißheit, daß sie aus dem Haus war und damit auch außer Reichweite von Papas Jähzorn. Consuelo würde weiter ein freudloses Leben voller Pflichtbewußtsein und Ordnung führen, meine Mutter und Jesús müßten weiterhin an Papas Seite ihre Einsamkeit und ihren Groll miteinander teilen.

Plötzlich hörte ich das Geräusch des Türknaufs und das Absatzklappern meiner Sekretärin.

»Der Personalchef bittet Sie in sein Büro, er muß mit Ihnen reden.«

In ihrer Stimme schwang leichte Beunruhigung mit. Trotzdem stellte ich ihr keine Fragen. Mit dem Gefühl, der Boden schwanke unter meinen Füßen, ging ich zum Personalbüro. Ich ahnte, worum es ging.

»Esperanza, nehmen Sie bitte Platz. Diese Dinge sind immer schwierig. Deshalb will ich ohne Umschweife gleich zur Sache kommen: Leider muß ich Ihnen mitteilen, daß Sie auf ausdrücklichen Wunsch von Señor Mercado ab heute Ihres Postens als Assistentin der Verwaltungsdirektion der Regierung enthoben und auf die Stelle der Assistenz des Leiters des Archivs versetzt werden.«

»Na ja, ich wußte zwar nicht wann, aber ich war schon darauf gefaßt«, stammelte ich, ohne die schlechte Nachricht noch richtig verdaut zu haben; mir schwindelte, aber ich atmete tief durch und gewann gleich wieder meine Fassung zurück.

Dann erhob ich mich und verabschiedete mich hastig. Ich kehrte in mein Büro zurück, packte meine wenigen Sachen und stieg hinab in den Keller, meinen neuen Arbeitsplatz.

Der Leiter des Archivs, ein junger und scheuer, aber liebenswürdiger Mann, begrüßte mich fast so, als wollte er sich für die Bedeutungslosigkeit der Stelle entschuldigen. Dieser feuchte, staubige Ort, finster wie ein verlassener Friedhof, war ein harter Schlag für mich. Ohne lange zu zögern, kündigte ich noch am gleichen Tag. Am Haupteingang des Regierungspalastes erwartete mich Carolina.

»Esperanza, es tut mir furchtbar leid. Ich habe noch versucht, für dich zu sprechen, doch unter diesen Umständen war es unmöglich. Mercado weigerte sich, mich anzuhören. Ich werde dich schrecklich vermissen. Wirst du in die Hauptstadt zurückkehren?«

Ich nickte. Sie würde mir auch fehlen. Wir umarmten uns lange. Dann winkte ich ihr zum Abschied, ohne ein Wort herauszubringen.

Meinen Eltern erklärte ich, daß ich wegen meines Widerspruchsgeistes Probleme bei der Arbeit bekommen hätte, was schließlich zu meiner Kündigung geführt hatte. Ich mußte sofort wieder auf Arbeitssuche gehen.

Wie üblich schwieg meine Mutter. Mein Vater sagte hingegen, das sei die Folge meiner impulsiven und unbeherrschten Art, und das hätte ich nun davon, daß ich immer recht behalten wollte.

»Mach nur so weiter, so wirst du nirgends lange bleiben.«

Ich hatte keine Möglichkeit, ihm zu widersprechen. Auf keinen Fall konnte ich ihm sagen, was wirklich vorgefallen war. Obwohl es interessant gewesen wäre, seine Reaktion zu sehen, aber ich wollte diese Neugier lieber nicht stillen.

Zwei Tage später kehrte ich in die Hauptstadt zurück und zog wieder in die alte Pension. Sofort bekam ich eine Stelle bei meinem früheren Arbeitgeber, doch dort blieb ich nur wenige Monate. Als die Regierung wechselte, wurde ich entlassen, um dem Personal des neuen Ministers Platz zu machen. In diesem Land ist ein Posten immer höchstens für sechs Jahre sicher, so lange, wie der Präsident der Republik an der Macht bleibt. Wenn der oberste Machthabende geht, gehen selbst die Laufburschen mit ihm. Deshalb suchen alle diese Leute auch schon von Beginn der Wahlen Kontakt zu den möglichen neuen Machthabern. Das hatte ich unterlassen. Ich kannte niemanden außer meinen alten Chefs. So begann ich also den beschwerlichen Weg durch die verschiedenen Institutionen auf der Suche nach einer Stelle, die von Tag zu Tag unerreichbarer schien. Bald waren meine Ersparnisse aufgebraucht, und ich kehrte zu den Tagen des Hungers und der Mittellosigkeit zurück.

Auf den Nachbarschaftsversammlungen lernte ich eine Frau kennen, die bereits zum vierten Mal geschieden war und, als sie von meiner Lage erfuhr, mir in spontaner Hilfsbereitschaft ihre Wohnung zu einem symbolischen Preis anbot. Ich zog um. Wenn sie die Abendserie im Fernsehen zu Ende gesehen hatte, schlief ich auf dem Wohnzimmersofa. Ich half ihr bei der Hausarbeit und versuchte, mich irgendwie nützlich zu machen, um ihr nicht zur Last zu fallen. Allerdings ohne großen Erfolg, denn einige Wochen später, als sich die erste Euphorie meiner Gastgeberin gelegt hatte, wurde sie zunehmend mürrisch und gereizt. Wie mein Vater zu sagen pflegte: »Der Tote und der, der sich an ihn klammert, beginnen nach drei Tagen zu stinken.«

Ich hütete mich, mein Elend vor jemandem zu erwähnen, und gestand es nur Guadalupe. Meinen Eltern schrieb ich heitere Briefe, in denen ich das Thema Arbeit aussparte.

Ein Monat folgte auf den anderen, und immer noch war ich arbeitslos, hielt mich nur dank der Unterstützung, die mir Consuelo schickte, über Wasser. »Wie lange noch, mein Gott? Gib mir ein Zeichen«, murmelte ich.

Aber Gott schien mein Flehen nicht zu erhören.

Guadalupe und Eduardo konnten mir auch nicht helfen. Sie bewohnten eine winzige Wohnung, in der sie selbst kaum Platz hatten. Als der Dezember kam, luden sie mich von ihrem Weihnachtsgeld zum Essen in ein Lokal im Stadtzentrum ein und teilten mir ihren Entschluß mit, eine Wohnung für uns drei zu suchen. Während wir noch darüber sprachen, machten wir uns gleich ans Werk und gingen zu einem Zeitungsstand. Bei der Durchsicht der Wohnungsanzeigen fiel mir eine besonders ins Auge: »Möbliertes Zimmer zu vermieten.« Die Adresse war ganz in der Nähe. Ohne Zeit zu verlieren gingen wir los, um das Zimmer zu besichtigen. Es lag im zwanzigsten Stock eines Gebäudes mit Eigentumswohnungen.

Als wir ankamen, sahen wir, wie luxuriös die Wohnung eingerichtet war. In der Gewißheit, die Miete nicht bezahlen zu können, entschuldigten wir uns bei der Besitzerin, erklärten ihr unsere Situation und machten Anstalten, wieder zu gehen. Doch zu meiner Überraschung hielt sie uns zurück.

»Warten Sie, ich vermiete das Zimmer zu einem geringen Preis. Geld brauche ich nicht. Die Wohnung kostet mich nichts, sie ist ein Geschenk meines Verlobten. Er ist ein sehr beschäftigter Mann, der mich nur selten besucht, und ich habe Angst, nachts allein zu bleiben. Deshalb habe ich die Annonce in die Zeitung gesetzt. Wenn Sie wollen, kann Esperanza hierbleiben. Leider habe ich für Sie beide keinen Platz«, sagte sie bedauernd zu Guadalupe und Eduardo.

»Macht nichts, wir können uns etwas anderes suchen.«

Immer noch ungläubig, zog ich sofort in diese luxuriöse Wohnung. Der Salon mit den Fenstern zur Straße war überwältigend. Das hereinflutende Sonnenlicht fiel auf das erlesene Mobiliar, spiegelte sich glitzernd in dem geschliffenen Kristall der Lüster und der Gläser. Das einzig Störende war das riesige Portrait eines Mannes mit zornigem Eulengesicht, das auf dem Tisch stand.

Die Besitzerin, Marcela, zeigte mir das Zimmer, das ich bewohnen sollte. Dann zog sie sich zurück, damit ich ruhig meine Sachen auspacken konnte. Allein, begutachtete ich mein eigenes Bad, strich über den feinen Stoff, knipste das Nachttischlämpchen an, öffnete vorsichtig die Schubfächer im Kleiderschrank und räumte meine Sachen ein.

Die erste Nacht schlief ich wie ein Murmeltier und wachte, eingekuschelt in meine feinen Laken, erst am späten Morgen auf. Einen Moment lang blickte ich mich um, ohne zu wissen, wo ich war, bevor ich aus dem Bett sprang und die Vorhänge aufzog. Helles Licht flutete ins Zimmer. Die Stadt war ebenfalls erwacht. Dort in der Ferne zeichneten sich zwei schneebedeckte Vulkanspitzen golden im ersten Sonnenlicht ab. Ich blieb eine Weile stehen, strich über das Fensterglas und genoß diese unvergleichliche Aussicht. Unten begann der Verkehr bereits zu stocken, das Gehupe und das Reifenquietschen erreichten allmählich den höchsten Lärmpegel. Ich nahm ein Bad, kochte anschließend Kaffee und begann, den Tisch zu decken, als Marcela im Eßzimmer erschien. Es war Samstag. Während wir frühstückten, erzählte sie mir die Geschichte ihrer großen Liebe: Sie war die Geliebte von Claudio García, dem Neffen eines der mächtigsten Politiker im Lande. Kennengelernt hatte sie ihn mit siebzehn in einem Restaurant, wo sie als Kassiererin arbeitete. Alles begann wie eine jugendliche Romanze, obwohl Claudio bereits vierzig Jahre alt war.

Er versicherte ihr, er sei Junggeselle und habe sich auf den ersten Blick in sie verliebt. Zu spät erfuhr sie durch ihre Freundinnen die Wahrheit: »Claudio wird dich niemals heiraten, denn er ist schon seit zehn Jahren verheiratet und hat daneben noch zahlreiche Affären. Das ist sein liebster Zeitvertreib«, hatten sie ihr rundheraus gesagt.

»Am Anfang war es eine Tragödie für mich. Aber Claudio hat mir erklärt, seine Ehe sei ein Fehler gewesen. Seine Frau sei absichtlich schwanger geworden, um ihn an sich zu binden. Seither war sein Leben die Hölle, bis er mich kennenlernte. Dank unserer Liebe hat er endlich seine Lebensfreude wiedergefunden. Die Affären waren nur ein Zeichen seiner verzweifelten Suche nach dem Verständnis, das er daheim nicht fand.«

Damals war seine Frau schwer nervenkrank, und sie drohte damit, sich umzubringen, falls er sie verließ. Unter diesen Umständen konnte er ihr natürlich nicht die Scheidung vorschlagen. Aber er hatte Marcela versprochen, es zu tun, sobald seine Frau sich wieder erholt hätte, um dann ein Leben an Marcelas Seite zu führen. Zu dieser Zeit hatten sie bereits seit über drei Jahren ein Verhältnis miteinander. Claudio hatte ihr daher diese Wohnung geschenkt, in der sie jetzt lebte. So mußten sie sich nicht mehr in irgendwelchen Hotels verstecken. Er hatte Marcela davon überzeugt, daß dies nach seiner Scheidung ihr gemeinsames Heim sein würde. Sie hatte ihm geglaubt. Er schenkte ihr Schmuck, den sie auf den Festen trug, zu denen sie ihn begleitete. Danach verschloß Claudio ihn in seinem Banksafe, zu dem nur er Zugang hatte. Außerdem hatte er ihr eine gute Stelle in einem Ministerium besorgt, wo sie fast nichts tat, aber sehr gut verdiente.

An einem Karnevalsfreitag begegnete ich Claudio García zum ersten Mal. Sein Gesicht war von kränklicher Blässe, und er wirkte älter, als er war. Marcela hingegen umgab ein frischer Duft nach Zitrone und Jugend. Sie hätte seine Tochter sein können.

Wenn Claudio in die Wohnung kam, kochte er für Marcela, sie aßen gemeinsam zu Abend, plauderten ein wenig und schlossen sich danach ins Schlafzimmer ein. Ich dachte, ich müßte mir das Vertrauen dieses Señors mit dem Aussehen einer sauren, vertrockneten Orange gewinnen. Ich wollte ihm nützlich sein und dann über ihn einen Posten ergattern. Vom ersten Moment an gab ich mich beflissen und hilfsbereit, erschien, wenn man mich brauchte, und löste mich in nichts auf, sobald ich es für ratsam hielt. Dabei wartete ich immer auf den geeigneten Moment, da ich ihn um eine Stelle in seinem einflußreichen Amt bitten könnte, unter dem Vorwand, ich müßte noch meinen sozialen Dienst ableisten. Ich war sogar dazu bereit, ohne Bezahlung zu arbeiten, denn ich wollte mich erst einmal ins Gespräch bringen, damit mir später jemand ein Empfehlungsschreiben für einen bezahlten Job gab. Als ich ihn schließlich fragte, war er einverstanden.

Endlich hatte ich wieder eine Arbeit, und ich begann, neue Hoffnung zu schöpfen. Claudio Garcías Amt befand sich in einem beklagenswerten Zustand. Das Gebäude war völlig heruntergekommen, fast wie eine Ruine, von außen rußig schwarz und innen mit gelblichen Flecken an den Decken.

»Es sieht so aus, weil sie es wollen!« sagte seine Sekretärin, als sie meine erstaunte Miene sah, denn ich hatte gedacht, ein Luxusbüro vorzufinden. Dann sagte sie noch: »Geld haben sie genug!«

»Das hier sieht aber gar nicht danach aus!«

»Dem Anschein nach! Ich muß es doch wissen, wo ich dem Chef die Buchhaltung mache. Sie müssen so tun, als seien sie rechtschaffen und arm. Es wäre hier wunderschön, wenn sie das Geld, das sie von den Industriellen erhalten, in dieses Gebäude stecken würden. Doch die ganzen Millionen landen auf Konten im Ausland. Wenigstens ihre Büros haben sie renovieren lassen, weshalb sie in einem besseren Zustand sind als unsere. Wir Angestellten aber müssen weiter in den alten Gemäuern arbeiten, ständig in der Furcht, eines Tages könnte uns ein Stück Decke auf den Kopf fallen.«

Bei der Arbeit erlebte ich Claudio völlig verändert. Hier war er nicht mehr der lächelnde, gebrechliche Alte, der nachmittags manchmal voller Sehnsucht nach Marcelas Liebkosungen bei uns in der Wohnung erschien. Im Büro war er ein richtiges Ekel. Er zerriß Papiere und schleuderte Berichte und sonstige Dokumente, die man ihm brachte, zu Boden, wenn er schlechte Laune hatte. Ich bemerkte auch, daß alle in Claudios Gegenwart zitterten und sich wie unterwürfige Dienstboten gaben.

»Sie benehmen sich, als seien sie Hofnarren in einem mittelalterlichen Palast, bemüht, ihn zu erheitern und ihm ein Lächeln zu entlocken«, dachte ich.

Claudio reagierte auf Geschenke, Schmeicheleien und Ehrerbietung fast ungehalten, als sei er es gewöhnt, daß die Welt ihm zu Füßen liegt. Unter den Geschenken für ihn waren auch Frauen, in deren Begleitung er nachmittags aus dem Büro verschwand. Das zumindest versicherten mir meine Kollegen.

Claudios Ehefrau tauchte oft im Büro auf. Sie war schwanger und wirkte nicht so, als habe sie kranke Nerven oder als sei ihre Ehe zerrüttet, wie Claudio Marcela versichert hatte. Sie sah eher entspannt, ruhig und selbstsicher aus.

Zum Abendessen, wenn ich Marcela sah, unterhielten wir uns: »Wie geht es, Esperanza, und wie läuft es mit Claudio? Hast du vielleicht seine Frau gesehen?« fragte Marcela neugierig.

»Nein, ich habe niemanden gesehen. Ich verbringe meine Zeit in anderen Büros und bin immer sehr beschäftigt«, entgegnete ich.

Marcela lächelte zufrieden. Sie nahm ein Bad, parfümierte sich und schlüpfte in ein hübsches weißes Kleid wie das einer Braut. Bald würde sie Hochzeit feiern. Fast konnte sie die Hochzeitsglokken schon hören. Die Wohnung war zu bescheiden für die Art von Gästen, die sie haben würden. Sie wollte Claudio bitten, ein Haus im Villenviertel im Süden zu kaufen, wo die Reichsten der Reichen wohnten. Sie würde dann das Haus einrichten und neues Geschirr und neue Möbel kaufen, nur das Beste vom Besten. Das versprach er ihr in jeder Liebesnacht.

Drei Monate lang arbeitete ich, ohne einen Centavo zu erhalten, immer eifrig bemüht zu helfen und mich unentbehrlich zu machen.

Sobald ich es für geraten hielt, nutzte ich einen Moment, da Claudio García guter Laune war, und bat ihn um ein Empfehlungsschreiben.

»Ich will Sie nicht stören, aber darf ich Sie um einen großen Gefallen bitten?« fragte ich schüchtern.

»Machen Sie schnell, ich hab's eilig.«

»Ich brauche Arbeit«, sagte ich rasch und ließ meinen Lebenslauf auf seinen Schreibtisch gleiten.

»Bring mir den Namen der Institution, der Person und der Stelle, wo du arbeiten willst, und leg mir das Empfehlungsschreiben vor.«

»Ich habe schon alles dabei, auch den fertigen Brief. Hier.«

Er brach in schallendes Gelächter aus, was mich so sehr verwirrte, daß ich nicht wußte, ob er belustigt oder wütend war.

»Du lernst aber rasch«, rief er aus und unterschrieb den Brief, ohne ihn zu lesen.

Am nächsten Tag hatte ich schon Arbeit mit einem guten Gehalt in der obersten Verwaltungsstelle einer Regierungsbehörde. Bei der Durchsicht der Gehaltslisten fielen mir die Uneinheitlichkeit der

Löhne, die Menge unnützer Stellen und einige »Geisterstellen« auf, Namen, die keiner kannte, die aber in den Gehaltslisten und den Zahlungsanweisungen am Monatsende auftauchten. Daneben gab es eine Rubrik »Reisegeld und Unvorhergesehenes«, wo nur Extraausgaben für Führungsleute erwähnt waren. Díaz, der Leiter der Behörde, hatte hübsche Frauen, Freunde und Familienangehörige in den gehobenen Positionen untergebracht. Diese besaßen ein eigenes Büro, eine Privatsekretärin, astronomische Gehälter und die Möglichkeit, Kredite aufzunehmen für den Kauf von Autos und Häusern.

Die Aufteilung des Amts war auf allen Stockwerken ähnlich, außer in der Chefetage im »Penthouse« des Gebäudes. Dort gab es einen Empfangssaal, Konferenzräume, ein Büro, Bad, Küche und Schlafzimmer.

Die anderen Etagen hatten lange, eintönige Korridore mit Bürotüren in regelmäßigen Abständen. In den Büros standen in Reihen hintereinander kleine Schreibtische voller Papierstapel, Stühle und Aktenschränke aus grauem Stahl. An einem Ende befand sich ein Krug mit Trinkwasser, ein Stapel Pappbecher und daneben ein Abfalleimer. Der Fußboden war gekachelt oder aus Linoleum.

Man hörte Schreibmaschinenklappern, unterdrücktes Gekicher, Flüstern, Bleistiftgekritzel, Papiergeknister und das hochhackige Trippeln der Sekretärinnen, alles eingehüllt in den eindringlichen und süßen Duft nach Parfüm.

Am Ende hob sich das durch eine Trennwand aus Mahagoniholz abgeteilte Büro des Abteilungsleiters ab. Wenn man dort eintrat, veränderten sich die Gerüche: Ein Duft nach Lavendel und edlem Tabak hing in der Luft. In der Mitte stand ein wuchtiger Schreibtisch mit bis zu drei Telefonen, eine Schreibtischgarnitur, Aschenbecher, dahinter ein komfortabler, lederner Drehsessel. An der hinteren Wand hing ein riesiges goldgerahmtes Porträt des amtierenden Staatspräsidenten. Rechts stand ein Regal mit Büchern und Figuren aus Porzellan oder Bronze. An der linken Wand hingen Ölgemälde. In einer Ecke war eine Garderobe aus Holz und Stahl zu sehen und daran hing ein elegantes Jackett einer ausländischen Marke aus Naturfaser. Das Büro war mit Teppichböden ausgelegt.

In einem dieser separaten Räume saß Olga Torres, Sekretärin für öffentliche Angelegenheiten, augenblickliche Geliebte von Tadeo Díaz.

»Was in diesem Land zählt, ist, mit wem du dich wie umgibst, der Rest ist nebensächlich. Mit meinem Aussehen habe ich erreicht, was viele mit Titel und guter Ausbildung nicht schaffen.«

Sie trug das Haar rot, hatte ein nasales Lachen und etwas, was ich vorher noch nie an einer Frau bemerkt hatte: Machtbesessenheit. Sie war elegant nach neuester Mode gekleidet, besaß eine Eigentumswohnung im Villenviertel, ein Auto neuesten Modells und ein dickes Bankkonto. Aber das schien ihr noch nicht zu genügen. Auf einer ihrer Ferienreisen hatte sie ein prächtiges Anwesen in der Karibik gesehen und träumte nun davon, es zu besitzen.

Díaz teilte seine Zeit und sein Geld zwischen seiner Ehefrau und seinem Gefolge von Geliebten auf, unter denen Olga eine bevorzugte Stellung einnahm. Sie war sich dieses Privilegs bewußt und wollte es ausnutzen. Denn ihr war klar, daß die Leidenschaft, die sie bei Díaz entfacht hatte, nicht ewig dauern würde.

Ich stand auf, ging zum Fenster, auf dessen Scheibe mein Gesicht auftauchte. Der Nebel bedeckte alles mit seinem Grau, auch unser Gemüt. Ich versuchte, Papas Gesprächsfetzen zu folgen, doch bald verlor ich mich in meinen eigenen Gedanken. Ich atmete tief ein und spürte die kalte Luft. Ich sah mich aufmerksam im Patio um: die Eukalyptusbäume warfen ringsum wogende Schatten, und ihre zerzausten Äste, auf denen die Hühner dösten, schaukelten sich im Wind. In einem Winkel des Patio zeichnete sich der Deckel der Zisterne im Dunkeln ab. Mein Blick durchforstete jede Ecke, und ich sah, daß die Wände frisch gestrichen waren: sie sahen perfekt aus. Ich lächelte zufrieden, als ich merkte, daß alles für den nächsten Tag in Ordnung war. In der Unbeweglichkeit des Raums näherten sich die Gestalten von Tante Aurora und Jesús.

An einem Mittwoch im Februar hatte ich das dumpfe Gefühl nahenden Unheils. Als ich nachmittags von der Arbeit heimkehrte, erhielt ich einen Anruf: Tante Aurora war gestorben. Zuerst reagierte ich ungläubig, verstört, dann überfiel mich eine tiefe Verzweiflung. Noch ganz benommen, bat ich Tadeo Díaz, mich zu beurlauben, und fuhr nach Los Remedios, wo ich um Mitternacht eintraf. Während der Fahrt schloß ich immer wieder die Augen in der Hoffnung, es sei nur ein böser Traum oder ein makabrer Scherz. Ich wollte die Stimme in meinen Ohren auslöschen, die sagte: »Tante Aurora ist tot«. Ich wollte die Zeit zurückdrehen, wünschte inständig, daß es nicht geschehen war.

Als ich das Dorf erreichte, hörte ich schon von weitem das Beten und Wehklagen, das mit dem Wind näher kam und sich wieder entfernte, um sich dann im nächtlichen Dunkel zu verlieren. Eine dichte Menge von Frauen in schwarzen Tüchern und Männern mit ihren Hüten in der Hand drängte sich am Eingang des Backsteinhäuschens. An der Tür empfing meine Cousine Aurora, schwarz gekleidet, das Tuch um den Kopf geschlungen, die Leute, die zur Totenwache kamen, und schilderte die letzten Lebensminuten der Tante: »Im Augenblick der Geburt bekam sie eine so heftige Blutung, daß nicht mal Gott im Himmel sie hätte stillen können. Wir wollten sie gerade ins Krankenhaus bringen, als sie einen Schrei ausstieß, die Augen aufriß und starb.«

»Es war Gottes Wille. Er weiß, was er tut …«

»Jetzt ist sie bei unserem Herrn …«

»Wo ist meine Mama?« fragte ich.

»Dort drinnen, sie ist völlig zusammengebrochen und wiederholt andauernd, jetzt sei sie ganz allein auf der Welt.«

Erschüttert betrat ich den Raum und bahnte mir den Weg durch die Menschen. Meine Mutter kniete vor dem Sarg, bleich und in fassungsloser Trauer. Ihre Augen waren voller Tränen; neben ihr schluchzten meine Cousins. Die alte Fina betete laut: »... schenk ihr, oh Herr, die ewige Ruhe ...« In der Luft hing ein schwerer Geruch nach Essig und Moschus. Dort, umringt von Kerzen, die die Szene in ihr Licht tauchten, lag die Tante auf dem Totenbett. Eine blaßgelbe Farbe alten Elfenbeins hatte ihr Gesicht überzogen, die sonst lächelnden Lippen waren schmerzverzerrt, und ihre starren Augen drückten etwas wie eine Frage aus. Die steifen Hände auf der Brust hielten ein Kruzifix. Diese geliebten, unermüdlichen Hände ruhten endlich von der mühevollen Arbeit aus.

Als Mama meine Anwesenheit bemerkte, lehnte sie sich an meine Schulter und murmelte: »Warum?«

Statt einer Antwort brach ich in heftiges Schluchzen aus und ließ meine ganze Trauer heraus. Daß ich Tanta Aurora nun nie mehr wiedersehen würde, machte die schmerzliche Erinnerung an die unwiederbringlichen glücklichen Momente, die wir gemeinsam verbracht hatten, fast unerträglich.

Stundenlang blieb ich bei Mama und beklagte den Tod der Tante, bis die Erschöpfung mich übermannte und der Schlaf mich von der bitteren Realität befreite. Ich hörte nicht mehr das jämmerliche Jaulen der Hunde, die im Dunkeln die Gegenwart des Todes zu spüren schienen, der sich unerwartet eingeschlichen hatte. Die Nachbarn halfen, daß es während der Totenwache nicht an Kaffee und Brot fehlte und sorgten für Blumen und Musik in der Kirche. Noch in der gleichen Nacht fertigte mein Vater ein Eisenkreuz für das Grab seiner Schwägerin an.

Am nächsten Morgen weckten mich jäh das Raunen der Leute und das Krähen der Hähne. Mir gegenüber saß Onkel Tomás, traurig, mit hängendem Kopf, aber ohne eine Träne zu vergießen.

»Es tut mir so leid, Onkel«, sagte ich heiser.

»Da kann man nichts machen. Gott hat es so gewollt«, sagte er nur.

Aurora starb bei der Geburt ihres siebzehnten Kindes. Der Arzt hatte sie vor der Gefahr einer weiteren Geburt gewarnt, aber Aurora und ihr Mann schlugen seine Warnung in den Wind. Jetzt sind siebzehn Kinder verwaist.

In jener Nacht hörte Mama nicht auf zu weinen. Sie erleichterte ihre Seele von der Trauer, machte ihrem Kummer Luft: darüber, daß sie ihre Mutter nicht gekannt hatte, über Heliodoros Lieblosigkeit, über ihre gescheiterte Ehe und über den Verlust der einzigen Schwester, die sie geliebt und verstanden hatte.

Tags darauf wurde mittags die Messe gefeiert. Die metallischen Orgelklänge erfüllten die Kirche. Gleich darauf hörte man die wehmütigen Strophen des »Ave Maria« erklingen. Der Raum quoll über vor Trauer und erhabenem Schmerz, schön und unerklärlich. Ein so tiefer Schmerz, daß er mich innerlich zerriß und gleichzeitig rührte. Jeder Akkord hatte die Schwere des Leidens in sich, die nur die Musik vermitteln kann.

Während die Meßdiener das Responsorium wiederholten, kniete ich tieftraurig am Sarg, mit gefalteten Händen, dachte über die Sätze der Resignation nach, die der Priester sprach, und fragte mich: War es tatsächlich Gottes Wille, daß Auroras Kinder schutzlos zurückblieben? Wo war Gott, als dieses Unglück geschah? Waren die Leiden Prüfungen, um den Charakter der Menschen zu formen?

Der Bronzegesang der Glocken erreichte mich wie eine Klage, ein heftiges Trauerlied, das der Wind forttrug und als Schluchzer zurückschickte. Tante Auroras Lachen verlor sich in der Tiefe der Nacht, ihre verschlossenen Ohren vernahmen nicht mehr das Glockengeläut zu ihren Ehren. Ich blickte auf das Dorf mit seinen Straßen, seiner Kirche und seinem Friedhof, und es war nicht mehr das gleiche wie früher. Los Remedios war ein gealtertes Dorf und traurig, tieftraurig.

Auf dem Weg zum Grab regnete es, und das Prasseln des Regens und die Schläge der Glocken übertönte das Schluchzen des Trauerzugs. Die Klassenkameraden der Verwaisten, Nachbarn, Freundinnen, Freunde und das gesamte Dorf folgte Tante Auroras Sarg zum letzten Abschied. Abseits von der Menge sah ich meinen Vater gehen, mit gesenktem Kopf und über der Brust gekreuzten Händen. Als der Sarg in die Erde gelassen wurde, bedeckte man ihn mit Segenssprüchen, Blumen, Erde und Tränen. Dann schloß sich die Erde darüber. Nach und nach leerte sich der Friedhof, und es wurde still. Nur meine Mutter kniete noch unbeirrt vor dem frisch aufgeworfenen Grabhügel, ganz in Schwarz, eine Handvoll Erde an die Brust gepreßt, bis sie Franciscos Hand auf ihrer Schulter spürte.

»Gehen wir. Aurora hat uns verlassen«, sagte er.

Maria Dolores legte eine Rose auf das Grab und schickte Aurora ihre Liebe. Dann stützte sie sich zitternd auf Franciscos Arm. Zum ersten Mal seit langer Zeit blickte sie ihn voller Zärtlichkeit an, ohne jedoch etwas zu sagen. Langsam machten sie sich Hand in Hand auf den Heimweg.

Tante Auroras Tod veränderte unser Leben völlig. Mit ihr verschwand die Fröhlichkeit, die sie immer ins Haus gebracht hatte, die Hilfe und die Gesellschaft für Mama. Nun mußten wir mit diesem schweren Schlag fertig werden. Jeder von uns tat dies auf seine Weise. Meine Mutter wahrte zwei Jahre lang strikte Trauer, und als sie auf Drängen des Arztes die Trauerkleidung ablegte, befestigte sie eine Trauerschleife am Blusenärmel, die sie bis heute trägt. Ich war mein Leben lang bemüht, meine Gefühle zu unterdrücken, und jenes Mal bildete keine Ausnahme. Ich trug nicht lange Trauer, nur im Herzen, allein für mich, legte ich sie nicht so schnell ab.

Jene letzten Stunden in Los Remedios, ehe ich weit fortging, saßen mein Vater und ich wie früher um den Tisch unter dem spärlichen Licht der nackten Glühbirne und riefen uns Tante Auroras Güte und ihren Optimismus ins Gedächtnis. Auf die Anekdoten der ersten Begegnung mit ihr folgten die Erinnerungen an ihre Hochzeit, die Geburten ihrer vielen Kinder und schließlich ihr Tod ...

»Ihr liebenswertes Wesen und ihr Witz haben uns das Leben leichter gemacht. Aber so ist es nun einmal, die einen trifft es früher, die anderen später, wir gehen alle den gleichen Weg«, murmelte mein Vater leicht verstört.

In den Tagen nach Tante Auroras Tod nistete sich der Schmerz in meinem Herzen ein. In meinen Träumen sah ich ihren starren Blick, hörte von ferne ihre schwache Stimme, wie sie mich bat, auf ihr Kinder zu achten. Ich spürte sie ganz nahe und bat sie um Verzeihung, falls ich sie je gekränkt haben sollte, und versprach ihr, mich um ihre Kinder zu kümmern. Ich fragte sie auch, warum sie gegangen sei, wo wir sie doch so sehr brauchten. Es gab keine Antwort. Ich merkte, wie die Tante sich, schwarz umhüllt, entfernte und sich schließlich in einem Lichtstrudel auflöste. Als ich erschrocken erwachte, weinte ich wieder wie am Tag ihres Todes.

Übernächtigt und tief bedrückt kehrte ich zur Arbeit zurück, ohne jemandem von meinem Kummer zu erzählen. Monatelang konnte ich an nichts anderes denken als an sie. Mit der Zeit verflog jedoch ihr Bild wie die Blätter im Herbst, die der Wind davonträgt. Das Vergehen der Zeit wirkte wie Balsam für meinen Kummer, so daß ich schließlich nur ihr fröhliches, unbekümmertes Lachen mit dem Klang eines sprudelnden Wasserfalls im Gedächtnis behielt.

In den ersten Tagen wußten meine Vettern nach der Schule nicht, wohin sie gehen sollten, und so kamen sie zu uns. Jesús spielte mit ihnen, um sie abzulenken und den Tod ihrer Mutter vergessen zu lassen. Alle gemeinsam versorgten sie die Kaninchen, Puter und Hühner, gaben ihnen Wasser, säuberten die Hühnerställe und gossen die Blumenbeete im Patio.

Wenn es dunkel wurde, kamen sie in die Küche. Mama bereitete ihnen Tacos und Tee, während sie ihre Hausaufgaben machten, und Jesús bastelte ihnen Flugzeuge und Figuren aus Pappe. Alles ging gut, bis eines Abends, weniger als eine Woche, nachdem wir die Tante beerdigt hatten, Papa betrunken heimkam und der altbekannte Streit wieder begann.

»Das Essen ist ungenießbar, das ist ja nur etwas für Kranke. Und Fleisch gibt es auch nicht, nur immer deinen ewig gebratenen Reis. Was machst du bloß mit dem Geld, das ich dir gebe?«

»Bitte, Francisco, fang nicht wieder damit an. Fleisch gibt es nur sonntags, das weißt du doch. Außerdem tue ich, was ich kann. Ein halbes Kilo Fleisch reicht eben kaum für alle. Ich rühre es gar nicht an.«

»Guten Abend, Onkel«, sagte eine Kinderstimme.

Francisco wandte sich nach rechts und entdeckte eines der Kinder von Tante Aurora, das ihn, an einer Tortilla kauend, begrüßt hatte.

»Na klar, wie soll es auch reichen, wenn ich jetzt so viele Mäuler mehr ernähren muß. Diese Schmarotzer fressen sich bei uns durch«, sagte er und stieß schroff seinen Suppenteller beiseite.

Er erhob sich und schrie meine Mutter wutentbrannt an: »Ich sehe nicht ein, daß ich fremde Kinder ernähre. Du schmeißt sie sofort raus, oder ich tu es selbst.«

Voller Scham nach Worten ringend, strich Mama ihren Neffen über die Köpfe, gab ihnen eine Tüte mit Süßigkeiten und brachte sie zur Haustür.

»Bis morgen, Kinder, geht jetzt nach Hause, es ist schon dunkel.«

Jesús saß schweigend am Tisch, hörte Papa fluchen und Mama

schluchzen, bis ihm schließlich der Kragen platzte. Seine klaren, melancholischen Augen, die immer Schüchternheit und Nachdenklichkeit ausdrückten, sprühten in diesem Moment vor Wut. Erhobenen Hauptes und festen Blicks forderte er ihn heraus. Er begann, ihn leise zu verfluchen, der Zorn kochte in ihm hoch wie Blasen in einem dicken Maisbrei. Auf dem Tisch lag ein Messer. Er ergriff es und sprang auf.

In diesem Augenblick begann meine Mutter zu schreien.

Papa sagte mit spöttischem Blick: »Willst du mich umbringen? Feigling! Nicht mal dazu taugst du.«

Jesús ließ das Messer mit solcher Wucht auf den Tisch niedergehen, daß ein Teil der Metallklinge zersprang und der Rest sich in den Tisch bohrte.

»Ich hasse dich! Du widerst mich an!« rief er wutentbrannt, mit einer bisher nie geahnten Heftigkeit. Dabei schlug er Papa mit der Faust ins Gesicht, mit der ganzen Wucht seiner jahrelang unterdrückten Wut. Francisco prallte rücklings gegen das Küchenregal, das krachend mit ihm in einem Haufen von Trümmern und Scherben zu Boden fiel. Mit dem Handrücken wischte er sich das Blut ab, das ihm aus der Nase lief, und drohte, noch am Boden liegend, Jesús windelweich zu prügeln. Dann erhob er sich und gab ihm einen Fausthieb. Jesús taumelte, konnte sich aber wieder fangen. Jetzt gab es kein Halten mehr. Sie gingen aufeinander los, fielen zu Boden und lieferten sich einen erbitterten Kampf in einem Durcheinander von Blut und wüsten Flüchen.

»Bringt sie auseinander, bringt sie auseinander, holt Tante Eulalia«, flehte Mama mit letzter Kraft.

Dann sank sie in Ohnmacht. Jesús war so gefallen, daß Francisco auf ihm lag, doch mit einem Satz sprang er wieder auf die Füße und lief rasch meiner Mutter zu Hilfe, ohne die Schläge zu beachten, die weiter auf ihn herabhagelten. Er half ihr wieder auf. Anschließend rannte er hoch auf sein Zimmer, ergriff ein Holzkästchen mit Andenken, packte es mit einigen anderen Habseligkeiten zusammen und kehrte zurück in die Küche. Dort ließ er sich von Maria Dolores den Segen erteilen.

Plötzlich tauchte Tante Eulalia auf.

»Meine Lieben, was ist das denn für ein Theater hier? Man kann euch ja bis zur Straßenecke hören. Schämt ihr euch nicht?«

Ohne zu antworten, wandte Papa sich an Jesús: »Raus hier! Mach daß du aus meinem Haus kommst, ich will dich hier nie mehr sehen!«

»Du kannst zu mir kommen«, sagte Eulalia spontan.

Neben Tante Eulalia lief Jesús die Straße entlang. Die Schreie meines Vaters verloren sich in der Ferne.

Nach zwei Wochen fühlte sich Tante Eulalia von Jesús in ihrem Haus gestört, wurde ihm gegenüber mißtrauisch und ließ ihn barsch spüren, daß er störte. An alle Schränke, selbst an die Bücherregale, brachte sie Schlösser an.

Nach und nach bemerkte Jesús, daß er auch in diesem Haus unerwünscht war, obwohl er immer eifrig die Arbeiten erledigte, die die Tante ihm auftrug.

Seit vielen Jahren hatte Jesús sich Tag für Tag hinter seinen Büchern verschanzt und davon geträumt, es einmal weit zu bringen im Leben. In Los Remedios genoß er den Ruf eines begnadeten Schülers, und das hatte ihn angespornt. Die Ablehnung der Tante war für ihn entscheidend, denn nun sah er die Gelegenheit, den Schritt in die Zukunft zu tun, den er vorher, im Spinnennetz der Familie gefangen, nicht gewagt hatte.

Bevor die Tante ihn bitten konnte, das Haus zu verlassen, war er ihr schon zuvorgekommen und hatte alles Nötige vorbereitet, um ein Stipendium und eine Stelle im Regierungsamt von Comanja zu bekommen. Wenige Tage später zog er dorthin, um seine Schulausbildung zu beenden. Er beschloß, seine traurige Kindheit mit all dem Elend im Gedächtnis zu begraben.

Für Mama war der Fortgang von Jesús der letzte Hieb, von dem sie sich nie mehr richtig erholte. Er war ihr Lieblingskind, ihr Vertrauter und Freund gewesen. Die nackten Zimmerwände, das Ausbleiben seiner Schritte und der leere Stuhl im Eßzimmer bewiesen ihr jeden Tag aufs neue ihre Einsamkeit. Sie wußte, daß Jesús, wenn er Ferien hatte und mein Vater nicht da war, sie besuchen kam. Deshalb stand sie häufig am Fenster und blickte unermüdlich auf die Straße, immer in der Hoffnung, ihn plötzlich kommen zu sehen.

Auch Consuelo besuchte meine Mutter, immer voll bepackt mit Geschenken und Lebensmitteln. Sie kam jetzt nur noch an den Wochenenden, um Mama Gesellschaft zu leisten und ihr ein wenig zu helfen.

Über den Vorfall zwischen meinem Vater und Jesús hatte Consuelo nicht ein einziges Wort verloren. Sie machte weiter wie immer, arbeitete und lernte mit fieberhaftem Eifer. Ohne zu wissen warum, konnte sie nie müßig sein. Wenn sie badete, machte sie den Badezimmervorhang oder die Seifenschale sauber. Sah sie die Nachrichten, bügelte oder nähte sie dabei. Im Morgengrauen stand sie auf und war die erste im Krankenhaus. Sie besuchte alle möglichen Fortbildungskurse, ohne Rücksicht auf das Thema. So stieg sie rasch auf. Der Respekt, den ihr die anderen entgegenbrachten, stand in krassem Widerspruch zu ihrem geringen Selbstwertgefühl. Sie aß gerade das Nötigste und machte fast nie Urlaub. Eines schönen Tages erhielt sie als Belohnung für ihr außergewöhnliches berufliches Engagement ein Stipendium zur Fortbildung. Ohne einen Moment zu zögern, nahm sie an, und bevor mein Vater auch nur etwas dagegen einwenden konnte, saß meine Schwester bereits in einem Flugzeug und überquerte den Atlantik.

Das köstliche Aroma des frisch gebrühten Tees und die laue Brise, die durchs Fenster drang, holten mich wieder in die Wirklichkeit zurück.

Mein Vater griff noch einmal nach den Fotos. Auf einem war er in einem Sessel neben meiner Mutter zu sehen und auf seinem Schoß saß Jesús, mit einem Bonbon in der Hand. Auf dem anderen Sessel sah man Panchito in den Armen von Tante Eulalia, die in einem engen grünen Kleid steckte wie eine zum Platzen gefüllte Pfefferschote. Neben ihr sah man Chona mit ihrem ewig mürrischen Gesicht.

Der einzige, der Chonas übler Laune und ihrer bösen Zunge entging, was Jesús. Mit zehn war er ihr Vertrauter, und sie vergötterte ihn wie einen Sohn, den sie nie gehabt hatte. Auf ihn konzentrierte sie all ihre unterdrückte Mutterliebe. Wenn sie ihn aus der Schule kommen sah, rief sie ihn zu sich, damit er ihr eine Weile Gesellschaft leistete. Dann erzählte sie ihm ihre Geschichte.

Sie war in der Hauptstadt geboren und als sie fünfzehn und ihre Schwester Lidia achtzehn waren, starb ihr Vater und ließ sie fast ohne einen Centavo zurück. Ihre Mutter hatte ihnen gesagt, man brauche nur hübsch zu sein und sich nett zurechtzumachen, um einen guten Mann zu ergattern. Mit dieser Überzeugung erzog sie ihre Töchter, sich nur um ihr Äußeres zu kümmern, um eines Tages eine gute Partie machen zu können. Sie hatte nicht damit gerechnet, zu verwitwen und im Elend zu landen.

Als ihre letzten Ersparnisse aufgebraucht waren, mußten sie die Colonia Roma verlassen – ein Stadtviertel für Familien der Mittelklasse – und in ein überbevölkertes, dreckiges Vorortviertel ziehen, in den Lärm der Menschen und der dröhnenden Musik der Tanzbars. Mit ihrem hübschen Aussehen als einzige Tugend bekamen die Mädchen nur eine Stelle als Zigarettenverkäuferinnen in einem dieser Lokale, wo nachts getanzt und tags geschlafen wird. Die Frauen schminkten sich dick und trugen schillernde Kleider mit Pailletten und Federn, Stöckelschuhe und Seidenstrümpfe. Die Männer kamen in Kaschmiranzügen und zweifarbigen Schuhen.

Die Leute rochen nach Eau de Cologne und parfümierter Seife. Die Mädchen wurden nicht bei ihren richtigen Namen genannt, sondern bekamen Spitznamen. So verbrachten sie die Nächte zwischen Samtsesseln, tapezierten Wänden und Kristallüstern.

Chona und ihre Schwester träumten davon, dem Mann zu begegnen, der sie aus diesem Lokal retten, ihnen ein Heim bieten und viele Kinder mit ihnen haben würde. Dieses anrüchige Viertel war jedoch nicht der geeignete Ort für ihre Pläne.

Chona wurde von einem der Kneipenbesucher unter der Haustreppe verführt. Sie bekam panische Angst, ihre Mutter könnte davon erfahren und sie wie einen Hund auf die Straße jagen. Nach langem Grübeln sah sie keinen anderen Ausweg, als bei einer Kräuterfrau abtreiben zu lassen. Doch etwas ging schief, und sie wäre fast verblutet. Die Heilerin warf sie aus der Kammer und ließ sie mitten auf der Straße liegen, von wo sie ein Krankenwagen Stunden später in ein Krankenhaus brachte. Als sie entlassen wurde, erhielt sie zwei schlimme Nachrichten: Sie könnte nie mehr Mutter werden und würde wegen Kindsmordes ins Gefängnis kommen. Ihre Mutter besuchte sie. Starr vor Wut funkelte sie Chona an. Sie erklärte, wenn sie entlassen würde, solle sie sich ein anderes Zuhause suchen, sie jedenfalls wolle mit ihrer Tochter nichts mehr zu tun haben.

Ihrer Schwester Lidia erging es besser. Sie hatte eine gute Partie gemacht und einen alten, gutmütigen Kaufmann mit viel Geld geheiratet. Sie besaß ein Haus, hatte viele Annehmlichkeiten, zwei eigene Kinder und sogar ein Auto. Chona hingegen hatte kein Glück gehabt. Entehrt wie sie war, konnte sie nur noch auf ein Wunder hoffen. Welcher anständige Mann würde eine Frau mit solch einer Vergangenheit haben wollen? In ihrer Verzweiflung war sie auf das Angebot des Großvaters eingegangen, mit ihm in dieses staubige Dorf zu kommen und hier an seiner Seite zu leben.

Seither war es aus gewesen mit dem Traum vom angenehmen

Dasein. Ihr Leben wurde ein einziger Kampf gegen das Elend, schmutzige Wäsche und ihre Stiefkinder.

»Und wozu das alles?« fragte sie sich. »Damit sie's mir jetzt so wenig danken?«

Jedesmal, wenn Eulalia sich über sie ärgerte, erinnerte sie ihre Stiefmutter daran, wo Großvater sie aufgegabelt hatte, und warf ihr vor, sie sei eine Frau mit leichtem Lebenswandel gewesen, nicht einmal in der Lage, eigene Kinder zu bekommen. Das brachte Chona fürchterlich auf, und sie beteuerte immer wieder, das sei nicht wahr. Die Tante verwechsele die Dinge. Anschließend wich die Wut den Tränen.

Während Chona sich alles von der Seele redete, kochte sie Atole und bereitete Pfannkuchen mit Zimt und Zucker. Dann setzte sie sich neben Jesús, weinte und aß, denn nach ihrer Ansicht war Essen das beste Rezept gegen die Traurigkeit.

Später zeigte sie ihm ihre Andenken: eine Kaninchenfellstola, Straßketten mit Glaskugeln, Briefbündel, leere Parfümflaschen. Sie öffnete sie und ließ Jesús daran riechen. Der Duft war schwer und süßlich und entlockte ihr tiefe Seufzer.

Doch wenn sie ihm die Fotos von ihrer Schwester und ihren Neffen zeigte, liefen wieder heftig die Tränen.

Seitdem sie in Los Remedios lebte, hatte sie von Lidia kaum noch etwas gehört, und auch als sie von Chonas schmerzvoller Krankheit und Invalidität erfuhr, kam sie nicht zu Besuch. Nur ihre Stiefkinder, vor allem Eulalia, sorgten für sie bis zum letzten Moment ihres Lebens. Als Chona Opfer eines Zungenkrebses wurde, schwand ihr üppiger Leibesumfang in kürzester Zeit, bis sie nur noch Haut und Knochen war, ihre Augen in tiefen Höhlen verschwanden und ihre schwarze, verkrüppelte Zunge, mit der sie kein Wort mehr reden und keinen Bissen mehr zu sich nehmen konnte, ihr einen langsamen und qualvollen Tod bereitete. Es schien fast so, als weigerte sie sich zu sterben. In übermenschlicher Kraftanstrengung öffnete sie schließlich noch einmal den Mund und hauchte mit dem letzten Lebensfunken ihres hinfälligen Körpers ein einziges letztes Wort: »Eulalia«. Die Tante strich ihr mit der Hand über die Stirn und lächelte mitleidig, um ihr zu bedeuten, daß alles vergessen war.

In ihrem Todeskampf flehte Chona Gott und alle, die sie mit ihrem Haß und ihrem Lebensgroll verletzt hatte, um Vergebung an. Sie war eigentlich nicht schlecht, das Leben hatte sie so gemacht. Schuld war dieser ausgetrocknete Leib, der wie unfruchtbare Erde niemals Früchte getragen hatte.

Wie viele Nächte hatte sie wachgelegen, Großvaters Körperausdünstungen gespürt, seinem ohrenbetäubenden Schnarchen wie einem schiefen Gitarrenkonzert gelauscht und sich nach Zeichen eines neuen Lebens in ihrem Leib verzehrt.

Für ein Kind hätte sie ihr Leben gegeben. Doch trotz ihrer Bereitschaft, trotz der Kräutertranks und Beschwörungen von Juana der Lahmen und Doktor Dávilas Medizin wurde ihr Traum vom Muttersein nicht wahr. Irgendwann hörte sie auf zu beten und sprach nicht mehr über das Thema. Doch ihr Groll wuchs und wurde immer mächtiger. Als sie jede Hoffnung aufgegeben hatte, begann sie alle Welt zu hassen. Nicht einmal in ihrem Glauben fand sie einen Trost: Sie ging nicht mehr zur Messe und schwor Gott ganz ab.

Jetzt an der Schwelle des Todes verlangte Chona nach einem Priester, um zu beichten. Pater Chonito sprach sie von allen Sünden los und betete für die Ruhe ihrer Seele.

Als Chona starb, übernahm Mama es, die Frau zu waschen und anzukleiden, die ihr mit ihren Intrigen und Bösartigkeiten das Leben zerstört hatte.

»Gott möge ihr verzeihen. Ich habe ihr bereits verziehen! Mit diesem langen Sterben hat sie schon zu Lebzeiten für ihre Sünden bezahlt«, dachte sie bei sich.

Sie erreichten den Friedhof, als die letzten Sonnenstrahlen der Dämmerung wichen. Nur Großvater Francisco, Eulalia und Mama folgten dem Sarg. Im Schatten eines Mesquitebaums befand sich Chonas Grab. Nach kurzen Gebeten und dem Segen des Priesters ließen die Totengräber den Sarg an Seilen in die Erde hinunter. Dann zogen sie die Seile wieder hoch und begannen ungeduldig, die schwere Erde daraufzuschaufeln. Das Rauschen des Windes, der sich durch die Bäume schlängelte, verschmolz mit dem Beten meiner Mutter. Dann kehrten sie heim.

Maria Dolores betete neun Tage lang inbrünstig für Chona und bat Gott um die Rettung ihrer Seele. Großvater Francisco und Eulalia zeigten sich gleichgültig, ohne Trauer.

Zu der Zeit, als Chona starb, weilte Jesús in weiter Ferne und versuchte, seine fragwürdige Zukunft zu sichern. Entschlossen, die Zeit des Schreckens aus dem Gedächtnis zu streichen und die Wurzeln, die ihn an Los Remedios banden, mit Stumpf und Stiel auszureißen, hatte er eines Tages seinen Posten als öffentlicher Angestellter in Comanja aufgegeben und war mit wenigen Pesos in der Tasche in die Hauptstadt aufgebrochen.

Dort mietete er ein Zimmer in einer bescheidenen Pension. Es war ein finsteres Loch voller Spinnweben mit zwei Pritschen, einer Aluminiumstange für die Kleidung, einem Stuhl und einem einfachen Tisch. Aber was ihm am meisten zu schaffen machte, war die Einsamkeit.

Andererseits waren da die Probleme, die er bewältigen mußte, um zu überleben. Die gut bezahlten Stellen waren rar, und Arbeitswillige gab es genug. Zuerst war er arbeitslos, später dann fand er eine miserable Stelle in einer Fabrik. Das spärliche Gehalt reichte gerade für ein paar Schuhe an einem Zahltag und ein Hemd am nächsten, dann eine Krawatte und so weiter. Er hatte sich ausgerechnet, daß er für einen ganzen Anzug vier Monate lang sparen mußte. Da wurde ihm klar: Wenn er den Kampf nicht irgendwo anders weiterführte, würde er alt werden, ohne je auch nur eine bescheidene Wohnung und vielleicht ein Auto kaufen zu können.

Schon seit einem Jahr hielt er sich so über Wasser, als er in einer Zeitung den Aufruf las, sich bei der Militärschule der Marine zum Ingenieur ausbilden zu lassen, und auf die Idee kam, sich dort anzumelden. Die Voraussetzungen erschienen ihm nicht allzu hochgegriffen, und er bestand auch problemlos die Aufnahmeprüfung. So konnte er endlich dieses Loch verlassen und am Meer wohnen.

Es war ein schöner Frühlingsanfang. An einem Wochenende fuhr er nach Los Remedios, um unserer Mutter die gute Nachricht mitzuteilen und von ihr Abschied zu nehmen. Sie freute sich, ihn zu sehen. Seine Pläne allerdings erschreckten sie. Sie fragte ihn, ob es gut sei, an dieser Schule zu studieren, sie habe ihn noch nie vom Meer reden hören, auch nicht von Schiffen, die für den Krieg gemacht waren, und noch weniger wußte sie von Militärs, die Ingenieurwissenschaften studierten und Bücher lasen. Sie wollte nicht glauben, daß man so viel Weisheit brauchte, um seinen Nächsten zu töten.

»Ach, Mama, was du dir immer für Sorgen machst. Wir haben doch gar keinen Krieg. Außerdem werde ich mich dem Schiffsbau widmen, nicht dem Töten von Menschen.«

»Das sagen sie dir, um dich zu überreden, daß du eintrittst. Aber sobald du bei ihnen bist und sie dich in ihren Händen haben, zeigen sie ihr wahres Gesicht. Wie seltsam, daß sie so rasch bereit waren, dein Studium zu bezahlen, und dir sogar eine Wohnung und Essen geben. Nein, die Militärs sind mir einfach nicht geheuer, da kannst du sagen, was du willst.«

Jesús schlug ihre Gedanken in den Wind, machte Witze und lachte über ihre seltsamen Ideen. Als sie ihn so unbekümmert sah, schenkte sie seinen Beteuerungen schließlich Glauben. Schließlich mußte sie seinen Entscheidungen vertrauen, sie konnte ihn ja nicht mehr bevormunden wie ein kleines Kind. Deshalb zog sie es vor, seinen Beteuerungen zu glauben.

Die restliche Zeit seines Besuches verging sorglos, und als es eines Abends so weit war, Abschied zu nehmen, war meine Mutter wirklich beruhigt.

Leichten Herzens machte sich Jesús auf den Weg an die Küste. Als der Bus in Puerto ankam, überfiel Jesús die Angst vor dem Unbekannten. Das Meeresrauschen und die nie geatmete Salzluft befremdeten ihn. Er stieg aus dem Bus und fragte nach dem Weg zur Marineschule. Da mußte er feststellen, daß Feiertag war.

»Das ist weit von hier. Sie müssen einen Bus nehmen, aber heute finden Sie keinen, denn es ist Karneval.«

Er mußte mehrere Kilometer laufen. Es war Mittag. Die Sonne stand hoch am Himmel und vergoldete die Landschaft, und eine Reihe Palmen, trunken vor Hitze, schaukelten im Wind, der vom Duft nach Kokos und nach frischen Früchten erfüllt war. Die Feuchtigkeit der Luft erdrückte ihn und durchnäßte seine Kleidung, und eine Wolke von Fliegen übersäte ihn mit Stichen.

Als er das Stadtzentrum erreichte, ließ er den Blick über die Plaza schweifen. Aus einem Café ertönten romantische Klavierklänge und eine Frauenstimme: »... deine Augen sind smaragdgrün wie das Meer und deine Lippen wie welkes Korallenblut ...«

An den Ecken zweigten enge, von Häusern gesäumte Gäßchen ab. Jesús hielt einen Moment inne und setzte sich auf seinen Koffer.

Ein paar Straßen weiter stieß er plötzlich auf eine Menschenmenge, die sich eng aneinanderdrängte und einem vorbeiziehenden Karnevalszug mit Wagen und Figuren applaudierte. Dunkelhäutige Frauen mit üppigen Formen schwangen in winzigen Bikinis die Hüften nach tropischen Rhythmen. Andere saßen in Trachten, die auf den Frühling anspielten, wie Kühlerfiguren auf Autos und warfen Blumen in die Zuschauermenge. Ihnen folgte eine feurige Tänzerin mit dem Hinterteil eines Pferdes und dem Gesicht einer olmekischen Gottheit. Als sie den Mund öffnete, blitzte eine Reihe Gold aus ihrem dunklen Gesicht. Ihre schweißnasse Haut glänzte in der Sonne wie der Lack ihrer Schuhe. Weiter hinten kam eine

Gruppe Männer in weißen Gewändern und roten Halstüchern. Konfetti und Papierschlangen gingen auf die Menge nieder, Musikklänge, Lärm, Sinnlichkeit und der Duft nach Kaffee und Rum hingen in der Luft. Doch Jesús war bedrückt und trübselig, wenn er an das neue Leben dachte, das jetzt für ihn begann.

Nach einer Weile setzte er seinen Weg fort. Die Straßen und die weißen Häuser wirkten ihm trist wie Friedhofsgräber. Ein paar Karnevalisten kamen hinter ihm her und sprachen ihn an. Er hörte gar nicht hin. Erst als ihn ein Ballon mit Tintenwasser traf und mehlgefüllte Eier auf seinem Kopf zerplatzten, wachte er auf. Vor Schweiß, Farbe und Mehl triefend, mußte er plötzlich herzhaft lachen und vergaß für einen Moment alles. Als der Wachhabende der Kadettenanstalt ihn so sah, mußte auch er lachen.

»Mann, du siehst ja aus wie ein Clown«, sagte er, während er ihm den Weg zeigte.

Jesús ging langsamen Schrittes, wohin man ihn gewiesen hatte. Kaum hatte er die Unterkunft betreten, mußte er sich schon umziehen und unverzüglich im Hof mit den anderen Neulingen antreten. Sein Vorgesetzter, ein übelgesichtiger Unteroffizier, empfing die Gruppe mit einer Salve von Beschimpfungen und Drohungen. Er las ihnen das Reglement vor, das sie Wort für Wort zu befolgen hatten, wie eine Bibel.

Und bevor jemand Einwände erheben konnte, fügte er hinzu, das wichtigste bei ihnen sei, daß über Befehle nicht diskutiert, sondern daß sie einfach befolgt würden. »Ist das klar?« Alle antworteten im Chor: »Ja, Señor.«

Die schulischen Pflichten waren für Jesús kein Problem. Aber das intensive körperliche Training und die Tyrannei der Lehrer setzten ihm zu.

An den glühenden tropischen Abenden dachte Jesús an seine nie endenden Qualen und befand, die Gegenwart sei nicht besser. Die hohe Luftfeuchtigkeit wirkte auf ihn niederschmetternd, und die schwüle Hitze brachte seinen Körper zum Sieden.

Die Nächte waren ihm noch unerträglicher. In der Luft hing eine Mixtur von Gerüchen nach Fisch, Salz und Schweiß, bei der sich ihm der Magen umdrehte. Er war angeekelt von dem Klima in der Kadettenanstalt, das ihm brutal, vulgär und unerträglich autoritär erschien. Die Kameraden versicherten, das sei nur eine Frage der Gewöhnung. Nur, er wollte sich nicht daran gewöhnen. Er weigerte sich, blind zu gehorchen. Für ihn war das Wichtigste auf der Welt nachzudenken und seine Meinung ehrlich äußern zu können, zu wissen, warum man die Dinge tat. Gehorchen um des Gehorchens willen war, als schnitte man ihm einen Teil seines Gehirns heraus. Er weigerte sich, die schlechte Behandlung normal zu finden, zu resignieren und sich damit zu trösten, daß er nächstes Jahr genauso mit den Neulingen verfahren würde.

Wenn Jesús Ausgang hatte, verbrachte er den Tag am Strand, lag auf dem weichen Sandbett, so fein wie das feingemahlene Mehl für Pfannkuchen. Dort gab er sich seinen Träumen hin, bis die Nacht auf die Meeresdecke herabsank. Die Wellen kamen und gingen und verwandelten sich in Schaum, wenn sie den Strand erreichten. Er beobachtete die Boote, die an der Mole ruhten, sanft geschaukelt im ständigen Auf und Ab der Wellen. Den Schiffen, die voll besetzt mit Passagieren ausliefen, schaute er nach, bis ihre Umrisse sich zwischen den Wogen am Horizont verloren. Eines Tages würde er mit ihnen reisen, andere Länder und andere Menschen kennenlernen.

Mit einem tiefen Gefühl der Verlorenheit schlenderte er über die Promenade auf dem Deich. In der Ferne zeichnete sich der Leuchtturm des Hafens ab. Daneben lag verloren und halb zwischen den Wellen verborgen das Schloß von San Juan. Heute eine Touristenattraktion, war es früher ein wegen der angeblichen Gefährlichkeit seiner Insassen berüchtigtes Zuchthaus. Die Wellen bäumten sich auf und zerschellten an den Felsen, um dann in einem salzigen Sprühregen mit unbändigem Getöse herabzustürzen. Wenn er schließlich in die Wirklichkeit zurückkehrte, verschwand das Lächeln von seinen Lippen. Er verbrachte seine Stunden unter dem unendlichen Himmel, blickte auf das Meer und suchte in seiner Unendlichkeit die Antwort auf seine Zweifel.

Und er fand sie, wenn auch nicht auf dem Meer, sondern in der rüden Welt der Kadettenanstalt, wo er sich verkannt fühlte. Niemand schien ihm zuzuhören, gerade so als sei er unsichtbar. Das mangelnde Verständnis seiner Kameraden lag an seinen anderen Interessen und seiner zurückgezogenen Wesensart. Sie hielten ihn für einen Phantasten, der hinter seiner Tierliebe und seinen Naturbeobachtungen die Angst vor der Konfrontation mit dem Leben verbarg.

Zur Essenszeit versuchte er, an den Unterhaltungen der anderen teilzunehmen, doch seine Worte fielen ins Leere, und seine Witze vermochten nicht seine Melancholie zu überspielen. Als sie ihn eines Tages ganz vertieft in die Betrachtung einer Eidechse mit pochendem Hals und erdfarbener Haut ertappten, hielten sie ihn schlichtweg für verrückt. Das Tier, das am Fensterglas klebte, schien ihn aufmerksam zu beobachten. Schließlich schnappte sich einer der Kameraden die Eidechse und zertrampelte sie auf dem Boden.

Mehrere Wochen war er sich unschlüssig, was er tun sollte, wagte es jedoch nicht, alles hinzuwerfen. Er hatte ja nichts, wo er hingehen, wo er leben konnte. Völlig entmutigt und trauriger als ein Heimatloser überwand er seine Furcht vor dem zukünftigen Überlebenskampf und beschloß, diesem ihm so fremden Ort zu entfliehen.

»Wenn du gehst, kannst du unsere Einrichtung niemals mehr betreten«, warnte ihn sein Vorgesetzter.

»Ich weiß.«

Es war sieben Uhr abends, als er fortging. Eine sanfte Brise frischte die Luft auf. Er lief ohne Eile zum Busbahnhof. Über Lautsprecher wurde die Abfahrtzeit des Busses verkündet. Bevor er ihn bestieg, blickte er sich noch einmal um. Er sog die vom Geruch nach Kokos, Meer und Tropen getränkte Luft ein. Dann packte er seinen Koffer, stieg ein, schloß die Augen und der Bus rollte langsam los in Richtung Hauptstadt.

Währenddessen war Großvater Francisco in Los Remedios jeden Tag trübseliger geworden. Mit Ausnahme von Chona, die ihn zu ihren Lebzeiten immer wie den nie bekommenen Sohn verhätschelt hatte, gab es keinen Menschen, der ihm wirklich nahestand. Er hatte sich daran gewöhnt, daß Chona ihn badete, ihm den Körper einpuderte, ihn ankleidete und zuletzt, als seine Krankheit ihm ständig die Hände zittern ließ, auch noch fütterte.

Sechs Monate nach Chonas Tod, als Großvater Francisco achtzig geworden war und von seiner cholerischen, hochmütigen Erscheinung nur noch ein geschlagener, grauer Greis übrig war, zerfressen vom unerbittlichen Lauf der Jahre, erkrankte er so schwer, daß er ans Bett gefesselt wurde. Von dem Tod seiner Frau hatte Großvater sich nie mehr erholt; er hatte die Lebenslust verloren, stundenlang vor der Tür gesessen, den Kopf in die Hände gestützt, schaukelnd und unverständliche Selbstgespräche führend.

Jetzt, wo er allein geblieben war, lag er die ganze Zeit nur völlig verwahrlost und mit abwesendem Blick im Bett. Er begann, an Verdauungsproblemen zu leiden, und seine ununterbrochenen Blähungen erfüllten die Luft mit einem üblen Geruch.

In den Wochen seines Dahinsiechens wurde die Erinnerung an Chona wieder real und begleitete ihn jeden Moment. Er sah sie und spürte sie so, als zöge sie ihn ins Grab. In wenigen Tagen verschlechterte sich sein Gesundheitszustand erheblich.

Es war Sonntagnachmittag, ein Tag vor Weihnachten, als Großvater starb. Niemand weinte um ihn. Der Sarg wurde schweigend zur letzten Ruhestätte gebracht.

Seit dem Tag von Großvaters Beerdigung schlotterte Eulalia vor Angst und hatte, wo sie ging und stand, Bittgebete auf den Lippen, denn, wie sie versicherte, spukte Großvaters Seele im Haus herum.

Je näher die Nacht rückte, desto schlimmer wurde ihre unerklärliche Furcht, als brächte die Dunkelheit ihr schreckliche Vorahnungen. Nacht für Nacht kämpfte sie sich durch das Grauen finsterer Alpträume, verbunden mit dem immer näher kommenden Geräusch von Großvaters Stock, dem Schleifen seiner Füße und seinem keuchenden Atmen. Dann wurden die Umrisse seines Schattens immer deutlicher. Eulalia erschauderte und murmelte wirre Gebete und Verwünschungen, bis sie einen Schreckensschrei ausstieß und keuchend voller Entsetzen hochfuhr.

Nach diesen Visionen, die sich jede Nacht wiederholten, bekam ihre Wunderlichkeit allmählich Züge von Irrsinn. Sie alterte rasch, bis sie der Karikatur einer Vogelscheuche glich: wirres, schlohweißes Haar, wäßrige Augen, durchscheinende Wangen und vereinzelte graue Stoppeln am Kinn. Sie saß den ganzen Tag über auf dem Wohnzimmersofa, ohne etwas wahrzunehmen, mit weit aufgerissenen, über den Raum hinausstarrenden Augen. Wenn Panchito sich neben sie setzte und heftig auf sie einredete, nickte Eulalia langsam mit dem Kopf, während ihr Blick ihn nach und nach ins Visier nahm. Sie musterte ihn von Kopf bis Fuß, derweil über ihre vertrockneten Lippen ein Lächeln huschte, bevor sie wieder im Nichts versank und ihr Blick sich an einem fernen Punkt verlor.

Schweigen war etwas, das zwischen Guadalupe und Eduardo kaum vorkam. Er war ein ruhiger, netter Mann, der meine Schwester zutiefst liebte. Für mich war er wie ein Bruder. Zwischen den beiden herrschte Eintracht und Leidenschaft. Eines Tages boten sie mir an, bei ihnen zu wohnen. Bevor ich ihnen eine Antwort gab, sprach ich mit Marcela. Sie hatte Verständnis für meinen Wunsch, zu meiner Schwester zu ziehen, und freute sich für mich. Sie würde sowieso vielleicht bald heiraten. Ich sagte nichts, als sie das erwähnte. Sie tat mir leid bei der Vorstellung, wie sie Abend für Abend auf Claudios möglichen Besuch wartete, während die Aussicht auf eine Heirat in immer weitere Ferne rückte.

Bei Guadalupe und Eduardo fühlte ich mich wohl. Obwohl ihr

Glück mir meine Einsamkeit noch deutlicher vor Augen führte, war unser Zusammenleben sehr angenehm. Jeden Tag gingen wir früh aus dem Haus zu unseren Arbeitsstellen und kehrten erst in der Dämmerung wieder heim. Das Leben war hart, vor allem für die beiden, die neben ihrer Arbeit weiterhin studierten, was ihnen jedoch nie ihre Zuversicht und ihre Herzlichkeit raubte.

Die Hausarbeit teilten wir einvernehmlich und ohne Diskussionen unter uns dreien auf. Guadalupe kochte für ihr Leben gern, ich bügelte lieber und besserte Kleidung aus, und Eduardo übernahm das Fensterputzen, Einkaufen und trug den Müll herunter. Nach dem Abendessen lernten die beiden für die Universität, und ich erledigte irgendeine Büroarbeit. Während wir vor uns hin kritzelten, erzählte Eduardo immer wieder Witze, die meine Schwester mit ihren Kommentaren würzte. Das Zusammenleben in einer Wohnung war für uns drei einfach. Guadalupe war sehr verständnisvoll und verlor nie die Geduld, selbst wenn ich gereizt war; sie war glücklich und wünschte mir das gleiche Glück. Nach und nach begannen wir, über unsere Eltern und die familiären Probleme zu sprechen. Mein Leben wurde friedlicher; die traurigen Gedanken kamen nicht mehr so häufig. Wir gingen zusammen spazieren, ins Kino, lasen und unterhielten uns in unserer freien Zeit.

Die Wohnung war klein und bescheiden, doch voller menschlicher Wärme, die sie gemütlich machte. Ständig kamen Freunde der beiden zu Besuch, um Kaffee zu trinken und eine Weile zu schwatzen.

Guadalupe und Eduardo liebten sich. Sie waren immer zusammen, wie Zwillinge. Sobald sie ihre Arbeiten erledigt hatten, flüchteten sie Arm in Arm in die Geborgenheit ihres Schlafzimmers. Sonntags verließen sie häufig die Stadt. Um sie nicht ständig mit meiner Gegenwart zu behelligen, schob ich angebliche Rendezvous vor und blieb in der Wohnung. Dort arbeitete ich dann ohne einen Moment innezuhalten, denn sonst hätte mich die Kälte dieser grauen Stadt und die Einsamkeit überwältigt und mir die Energie geraubt.

Allmählich begann ich zu begreifen, wie ein friedliches Heim voller Liebe sein konnte. Der Traum meines Lebens war, daß Mama eine solche Harmonie genießen könnte, und sei es nur für wenige Tage. Ich bedrängte sie so lange, bis ich erreichte, daß sie Los Remedios für eine Woche verließ. Ich bat meinen Vater um Erlaubnis, denn obwohl er nicht mit ihr sprach, fühlte er sich immer noch ermächtigt, für sie zu entscheiden. Nur widerwillig stimmte er zu.

Es waren unvergeßliche Tage, für sie und auch für mich. Mein Schwager verwöhnte sie, wo er konnte. Guadalupe und ich nahmen sie mit ins Kino, zum Einkaufen in große Kaufhäuser, wo sie uns naiv wie ein kleines Mädchen zu verstehen gab, was sie gerne kaufen würde: ein Tablett, eine Teekanne, Handtücher, Servietten und Küchengeräte. Alles, was mit Haushaltsartikeln zu tun hatte, begeisterte sie: Tischtücher, Geschirr, Bestecke und Küchenrezepte. Sie wollte alles anfassen und ausprobieren, was sie sah. Doch sie ermüdete rasch in der ungewohnten Großstadthektik. Dann gingen wir in eine Cafeteria. Bevor wir das Essen bestellten, fragte sie, ob es für uns nicht zu teuer sei, wieviel wir ausgegeben hätten und ob sie uns nicht ruiniert hätte mit dem Kauf all dieser Sachen. Erst als wir sie beruhigten, sie könne bestellen, was sie wolle, wagte sie die Dinge zu bestellen, die auf dem Foto der Karte so appetitlich aussahen. Mit äußerster Liebenswürdigkeit wandte sie sich an den Kellner, fast beschämt, ihn zu belästigen. Noch nie hatte jemand sie bedient. Wir drängten sie, noch einen Kaffee und ein riesiges Stück Schokoladenkuchen zu bestellen.

Kaum drei Tage waren vergangen, als sie wieder begann, sich Sorgen zu machen. Sie wurde zunehmend unruhiger und fragte sich, wie es wohl bei ihr zu Hause aussehe und ob Francisco sie nach der Heimkehr nicht vielleicht auf die Straße setzen würde. Die Fröhlichkeit in ihren schwarzen Augen erlosch.

»Vergiß ihn, und genieße es, jetzt hier bei uns zu sein anstatt bei ihm«, entgegnete ich.

»So etwas kannst du nur sagen, weil du ihn nicht ertragen mußt.«

»Das müßtest du auch nicht. Du könntest ja bei uns leben. Wer hindert dich daran?« fragte Guadalupe.

Sie lächelte und murmelte, unseren Blicken ausweichend, ihren Lieblingssatz: »Für euch ist immer alles so einfach.«

»Du solltest dich aufraffen und ihn verlassen«, sagte Guadalupe.

»Sprich du mit ihm, auf dich hört er«, wandte Mama sich an mich.

»Er wird sich nicht mehr ändern. Denkst du, nur weil ich es ihm sage, wird er aufhören, sich zu betrinken, ein Heiliger werden und mir nichts, dir nichts seine lebenslangen Laster und Unarten aufgeben? Mach dir nichts vor, verlaß ihn! Sag bloß nicht, daß du ihn noch liebst. Ich wäre so glücklich, wenn du bei uns bliebest.«

Wieder vermied sie es, mich anzuschauen und versank in ihren Grübeleien. Sie ließ keine Diskussion zu und verschanzte sich hinter ihrem eisernen Schweigen. Obwohl ich sie noch einige Male ungeduldig bedrängte, sah ich ein, daß es keinen Sinn mehr hatte, sie zu etwas zu überreden, wozu ihr der Mut fehlte. So blieb wenigstens noch die Hoffnung, daß sie mich weiter besuchte und ich ihr ein paar glückliche Augenblicke bereiten konnte.

Eines Abends nach der Arbeit lief ich, getrieben von einer inneren Unruhe, lange die Avenidas im Zentrum entlang. Ich hatte das Gefühl, immer nur auf der Stelle zu treten und nie vom Fleck zu kommen. Die Zeit dehnte sich endlos, und ich wartete auf irgend etwas, von dem ich nicht wußte, was es war. Die Eintönigkeit meiner Arbeit und die Oberflächlichkeit der Menschen um mich herum lähmten mich. Wieder litt ich darunter, anders zu sein. Ich konnte mich nicht anpassen, mir fehlte dieses leichte Lachen, diese Unbeschwertheit der anderen. Ich nahm das Leben zu ernst, und der ganze Wirbel erdrückte mich.

Die Tage vergingen, ohne ihre Spuren zu hinterlassen. Das Leben lief für mich ins Leere, verlor sich im Nichts wie die Dämmerung im Dunkel der Nacht.

Als ich mit meiner Arbeit in der Hauptstadt begonnen hatte, wollte ich als fröhliche, unbekümmerte Frau gelten und ging mit den Kollegen nach der Arbeit öfter noch in Cafés. Dort, mitten im allgemeinen Trubel, in den Rauchschwaden mit einem Geruch aus Tabak, Parfüm und Alkohol, hatte ich das Gefühl, keine Luft zu bekommen. Während ich krampfhaft lächelnd den Fäden mehrerer Unterhaltungen gleichzeitig zu folgen versuchte, fragte ich mich, was ich dort überhaupt zu suchen hatte. Inmitten des unerträglich lauten Stimmengewirrs fühlte ich mich einsam und wäre lieber zu Hause gewesen mit einer Tasse Kaffee und einem Buch. So gab ich mein Bemühen um Anschluß bald wieder auf, schämte mich meiner Dummheit und zog mich von den anderen zurück. Anfangs bestanden einige noch darauf, mich einzuladen, aber als sie meine Zurückhaltung bemerkten, ließen sie mich bald in Ruhe. Damals rechnete ich meine fröhlichen und glücklichen Momente auf und mußte schockiert feststellen, wie traurig mein Leben und wie armselig meine Träume waren. Nur im Kreis der Familie flimmerte etwas wie Glück auf, die Zufriedenheit, meinen Eltern mit guten Schulzeugnissen, mit Diplomen oder einem guten Posten eine Freude zu bereiten. Doch sonst wuchs in mir das bedrückende Gefühl innerer Leere.

Der Sinn meiner Existenz beschränkte sich auf papierene Erfolge und ein wenig Geld. Mit meiner ernsten Miene ließ ich niemanden an mich heran. Ich wirkte stolz und arrogant, da ich fast allen sozialen Kontakten aus dem Weg ging. Ich sehnte mich nach anderen Menschen und verabscheute sie gleichzeitig.

Die Gründe waren mir nicht ganz klar, aber ich war sicher, daß die Furcht dabei eine wichtige Rolle spielte: zuerst vor der Familie, dann vor den Nonnen – derentwegen ich allem, was nach Weihrauch und blindem Gehorsam roch, aus dem Weg ging. Später war es dann die Furcht vor mir selbst.

Am nächsten Tag spielte ich, allein in meinem Büro, mit dem Bleistift herum und konnte mich nicht aufraffen, mit der Arbeit zu beginnen. Ich lehnte mich im Sessel zurück und versank wieder in tiefes Grübeln. Lautlos hatte eine Spinne ihr Netz um mein Herz und mein Leben gesponnen und ließ mich kaum noch atmen.

Ich sah aus dem Fenster. Draußen schien wieder die Sonne, doch in mir breiteten sich die Schatten der Leere und Einsamkeit aus. Geld und eine ordentliche Arbeit bedeuteten nur ein vorübergehendes Hochgefühl, aber nicht das Glück, auf das ich gehofft hatte. Meistens brütete ich bis spät über Papieren mit Statistiken, Zahlen von Gehältern und Lebenshaltungskosten. Wenn ich fertig war, verschwamm mir alles vor Augen, und mein Rücken schmerzte. Zufrieden kehrte ich heim, und da holte mich dann die Wirklichkeit ein. Guadalupe und Eduardo hockten eng beieinander und sahen fern. Sie wirkten glücklich. Da wurde mir klar, daß ich allein war, und ich schloß mich in mein Zimmer ein, wo ich mich in eine neue Beschäftigung stürzte: Kleidung und Schuhe aufräumen, den Frisiertisch abstauben und lesen bis zum Einschlafen. Unter den Dekken verkrochen träumte ich oft, wie ich bei einem Spaziergang an einem dunklen Ort plötzlich von den Krallen eines riesigen Vogels gepackt wurde, der mich hoch in die Lüfte trug und mich über dem Gipfel eines Berges in den Abgrund fallen ließ. Schweißgebadet schreckte ich dann auf.

Zwischendurch gab es immer wieder Zeiten, in denen es besser war. Dann ging ich ins Theater, in Konzerte, machte Sport, ging schwimmen und begann, wieder Pläne für die Zukunft zu schmieden. Eines Tages würde mein Leben sich ändern. So mußte es sein. Dann würde ich keine Angst mehr vor der Nähe anderer haben und aufgeschlossener sein, und die Mauer, die ich um mich herum errichtet hatte, würde sich in nichts auflösen.

Die Klingel der Sprechanlage brachte mich in die Realität zurück. Die Stimme der Sekretärin war zu hören, die mir mitteilte, Díaz wolle mich im Versammlungssaal sehen.

»Danke, ich komme in einer Minute.«

Diese Art von Sitzungen zwischen Díaz und seinen engsten Mitarbeitern hatte einige Wochen zuvor in Form von wöchentlichen Verwaltungssitzungen begonnen. Jetzt, wo die Regierungswahlen bevorstanden, wurden sie zweimal pro Woche abgehalten.

Während ich die Treppen hochstieg, dachte ich, daß es trotz allem noch ein großes Glück war, überhaupt eine Anstellung zu haben, nachdem ich bereits keine Hoffnung mehr gehabt hatte. Noch dazu kam ich aus einer armen Familie, hatte keine Beziehungen und nichts als den Wunsch, durch gute Leistungen weiterzukommen.

Großvater Francisco hatte mich gewarnt: Die guten Posten sind für die Reichen und Vornehmen. Daß ein Mädchen vom Land allein mit Beharrlichkeit einen wichtigen Posten bekommen konnte, hatte er von vorneherein für ausgeschlossen gehalten.

»Hast du schon mal einen Armen, einen Dunkelhäutigen im Fernsehen oder in der großen Politik gesehen? Nein, und das wirst du auch nie.«

Ich hatte mich gegen dieses Leben, das von Fatalismus und Glauben an die Vorsehung bestimmt war, aufgelehnt. Jetzt war ich hier. An dem Tag, als ich dank Claudio Garcías Empfehlung die Stelle als Assistentin von Díaz bekam, hatte ich geglaubt, am Ziel zu sein. Nachdem ich an der Erstellung mehrerer Verwaltungspläne mitgewirkt hatte, hielt Díaz mich sogar für unentbehrlich in der Regierungsbehörde.

Trotzdem wußte ich, daß für die Planung und Organisation der Wahlkampagnen die Leute eher nach ihrem Einfluß als nach ihrer Kompetenz ausgesucht wurden. Mein Chef war jedoch wegen der außerordentlich lobenden Worte in seinem Empfehlungsschreiben überzeugt, meine Beziehung zu Claudio García sei sehr eng. Auf die Idee, daß ich es selbst verfaßt und Claudio unterschrieben hatte, ohne es zu lesen, wäre er nie gekommen.

Ich lächelte bei dem Gedanken an den ersten, leicht verwirrenden Eindruck, den Tadeo Díaz auf mich gemacht hatte. Er war ein Aristokrat, der ein gewähltes, europäisches Spanisch gespickt mit englischen und französischen Ausdrücken sprach. Die meiste Zeit seines Lebens hatte er in Europa verbracht. Unser Land mit seinem Elend und seinen Kontrasten kannte er nur aus der Höhe seines Penthauses und durch die Berichte der Gehaltsanalysen.

Er war fünfundvierzig Jahre alt, hatte zwei Kinder und war mit einer Französin verheiratet. Seine liebsten Sportarten waren Auto- und Pferderennen. Sein einziges Interesse an Politik bestand in dem Wunsch, ein Regierungsamt oder einen Ministerposten zu erlangen. Seine Leidenschaft galt dem Geld und schönen Frauen.

»Hier entlang, Señorita«, verkündete die Sekretärin.

Sie öffnete die Bürotür, ließ mich in den Konferenzsaal hinein und verschwand wieder beim Empfang. Sobald ich eintrat, musterte ich die Gäste. Es waren vier Personen im Saal, die um den Tisch saßen und angeregt debattierten, alles Leute in politischen Ämtern. Am Kopfende saß Díaz und telefonierte. Rechts neben sich hatte er Roberto Aguirre plaziert: Die breite Stirn und die dicken Brillengläser verliehen seinem Gesicht einen scheinbaren Anstrich von Intellektualität. Ein weißhaariger alter Mann saß zu seiner Linken: Das war Gouverneur Manuel Tamayo, der mit einem eingefrorenen Lächeln rasch in seinem Terminkalender blätterte; gleich daneben war ein Mann mit glattem Schnurrbart und einem voluminösen Bauch, der ihm das Atmen erschwerte: kein Geringerer als Marciano Smith. Er grüßte mich, ohne in mir das kleine Mädchen vom Lande wiederzuerkennen, das seine Frau zwei Monate lang umherirren ließ mit dem nie erfüllten Versprechen, ihr ein Stipendium zu besorgen. Auch ich tat so, als sähe ich ihn zum ersten Mal.

Ich setzte mich auf den Stuhl neben Roberto Aguirre. Inzwischen verteilte die Sekretärin Blätter mit den zu behandelnden Punkten.

Meine physiognomischen Studien wurden von Díaz' Stimme unterbrochen: »Willkommen, Señorita«, sagte er und küßte mich zerstreut auf die Wange, während er mich den übrigen Anwesenden vorstellte. Als wir alle Platz genommen und an unseren Kaffeetassen genippt hatten, erklärte Díaz den Anlaß der Sitzung: »Der Chef der Partei hat uns gebeten, bei der Organisation der kommenden Wahlkampagne mitzuwirken. Don Marciano Smith ist von der Staatspartei für die Kandidatur als Senator der Republik aufgestellt worden. Ich bin mir sicher, daß Sie tun werden, was in Ihren Kräften steht, damit alles bestens ausgeht. Jetzt muß entschieden werden, wer die Organisationsleitung übernimmt. Auf meiner Seite wird die Behörde die vorhandenen technischen Hilfsmittel und Arbeitskräfte zur Verfügung stellen.

Ich möchte auch die Gelegenheit nutzen, um Ihnen zwei neue Mitglieder in unserem Team vorzustellen. Roberto Aguirre, ein Freund unserer Mitarbeiterin Olga Torres, und Esperanza Villanueva, die uns wärmstens von Claudio García, dem Neffen unseres Staatsführers, empfohlen wurde. Sie hat ihre Fähigkeiten und ihre Sachkenntnis bereits gründlich unter Beweis gestellt.«

»Wer ist sie?« fragte einer der Anwesenden.

Ich erhob mich, stellte mich kurz vor und erklärte dann in wenigen Worten meinen Organisationsplan. Meine Ausführungen wurden von den Anwesenden argwöhnisch aufgenommen, da ich für sie eine Unbekannte war und nicht so aussah, als gehörte ich ihren gehobenen Kreisen an. Ein Raunen wurde laut, und hinter vorgehaltener Hand hörte ich die Frage: »Wo kommt die denn her?«

»Wenn ich Sie recht verstehe, haben Sie Ihr Studium mit ausgezeichneten Noten abgeschlossen, aber zwischen Theorie und Praxis ist es ein weiter Weg. Señor Aguirre hingegen hat nicht nur studiert, sondern ist schon lange in den Reihen unserer Partei, weshalb ihm die Materie bestens bekannt ist«, sagte Marciano Smith zu mir gewandt.

Díaz griff ein: »Ich glaube, wir sollten der Señorita Gelegenheit geben, in die höheren Ränge aufzusteigen. Claudio García schätzt sie ungemein. Außerdem hat sie schon bei manchen Gelegenheiten gezeigt, daß sie die Arbeit, die man ihr überträgt, bestens bewältigt.«

Es trat eine Pause ein. Smith zeigte sich verärgert und musterte mich forschend. Provokativ lächelnd wandte ich mich an die Anwesenden, die argwöhnische Blicke wechselten. Die Mischung aus Unsicherheit und Arroganz in meinem Gesicht machte einen schlechten Eindruck auf sie.

»Allerdings«, beeilte Díaz sich anzumerken, als er die Gesichter der Anwesenden sah, »ist eine Wahlkampagne zweifellos eine delikate Angelegenheit. Deshalb ist es in diesem Fall wohl besser, wenn Señor Aguirre die Zügel in die Hand nimmt.«

Ich merkte, wie meine Lippen zu zittern und mein Herz zu flattern begann, als ich den triumphierenden Ausdruck in Robertos Gesicht sah. Doch meine Haltung ließ nichts von meinem inneren Aufruhr erkennen. Ich lehnte mich gleichgültig zurück, was genügte, um meine wahren Gefühle zu verbergen. Ich versuchte mich zu beruhigen, indem ich meine Gedanken von der Gegenwart abschweifen ließ und mich an einen Nachmittag zurückversetzte, als ich mit meinen Geschwistern am Flußufer gespielt und Lehmfiguren geformt hatte.

Ich wartete das Ende der Sitzung ab, bevor ich meinen Gefühlen freien Lauf ließ. Zurück in meinem Büro war ich vollkommen niedergeschlagen, weil Díaz so wenig Rückgrat besessen hatte, eine Frau mit dieser Aufgabe zu betrauen.

Eine Woche später bat Díaz mich, Roberto zu helfen. Sein Arbeitsplan war die reinste Katastrophe, so daß wir alles neu machen mußten. Mein Organisationsplan funktionierte, was mich überzeugte, daß meine Ideen doch gut waren, und ich bekam wieder neue Kraft, meine Tätigkeit fortzusetzen.

Aufgrund meines Erfolges bot man mir eine Stelle als Direktionsassistentin bei der Vereinigten Arbeitergewerkschaft an. Dort gab es einen neuen Mitarbeiter, Max, einen ausländischen Wirtschaftswissenschaftler, der als Berater für die Weiterbildung des Personals zuständig war.

Als ich mit der neuen Arbeit begann, war er in Urlaub, sollte aber in wenigen Tagen zurückkommen. Über ihn hörte ich einige Bemerkungen, die nicht alle schmeichelhaft waren: Er hatte den Ruf eines Schürzenjägers, der von Anfang an im Büro seine Eroberungen gemacht und sich auch häufig damit gebrüstet hatte.

»Er ist der typische Verführer«, sagte meine Sekretärin. »Neben seiner Arbeit als Ausbilder besteht seine Haupttätigkeit darin, sich mit allen Mädchen einzulassen, die er kennt ... obwohl er verheiratet ist.«

»Aha! Es würde mich auch wundern, wenn es anders wäre«, sagte ich.

Ich war sechsundzwanzig, als ich ihn kennenlernte. Eines Nachmittags stand er in der Tür zu meinem Büro. Er trug einen kaffeebraunen Anzug, und das warme Abendlicht, das durch das Fenster in den Raum fiel, zwang ihn, den Kopf zur Seite zu neigen. Er war ein Mann mit ernstem Blick und riesigen Händen.

Er begrüßte mich und trat ein, ohne abzuwarten, daß ich ihn hereinbat. Er stellte sich vor und nahm Platz.

Wir lernten uns vor einem Berg von Papieren und Daten kennen. Anfangs irritierte mich seine direkte Art und sein ernster Blick. Nach einer Weile setzte ich ihn kurz über die bisherigen Tätigkeiten und die noch zu erledigende Arbeit in Kenntnis.

»Wir müssen uns abstimmen, um die Personaldaten auszuwerten. Wann haben Sie Zeit, um mit der Arbeit an diesem Projekt zu beginnen?« fragte ich ihn.

»Gleich morgen.«

»Einverstanden, Señor, ich erwarte Sie morgen früh. Pünktlich um acht«, sagte ich, während ich mich erhob, um ihn zu verabschieden.

»Nenn mich Max. Bist du immer so ernst und abweisend? Wenn du mir die Bemerkung erlaubst, du wirkst geradezu militärisch. Wir könnten gemeinsam essen gehen und heute abend bereits mit unserer Arbeit beginnen, wenn du einverstanden bist.«

»Ohne Disziplin läßt es sich schlecht arbeiten, und wenn ich deshalb militärisch wirke, macht mir das nichts aus. Was das Essengehen angeht, habe ich keine Zeit. Morgen können wir in dem Café an der Ecke frühstücken. Um halb acht, schlage ich vor.«

»In Ordnung.«

Nach diesem Frühstück gab es noch verschiedene Projekte, bei denen wir zusammenarbeiteten, wobei ich mich immer bemühte, ihm gegenüber möglichst sachlich und distanziert zu bleiben. Aber ich konnte nicht leugnen, daß sein freundliches und offenes Wesen einen tiefen Eindruck bei mir hinterließ.

Es war an einem Freitag im November; allmählich setzte die Dämmerung ein. Endlich hatte ich ein von der oberen Direktion angefordertes Gutachten fertig, das mich viele Stunden Arbeit gekostet hatte. Erschöpft ließ ich den Bleistift auf den Schreibtisch fallen. Der Kopf brummte mir, und entnervt sah ich auf die Uhr, die ich an einer Kette um den Hals trug. Es war wenige Minuten vor drei Uhr nachmittags. Ich beschloß, den restlichen Tag frei zu nehmen, einen Stadtbummel zu machen und in das Menschengewühl einzutauchen.

Ein kalter Wind blies mir ins Gesicht. Es herrschte das übliche Getümmel, wie immer zum Wochenende, brodelnder Verkehr und dichtes Gedränge von Fußgängern. Beim Überqueren der Straße hörte ich jemanden nach mir rufen. Es war Max, der in dem Restaurant an der Ecke gesessen hatte. Als er mich vorbeigehen sah, war er hinausgelaufen.

»Hallo, Esperanza, wie geht's?« fragte er herzlich.

»Danke, gut. Ich habe mir den Nachmittag freigenommen, weil ich ein wenig Erholung von der ermüdenden Routine im Büro brauche«, erwiderte ich fröhlich.

Mir kam es so vor, als habe er das dringende Bedürfnis, mit jemandem zu reden. Als er mich zum Essen einlud, nahm ich an. Wir setzten uns an den Tisch. Es war ein gemütliches Restaurant, wo es

Salate, frisch ausgepreßte Säfte und den besten Kaffee der Stadt gab. Max hatte sich das Jackett ausgezogen.

Erstaunt zeigte er auf meine Handschuhe: »In meinem Land sitzen wir bei solchem Wetter draußen bei Erfrischungsgetränken …«

Nach dem Essen erzählte er mir, er sei in einer kleinen Stadt im Norden seines Landes geboren, und zwar beim ersten Frost im Januar, mitten in den Wirren des Zweiten Weltkriegs. Alles war dick verschneit gewesen. Ohne Licht auf den Straßen, ohne öffentliche Verkehrsmittel oder gar Taxis. In der Ferne konnte man Kanonendonner hören.

»Als meine Mutter spürte, daß die Wehen einsetzten, verließ sie mitten in der Nacht das Haus, in Begleitung meines Großvaters, denn mein Vater war im Krieg. Eine dichte Schneedecke lag auf der Straße, und die Zweige der Bäume krümmten sich unter der Last des Schnees. Die Nacht war klar und der Frost deshalb noch stärker. Unter ihren Füßen knirschte es. Schritt für Schritt näherten sie sich dem Krankenhaus. Meine Mutter murmelte Gebete, in denen sie Gott anflehte, er möge sie das einzige Krankenhaus, das in einem Umkreis von vielen Kilometern noch in Betrieb war, erreichen lassen. Großvater fluchte derweil auf den Krieg, den Schnee, den Wind und die nächtliche Finsternis.

Die Wehen wurden immer heftiger, und meine Mutter wollte sich schon damit abfinden, daß sie im Schnee liegenbleiben würde, als am Ende der Straße die Umrisse des Krankenhauses auftauchten. Zwischen den vielen Verletzten und den wenigen Schwestern, die sich um sie kümmerten, kam ich zur Welt, als der Morgen bereits am Horizont aufschien.

Mit nicht mehr zum Überleben als den bloßen Händen, einem Sack mit Saatgut und einem im Keller versteckten, mageren Schwein, mußte meine Mutter uns durchbringen. Ein halbes Jahr später war der Krieg zu Ende, und mein Vater kehrte heim.

Als ich vier war, kamen meine Schwestern als Zwillinge zur Welt, in einem elenden Land unter lauter Trümmern. Die Sommer bestanden nun abwechselnd aus Spielen, kleineren Aufgaben im Haus und Waldspaziergängen. Ganz mit der Feldarbeit, dem Haushalt und der Sorge um die Neugeborenen ausgelastet, hatte meine Mutter mich fast vergessen. Daher suchte ich die Nähe zu meinem Vater, der zwar still und wortkarg wirkte, aber voller Wärme war.

Zu Hause hatte meine Mutter die Zügel fest in der Hand. Sie war die organisierteste und strengste Frau, die man sich vorstellen kann. Nie kaufte sie ein Kilo Mehl zuviel oder zuwenig. Nur an den Sonntagen wurde der Tisch feierlich mit weißem Leinen und einem feinen Porzellangeschirr gedeckt, das die Verwüstungen des Krieges überlebt hatte. Dann gab es sogar ein Stück Fleisch.

Meine Mutter hatte daheim eine Reihe unumstößlicher Regeln eingeführt: Am Tisch herrschte strenges Schweigen, nur von den Ermahnungen meiner Eltern unterbrochen. Nach dem Essen mußte ich mich zum Mittagsschlaf ins Schlafzimmer zurückziehen und dort bleiben, bis man mich rief.

Ein mustergültiges Zuhause und die tägliche warme Mahlzeit waren Mamas Art, der Familie ihre Liebe zu beweisen. Zärtlichkeiten waren nicht mit eingeplant. Bei so viel Knappheit war sie zu sehr vom täglichen Überlebenskampf beansprucht, um uns ihre Liebe zu zeigen oder mit uns zu spielen.«

»Hast du nie mit deinem Vater gespielt?« unterbrach ich ihn.

»Doch, manchmal spielten wir zusammen Fußball. Wenn ich dann mit den Schuhen voller Lehm wieder heimkam, war ich glücklich und hatte ein Gefühl von Zärtlichkeit und Verbundenheit gegenüber meinem Vater. Aber das waren seltene Momente, denn er arbeitete sehr hart und hatte nur wenig Zeit für uns Kinder.«

Die Offenheit, mit der Max über sich und sein Leben reden konnte, beeindruckte mich stark. Ich tauchte ganz in seine Erzählungen ein, und vor meinen Augen tat sich das Bild einer Welt auf, die mir zwar fremd war, mir aber andererseits auch sehr bekannt vorkam.

Wir bestellten uns einen Kaffee.

Dann erzählte er weiter, daß die Reibereien mit seiner Mutter im Laufe der Zeit schlimmer wurden, da sie, auch als er erwachsen wurde, jeden seiner Schritte überwachte. Sie wollte wissen, mit wem und wohin er ausging, was er aß, wollte bestimmen, was er anziehen sollte und überwachte alle seine Aktivitäten. Sie verstand das keineswegs als Einmischung, sondern betrachtete es als ihre mütterliche Pflicht.

Sie konnte nicht verstehen, daß er ihren guten Willen nicht zu schätzen wußte. Und wenn er ihr ihren Mangel an Liebe und Zuneigung vorwarf, verstand sie die Welt nicht mehr. Max nabelte sich immer mehr von ihr ab, bis er um sein zwanzigstes Lebensjahr das Dorf verließ und ein Studium aufnahm. Er zog in ein Appartement und begann, sein eigenes Leben zu führen. Nicht mehr unter der Fuchtel der Mutter, brach er mit jeglicher Form gewohnter Tagesordnung. Er kochte und aß, wenn er Hunger hatte, stellte den täglichen Stundenplan auf den Kopf und lernte bis spät in der Nacht.

Gegen Ende des vierten Semesters hatte er seine erste feste Beziehung und den Schrecken einer unerwarteten Vaterschaft. Noch so jung und ohne Arbeit, blieb ihm nichts anderes übrig, als seine Eltern um Hilfe zu bitten.

Als seine Mutter davon erfuhr, war sie außer sich. Sein Vater jedoch bot ihm an, ihm sein Studium weiter zu finanzieren. So kam es, daß die beiden heirateten und zusammen in das Haus der Schwiegermutter zogen.

»Die Folge dieser Blitzehe war die Geburt meines Sohnes Frederick und später der Schmerz einer Scheidung. Das Zusammenleben machte uns klar, daß wir so unterschiedlich waren wie Wasser und Feuer.

Nach Fredericks Geburt spitzte sich die Situation zu. Wir sprachen wochenlang kaum ein Wort miteinander. Unsere Bemühungen um Aussöhnung galten nur Fredericks Wohl, den ich vergötterte. Doch eines Tages hielt ich eine Versöhnung für zwecklos, da sich im Grunde nichts änderte. Eine unüberwindliche Barriere stand zwischen uns, und ich sah keinen anderen Ausweg mehr für uns. Ich wußte, eine Trennung bedeutete, daß ich Frederick verlieren würde, aber irgendwann kam der Moment, da ich diese frostige Atmosphäre nicht mehr aushielt. Als mein Sohn drei Jahre alt war, ließen wir uns schließlich scheiden.«

Max hielt inne. Er war bleich geworden. Nachdem er einen Schluck Kaffee getrunken hatte, fuhr er fort.

»Ein weiteres schreckliches Ereignis überschattete mein Leben noch mehr: der unerwartete Tod meines Vaters nach einem Herzinfarkt. Dieses Unglück war der entscheidende Schlag, der mich dazu brachte, weit fortzuziehen, wo die Erinnerung an die Trennung von Frederick und der unwiederbringliche Verlust meines Vaters mir nicht den Schlaf und die Lebenslust raubten. Jahrelang habe ich meine Gefühle hinter Forschungsarbeiten an der Universität, hinter der Liebe zu Frederick und mehreren flüchtigen Liebschaften verborgen. All das änderte sich erst, als ich Katherine kennenlernte.«

»Und wie hast du sie kennengelernt?« fragte ich ihn.

»Katherine war eine meiner Studentinnen an der Universität. Sie war nett, sanft und unkompliziert. Ich fühlte mich glücklich und erfüllt, weil ich mir eine zärtliche Frau an meiner Seite wünschte, die mich liebte und eine neue Familie mit mir gründen wollte.

Ich glaube, daß ich ihren Widerwillen gegen Veränderungen nicht ernst genug nahm. Denn solange wir in Europa lebten, lief für sie alles perfekt. Sie hatte ihre Eltern, hatte mich und eine Arbeit als Übersetzerin, die sie ausfüllte.

Ich hingegen hatte die Universitätsroutine satt. Seit fünf Jahren tat ich dasselbe, sah immer die gleichen Gesichter, ging die gleichen Wege. Ich wollte andere Leute, andere Mentalitäten, andere Landschaften, ein anderes Leben kennenlernen.

Ich war lustlos und voller Überdruß und vereinbarte mit ihr, daß ich mich auf eine Stelle im Ausland bewerben würde. Ohne sich der Ernsthaftigkeit meiner Absichten bewußt zu sein, stimmte sie zu.

Zu ihrem Erstaunen kam ich eines Tages mit einem Arbeitsvertrag und den Tickets für die Reise über den Atlantik heim. Dabei hatte ich aber übersehen, daß uns schon hier ein unüberwindliches Meer unvereinbarer Erwartungen voneinander trennte. Während ich mich vor Neugier, eine andere Kultur kennenzulernen, kaum bezähmen und ohne weiteres auf die alten Gewohnheiten verzichten konnte, hielt es sie in der bequemen, geordneten Alten Welt. Sie fand es unsinnig, in ein Land auszuwandern, von dem man nur Nachrichten über ständige Bürgerkriege, drückende Hitzeperioden oder Hungersnöte hörte.

Ich lächelte über ihre Ängste, im Glauben, die exotische Schönheit der Neuen Welt würde sie all das vergessen lassen. Aber ich hatte mich getäuscht. Jede Andersartigkeit störte sie, und sie konnte sich weder an das fremde Essen noch an das tropische Klima gewöhnen. Vor allem die Schlagzeilen der Lokalpresse schockierten sie, weil sie zeigten, daß Ungerechtigkeit und soziale Ungleichheit an der Tagesordnung waren.

In der Annahme, diese Beklemmung hätten mit mangelnder Sicherheit zu tun, schlug ich ihr vor zu heiraten und war noch geduldiger mit ihr. Doch alles schien bei ihr keine Wirkung zu zeigen. Mit der Zeit wurde sie immer melancholischer. Schließlich beschlossen wir, sie solle fern von den heißen Tropen und exotischen Speisen Urlaub machen, denn sie sehnte sich nach der Kälte, den Waldspaziergängen, nach Apfelkuchen und Anisplätzchen.

Sie wollte zu mir zurückkehren, sobald es ihr wieder besserging. Während unserer Telefonate wirkte Katherine ruhig, fast fröhlich, nannte aber nie ein Datum für ihre Rückkehr. Allerdings willigte sie ein, Weihnachten mit mir und meiner Mutter zu feiern.

Es wurde Dezember, und ich flog nach Europa. Im letzten Moment entschied Katherine sich anders und blieb daheim bei ihren Eltern. Schon lange hatten meine Mutter böse Vorahnungen geplagt, denn immer, wenn sie mich anrief, war meine Frau gerade nicht da. Ihr Verdacht erhärtete sich, als ich an diesem Tag allein, leicht trübselig und mit verfinstertem Blick bei ihr eintraf. Um das Fest nicht zu verderben, versuchte sie jedoch, mich aufzumuntern und bedrängte mich nicht mit Fragen.

Ich kehrte allein zurück, und Katherine versprach mir, bald nachzukommen. Inzwischen sind schon fünf Monate vergangen, und sie konnte sich noch immer nicht entscheiden, mir zu folgen. Mal sehen, was geschieht«, murmelte er.

Nach diesen Worten zündete er sich eine Zigarette an, nahm einen tiefen Zug, schwieg lange und zuckte dann mit den Schultern.

Als wir eine Weile so dagesessen hatten, bat er mich, etwas von mir zu erzählen. Ich antwortete nicht gleich, sondern nahm einen Schluck Kaffee und dachte ein wenig darüber nach, was ich ihm erzählen könnte. Völlig ungezwungen und mit äußerster Natürlichkeit hatte er mir einen Teil seines Lebens offenbart. Das bedeutete, daß ich es ihm gleichtun mußte. Aber es fiel mir schwer, seiner Bitte nachzukommen.

Ich erwähnte, daß ich einen Bruder und zwei Schwestern hätte, daß ich mit einer von ihnen zusammenlebte und mein Studium unter größten Geldnöten beendet hätte. Das war alles.

Die ewigen Familienzwistigkeiten wollte ich nicht ansprechen. Ich konnte ihm auch nicht sagen, daß Papa sich tagtäglich betrank, in beklagenswertem Zustand heimkam und daß er kein Verdienst darin sah, daß wir arbeiteten und die Familie mit Geld unterstützten.

»Nimm es mir nicht übel, aber ich spreche fast nie von mir. Ich bin sehr verschlossen, das ist eine Familieneigenschaft.«

Auf diese Weise waren unmerklich die Stunden verstrichen. Die letzten Sonnenstrahlen gingen unter, und die ersten nächtlichen Schatten legten sich auf die Häuser. Dann füllte sich der Himmel mit Sternen. Max verlangte die Rechnung, prüfte sie und gab ein großzügiges Trinkgeld, das ihm ein dankbares Lächeln des Kellners einbrachte. Als wir uns erhoben, waren wir schon fast Freunde. Ich gestand, daß ich mich nahezu ausschließlich meiner Arbeit widmete. Er versicherte mir, Vergnügen sei etwas, das jeder Mensch brauche, man könne unmöglich nur für seine Arbeit leben.

Ich wollte ihm nicht widersprechen. Er kannte mich nicht und wußte nichts von der Welt, in der ich bisher gelebt hatte.

Er begleitete mich bis zur Bushaltestelle, wo wir uns verabschiedeten.

Von dem Tag an begann Max, mich regelmäßig im Büro zu besuchen. Ich arbeitete abgeschirmt von allem Trubel, vergraben zwischen Akten, Büchern, Telefonaten, dem Geruch nach Tinte und Papier. Dorthin kam er mit seinem Aktenberg, um ebenfalls zu arbeiten. Unmerklich schlich er sich in mein Leben ein. Wir arbeiteten gerne zusammen. Wir korrigierten und schliffen unsere Untersuchungen bis ins letzte Detail. Danach gingen wir im Restaurant an der Ecke essen, um später in unsere Büros zurückzukehren.

Ich weiß nicht genau, ab wann wir unzertrennlich wurden und ob es sich eher zufällig ergab. Wenn wir auseinandergingen, versuchte er, dem Augenblick den Ernst zu nehmen, indem er zum Spaß sagte, er könne sich doch wohl statt mit dem formellen, fast militärischen Händeschütteln zum Abschied wenigstens mit einem Kuß auf die Wange verabschieden. Seine Annäherungsversuche blieben erfolglos. Die Einladungen zum Abendessen und zum Spazierengehen außerhalb der Arbeitszeit ebenfalls.

»Ich habe viel zu tun. Nachmittags und an den Wochenenden überprüfe ich für einige Gewerkschaften die Gehälter. Wie du siehst, habe ich keine Zeit. Wenn du etwas Wichtiges zu bereden hast, kannst du bei mir im Büro vorbeikommen«, erwiderte ich jedesmal knapp.

»Aber an irgendeinem Tag wirst du wohl ausruhen? Du bist sehr hart mit dir.«

Das stimmte. Aber was blieb mir übrig? Nichts wünschte ich mir mehr im Leben, als es zu genießen und glücklich zu sein. Aber die Furcht, jemandem nur als Zeitvertreib zu dienen, hemmte mich.

Da es mir schwerfiel, ihm offen die Wahrheit zu sagen, schwieg ich lieber.

Trotz der Gerüchte, die im Büro über Max kursierten, hatte ich denen Eindruck, daß er weder so oberflächlich noch so abenteuerlustig war, wie sie ihn darstellten. Ganz offen sprach er von sich und seiner Ehe, ohne seine eigenen Fehler zu beschönigen. Was er sagte, klang ehrlich, und ich beschloß, seinen Worten mehr zu trauen als denen meiner Kollegen.

Ein halbes Jahr, nachdem wir uns kennengelernt hatten, entschied ich mich nach langem Grübeln, ihn anzurufen und ihm vorzuschlagen, gemeinsam auszugehen.

Er brauchte einige Sekunden, bis er antwortete, vor lauter Erstaunen über diesen unverblümten, völlig unerwarteten Anruf. Als er sich von der Überraschung erholt hatte, sagte er zu, und wir vereinbarten, gemeinsam ins Theater zu gehen.

Es war Anfang Februar. Die Sonne schien sanft auf die Stadt und verlor sich zeitweilig in den Wolken, bevor sie über den Gebäuden und Monumenten wieder auftauchte. Nervös und aufgeregt wartete ich auf den Abend und fuhr dann ins Zentrum. Dort erledigte ich ein paar Einkäufe und sah mir zerstreut die Schaufenster an, deren Scheiben mir verschwommen das Bild einer schlanken jungen Frau mit festem Blick widerspiegelten. Doch innerlich fühlte ich mich unsicher und ängstlich.

Ich hatte einen viel zu frühen Zug genommen. Es war erst halb sechs. Als ich Max entdeckte, tat mein Herz einen Sprung. Er wartete an die Seitentür des Theaters gelehnt. Er trug eine helle Hose mit dunklem Jackett und Sportschuhen und wirkte fröhlich und unbekümmert.

Herzlich küßte er mich auf die Wange. Dann schaute er auf die Uhr: Das Stück begann erst in einer Stunde. Gemächlich gingen wir zu einem Park, der in der Nähe lag. Der Smogschleier in der Luft löste sich hier im Duft von Eichen und schlanken Eukalyptusbäumen auf. Die Schatten der Dämmerung fielen herab, und die letzten Sonnenstrahlen drangen durch die Baumäste. Der Rasen dämpfte den Hall unserer Schritte, als wir zwischen den Bäumen entlanggingen, trunken vom Duft der Pinien. Von einem kleinen Hügel aus sah man die Alleen der Metropole wie kriechende Riesenschlangen, die schwere Last des Verkehrs auf dem Rücken schleifend, eingehüllt in einen dichten, grauen Nebelschleier. Er erzählte von seinem Leben jenseits des Atlantiks. Ich lauschte ihm aufmerksam. Auf dem Rückweg zum Theater griff seine Hand nach meinem Arm. Wir blieben stehen.

»Die Luft ist wie Seide.«

»Und sie riecht nach Pinien«, fügte ich hinzu.

»Dein Haar duftet besser«, sagte er, den Geruch meines Haares einsaugend.

Max streichelte mir den Rücken und ließ seine Hand dann allmählich bis zur Taille hinabgleiten. Er zog mich an sich, und meine Knie begannen zu zittern. Lange sahen wir uns schweigend an, und unsere Gedanken waren gefangen in der gegenseitigen Faszination. Nur unser rasches Atmen und das Rascheln der Blätter unter unseren Füßen waren zu hören. Die Begierde brannte uns so auf den Lippen, daß wir uns leidenschaftlich küßten.

Eine Weile später machten wir uns langsam auf den Weg zum Theater, wo wir dann eng beieinander saßen. Seine Nähe löste einen heftigen Wirbelsturm in meiner Brust aus. Kochende Lava strömte durch meine Adern, ließ meine Hände feucht werden und trieb mir die Röte ins Gesicht, das so sehr brannte, als hätte ich es mit rotem Chili eingerieben.

Der abgedunkelte Theatersaal erschien mir wie in einen Traum gehüllt, einerseits die laue Luft wie die Brise einer Sommernacht, andererseits die Leidenschaft, die plötzlich in mir brodelte. Hin und wieder sah ich ihn von der Seite an, und dann drückte er meine Hand an seine Brust. Ich wurde nicht satt vom Geruch seiner Haut, eine Mischung aus Tabak, Holzessenz und dem Leder seiner Jacke.

Die Zeit verging wie im Flug. Plötzlich füllte sich der Saal mit Applaus, und schon standen wir am Ausgang. Wir beschlossen, noch in eine Bar zu gehen, und unterhielten uns dort angeregt. Wenn die Sprache allerdings auf mich und meine Familie kam, antwortete ich ausweichend und wechselte das Thema. Je besser ich ihn kennenlernte, desto mehr vermied ich, ihm von mir zu erzählen. Meine familiären Verhältnisse erfüllten mich mit unerträglicher Scham. Mein früheres Leben hatte mich so sehr verletzt, daß ich nicht in der Lage war, darüber zu sprechen. Auf seine Fragen gab ich ihm nur vage Antworten.

Als ich auf die Uhr sah, war es fast schon elf, weshalb ich vorschlug, die Unterhaltung bei anderer Gelegenheit fortzusetzen. Er begleitete mich nach Hause. Bei unserem Abschied verbrannte mir sein Atem die Haut, seine Nähe war wie eine Flamme. Ich wollte etwas sagen, aber er verschloß mir den Mund mit einem Kuß. Alles um uns herum war wie ausgelöscht. Als ich seine Hände auf meinem Körper spürte, verschaffte mir das einen solchen Schauder, daß ich in heftige Erregung geriet, die mich mitriß wie ein mächtiger Strudel, der dann abebbte und ruhig wie eine sanfte Brandung auf dem Strand auslief. Falls uns jemand sah, merkte ich es nicht, und es war mir auch egal. Es gab in diesem Moment nur uns beide, ihn und mich.

Unter Küssen und gestammelten Worten verabredeten wir uns für den nächsten Tag. In der Nacht fand ich keinen Schlaf. Die in mir erwachte Leidenschaft war wie ein reißender Strom, der plötzlich den Deich sprengt, der ihn eingedämmt hat, und nun mit seiner ganzen Wucht hervorbricht. Allein schon der Gedanke, ihn wiederzusehen, versetzte mich in eine seltsame, pochende Erregung, die mich von Kopf bis Fuß erschaudern ließ.

Am nächsten Tag sahen wir uns in Begleitung von Freunden einen Stierkampf an und gaben uns distanziert wie Arbeitskollegen. Wir streiften durch den Park, über Märkte mit Kunsthandwerk und aßen an Straßenständen.

Nach zwei Tagen aßen wir gemeinsam mit zwei Ehepaaren, Freunden von Max, bei ihm zu Abend. Als ich klingelte, öffnete er die Tür. Verstohlen faßte er mich um die Taille. Dann führte er mich ins Wohnzimmer, wo die anderen Gäste, die bereits da waren, mich freundlich begrüßten. Ich fühlte mich wohl in dieser gemütlichen Umgebung mit dem anheimelnden Kaminfeuer. Nach dem Essen erhoben wir uns und machten es uns im Wohnzimmer bequem.

Während Max den Kaffee servierte, schaute ich ihm zu. Diesem Mann, der in so kurzer Zeit meine Einsamkeit beendet hatte. Bisher war mein Leben eine lange trübe Nacht voller Arbeit und innerer Leere gewesen. Ein dahinschleichendes Leben wie das einer Spinne, die furchtsam und schutzlos an einem einzigen Faden hängt.

Doch unsere Idylle, kaum begonnen, konnte mit einem Pinselstrich ausgelöscht werden. Das hing von Katherines Entscheidung ab. Sollte sie beschließen zurückzukehren, würde ich aus seinem Leben verschwinden müssen.

Während ich darüber nachgrübelte, trank ich ein Glas Wein. Dann lauschte ich der angeregten Unterhaltung und begann, mich an ihr zu beteiligen. Bei diesen Leuten, die meine Worte und meine Meinung ernst nahmen, fühlte ich mich entspannt und fröhlich.

Nach und nach wurde die Gesprächsrunde müder. Zu der Zeit hörte ich schon nicht mehr hin. Ich sah nur, wie Max den Mund bewegte, wie er übersprudelte voller neuer, positiver Ideen, und fühlte, wie mir das Blut bis unter die Kopfhaut stieg und sich heiß und pulsierend ausbreitete.

Gegen Mitternacht beschlossen seine Freunde, zu gehen.

»Es ist Zeit aufzubrechen«, sagten sie. »Morgen müssen wir früh aufstehen. Esperanza, wenn du willst, können wir dich nach Hause bringen.«

»Das ist nicht nötig. Ich bringe sie«, sagte Max und geleitete sie zur Tür.

Wir blieben allein, endlich allein. Er legte Musik auf und zündete eine Kerze an. Der zarte Honigduft des Wachses verschmolz mit der Musik. Ich stand neben ihm, lehnte mein Gesicht an seine Brust und sog den Duft seines Hemdes nach Holz und Zedern ein. Er suchte meine Lippen und verschloß sie mit einem endlosen Kuß. Wir umarmten uns mit unbeschreiblicher Zärtlichkeit. Nie zuvor hatte ich solch ein Gefühl gehabt, solch eine Leidenschaft gekannt. Ich fühlte mich wie eine Verdurstende in der Wüste, die plötzlich, als sie sich schon tot glaubt, eine Quelle findet, aus der sie neue Lebenskraft schöpft.

In jener Winternacht lernte ich die Liebe kennen. Fern der Welt, aufgelöst im Halbdunkel, zeichneten sich unsere vom funkensprühenden Kaminfeuer zuckenden Schatten an der Wand ab. Wir liebten uns ein ums andere Mal im Schutz des Feuers. Währenddessen senkte sich draußen ein Nebelschleier sanft und frisch über die Stadt. Jetzt verstand ich, was Liebe war: ein erhabenes Gefühl, eine Ekstase der Sinnlichkeit, die es schon immer gab und immer geben wird, ein Geschenk Gottes, das ich dankerfüllt annahm. Ich schmiegte mich an Max, während mein Körper mit seinem verschmolz. So wollte ich immer verharren. Er und ich unbeweglich in der Zeit.

Der frühe Morgen überraschte uns dicht aneinandergedrängt, unsere Körper noch warm von der gemeinsamen Hitze der Leidenschaft. Wir zogen uns an, tranken eine Tasse Kaffee und Max brachte mich nach Hause.

Dort traf ich Guadalupe an, die ernst und verärgert war, weil sie die ganze Nacht auf mich gewartet hatte. Eduardo gab vor, meine Abwesenheit nicht bemerkt zu haben und grüßte mich zerstreut.

An den darauffolgenden Tagen empfand ich eine ungewohnte Mischung von Zärtlichkeit und Besorgnis. In jedem Moment drängte sich mir wieder die Erinnerung an jene Nacht auf. Ich war zerstreut, gedankenverloren, ruhelos, mit einem Gefühl von Euphorie und Schwindel, als schwebte ich auf einer Wolke. Ich bekam keine Ordnung in diese Verwirrung. Tag und Nacht pochte in mir das Verlangen, wieder bei ihm zu sein. Aber auch ein vages Gefühl der Schuld plagte mich. Ich glaubte, einen unverzeihlichen Fehler begangen zu haben, von dem man früher oder später im Büro und auch daheim erfahren würde. Ich war nicht mehr das Mädchen, das ich einmal war. Nun gehörte ich der Welt der Heimlichtuer an, die ich vorher so verachtet hatte.

Zu alldem kam noch die Furcht vor einer Beziehung ohne Zukunft. Manchmal hatte ich den schrecklichen Gedanken, Max könnte plötzlich verschwinden und in seine Heimat zurückkehren.

Er war gerade dabei, seine Ehe zu beenden, als ich in seinem Leben auftauchte. Dennoch wußte ich nicht, ob in dieser Wirrnis einer anstehenden Scheidung, noch dazu mit einem Sohn in der Ferne, noch Platz war für eine Liebesbeziehung mit mir.

Trotz meiner Ängste und Zweifel träumte ich von der Möglichkeit, mit ihm zusammenzuleben, ein Leben voller Zärtlichkeit und Leidenschaft zu führen. Dann befiel mich wieder die Furcht, die Familie könnte von meiner Beziehung zu einem Mann erfahren, der noch verheiratet war.

Meine einst so klare Vernunft wich einem Gefühl von tiefster Verunsicherung. Ich ließ die Arbeit liegen, konnte mich nicht konzentrieren, hatte immer das Bild von Max vor Augen. Mein Körper schien nur noch Begierde zu sein und verzehrte sich jeden Moment nach seiner Nähe. Der Tag schlich nur so dahin, während ich auf den Abend wartete, um bei ihm zu sein.

Jeden Nachmittag trafen wir uns in der Cafeteria an dem Wäldchen, wo wir beim ersten Mal spazierengegangen waren. Gelegentlich gingen wir ins Theater oder ins Kino, aber immer landeten wir hinterher bei ihm. Schließlich war es umgekehrt: Zuerst trafen wir uns bei ihm und gingen dann erst irgendwohin. Uns zu lieben, bereitete uns solche Wonne, daß wir oft den Anfang eines Films oder Theaterstücks verpaßten und die Karten zerknüllt zwischen den Laken landeten oder in seiner Hosentasche blieben.

Sonntags war es am herrlichsten. Gegen elf Uhr morgens traf ich bei ihm ein. Ich liebte es, zuzusehen, wie er mit einer Schürze in der Küche stand und einen köstlichen Braten mit rotem, weißem und schwarzem Pfeffer würzte. Er war ein wunderbarer Koch und bereitete mir immer andere Gerichte aus seiner Heimat. Am liebsten mochte ich Apfelkompott mit Sahne und Zimt. Bei Tee und Keksen sahen wir uns dann später einen Film an. Doch wie immer ging es auch hier nicht ganz ohne Probleme zu: Meine Manie, jedesmal zum Schlafen heimzukehren, stieß bei Max auf Verständnislosigkeit. Er konnte nicht begreifen, warum es so wichtig für mich war, was meine Familie von mir dachte.

Ich ging dem Gespräch aus dem Weg und redete ununterbrochen von der Arbeit, der Universität und den Büchern, die ich mochte. Es gab viele Themen. Bei einer Gelegenheit erzählte ich ihm, daß ich Schnee nur aus Filmen kannte. Da schlug Max vor, wir sollten die Karwoche in den Bergen im Norden des Landes verbringen. Dann könnte ich mir besser vorstellen, wie es im Dezember in seiner Heimat war, wo es nach feuchten Tannen duftete, während man drinnen mit einem Glas Glühwein in der behaglichen Wärme eines Feuers saß und den langsam fallenden Schnee vor dem Fenster betrachtete.

Guadalupe hatte ich in unsere Pläne eingeweiht, und sie sicherte mir ihre Unterstützung zu.

Unser Refugium war eine komfortable Ferienwohnung am Fuß der Berge. Wir stellten nur rasch unser Gepäck ab und brachen gleich auf, um die Gegend zu erkunden, begierig, die Landschaft zu betrachten und die kalte Winterluft zu atmen. Die Sonne strahlte auf dem Schnee, und die Bäume mit ihrer schweren Last schienen direkt aus einem Märchen zu stammen. Der felsige Berghang erinnerte mit seiner Sonnenkrone und dem Schneekleid an eine Braut auf dem Weg zum Altar. Den Hang hinauf fuhr sachte ein Lift, der unter einem Gewirr von Kabeln ächzte und stöhnte, als protestierte es gegen die schwere Last der Besucher. Mühsam erklommen wir den rutschigen Weg bis zum Gipfel, wo uns ein gemütliches Restaurant mit Kaminfeuer, Musik und warmen Getränken aus Rotwein mit Zimt, Nelken und Zitronensaft erwartete.

Schließlich dämmerte es. Der heulende Wind spielte in unseren Haaren, und der Himmel war von einem zarten Gespinst sanfter Violettöne überzogen.

»Wie frisch die Luft ist!« Max sog genüßlich den Duft nach Zedern und Kastanien ein.

Trunken vor Freude lachten wir und wälzten uns im Schnee, bis unsere Kleidung, ja selbst die Haare völlig durchnäßt waren. Blaugefroren und mit klammen Fingern in den feuchten Handschuhen kehrten wir heim. Als wir wenige Minuten später unsere Wohnung erreichten, setzten wir uns erschöpft und ganz außer Atem auf die Stufe vor der Haustür und schauten stumm auf das Dorf. Die Dunkelheit begann die Dämmerung zu besiegen. Die ersten Sterne übersäten den Himmel, Leuchtreklamen und Laternen schmückten die Straßen mit Licht. Max bereitete das Abendessen zu, während ich den Tisch deckte. Später nahm er mich an der Hand und führte mich auf den Flur.

»Schließ die Augen, ich führe dich«, bat er. »Jetzt kannst du sie öffnen.«

Die Badewanne sah aus wie eine Weihnachtskrippe, erleuchtet von einem Kranz weißer Kerzen, die ihren flackernden Schein auf das kristallene Wasser warfen. Auf einem runden Tischchen neben der Wanne standen eine Champagnerflasche und zwei Gläser. Max entkleidete sich und tauchte ins Wasser, ich folgte ihm. Während er die Flasche öffnete, sog ich den Rosenduft des Schaumbads ein und wirbelte das Wasser auf, bis uns der Schaum bis zum Hals reichte. Einige hauchzarte Seifenblasen setzten sich auf dem Rand der Gläser nieder und spiegelten die Fröhlichkeit unserer Gesichter. Die Wärme des Wassers, die Nähe unserer Körper und der Champagner ließen meine Wangen rot glühen und brachten mir das Blut in Aufruhr. Max streichelte mir sanft das Gesicht und ließ dann die Hand an meinem Körper hinabgleiten, was in mir ein Gefühl wie sprühende Funken entfachte. Vereint in ungezügelter Leidenschaft verschwammen Zeit und Raum um uns herum, bis das Flackern der erlöschenden Kerzen und das abgekühlte Wasser uns in die Realität zurückholte. Anschließend umfing mich ein weiches Frotteehandtuch.

In jener Nacht schlief ich zum erstenmal seit langem tief und fest und träumte, dieser Ort sei unser Heim und wir hätten das ganze Leben vor uns, um die Leidenschaft, die uns verzehrte, auszukosten.

Beim Erwachen hatte der Schnee die Fenster eingerahmt, und sobald ich sie öffnete, drang eine schneidende Kälte in das Schlafzimmer. Frischer Kaffeeduft stieg mir in die Nase; dann hörte ich die Stimme von Max. Ich sah ihn hereinkommen; barfüßig, nur in einen Bademantel gehüllt, brachte er das Frühstückstablett. Er stellte es auf dem Nachttisch ab. Zwischen den Schlucken Kaffee küßten wir uns. Ich brauchte ihn nur in der Nähe zu spüren, um in einer Woge von Begierde zu zerfließen.

»Die Landschaft ist herrlich«, sagte ich und zeigte zum Fenster.

Max nahm mir die Tasse aus der Hand, stieß mich sanft aufs Bett und knöpfte mir den Bademantel auf. Ich hätte alles gegeben, um noch ewig dort zu bleiben, an seiner Seite, seine Haut auf meine gepreßt, gemeinsam in eine Decke gehüllt. In jenen Tagen vergaß ich all die Jahre voller Schuldgefühle und Scham, die die fromme Erziehung und meine Familie mir mitgegeben hatten.

In der Wärme am Kaminfeuer saßen wir abends immer stundenlang und redeten. Er erzählte von seinen Reisen und ich von meiner Lektüre. Wir entdeckten, daß wir die gleichen Filme und Bücher mochten, daß wir das Theater liebten, daß uns gesellschaftliche Veranstaltungen langweilten und die Mißstände meines Landes uns erzürnten. Die Abende endeten mit den Wonnen im warmen Bett. Eines Morgens holte uns die Realität wieder ein: Wir mußten zurückfahren. Es war ein trauriger Tag. Langsam trafen wir die Vorbereitungen für die Heimreise.

In meiner Abwesenheit hatte Guadalupe mit Los Remedios telefoniert und in einem Anfall von Ehrlichkeit Consuelo von meiner heimlichen Reise erzählt.

Als ich das nächste Mal nach Los Remedios fuhr, gab es einen Skandal. Während ich mit meinen Eltern, Eduardo und Guadalupe in der Küche saß, erschien plötzlich Consuelo in der Tür.

»Du warst also auf Geschäftsreise! Warum erzählst du Papa nicht, worum es da ging?« fuhr sie mich an.

»Bitte, sag das nicht. Ich flehe dich an. Es ist nicht, wie du denkst«, flüsterte ich, während ich ihr die Hand auf die Schulter legte.

»Zum Teufel, was habt ihr bloß?« fragte mein Vater verärgert.

Offensichtlich hatte er Consuelos Andeutung nicht verstanden, obwohl meine Bestürzung nicht zu übersehen war.

Ich hörte nicht auf, Consuelo anzuflehen, doch sie warf mir weiter die schlimmsten Schimpfwörter an den Kopf. Mama beobachtete uns fassungslos und stammelte, die Hand vor dem Mund: »Mein Gott! Was ist bloß los mit euch? Sagt nicht solche Dinge.«

Consuelo schwieg und verließ den Raum, wobei sie mir einen vernichtenden Blick zuwarf.

Nie hätte ich geahnt, daß ihr beharrliches Schweigen Jahre dauern sollte.

Allein in meinem Zimmer, ließ ich der Verzweiflung über meine Hilflosigkeit angesichts der unlösbaren, lächerlichen Situation, in der ich gefangen war, freien Lauf. Ich war achtundzwanzig Jahre alt, und immer noch nahm sich meine Familie das Recht heraus, mein Verhalten zu verdammen und mir Lektionen über Moral zu erteilen. Dabei schien die Liebe das abscheulichste aller Vergehen zu sein, und meine Beziehung zu Max mußte ich sorgsamer verhehlen als ein Verbrechen. Es war erniedrigend.

Ich war sicher, daß Max das nur schwer verstehen würde. Wie konnte er begreifen, daß ich immer noch in diesem Teufelskreis gefangen war, wie eine von meiner Familie manipulierte Marionette?

Und so kam es. Als ich Max davon erzählte, konnte er es zuerst überhaupt nicht verstehen. Consuelos Theater und meine Verlegenheit gegenüber Papa, noch dazu mit achtundzwanzig Jahren, fand er unfaßbar.

»Warum sagst du ihnen nicht, daß sie kein Recht haben, sich in dein Leben einzumischen? Wie lange willst du denn noch an ihrem Rockzipfel hängen?«

»Du verstehst einfach unsere Art zu denken nicht.«

»Was gibt es da zu verstehen? Daß du aus Feigheit als unabänderlich akzeptiert hast, was du ändern solltest?«

An dem Tag verabschiedeten wir uns im Streit. Ich fand ihn wenig verständnisvoll, unsensibel gegenüber meinen Ängsten und Kümmernissen. Er seinerseits bezweifelte, daß ich in der Lage sei, ohne die Einmischung meiner Familie zu leben.

Diese Liebe voller Schwierigkeiten und Hindernisse wurde noch von etwas anderem überschattet: von Katherines drohender Rückkehr. Der befürchtete Brief, in dem Katherine Max ihre bevorstehende Abreise mitteilte, sobald sie zu Hause ein paar persönliche Angelegenheiten geregelt hätte, platzte wie eine Bombe herein.

Der Frühling meines Glücks war mit einem Mal wie weggeblasen, als Max mir davon erzählte. Die Qual der Ungewißheit befiel mich. Einige Minuten wußte ich nicht, was ich sagen sollte, und schwieg, während ich wieder an die Freudlosigkeit meines früheren Lebens denken mußte, die mir erst mit ihm richtig bewußt geworden war.

Von Beginn an hatten wir keine normale Beziehung führen können. Unausgesprochen wußte ich, daß wir vor den anderen nicht gemeinsam erscheinen durften. Tagtäglich behandelten wir uns während der Bürozeiten mit der geheuchelten Herzlichkeit guter Freunde, nichts weiter. Nach der Arbeit ging jeder seiner Wege, und erst später trafen wir uns an einem verabredeten Ort.

Anders ging es nicht, denn offiziell war er immer noch verheiratet. Wenn seine Frau zurückkehrte, würde ich zum Gespött meiner gesamten Umgebung; denn er hatte immer klar gesagt, daß unsere Beziehung mit Katherines Rückkehr beendet wäre. Aus dem Grund durfte auch meine Familie nichts erfahren.

Als Max mir von Katherines Brief erzählte, brach eine Welt in mir zusammen. Ich schlug ihm vor, uns zu trennen und unsere flüchtige Beziehung zu vergessen. Er war einverstanden mit meinem Entschluß. Nach seinen Worten gab es keine Zukunft für uns beide. Auch er war hin- und hergerissen von Zweifeln und widersprüchlichen Gefühlen, wollte jedoch seine erst vor knapp zwei Jahren geschlossene Ehe nicht einfach so über den Haufen werfen. Dennoch fühlte er sich auch heftig zu mir hingezogen.

Auf diese Antwort reagierte ich mutlos und enttäuscht. Ich verlor die Fassung, beschimpfte ihn und schrie ihn an. Alles endete damit, daß ich türenknallend das Haus verließ.

Fünf Tage später erschien er in meinem Büro und schloß die Tür hinter sich. Dann kam er auf mich zu und bat mich, es noch einmal zu versuchen. Wir müßten zwar noch eine Weile in dieser Ungewißheit weiterleben, aber gemeinsam würden wir es besser schaffen. Ein Blick genügte, und mein Widerstand war gebrochen. Meine Zweifel verflogen wie Tautropfen in der Sonne.

Er strich mir sanft mit den Fingern über die Wange und küßte mich.

Also setzten wir unsere Beziehung mit all den Sorgen und Widrigkeiten fort. Es sollte weder die erste noch die letzte Trennung gewesen sein. Ähnliche Szenen wiederholten sich ein Jahr lang.

Katherines Nachrichten, diese Papierfetzen, waren für uns reines Dynamit. Fast immer erreichten sie uns an den ersten Tagen des Monats. Ich merkte es daran, wie Max gelaunt war. Er wurde nachdenklich und sein Blick verriet Zweifel und Schuldgefühle. Nach langem Schweigen sagte er, er sei in einer sehr schwierigen Lage. Katherine erklärte die Ehe nicht für beendet, kehrte aber auch nicht zurück. Ihre Briefe waren voller vager Versprechungen und Andeutungen.

Ich hatte das Gefühl, über dünnes Eis zu laufen, das jeden Moment zerbrechen konnte. Wo war mein Platz in dem ganzen Berg von Unwägbarkeiten? Max konnte es auch nicht sagen. Auf der einen Seite gab es Katherine mit ihrer Unschlüssigkeit, auf der anderen war ich hinter einem Wall von Vorurteilen und Ängsten vor der Familie. Ein Gefühl der Leere und der Mutlosigkeit bemächtigte sich meiner. Sobald Nachrichten von ihr kamen, war unsere Heiterkeit wie weggeblasen. Die Tage wurden grau, und ich war am Boden zerstört. Was für einen Sinn hatte eine von so viel Kummer getrübte Beziehung überhaupt?

Katherines angekündigte Rückkehr wurde während dieser bedrückenden Zeit vergeblichen Wartens immer wieder verschoben bis zu dem Tag, als sie Max mitteilte, sie würde nicht wiederkommen, und die Scheidung einreichte.

Als er es mir erzählte, hörte ich kommentarlos zu, denn der Ton in seiner Stimme schien mir kaum Anlaß zur Freude zu sein. Ich wollte ihm lieber keine Fragen stellen. Aber ich war Katherine von Herzen dankbar, daß sie unseren Kümmernissen endlich ein Ende bereitet und ihn freigegeben hatte.

Es war Ende März. Das kommende Wochenende verband sich mit zwei Feiertagen. Max wurde von einigen Kollegen eingeladen, mit ihnen für ein paar Tage zu verreisen. Da er die Zeit jedoch lieber mit mir verbringen wollte, beschlossen wir, gemeinsam ans Meer zu fahren. Wir gingen in ein Reisebüro und buchten jeder eine Reise ab Donnerstag nachmittag.

Als ich am Abfahrtstag morgens in Los Remedios anrief, um meiner Mutter Bescheid zu sagen, daß ich auf Dienstreise gehen würde, hatte ich meinen Vater am Apparat. Er erzählte mir, sie habe vor zwei Tagen einen Erstickungsanfall erlitten. Inzwischen gehe es ihr zwar besser, aber sie wirke noch sehr mitgenommen, und ich solle lieber heimkommen, um sie zu sehen. Ohne einen Moment zu zögern, versprach ich, sofort loszufahren.

Als ich Max in letzter Minute mitteilte, daß ich nicht mitfahren würde, war er wütend und enttäuscht.

»Wenn du sagst, daß es ihr wieder gutgeht, warum mußt du dann überhaupt noch hinfahren? Nur weil du es für deine Pflicht hältst, bei ihr zu sein, wenn man es von dir verlangt? Warum bin ich nicht mit meinen Freunden gefahren? Mit dir ist es doch immer das gleiche.«

Wieder hatte er erreicht, daß ich mich zutiefst unverstanden und schuldig fühlte.

Nach seiner Rückkehr beschloß er, enttäuscht über mein ständiges Zögern, unser Verhältnis zu beenden, obwohl seine Scheidung inzwischen besiegelt war.

»Es tut mir leid, aber so will ich nicht weitermachen«, sagte er fest entschlossen. »Du lebst nur in der Sorge, was deine Familie sagen oder denken könnte. Wenn sie dich brauchen, rennst du gleich los und läßt mich hier allein. Sie kontrollieren dich, als wärst du noch ein kleines Mädchen, und ich bin nicht bereit, mich dagegen zu behaupten. Abgesehen davon, daß ich mir selbst über nichts im klaren bin. Katherines Unentschlossenheit hat mir sehr zu schaffen gemacht. Ich brauche Zeit zum Nachdenken, um über all dies hinwegzukommen. Ich kann dir nichts versprechen.«

Seine Stimme hallte mir aus weiter Ferne entgegen wie ein Echo. Lange herrschte Schweigen. Dann folgten Worte, die die gestaute Luft vibrieren ließen. Zunächst ganz ruhig, uferten meine Vorwürfe in heftige Beschimpfungen aus, bis ich ihn mit offenem Mund stehenließ und hinauslief.

Als ich die Straßen der Hauptstadt entlangfuhr, hatte ich nur einen Gedanken: Mein Traum war zerbrochen. Es war eben nur ein Traum gewesen.

Es dämmerte, die Lichter der Stadt brannten bereits und der Weihnachtsschmuck verlieh den breiten Boulevards eine festliche Stimmung. Fahrig lenkte ich den Wagen durch das Autogewühl. Der Verkehr war in dichtem Aufruhr, die Menschen hatten es eilig, nach einem langen Arbeitstag heimzukehren. Studenten und Angestellte schlängelten sich an den Autos vorbei, um die Straßen zu überqueren, ohne sich um die Gefahr zu kümmern, und drängten sich dann in Busse und Bahnen. Beim Fahren gingen mir die Szenen der vergangenen Monate durch den Kopf.

Als ich an der Wohnungstür angelangt war, hörte ich Guadalupes fröhliches Lachen. Ich versuchte mich zu beruhigen, bevor ich die Tür öffnete. Dann trat ich ein, grüßte knapp, ging auf mein Zimmer und warf mich erschöpft aufs Bett, das Gesicht ins Kissen vergraben.

Nach einer Weile stand ich auf, öffnete das Fenster und atmete tief die frische Nachtluft ein. Versunken in einem Wirrwarr widersprüchlicher, quälender Gedanken, stand ich regungslos da und beobachtete, wie die Insekten die Straßenlaternen umschwirrten. Im Lichtschein schien ganz sachte ein feiner Staub aufzusteigen, und das Blinken der gelblichen Neonlichter zeichnete tanzende Figuren auf die Gebäude. Vorbeihuschende Schatten schwärzten immer wieder die Mauern.

Am nächsten Morgen lag ich eingerollt in die schwere Decke, um die Kälte zu vertreiben, die mir bis ins Mark gekrochen war. Als Guadalupe hereinkam und sie mir sagte, es sei bereits halb acht, bat ich sie, im Büro anzurufen und mich krankzumelden. Nichts war mehr übrig von meiner Vitalität, und meine Kraft reichte kaum mehr aus, mich aufzurichten.

Danach lag ich viele endlose Nächte wach, in denen mich der Schmerz der Trennung übermannte. Einen Monat später war ich völlig abgemagert. Während der Zeit unserer Beziehung hatte ich eine leidenschaftliche Liebe zu Max entwickelt. Er war es gewesen, der mein wahres, lebhaftes und fröhliches Wesen aus der Gefangenschaft befreit hatte.

Ich rief ihn mehrmals an, doch seine Antwort lautete immer gleich: »Es hat keinen Sinn mehr, es ist aus! Es geht nicht, wir sind zu verschieden, und ich würde noch ein Scheitern nicht ertragen. Mein Leben lang habe ich von einem Heim, einer Frau als Gefährtin, Ehefrau und Mutter meiner Kinder, aber nicht als Kind ihrer Eltern geträumt. Außerdem wäre es absurd, eine Beziehung zu beenden und sich gleich in die nächste zu stürzen. Ich brauche Zeit, um allein Bilanz zu ziehen und über die Zukunft nachzudenken.«

Ich zog bei Guadalupe aus und nahm mir eine Wohnung im Stadtzentrum, um Max zu zeigen, daß ich mich unabhängig machen konnte, ohne die Mißbilligung der Familie zu fürchten. Trotzdem änderte er seine Meinung nicht.

Monate vergingen, und schließlich verlor ich die Hoffnung, daß noch etwas geschehen könnte. Jetzt wartete ich nicht mehr sehnsüchtig auf den Moment, da ich das Büro verlassen konnte, sondern arbeitete weiter bis zur Dämmerung. Die Abende verbrachte ich allein in meiner Wohnung, die Wochenenden vertrieb ich mir mit Lesen und kurzen Besuchen in Los Remedios.

Eines Morgens rief Max mich an. »Voraussichtlich werde ich für einige Zeit in die Vereinigten Staaten reisen. Brauchst du noch die Bücher, um die du mich vor einiger Zeit gebeten hast?«

»Wenn es nicht zu viele Umstände macht. Meine Sekretärin kann dir die Liste morgen geben.«

Nachdem er aufgelegt hatte, dachte ich noch einmal über unsere gescheiterte Beziehung nach, und mir fielen die unzähligen Widrigkeiten ein, die ich überwunden hatte, um unsere Liebe zu retten. Erst da wurde mir so richtig klar, daß ich das Leben verstreichen ließ, ohne es zu leben. Das versetzte mir einen schmerzlichen Stich, der mir den Atem nahm.

Ich stützte den Kopf in die Hände, um nicht über dem Tisch zusammenzubrechen. Die Maske der Gleichgültigkeit war endgültig von mir abgefallen, und ich faßte den unumstößlichen Entschluß, unser Schicksal in die Hand zu nehmen. Die Macht meiner Gefühle und meine klarsichtige Vernunft überraschten mich selbst.

Endlich wußte ich, was ich wollte. Ich mußte einen letzten Versuch wagen.

Am nächsten Tag stellte ich einen Antrag auf ein Auslandsstipendium für ein Doktorandenstudium.

Wochen später verabredete ich mich mit Max in unserer Cafeteria im Stadtwald unter dem Vorwand, mir die in Auftrag gegebenen Bücher abzuholen. Ich wünschte mir von ganzem Herzen, es möge ein Wunder geschehen.

Beim Betreten des Lokals atmete ich mehrmals tief durch, um mein klopfendes Herz zu beruhigen. Ich blickte mich um und entdeckte ihn an einem kleinen Tisch am Fenster.

Ich gab ihm einen herzlichen Begrüßungskuß.

»Deine neue Frisur steht dir blendend«, sagte er.

»Danke.«

Während er sich eine Zigarette anzündete, griff ich zur Getränkekarte. Wir bestellten jeder einen Kaffee. Dann wollten wir gleichzeitig etwas sagen und verstummten beide. Das brachte uns zum Lachen. Wir saßen einander zugewandt. Max lehnte seinen Kopf an meinen und nahm meine Hände in seine.

»Ich habe dich vermißt«, murmelte er.

»Ich dich auch, sehr ...«, erwiderte ich und preßte meine Wange an seine.

Wir küßten uns zärtlich immer wieder, und ich spürte den Geschmack der Versöhnung im Mund. Eine Woge wohliger Wärme stieg in mir hoch und durchzog meinen ganzen Körper. Der Tisch zwischen uns erschien mir ein unüberwindliches Hindernis.

In dem Moment brachte der Kellner den Kaffee und fragte etwas. Als er keine Antwort erhielt, zog er sich diskret zurück. Da ich nichts mehr trinken wollte, schob ich die Tassen beiseite. Ich hatte nur noch Sinn für die heftige Erregung, die mich erfüllte. Max legte einen Schein auf den Tisch, während ich meine Handtasche nahm. Arm in Arm machten wir uns auf den Weg zu ihm. Die Worte wurden überflüssig. Unsere Augen spiegelten wider, was wir empfanden. Wir liebten und begehrten uns mit neu entfachter Leidenschaft, die Erregung trübte uns die Sinne. Nach so langer Zeit wieder beisammen, fühlten wir uns wie im Himmel und gleichzeitig doch fremd. Als wir eintraten, entdeckte ich auf dem Tisch zwei Gläser, eine Flasche meines Lieblingsrotweins und einen Rosenstrauß.

»Die sind für dich.«

Wir lachten, als uns klar wurde, daß wir beide dieses Treffen geplant hatten. Von unbändiger Leidenschaft gepackt, liebten wir uns ein um das andere Mal, entdeckten die Wärme und den Geruch unserer Körper wieder und schworen uns, von diesem Moment an nicht mehr auseinanderzugehen.

Später saßen wir im Garten und erzählten, wie es uns in der Zeit unserer Trennung ergangen war. Max hatte mich aufsuchen wollen, es aber nicht getan, weil er sich vor einem neuen Rückschlag fürchtete. Deshalb hatte er sich lieber in die Arbeit vergraben und die Gesellschaft von Freunden gesucht.

Ich meinerseits berichtete ihm von meiner neuen Wohnung und von den vielen langen Abenden, die ich in Erwartung eines Anrufes oder eines anderen Lebenszeichens von ihm verbracht hatte.

Max fiel es nicht leicht, so kurz nach seiner Scheidung einen Entschluß zu fassen. Mein blinder Gehorsam gegenüber meiner Familie und die Furcht vor einem erneuten Scheitern bereiteten ihm panische Angst. Eine Scheidung, so versicherte er, sei wie ein kleiner Tod, und falls es wieder geschähe, würde er es nicht ertragen können. Ihm fehlte die Kraft, so etwas erneut durchzustehen. Und doch hatte er sich in voller Kenntnis meiner Unentschlossenheit dazu durchgerungen, es noch einmal zu wagen.

Deshalb meinte ich, daß ich ihm nun helfen mußte, seine Zweifel aus dem Weg zu räumen. Ich versprach ihm, unverzüglich mit meinen Eltern zu reden und versicherte, daß ich bereit sei, ihm notfalls bis ans Ende der Welt zu folgen. Strahlend umarmte er mich. Dann holte er einen Aschenbecher vom Tisch, nahm ein paar Münzen aus seiner Heimat heraus und legte sie mir in die Hand. Außerdem gab er mir ein Lehrbuch, damit ich anfangen konnte, seine Sprache zu lernen. Nun waren wir entschlossen, den undurchdringlichen Nebel aus Zweifeln und Ängsten zu verscheuchen und gemeinsam ein neues Leben zu beginnen.

»Ich war mir sicher, daß du mich nicht mehr liebst. Du hast dich so unbekümmert fröhlich gezeigt, wenn wir uns im Büro begegnet sind«, sagte er mir.

»Sollte ich etwa vor dir in Tränen ausbrechen? Darauf hättest du lange warten können.«

Max gestand mir, daß er einmal an meinem Büro vorbeigegangen sei. Als er Licht brennen sah, war er versucht gewesen, einzutreten, doch dann waren ihm Zweifel gekommen. Wir beschlossen, daß es ab jetzt keine Verstellung zwischen uns mehr geben sollte. Die Liebe verlangt Vertrauen, Offenherzigkeit und Klarheit.

Es war eine Erleichterung, offen und aufrichtig über unsere Gefühle zu reden, und ab jetzt wollten wir das immer tun.

Als wir seine Wohnung verließen, schien der graue Smog sich verzogen zu haben, und die Stadt wirkte auf mich ganz verändert. Die Leuchtreklamen blinkten in bunten Farben, der abendliche Himmel strahlte klar und die Menschen erschienen mir fröhlicher. Wir lachten viel und ohne Grund.

Jetzt hatten wir das ganze Leben vor uns. Die Zeit davor war nur noch ein Alptraum, der endlich vergangen war. An dem Abend beschlossen wir, gemeinsam nach Europa zu gehen. Max machte sich Sorgen, ich könnte mich dort ohne berufliche Tätigkeit langweilen.

»Du wirst dich langweilen, wenn du den ganzen Tag daheim bleibst.«

»Das Problem ist bereits gelöst. Ich habe nämlich ein Doktorandenstipendium beantragt. Damit werde ich sowohl Arbeit als auch Einkommen haben.«

»Wie hast du das denn geschafft, wo doch als eine der wichtigsten Voraussetzungen Sprachkenntnisse verlangt werden, die du nicht hast?«

»Zuerst habe ich sie mit meinen Zeugnissen beeindruckt und die schlechte Nachricht bis zum Schluß aufgehoben. Aber als ich ihnen versprochen habe, allen Eifer in das Erlernen der Sprache zu setzen, waren sie einverstanden und sehen sogar die Möglichkeit, mir einen Intensivkurs zu bezahlen.«

Meine Ängste und Bedenken verbannte ich in den hintersten Winkel meines Kopfes. Fortan würde ich den Augenblick bewußter genießen.

Später kamen wir auf dem Weg zu mir nach Hause an einer Kirche vorbei.

»Ich würde gerne kurz hineingehen«, sagte ich.

Er war einverstanden, wenn auch ein wenig erstaunt. Es war eine beeindruckende alte Kapelle. Die Seitenleuchter warfen mattweiße Lichtstrahlen auf die Mauerwände. Kerzen erhellten den Hauptaltar. Ich bekreuzigte mich vor einer Muttergottes mit gütigem, sanftem Lächeln. Max verneigte sich flüchtig und kniete dann nieder. Lange knieten wir stumm vor dem Altar. In diesen Minuten erschien mir jedes Wort überflüssig. Während die Kerzen herunterbrannten, wuchs mein Gefühl des Glücks.

Einige Tage später redete ich mit Guadalupe: »Ich bin entschlossen, mein Schicksal selbst in die Hand zu nehmen und mit Max eine Familie zu gründen. Ich werde jedem Hindernis trotzen, das sich mir in den Weg stellt. Wenn es sein muß, werde ich mit ihm bis ans Ende der Welt gehen.«

Beim Gedanken an eine Trennung fielen wir uns glücklich und traurig zugleich in die Arme. Fast unser ganzes Leben hatten wir zusammen verbracht, immer hatten wir zueinander gehalten, Unbill und Mühsal geteilt und miteinander gelacht. Die gemeinsamen Träume und gegenseitiger Trost hatten uns unzertrennlich gemacht, uns vor den Härten des Lebens geschützt. Guadalupe war für mich Mutter und Tochter in einem. Eine Trennung von ihr würde mir sehr schwerfallen, und ich wußte, ihr erging es ebenso.

»Ich freue mich für dich und werde dich unterstützen wie immer. Man sieht dir an, daß du glücklich bist«, sagte sie strahlend.

Und ob ich das war. Mein ganzes Leben lang hatte ich davon geträumt, geliebt zu werden und eine Familie zu haben. Beim Gedanken daran fühlte ich mich leicht und von einer großen Last befreit. Die Zeit der Sorgen war endgültig vorbei, und diesmal würde ich das Glück für nichts in der Welt mehr entwischen lassen. Von einem Moment zum anderen hatte sich der Schleier gelichtet und der Himmel aufgeklart, um strahlendem Sonnenschein zu weichen.

Die folgenden Wochen vergingen wie im Flug. Frohen Mutes, ohne zu überlegen, ob ich mein Land, meine Sprache, meine Wurzeln vermissen würde, machte ich Pläne für die Zukunft.

Dann fuhr ich nach Los Remedios, um meine Familie von meinen Plänen zu unterrichten. Gegen ein Uhr mittags traf ich dort ein. Mama stand in der Küche und wusch ab. Schon seit langem hatte sie eine Ahnung gehabt und freute sich sehr, von meinem Entschluß zu hören.

»Gott sei gelobt, Kind! Ich werde viel für dich beten, damit alles gut wird«, sagte sie und nahm mich in die Arme. Schließlich sagte sie noch: »Du solltest möglichst bald mit deinem Vater darüber reden.«

Papa befand sich in der Schmiede. Also suchte ich ihn nach dem Essen dort auf. Die Hauptstraße, die um diese Zeit wie leergefegt war, wirkte düster. Meine einsamen Schritte wirbelten Staub auf, und mein schwankender Schatten begleitete mich.

Beim Überqueren der Plaza schaute ich kurz bei der Kirche vorbei, in der eine alte Frau kniend Gebete murmelte, während sie den Rosenkranz durch die Finger gleiten ließ. Am Taxistand gab es nur einen Wagen, in dem ein Mann mit offenem Mund laut schnarchend schlief. Ich durchquerte Los Remedios bis zum Bahnhof, wo das Dorf endete und Papa seine Werkstatt hatte. Sie wirkte heruntergekommen, so als könne sie jeden Moment einstürzen. In der Nähe der Schmiede stand eine Reihe von Mesquitebäumen, unter denen sich mein Vater und La Ruñida früher immer getroffen hatten. Jetzt, nach so vielen Jahren, waren die Verliebten verschwunden, doch die Bäume ragten immer noch empor und wiegten ihre knorrigen Äste im Wind.

Am Eingang der Schmiede saß Papa und las Zeitung. Neben ihm döste ein Hund, und ein Truthahn pickte an einem Luzernenhalm. Sobald Papa mich erblickte, lächelte er, stand auf und bot mir seinen Stuhl an: »Welch Wunder, daß du dich mal hier blicken läßt«, sagte er überrascht.

Ich gab ihm einen Kuß und rückte ihm die Mütze zurecht.

»Ich wollte mit dir sprechen.«

In dem Moment kam ein Kunde, der eine in Auftrag gegebene Arbeit abholen wollte.

»Setz dich und warte einen Moment auf mich, bis ich diesen Mann bedient habe.«

Kurze Zeit später kehrte er mit zwei Flaschen Limonade zurück und reichte mir eine. Er blieb ruhig stehen und begann, mir die letzten Ereignisse aus Los Remedios und der Werkstatt zu erzählen. Ich hörte ihm zu, ohne ihn zu unterbrechen. Auf einmal stockte er in seinem Monolog, sah mich an, als sei er aus einem Traum aufgewacht, und fragte, ob es einen besonderen Grund für meinen Besuch gäbe.

»Papa, ich werde heiraten. Er heißt Max, ist ein Arbeitskollege und seine Aufgabe hier in unserem Land wird in ein paar Wochen beendet sein. Die standesamtliche Trauung wollen wir hier feiern. Später werde ich mit ihm nach Europa gehen.«

Mein Vater setzte sich auf einen Eisenstapel, während sein Lächeln allmählich erstarrte. Dann versank er in ein hartnäckiges Schweigen, während er mit gesenktem Blick die Limonadenflasche betrachtete.

Nach einer Weile sagte er: »Jetzt, wo du eben anfängst, in deinem Beruf gut zu verdienen, möchtest du auf einmal heiraten. Was hast du denn an einem so fernen, fremden Ort verloren?«

»Ich möchte eine Familie gründen und weiter studieren.«

»Weiter studieren? Du weißt doch schon genug, hast eine gute Arbeit und verdienst ordentlich Geld. Bleib hier, in der Nähe deiner Geschwister, laß den Unsinn. Außerdem, wie willst du das überhaupt machen, wo du doch nicht einmal diese Sprache sprichst?«

»Die lerne ich schon.«

»Das hört sich alles so leicht an. Denkst du, eine Sprache lernen ist eine Kleinigkeit? Schau dir nur Chente Rojas an, der so oft an der Grenze war und immer noch kein Englisch kann. Weiß der Himmel, wie es dort zugeht. Hier hingegen ist alles sicher, und selbst im schlimmsten Fall wirst du nie Hunger leiden. Was willst du mehr?«

»Das Leben besteht nicht nur aus Essen und Arbeit.«

»Hättest du ein Leben geführt, wie ich es bei Großvater Francisco ertragen mußte, würdest du nicht so denken. Als ich gerade lesen, schreiben und rechnen konnte, hat er mich schon von der Schule genommen, weil ich ihm helfen mußte, die Familie zu ernähren. Du hingegen hast sogar einen Universitätsabschluß und eine gute Arbeit, willst aber immer noch mehr.«

Konnte Papa überhaupt meine Gefühle verstehen? Ich beschloß, nicht weiter mit ihm zu diskutieren. Es war sinnlos, denn er verstand mich nicht oder wollte mich nicht verstehen. Er konnte oder wollte auch nicht zugeben, daß es ihn schmerzte, allein zu bleiben.

»Ob es dir paßt oder nicht, ich werde meinen eigenen Weg gehen. Das ist mein gutes Recht, und daran wird mich auch niemand hindern können«, sagte ich.

Papa zögerte einen Moment lang und rang nach Fassung. Schließlich sagte er: »Nun, du scheinst ja fest entschlossen zu sein. Dann kann ich wohl auch nichts daran ändern.«

Offenbar waren uns die Worte ausgegangen, denn er sagte nichts weiter. Wir redeten nicht mehr über das Thema in der Absicht, meine letzten Tage in Los Remedios nicht mit den Schatten der Vergangenheit zu verfinstern.

Während ich von einer Erinnerung zur nächsten sprang, war Papa eingeschlafen, und das Foto, das er fest in der Hand gehalten hatte, glitt zu Boden. Ich hob es auf und kehrte zurück ins Schlafzimmer. Unter der Wirkung des Schlafmittels schlief Mama immer noch. Leise schloß ich die Tür und ging auf mein Zimmer.

Ich öffnete das Fenster und betrachtete die Morgendämmerung. Von meinem Beobachtungsposten entdeckte ich Benita, die in aller Ruhe die Straße fegte. Es war kalt und die Straße war fast leer. Beides schien die Nachbarin nicht zu stören, sie schien sogar diesen friedlichen Augenblick zu genießen. Ich sah sie näherkommen, lächelte und winkte ihr zu.

Dann schloß ich die Augen und vernahm deutlich das Rauschen des Flusses, das Echo der Berge, die kreischenden Elstern, das Rascheln der Blätter, und in den Windböen meinte ich geheimnisvolle Stimmen zu hören, die sich zu einem eindringlichen Säuseln verdichteten, und mir immer wieder zuraunten: »Geh fort!«

Schon vor einer Weile hatte die Kirchturmuhr sechsmal geschlagen. Ich lehnte mich auf mein Bett zurück, hüllte mich in die Decke, und mir fielen die Augen zu. Durch einen Nebelschleier erkannte ich das Dorf, das in dem monotonen, öden Umland immer blasser wurde. Ich betrat einen schmalen, ausgedörrten Pfad. Ich war allein. Mit übermenschlicher Anstrengung lief ich weiter, und mit jedem Schritt vertrieb ein funkelndes, warmes Licht den Dunst. Der rauhe, stoppelige Pfad verwandelte sich in einen weichen, grünen Blätterteppich mit Wildblumen, die sich frei im Wind wiegten. Ein Duft nach frischem Gras erfüllte die Luft. Wuchtige Bäume am Wegrand beherbergten in ihren kräftigen Ästen muntere Vögel, deren Gezwitscher mir die Gewißheit gab, daß ich den beschwerlichsten Teil des Weges bereits hinter mir hatte. Als ich an einen Fluß mit kristallklarem Wasser kam, neigte ich mich vor, schaute hinein und erkannte deutlich die Zukunft, die sich für mich darin spiegelte ...

Das Licht sickerte durch meine Lider. Von weitem vernahm man den Gesang der Frühmesse. Es roch nach Eukalyptus. Ich schlug die Augen auf und erhob mich. Am Horizont zeigte sich die gelbliche Färbung der zaghaft und scheu aufsteigenden Sonne, die die letzten Spuren der Dunkelheit vertrieb. Der anbrechende Tag überraschte mich mit dem bronzenen Gesang der Kirchenglocken und dem Ticktack der Uhr, deren goldene Zeiger die magische Zeit durchliefen.

In diesem Augenblick öffnete sich die Tür, und Mama betrat schwerfällig das Zimmer, als wollten ihre Beine ihr nicht gehorchen. Auf ihren Stock gestützt setzte sie sich neben mich, während sie mich mit einem Lächeln begrüßte.

»Laß uns frühstücken gehen, heute haben wir noch viel zu tun. Jesús und Guadalupe werden gleich da sein«, flüsterte Mama, schon auf dem Weg zur Tür.

»Geh schon mal vor, ich komm gleich nach.«

Wieder allein, nahm ich das letzte Foto aus dem Samtkästchen: ein Porträt meiner Eltern auf einer Parkbank, aufgenommen während der Flitterwochen. Die Konturen waren durch Flecken verwischt, die entstanden waren, als mein Vater Avocados zum Reifen in den Koffer gelegt und dort unter all den Sachen vergessen hatte. Ich legte das Foto wieder zurück. Papa hatte viele Dinge verwischt und manches auch befleckt. Überall hatte er seine Spuren hinterlassen. Ich verstaute die Gegenstände im Koffer und mit ihnen einen Teil meiner Vergangenheit.

Von draußen vernahm ich Stimmen: Jesús und Guadalupe waren gekommen. Langsam begann ich, mich für meine Hochzeit zurechtzumachen. Bevor ich das Zimmer verließ, schaute ich mich zum letzten Mal im Raum um. Vor dem Spiegel hielt mein Blick inne. Gehörten dieses Gesicht, dieses weiße Kleid, dieser Orangenblütenkranz wirklich mir, war diese Frau im Brautkleid, die dort im Spiegel erschien, tatsächlich ich?

Max traf drei Stunden vor der Hochzeit ein. Meine Mutter empfing ihn mit offenen Armen. Papa sagte nichts. Er reichte ihm die Hand und gab ihm mit einem kräftigen Druck seine Einwilligung zu verstehen.

Consuelo nahm nicht an der Hochzeit teil. Nach unserem letzten Streit hatten wir kein Wort mehr miteinander geredet.

Die Hochzeit wurde im Haus am Königsweg gefeiert. Der Standesbeamte begann seine Rede mit den altbekannten Worten, die das Band zwischen einem Paar knüpfen: »Meine Damen und Herren, heute haben wir uns hier versammelt ...« Als Max meine Hand ergriff, überkam mich ein glückliches Schaudern. Die Umgebung verschwand, und alles drehte sich nur noch um uns beide. Endlich vereinten sich unsere Leben, und das Schicksal lag ab nun in unseren Händen.

»Wollen Sie Esperanza Villanueva zu Ihrer angetrauten Ehefrau nehmen?«

»Ja.« Und bevor er mich fragen konnte, sagte ich schon »ja«. Natürlich wollte ich.

Guadalupe hatte ein typisches Mittagessen vorbereitet, damit ich die Erinnerung an den Geschmack unserer Gerichte mitnahm. Das Essen roch nach Kümmel, Chili, Sesamsamen, Lorbeer und Schokolade. Sie deckte den Tisch mit einem Batisttuch, roten Rosen, einer Fruchtschale und Krügen mit duftenden, bunten Säften. Jesús übernahm das Entkorken der Weinflaschen, während mein Vater und Eduardo begannen, Gitarre zu spielen. Sie stimmten Boleros und Volkslieder an. Die Luft war von Feststimmung erfüllt, mit einem Hauch von Melancholie in Erwartung des bevorstehenden Abschieds.

Meine Mutter unterhielt sich mit Max. Ich setzte mich in ihre Nähe. Wir befanden uns an dem Tisch, an dem wir so häufig gesessen hatten, dort, wo Mama uns so oft angehalten hatte, den Teller mit Milchreis oder Haferflocken aufzuessen, bevor wir uns auf den Schulweg machten. Sie ahnte wohl meine Traurigkeit, denn sie begann davon zu erzählen, wie schmerzlich die Trennung von Urgroßmutter für sie gewesen war, um ein neues Leben an Papas Seite zu beginnen.

Schließlich war die Zeit für den Abschied gekommen. Guadalupe drückte mir noch ein Geschenk in die Hand. Es war eine Tischdecke, die sie selbst bestickt hatte.

»Damit du dort etwas hast, das dich an uns erinnert.«

Dann fiel sie mir um den Hals und brach in Tränen aus.

Jesús und ich verabschiedeten uns wortlos voneinander. Der Kummer in unseren Gesichtern sagte mehr als alle Worte. Der trostlose Winter meines Lebens ging zu Ende, doch damit wurden auch die Wurzeln des Baums meiner Vergangenheit ausgerissen, den ich mit der Zeit geduldig anderswo auf der Welt wieder einpflanzen würde.

Papa beendete sein Gitarrenspiel und rief uns zu sich auf den Patio. Sein Gesicht zeigte unverhohlenen Schmerz, während er uns sagte: »Gebt auf euch acht. Spätestens in der Karwoche möchte ich euch wieder hier sehen. So war es immer, und so soll es auch nach der Hochzeit bleiben.«

Er wollte noch etwas sagen, doch auf halbem Weg versagte ihm die Stimme. Er verschränkte die Arme und sagte leise, den Blick zum Boden gesenkt und mit zusammengepreßten Lippen: »Ich werde dich sehr vermissen, mein Kind.«

Draußen schien schwach die Sonne. Traurig stellte ich fest, daß nun der Moment gekommen war, aufzubrechen. Mein Leben lang hatte ich mir gewünscht, Los Remedios zu verlassen und nie in dieses Haus zurückzukehren, zu dem Sorgen und Verbitterung gehörten wie das tägliche Brot. Als ich jetzt jedoch meinen Groll aufspüren wollte, fand ich ihn nicht mehr. Er war verflogen, verblichen wie das Foto meiner Eltern. Statt dessen erfüllte mich ein Gefühl von Freiheit und Erleichterung: Ich ging ganz ohne Verbitterung, voller Glück bei dem Gedanken an das neue Leben, das ich in meinem Leib trug. Dicke Freudentränen rannen mir über die Wangen.

Ich umarmte Mama mit den Worten: »Ich bin immer für euch da. Wir werden euch besuchen, so oft wir können. Ich gehe voller Sorge um dich.«

»Das solltest du nicht. Gott hat mir bisher die Kraft gegeben, das Leben zu meistern, und er wird es weiterhin tun. Geh du nur deinen Weg! In Gedanken werde ich immer bei dir sein«, sagte sie, während sie mich zur Tür begleitete.

Sie wirkte innerlich ruhig, fast gelassen. Nur die Spur eines Lächelns in ihrem sonst so ausdruckslosen Gesicht verriet ihre Zufriedenheit.

Als ich über die Schwelle trat, war mein Schritt unsicher. Ich drehte mich um, ging zwei Schritte zum Haus zurück und schloß die Eingangstür hinter mir. Auf dem Weg zum Auto spürte ich die wärmenden Sonnenstrahlen. Der Wagen fuhr los, und als ich zurückblickte, war das Dorf bereits am Horizont verschwunden.